CHAPITRE 1

LONDRES, PRINTEMPS 1890

— Êtes-vous bonne comédienne, India ? me demanda Matthew Glass, mon employeur.

Nous étions assis en diagonale dans la voiture, chacun sur une banquette, et nos genoux s'entrechoquaient chaque fois que le cocher prenait un virage à trop vive allure, ce qui arrivait régulièrement. Matt l'avait engagé après avoir gagné l'attelage à l'issue d'une partie de poker à peine une semaine plus tôt. Depuis, nous l'avions emprunté tous les jours pour rendre visite aux horlogers de toute la ville, mais aujourd'hui, nous nous rendions à la Banque d'Angleterre, située sur Threadneedle Street.

— Quelle drôle de question, répondis-je. Je dirais que je ne suis pas trop mauvaise, je crois, à condition qu'on ne me demande pas de retenir tout un monologue de Shakespeare. Je n'ai jamais été très douée pour mémoriser les classiques. Pourquoi me demandez-vous cela ?

— Êtes-vous capable de passer pour une petite-fille inquiète ?

— Ah, je comprends mieux. C'est une idée astucieuse. Je ferai de mon mieux, mais je ne peux pas vous promettre de ne pas être démasquée par un employé perspicace.

Nous allions à la Banque d'Angleterre dans l'espoir de découvrir si un horloger du nom de Mirth continuait de toucher la pension que la guilde lui versait régulièrement sur son compte. Il était peut-être l'horloger surnommé Chronos, celui que Matt cherchait pour lui demander de réparer sa montre capable de le ramener à la vie – montre qu'il avait besoin d'utiliser plus souvent chaque jour pour recouvrer la santé. Abercrombie, le maître de la Guilde des Horlogers, m'avait assuré que ce Mirth n'était pas notre homme, mais je ne lui faisais pas confiance. Cet abject individu avait tenté de me faire arrêter en m'accusant à tort de vol, et il avait refusé de me laisser rejoindre la guilde. Il ne serait pas surprenant qu'il m'ait aussi menti sur le compte de Mirth pour nous empêcher de le retrouver. À part Mirth, nous n'avions trouvé aucun autre horloger qui ait l'âge adéquat et qui ait voyagé à l'étranger cinq ans plus tôt, à l'époque où ce mystérieux Chronos s'était associé à un médecin doté de pouvoirs magiques pour sauver la vie de Matt en Amérique. Il était encore trop tôt pour abandonner cette piste. Nous devions d'abord le voir.

— Je suis sûr que vous vous en sortirez très bien, dit Matt avec un petit sourire que démentaient ses yeux las.

Malgré son épuisement, il était particulièrement à son avantage dans un costume anthracite tout neuf que son tailleur lui avait fait livrer la veille. Il avait fière allure avec ses longues jambes, ses épaules larges et ses cheveux bruns qui encadraient son visage anguleux à la peau lisse. Je me surprenais souvent à examiner ses traits fascinants en me demandant à quel point son charme serait décuplé s'il n'était pas aussi exténué.

— Souvenez-vous simplement des détails que nous connaissons sur Mirth, et on vous croira, m'assura-t-il.

— Oliver Warwick Mirth, récitai-je par cœur. Né le neuf avril 1820. Résidait encore récemment au foyer de la Société Chrétienne d'Aide aux Personnes Âgées situé sur Sackville Street, mais il a disparu, et nous, les membres de sa famille, sommes très inquiets.

— Et comment vous appelez-vous ?

Je fronçai les sourcils. La Société ne nous avait pas communiqué les noms des membres de sa famille. Un employé à qui Matt avait graissé la patte nous avait donné les informations personnelles de Mirth, mais il n'avait pas parlé de sa famille. Personne n'était venu le voir au foyer. Cependant, nous avions appris par Abercrombie que Mirth avait une fille. Je pouvais bien être la fille de cette fille.

— Jane, décidai-je. Jane Bland. Est-ce que ça ira ?

Il me considéra, la bouche tordue d'un pli amusé. Il avait une aisance naturelle et un visage expressif qui communiquait toutes ses pensées… la plupart du temps. Par moments, il forçait ses traits à ne rien trahir de ce qu'il pensait. Il était aussi doué pour cela que pour mettre les gens à l'aise en sa présence, quand il le voulait.

— Vous ne ressemblez pas à une Jane Bland.

— Ah bon ? Et comment imaginez-vous votre Jane Bland ?

— Menue.

— J'espère que vous vous rendez compte que les femmes aiment qu'on les trouve menues, et que vous venez de m'insulter.

J'accompagnai ma protestation d'un sourire pour qu'il sache que sa remarque ne m'avait pas blessée. Vraiment, ça ne me faisait rien. Je n'avais peut-être pas la taille fine comme bien des femmes, parce que je ne laçais pas mon corset au point de me faire mal, mais j'avais une poitrine généreuse et j'étais assez grande pour atteindre l'étagère du haut dans l'office, tout en restant assez petite pour qu'un homme comme Matt me domine d'une bonne tête. À vingt-sept ans, j'avais fini par m'habituer à mes proportions et par les accepter comme faisant partie de moi, au même titre que mes cheveux bruns et raides et mes yeux aux reflets verts.

— Permettez-moi de reformuler, dit-il, ses joues se colorant de rose. Jane Bland, c'est quelqu'un qui se fond dans le décor. Vous, ce n'est pas votre cas. Disons plutôt Jane Markham.

— Et vous, qui serez-vous ? Mon frère ?

— Votre avocat.

— Vous ? Un avocat ?

J'éclatai de rire.

Il se hérissa.

— Quel mal y a-t-il à être avocat ?

— Aucun, mais vous n'avez pas l'air d'en être un.

— De quoi ai-je l'air, alors ?

D'un homme beau. Intrigant. Charmant.

— D'un gentleman aisé qui a eu une vie passionnante. À votre accent, on devine que vous n'êtes jamais resté nulle part assez longtemps pour vous sentir chez vous dans un pays plutôt qu'un autre.

Son sourire s'effaça avant de revenir.

— Vous êtes très observatrice.

— Ce sont des choses que vous m'avez dites vous-même, Matt.

— J'ai seulement dit que j'avais beaucoup voyagé. Je n'ai jamais précisé que je me sentais comme un étranger partout où j'allais.

— Oh.

La voiture fit une soudaine embardée qui me projeta à l'autre bout de la banquette en cuir. Matt tendit les deux mains vers moi pour me rattraper, mais il ne fut pas assez rapide pour empêcher nos genoux de s'entrechoquer. Il parvint toutefois à m'éviter de percuter la paroi de l'habitacle.

— Vous n'avez rien ? s'enquit-il tout en m'aidant à me redresser.

Ses mains desserrèrent leur étreinte sur mes bras, mais sans les lâcher. L'espace d'un instant bref mais intense, nos regards se rencontrèrent, faisant tambouriner mon cœur contre mes côtes. Ses doigts pressèrent doucement mes bras avant de les relâcher.

— Merci.

Je rajustai mon chapeau en prenant tout mon temps pour dissimuler la rougeur de mon visage.

— Votre nouveau cocher a toujours l'air d'être pressé.

Il abaissa la vitre et cria à Bryce de ralentir. Docile, celui-ci mit la voiture au pas.

— Eh bien, dit Matt en reprenant sa place sur son siège, puisque je ne ressemble pas à un avocat, qui devrais-je être ?

— Nous ferions mieux de dire que nous sommes tous les deux les petits-enfants de Mirth, puisque personne ne sait s'il en a.

— Espérons-le.

Nous n'avions trouvé aucune trace des descendants de Mirth, hormis sa fille unique. D'après Abercrombie, celle-ci s'était enfuie en Prusse dans un contexte plus ou moins scandaleux, mais nous n'avions aucun moyen de savoir si elle avait fini par revenir en Angleterre ni si elle avait à son tour eu des enfants. Avec un peu de chance, la banque ne le saurait pas non plus.

La voiture s'arrêta et nous descendîmes devant le colossal édifice de la Banque d'Angleterre. Auprès de lui, les bâtiments tout autour paraissaient minuscules, et les hommes qui allaient et venaient ressemblaient à des fourmis qui s'affairaient. Il n'y avait pas la moindre femme à part moi.

— Viens, ma chère sœur, dit Matt en me tendant le bras. Nous allons enfin savoir si notre grand-père bien-aimé est toujours de ce monde.

À l'intérieur, des jeunes gens à l'air très sérieux, derrière le long comptoir poli, manipulaient avec adresse les billets de banque qu'ils distribuaient à leurs clients. Par-dessus le froissement du papier, on entendait des voix étouffées que venait interrompre par moments le martèlement péremptoire des tampons.

Avisant un guichetier, Matt lui donna nos noms et la raison de notre venue, mais comme il disait ne rien pouvoir faire pour nous, je décidai d'opter pour une approche plus féminine.

— Je vous en prie, Monsieur, dis-je en joignant mes mains gantées sur le dessus du guichet. Nous venons de rentrer de Prusse, où notre mère est récemment décédée, et nous souhaitons savoir si notre grand-père est toujours en vie.

Je mis juste ce qu'il fallait de désespoir dans ma voix, en priant pour que cela suffise. Sinon, j'augmenterais la dose jusqu'à l'hystérie. En général, faire un scandale en public faisait réagir même les hommes les plus conservateurs.

— Le personnel de la Société Chrétienne d'Aide aux Personnes Âgées ne nous a été d'aucune aide. On nous a dit qu'il était tout bonnement parti, sans que personne ne sache où il est allé. Je vous en prie, pouvez-vous nous aider, mon frère et moi ? Nous ne savons vraiment plus à qui nous adresser.

— À la police, répondit le guichetier d'un air blasé.

— Nous leur avons déjà demandé, intervint Matt. Ils prétendent qu'ils ne peuvent rien faire.

Le guichetier écarta les mains et haussa les épaules.

— Tout ce que nous voulons savoir, c'est s'il effectue encore des retraits sur son compte.

Je sortis un mouchoir de mon réticule et m'en tamponnai le coin de l'œil.

— Sinon...

J'appuyai le mouchoir sur mon nez et me mis à renifler.

— Sinon, j'ai bien peur de devoir informer la police qu'il n'a pas disparu ; il est... Il est mort.

Matt me passa un bras autour des épaules.

— Calme-toi, Jane. Nous finirons bien par en avoir le cœur net, d'une façon ou d'une autre.

Puis, avec un regard désemparé en direction du guichetier, il ajouta :

— Si vous n'êtes pas capable de nous aider, votre supérieur le sera peut-être.

Le guichetier soupira.

— Prouvez-moi votre identité, et je verrai ce que je peux faire.

Nous lui répétâmes nos noms d'emprunt ainsi que les informations dont nous disposions sur Mirth. Il les nota sur un papier qu'il tendit à un jeune homme boutonneux qui disparut par une porte derrière eux. Trois minutes plus tard, il revint et donna un dossier au guichetier.

— D'après nos registres, dit-il sans lever les yeux de son dossier, votre grand-père continue ses retraits sur son compte. Il vient tous les mercredis après-midis, d'ailleurs.

Mon cœur fit un bond. Mirth était vivant !

— Avez-vous son adresse actuelle ? demanda Matt en essayant de jeter un coup d'œil aux documents.

Le guichetier referma le dossier d'un coup sec.

— Il est écrit ici qu'il réside toujours à la Société Chrétienne d'Aide aux Personnes Âgées.

Matt le gratifia d'un sourire triste.

— Merci pour votre aide.

Nous regagnâmes la voiture, qui nous attendait, et lorsque nous fûmes installés, Matt cogna du poing contre le plafond. La voiture démarra brusquement et partit à vive allure. Visiblement, Bryce avait déjà oublié qu'on lui avait ordonné de conduire plus doucement.

Matt gardait les yeux fixés sur la vitre, le regard perdu dans le vague. Il devait être terriblement déçu. Nous n'en savions guère plus qu'avant d'entrer dans la banque.

— Je suis désolée que nous n'ayons rien découvert de plus utile, dis-je à mi-voix.

— Nous n'avons pas totalement perdu notre temps, répliqua-t-il en me souriant d'un air encourageant.

J'admirais son optimisme. Il ne montrait jamais d'impatience face à nos efforts vains pour retrouver Chronos. Dans une situation comme la sienne, peu de gens parviendraient à conserver un optimisme aussi inébranlable.

— Nous savons qu'il sera à la banque mercredi prochain dans l'après-midi.

Nous étions jeudi. Il ne nous restait que six jours à attendre. Cela me paraissait interminable.

— Vous comptez l'attendre à la banque ?

— Oui. Je reconnaîtrai Chronos quand je le verrai. Si Mirth est Chronos, je l'identifierai.

Je souris, espérant lui prouver que je pouvais me montrer optimiste, moi aussi.

— C'est un premier pas.

— C'est vrai.

Aucun de nous n'avait l'air particulièrement convaincant, mais nos sourires ne s'effacèrent pas.

Bryce nous déposa devant l'entrée du seize de la rue Park Street, à Mayfair, avant de prendre la direction des écuries qui se trouvaient derrière la rangée de demeures bourgeoises. Duc et Cyclope vinrent à notre rencontre à la porte.

— Alors ? demanda Duc avant même que nous ayons enlevé nos manteaux. Il est vivant ?

— Oui, dit Matt en m'aidant à retirer mon manteau. Mais nous n'avons pas son adresse actuelle.

Duc poussa un juron dans sa barbe.

— Encore une impasse, grommela Cyclope en agitant la tête.

— Pas tout à fait.

Matt expliqua à ses amis que Mirth passait à la banque tous les mercredis après-midis.

— Je le guetterai la semaine prochaine.

Leur absence de réponse était une indication limpide de ce qu'en pensaient ses deux compagnons.

— En attendant, India et moi continuerons à faire le tour des horlogers de la ville, poursuivit Matt.

Nous en avions déjà vu beaucoup, peut-être la plupart, et il ne restait plus que quelques manufactures de Clerkenwell à visiter.

— Nous reprendrons après le déjeuner, si vous voulez, suggérai-je d'un ton enjoué.

Il se contenta de répondre par un grognement. Je prenais le déjeuner comme prétexte, mais il avait bien dû remarquer que j'avais évité de mentionner qu'il avait eu besoin de se reposer et d'utiliser sa montre. S'il y avait une chose que Matt détestait par-dessus tout, c'était qu'on lui rappelle combien il était affaibli.

— Duc, dit Cyclope en indiquant l'arrière de la maison d'un signe de tête. Qu'est-ce qu'il y a à manger ?

— Pourquoi c'est toujours à moi de cuisiner ? se plaignit Duc.

— Parce que personne d'autre n'aime le faire.

— Parce que tu le fais bien, dit Matt en jetant un regard noir à Cyclope.

L'œil unique de Cyclope brillait d'une lueur amusée qui tranchait avec la vilaine cicatrice tourmentée qui dépassait de sous le bandeau qui cachait son orbite vide. C'était un homme d'aspect terrifiant avec sa taille gigantesque, sa forte carrure et sa balafre, mais j'avais rapidement découvert qu'il était doux comme un agneau. De même que Duc et Willie, il vouait à Matt une loyauté sans faille.

— Avec un peu de chance, nous aurons bientôt une nouvelle cuisinière, ajouta Matt. Tu n'auras plus à t'occuper de préparer les repas. Et les autres non plus.

— Ça ne me dérange pas de travailler, marmonna Duc. À partir du moment où tout le monde met la main à la pâte.

— Ici, les choses fonctionnent différemment. Nous sommes à Mayfair, après tout. Il nous faut du personnel.

— On n'en a pas besoin. On va bientôt rentrer chez nous.

Matt baissa les yeux. Le bruit de la salive qu'avalait Duc emplit clairement le silence. Aucun d'entre eux ne savait combien de temps ils resteraient à Londres pour chercher Chronos. Et s'ils ne le trouvaient pas ici... la prochaine étape était incertaine.

Cyclope donna à Duc une bourrade sur l'épaule.

— Je vais t'aider.

— Toi ? Tu ne sais même pas faire griller des tartines.

Le rire gras de Cyclope résonnait encore après qu'ils eurent tous les deux disparu dans l'escalier qui descendait vers l'étage de service. Matt et moi avions à peine fini de retirer notre chapeau et nos gants quand la porte du salon s'ouvrit à la volée devant une femme à la silhouette longiligne qui sortit à grandes enjambées déterminées. Ses sourcils noirs sévères étaient froncés au-dessus d'un nez aquilin.

— Je refuse de travailler dans une maison aussi immorale et indisciplinée ! déclara-t-elle en passant devant nous pour gagner la porte d'entrée. Ah, ces Américains, ajouta-t-elle à mi-voix ; puis, sans même nous jeter un regard, à Matt et à moi, elle ouvrit brusquement la porte et s'en alla.

Matt la referma derrière elle, et c'est à ce moment précis que Willie, la cousine américaine de Matt, sortit du salon.

— Les entretiens ne se passent pas très bien, on dirait ? demanda-t-il d'un ton railleur.

— Oh, cette femme !

Willie agita l'index en direction de la porte en laissant échapper un son qui semblait à mi-chemin entre un cri et un rugissement.

— Les Anglaises !

— Oui ? fis-je en haussant les sourcils.

— Vous êtes toutes des...

Elle leva les mains en l'air comme si c'était une explication suffisante.

— ... des pimbêches collet-monté !

— C'est tout ? dis-je en passant à sa hauteur pour entrer dans la salle à manger. Pendant un instant, je me suis inquiétée, Willie. J'ai cru que tu allais dire du mal de mes compatriotes.

J'eus la profonde satisfaction d'entendre Willie refaire ce drôle de bruit tout en me suivant d'un pas lourd.

Miss Glass, la vieille tante de Matt, porta les mains à ses oreilles avec une grimace de douleur.

— Cessez donc ce vacarme infernal, Willemina, la supplia-t-elle. Mes oreilles sont trop vieilles pour le supporter.

— Alors c'est bien ce que je pensais : les entretiens ne se passent vraiment pas bien, dit Matt à sa cousine et à sa tante.

— Ils seraient plus efficaces si on me laissait auditionner seule les intendantes potentielles, déclara Miss Glass de son ton le plus hautain. Elle était de la plus pure aristocratie, et parvenait à le montrer d'un simple pincement de lèvres, une moue qu'elle réservait généralement à Willie.

Ces deux-là étaient comme chien et chat. Miss Glass voyait Willie comme une femme vulgaire, qui manquait de féminité et appartenait, au mieux, aux classes populaires ; Willie, elle, trouvait Miss Glass bêcheuse, guindée et imbue d'elle-même. Elles avaient raison toutes les deux, ce qui ne les empêchait pas, l'une comme l'autre, d'avoir de grandes qualités. Cela dit, chacune des deux mettrait un bon moment à reconnaître les qualités de l'autre, et cela ne risquait pas d'arriver ce matin. Il était rare qu'elles se retrouvent seules ensemble, mais elles avaient toutes les deux tenu à s'entretenir avec les domestiques potentiels. Matt avait espéré que cette expérience les rapprocherait. Visiblement, il s'était trompé.

Willie croisa les bras par-dessus son vieux gilet en cuir et regarda Miss Glass en plissant les yeux.

— Elle veut une intendante qui fait des manières et des chichis. Il n'est pas question que les domestiques me regardent de haut. Ni personne d'autre, d'ailleurs !

Le dos de Miss Glass se raidit.

— J'essaye d'engager une personne à la morale irréprochable. Malheureusement, la grossièreté de votre langage décourage ce genre de candidates.

— Mon langage n'a rien à voir là-dedans.

Elle montra la porte d'un geste de la main.

— L'autre a dit que j'étais contre-nature. Contre-nature !

— Elle faisait référence à votre tenue masculine. Aucune femme *normale* ne s'habille comme vous le faites.

Willie remonta une des jambes de son pantalon et posa sa botte sur la table basse.

— Et celle d'avant a dit que je n'avais pas de moralité. Ce

n'est pas parce que je m'habille en homme que je suis une femme légère.

Miss Glass se contenta de renifler.

Willie lui adressa un sourire appuyé.

— Une remarque à faire sur ce point, Letty ?

Willie avait pris l'habitude d'appeler Miss Glass par un diminutif familier de son nom de baptême, pour l'agacer. Et ça marchait. Miss Glass tourna le dos à Willie.

— Mesdames, protesta Matt, voulez-vous bien cesser de vous disputer ? Y a-t-il eu au moins une candidate qui vous a plu à toutes les deux ?

Willie et Miss Glass échangèrent un regard.

— Non, répondirent-elles à l'unisson.

Matt soupira.

— India pourrait peut-être assister aux prochains entretiens.

— Pourquoi ? demanda Miss Glass.

— Oui, pourquoi ? renchérit Willie en reposant son pied par terre.

— Elle pourrait servir de médiatrice, dit-il. Elle a une personnalité conciliante et pragmatique, elle saura trier le bon grain de l'ivraie sans trop de difficulté.

C'était donc ainsi qu'il me voyait ? Comme quelqu'un de conciliant et de pragmatique ? Avait-il déjà oublié que, lors de notre première rencontre, je m'en étais prise à mon ancien fiancé, Eddie Hardacre ? Je lui avais fait une scène si mémorable que Matt avait dû me faire sortir de la boutique par la force, et Cyclope m'avait alors retenue. Il est vrai que ce genre de comportement n'était pas dans mes habitudes, mais j'avais trouvé cette expérience si libératrice que je n'avais jamais totalement retrouvé mon tempérament calme et docile. Maintenant, cela me plaisait bien de dire ce que je pensais quand la situation l'exigeait.

— Je suis calme, dit Miss Glass en lissant sa jupe noire du plat de ses mains.

— Et je ne m'en laisse pas compter, moi non plus, intervint Willie en me fusillant du regard comme si c'était moi qui avais proposé d'assister aux entretiens.

— On n'a pas besoin d'elle.

— Je suis du même avis.

Miss Glass m'adressa un signe de tête amical.

— Ne le prenez pas mal, India.

— Bien sûr que non, répondis-je. De toute façon, je ne souhaite pas participer. Ce n'est pas mon rôle.

Ma réponse eut l'air de satisfaire aussi bien Miss Glass que Willie, mais pas Matt.

— Prouvez-moi que vous êtes capables de vous entendre sur le choix d'une intendante sans que j'aie à impliquer qui que ce soit d'autre, leur dit-il. Autrement, j'engagerai la prochaine femme qui franchira cette porte. C'est clair ?

— Absolument, dit sa tante.

Willie ne répondit que par un grognement, ce qui, dans sa langue, revenait à acquiescer.

Matt quitta la pièce, mais Willie se rua aussitôt sur ses talons. Elle voulait sans doute lui demander comment s'était passée notre visite à la banque. Nous avions décidé de cacher les soucis de santé de Matt à sa tante. Son esprit n'était pas toujours très clair et, comme il lui arrivait de sombrer dans la démence, nous voulions éviter de l'inquiéter. Nous ne voulions pas non plus essayer de lui expliquer comment une montre pouvait lui rendre la santé, même provisoirement. Mais cela signifiait que nous ne pouvions pas parler ouvertement de notre recherche de Chronos devant elle. Pour elle, j'étais employée en partie comme dame de compagnie auprès d'elle, et en partie comme assistante de Matt pour l'aider à gérer ses affaires le temps de son séjour à Londres – séjour qui, elle en était convaincue, se prolongerait indéfiniment. Nous avions renoncé à essayer de lui dire qu'il retournerait un jour en Amérique : elle refusait de le croire.

Le fait est que je n'aimais guère penser à ce jour, moi non plus. Qu'allais-je devenir alors ? Et Miss Glass ? Sans compter que j'avais fini par me prendre d'affection pour mes nouveaux amis américains.

Matt passa le reste de la matinée à se reposer dans ses appartements, puis nous déjeunâmes tous ensemble dans la salle à manger. Miss Glass ne faisait plus de remarques sur la présence de Duc et Cyclope aux repas. Elle avait également cessé de parler d'eux comme des domestiques, et semblait avoir accepté qu'ils faisaient partie de la maison, au même titre que moi-même et Willie, mais sans toutefois avoir un statut égal au sien ni à celui de Matt. À ses yeux, elle et son neveu occupaient un rang supérieur de par leur naissance et la volonté divine. La pauvre Willie se heurtait tous les jours au système de classes anglais, qu'elle qualifiait d'injuste et de rétrograde, parfois en présence de Miss Glass. Elle finirait bien par comprendre que c'était un système plusieurs fois centenaire, et trop profondément ancré pour changer en l'espace de quelques semaines.

Après le déjeuner, l'arrivée d'un visiteur nous surprit tous. C'était le premier depuis que nous avions, une semaine plus tôt, capturé le hors-la-loi américain qui se faisait appeler le Cavalier Noir. Personne n'était venu, pas même le frère de Miss Glass, ni sa belle-sœur. Miss Glass avait refusé d'inviter ses amis pour le thé tant que nous n'aurions pas embauché du personnel convenable comme devait en avoir une demeure appartenant à Mr Matthew Glass. En voyant arriver le Commissaire de police Munro, elle s'inquiéta de savoir où et comment elle le recevrait, jusqu'à ce que Matthew lui suggère de le suivre dans son bureau. La façon dont Munro accepta aussitôt en hochant la tête avec raideur laissait entendre qu'il ne s'agissait pas d'une visite de courtoisie.

— Après vous, India, me dit Matt.

Je le dévisageai sans comprendre.

— Vous voulez que je me joigne à vous ?

Il lança un bref coup d'œil d'excuse à Munro, qui se tenait au pied de l'escalier, et s'approcha de moi pour me murmurer :

— Vous êtes mon assistante.

— Je pensais être plus la dame de compagnie de Miss Glass que votre assistante.

— Je voudrais que vous soyez présente.

Je le précédai dans l'escalier en sentant dans mon dos le regard meurtrier de Willie. Elle voulait sans doute savoir ce qui me valait ce traitement de faveur. Et moi aussi.

— J'ai une mission pour vous, Mr Glass, dit le commissaire en s'asseyant.

Matt s'assit à son bureau et je pris place sur une chaise à côté, attendant qu'il me tende une feuille et un crayon. Mais il n'en fit rien. Il se contenta de se renverser en arrière sur le dossier de sa chaise, attendant que Munro poursuive.

Munro, qui caressait sa moustache blanche entre son pouce et son index, semblait chercher quoi dire. Lors de ma brève rencontre avec lui, après ma confrontation avec le Cavalier Noir devant Scotland Yard, il m'avait fait l'effet d'un homme très direct, qui avait toujours une opinion. Il devait y avoir quelque chose qui n'allait pas.

— Quelle est cette mission que vous avez à me confier ? s'enquit Matt.

— Le... le fils d'une de mes amies a disparu.

Matt s'avança sur sa chaise.

— Je vois.

Le visage de Munro s'affaissa. Sa moustache retomba mollement sur le pli soucieux de sa bouche, et ses yeux devinrent humides. Il devait être très proche de ce garçon et de ses parents, pour être si inquiet.

— C'est un brillant cartographe. Il produit des cartes et des globes d'un raffinement exquis, et d'une précision minutieuse. Tenez, regardez.

Il sortit de sa poche intérieure un épais parchemin roulé qu'il tendit à Matt.

Celui-ci l'étala sur le bureau. C'était une carte du centre de Londres, dessinée en couleurs, avec un niveau de détail impressionnant. La moindre ruelle y figurait, avec son nom écrit si petit qu'il fallait une loupe pour le lire. Des navires se pressaient au bord des quais, leurs cordages noircis d'un goudron si luisant qu'il brillait, leur cargaison entassée sur les jetées, parfaitement reproduite en miniature. Les eaux de la Tamise et, par endroits, les fenêtres semblaient refléter la lumière du soleil, et j'arrivais à distinguer les bâtiments en brique, en pierre et en bois. C'était une véritable œuvre d'art.

— C'est magnifique.

En effleurant les lignes du bout des doigts, j'eus la surprise de remarquer que certaines avaient l'air d'être en relief. Comment avait-il fait pour obtenir un pareil effet ?

— Tout est parfaitement fidèle, reprit Munro avec une note de fierté dans sa voix.

— Et vous voulez que je le retrouve ? N'est-ce pas le travail de l'un de vos inspecteurs chefs ?

— Ils ont essayé. Et moi aussi. Il a... disparu, tout simplement. C'est pourquoi j'ai besoin de votre aide.

Il n'avait plus la mine longue ni les yeux tristes. Il était redevenu un commissaire de police aussi fier que redoutable.

— Vous m'avez dit que votre spécialité était l'infiltration de bandes de criminels, en vous faisant passer pour l'un d'entre eux pour évoluer au sein de leurs cercles. J'ai envoyé un télégramme à mon homologue en Californie, qui me l'a confirmé. Il m'a raconté que vous aviez démantelé de l'intérieur plusieurs bandes dangereuses, et souvent seul. Il a dit que vous étiez intrépide, déterminé et sans égal. Monsieur, vous êtes tout juste l'homme qu'il me faut. Mes inspecteurs sont de braves gens, mais il me faut quelqu'un qui soit plus que ça. J'ai besoin d'un homme compétent et intelligent, capable de réfléchir vite et d'agir en conséquence. Je pense que vous êtes le seul qui puisse m'aider à retrouver mon... à retrouver Daniel.

Je me tournai vers Matt, bien consciente d'avoir les yeux écarquillés et la bouche entrouverte. Je ne pouvais m'empêcher de le dévisager. Je savais qu'il avait fait arrêter plusieurs bandes de hors-la-loi en Amérique, y compris celle de son propre grand-père, mais les éloges de son employeur paraissaient exagérés. Il ne rougit même pas.

— De toute évidence, vous avez une idée de qui est derrière la disparition du fils de votre ami, dit Matt. Quel groupe souhaitez-vous que j'infiltre ?

— La Guilde des Cartographes. Il s'y passe des choses étranges, et je voudrais bien en savoir plus.

Il se pencha en avant et, une fois de plus, son air autoritaire laissa la place à une mine inquiète.

— Retrouvez mon garçon, Mr Glass. Retrouvez Daniel.

CHAPITRE 2

— *V*otre garçon ? s'étonna Matt.

Le commissaire étira son cou qui sortait de son col blanc amidonné et ses joues s'empourprèrent au-dessus de sa barbe. Il sortit de sa poche une petite photographie d'un jeune homme. Son regard franc et intelligent, à demi-dissimulé sous une tignasse blonde, était fixé sur l'objectif. Sa minceur contrastait avec la forte carrure de son père, mais sa bouche avait la même fermeté que celle de Munro.

— Son nom complet est Daniel Munro Gibbons, dit le commissaire.

Le jeune garçon était sans doute né hors mariage et avait reçu le nom de son père comme deuxième prénom, mais pas comme nom de famille. Je me demandai si Mrs Munro était au courant.

— Il a dix-neuf ans, les cheveux blonds et les yeux bleus.

Le commissaire parlait d'un ton détaché, comme s'il était en train d'exposer à ses hommes les circonstances de la disparition d'un inconnu. Il avait l'air de ne pas savoir comment réagir, oscillant entre l'indifférence et l'inquiétude en passant par toute la gamme d'émotions s'étendant de l'une à l'autre.

— Il est intelligent, mais naïf. Il vit avec sa mère et son grand-père maternel, et il est allé dans une bonne école. Son grand-père était cartographe et, très jeune, le petit a montré une aptitude pour ce métier. Cela fait un peu plus d'un mois qu'il a débuté son apprentissage auprès du maître de la Guilde des Cartographes. Il y a trois jours, il a quitté la boutique de son maître à la fin de la journée pour rentrer chez lui. Il n'est jamais arrivé.

La main qui tenait la photographie se mit à trembler.

— Puis-je la garder ? demanda Matt en tendant la main vers la photographie. Et la carte aussi ?

Munro hésita avant de hocher brièvement la tête.

— Et ce n'est pas tout. Cette nuit-là, alors que toute la famille était à sa recherche et questionnait ses amis, leur maison a été cambriolée. Les seules choses qui ont été volées, ce sont les cartes de Daniel. Il les avait dessinées au fil des ans et les gardait dans une boîte sous son lit.

— C'est tout ?

— C'est tout. Le lendemain, il y a eu une nouvelle effraction, pendant que la famille était partie à sa recherche, une fois de plus. Ils n'ont rien pris, mais ils ont laissé la maison sens dessus dessous.

— Ils cherchaient peut-être une carte en particulier. Une qui n'était pas dans la boîte trouvée sous son lit.

Matt examina la carte de Daniel étalée devant lui.

— Celle-ci ?

— Je ne sais pas.

Daniel me l'a confiée il y a une semaine. Il ne m'a pas dit pourquoi, ni qui l'avait commandée, et je n'étais pas assez intéressé pour poser la question.

Il s'éclaircit la gorge.

— Maintenant, je le regrette. C'était peut-être un élément important.

Je repris la carte entre mes mains et suivis du bout des doigts le tracé de la rive du fleuve. Il semblait légèrement en relief, et pourtant, en l'inspectant de plus près, c'était juste un dessin plat.

— Sa mère se ronge les sangs.

Le commissaire déglutit péniblement.

— Retrouvez-le, Glass. Même si vous découvrez le pire, retrouvez Daniel, c'est tout.

— Je ferai de mon mieux.

Matt ouvrit le tiroir du haut de son bureau et en sortit un

calepin et un crayon, qu'il fit glisser vers moi sur le bureau. Il tourna la carte de Daniel pour la place face à Munro.

— Le trajet qu'il empruntait habituellement entre chez lui et son travail est-il sur la carte ?

— La boutique est là, à Burlington Arcade, répondit Munro en indiquant une galerie sur le bord de la carte. Daniel s'est rendu à pied à la gare Victoria, et il est descendu du train à Hammersmith.

Aucune de ces deux stations ne figurait sur la carte.

— Avait-il des amis ? demanda Matt.

Munro me donna deux noms que je notai.

— Mes hommes leur ont déjà parlé. Ils n'ont pas vu Daniel ce jour-là. La dernière fois qu'ils l'ont vu, il a évoqué des soucis à son travail, mais il n'a pas voulu leur en dire plus. J'ai parlé moi-même à son employeur, mais il a prétendu que Daniel était comme d'habitude et qu'il n'y avait rien d'anormal.

— Et vous l'avez cru ?

— Je pense qu'il mentait. Je crois qu'il sait ce qui est arrivé à Daniel, mais qu'il refuse de me le dire. C'est pourquoi j'ai besoin de vous, Glass. J'ai besoin d'un informateur qui me renseigne de l'intérieur sur la guilde et sur Jeremiah Duffield.

— Je vais voir ce que je peux faire. J'ai d'autres engagements...

— Non !

Le commissaire frappa sur le bureau du plat de la main, me faisant sursauter. Matt n'eut pas même un tressaillement.

— Oubliez tout le reste et consacrez tout votre temps à retrouver Daniel.

Matt hocha la tête. Il acceptait ?

— C'est impossible, fis-je remarquer. Les autres obligations de Mr Glass sont d'une importance vitale.

— Aussi importantes que de retrouver mon fils ?

Je levai les yeux pour soutenir son regard.

— Oui.

Matt leva les mains en signe d'apaisement.

— Je ne pourrai pas avancer sur l'autre dossier avant six jours, me dit-il. Je peux passer ce temps à chercher Daniel.

— Parfait, conclut Munro en se relevant.

— Il y a d'autres choses que vous pouvez faire pendant ces six jours, objectai-je.

Il y avait plusieurs manufactures d'horlogerie à visiter, et des questions à poser. Nous avions un programme chargé.

— Il a dix-neuf ans, India, dit Matt posément. Si je peux l'aider, je me dois de le faire.

— Absolument, dit Munro d'un ton bourru et sans réplique. Merci, Glass. Vous serez généreusement récompensé, bien entendu.

Matt se contenta de refuser d'un geste de la main.

— Si vous apprenez quoi que ce soit qui vous semble important, contactez-moi ici.

— Comment comptez-vous faire pour intégrer la guilde ? demanda-t-il alors que Matt le raccompagnait à la porte.

— Oui, renchéris-je, comment allez-vous faire, vous qui n'avez aucune compétence en cartographie ?

— Je n'ai pas encore réfléchi à tous les détails.

Je descendis l'escalier après eux et suivis Munro jusqu'à sa voiture, qui attendait dans la rue. À peine avions-nous refermé la porte d'entrée que toute la maisonnée fondit sur nous, y compris la tante de Matt. Cependant, ce n'était pas Munro qui l'intéressait, mais Willie.

— Parle-lui, toi, Matthew, dit-elle d'un ton vif. Moi, je suis à bout.

— J'ai proposé l'aide d'India, commença-t-il avant que Miss Glass ne l'interrompe.

— Mais non, ce n'est pas de ça qu'il faut lui parler, mais de *ça* !

D'un geste de la main, elle montra la pipe vissée au coin des lèvres de Willie.

— C'est dégoûtant.

Willie parvint à sourire tout en serrant les dents autour de sa pipe.

— C'est pas si mauvais que ça. C'est bon pour les poumons.

Elle prit une longue bouffée, mais qui se finit par une quinte de toux.

Duc gloussa.

— Je suis d'accord avec Miss Glass.

— Personne t'a demandé ton avis, s'étrangla Willie en crachant un nuage de fumée.Et puis toi aussi, ça t'arrive d'en fumer une.

— Mais moi, je suis pas une femme.

Elle leva les yeux au ciel.

— Je ne voudrais pas non plus qu'un homme souffle sa fumée infecte dans mon salon, dit Miss Glass. Si vous refusez de perdre cette habitude répugnante, allez faire ça dehors.

— Ou au fumoir, ajouta Matt avant que Willie n'ait le temps de faire remarquer à sa tante qu'elle n'était pas propriétaire du salon, ni d'aucune autre pièce de la maison.

Miss Glass prit un air scandalisé.

— Mais le fumoir est réservé aux hommes !

— Je ne crois pas que ça fasse une grosse différence, dans le cas de Willie.

— Mais que diront les domestiques ?

— Nous n'avons pas de domestiques. Et quand nous en aurons enfin, il faudra bien qu'ils se fassent une raison, comme nous, dit Matt avec un regard appuyé en direction de Willie.

— Je m'en vais, marmonna-t-elle. Dès que tu nous auras dit ce que voulait Munro.

— Bien volontiers.

Matt avait l'air fatigué, et je ne pouvais pas lui en vouloir. Moi aussi, j'étais lasse d'écouter les chamailleries de sa tante et de sa cousine.

— Son fils a disparu, et il veut que je le retrouve.

— Disparu ? répéta Miss Glass. Pauvre Agatha ! Cette chère Agatha... la pauvre ! Voilà que son mari a encore disparu.

Tous nos regards se tournèrent vers elle. La folie de Miss Glass ne s'était pas manifestée depuis une semaine, et je commençais à me demander si nous n'avions pas imaginé les crises précédentes. Ce nouveau délire prouvait que non.

— Je vais la ramener à ses appartements, dit Willie en tendant sa pipe à Cyclope. Duc, va chercher sa femme de chambre.

Avec une douceur surprenante, elle guida Miss Glass vers l'escalier pendant que Duc se dirigeait vers la porte qui menait aux quartiers des domestiques, sous la maison.

Matt les regarda s'éloigner avec un léger pli entre les sourcils.

— Polly prendra soin d'elle, le rassurai-je.

Il hocha la tête et se massa le front.

— Tu ne t'es pas assez reposé tout à l'heure ? demanda Cyclope.

— Je vais bien, dit Matt. Nous devons convenir d'un plan pour retrouver le petit.

— Et d'un plan pour retrouver Chronos, ajoutai-je. Pas question d'y renoncer au profit de cette nouvelle mission.

— Oui.

Cyclope avait le don de concentrer plus de menace dans son œil unique que la plupart des gens dans leurs deux yeux. Néanmoins, Matt ne semblait guère impressionné.

Willie revint et nous nous retrouvâmes dans la bibliothèque pour parler de la visite de Munro.

— Alors, comment veut-il que tu t'y prennes pour retrouver le gamin ? demanda Willie.

— Ce n'est pas un enfant, lui dis-je. Il a dix-neuf ans et il était... Je veux dire... il est l'apprenti de Jeremiah Duffield, le maître de la Guilde des Cartographes.

— Il doit être doué, alors, dit Duc, affalé dans un fauteuil moelleux, les pieds tournés vers la cheminée.

— En effet.

Matt sortit la carte de Daniel et l'étala sur la table.

— Voilà ce qu'il a fait.

Willie poussa un juron à mi-voix. Duc l'examina, les yeux écarquillés, tandis que Cyclope montrait du doigt plusieurs endroits notables.

— Touchez-la, dis-je. On dirait que certaines lignes sont en relief.

Ils se mirent tous à toucher les routes, les bâtiments, le fleuve, suivant les contours du bout du doigt comme je l'avais fait.

— C'est un artiste, dit Cyclope. Un génie.

— Comment il a fait ? demanda Duc, admiratif.

— Il a retourné la feuille et a appuyé fort au dos, dit Willie. Il doit y avoir la même carte au dos, mais en miroir.

— Sauf que ce n'est pas le cas.

Matt prit la carte dans ses mains et la tint à plat à hauteur de ses yeux avant de la retourner. On n'y voyait pas la moindre trace.

Personne ne trouva rien à répondre. La création de cette carte était un mystère.

Matt l'enroula et la mit de côté.

— Je te repose la question, dit Willie en tendant ses jambes devant elle, les chevilles croisées. Comment est-ce que tu comptes le retrouver, si la police n'y est pas arrivée ?

— Munro veut que j'infiltre la guilde pour voir ce que je pourrai apprendre de l'intérieur, dit Matt.

— Mais comment ? Tu ne sais pas dessiner les cartes.

— Il peut toujours essayer, suggéra Duc. Il n'est pas mauvais avec un crayon.

— Ça ne suffira pas pour être accepté dans la guilde, dit Cyclope en levant les yeux au ciel.

— Je vais devoir trouver un autre moyen, dit Matt. Une guilde a besoin de domestiques ; les membres ont des clients, des amis, des épouses.

— Tu ferais pas une bonne épouse, dit Duc en réprimant un sourire narquois. T'es pas assez docile.

— Docile ? gloussa Willie. Ça m'étonne pas que tu sois célibataire.

Duc croisa les bras et lui sourit d'un air supérieur.

— Je me ferai engager comme domestique, poursuivit Matt.

— Et s'ils n'ont pas de places vacantes ? demandai-je.

— Ils en auront quand j'aurai soudoyé l'un des domestiques pour disparaître.

Cyclope secoua la tête.

— C'est moi qui ferai le domestique. Toi, tu as l'allure et les manières d'un gentleman.

— Je peux me faire passer pour un domestique si nécessaire.

— Et si vous vous faisiez passer pour un client ? suggérai-je. Cyclope peut faire le domestique, et moi, je sympathiserai avec la femme de Mr Duffield, s'il est marié.

Matt hocha la tête.

— Une stratégie à trois niveaux. Ça me plaît.

— Et Willie et moi ? demanda Duc.

— Vous deux, j'ai besoin que vous restiez ici. Si nous sommes trop nombreux, ça leur mettra la puce à l'oreille.

Duc se radossa en grommelant, mais Willie gardait un air impassible.

— Et si la guilde n'a rien à voir avec sa disparition ? demanda-t-elle. Si ça se trouve, il s'est simplement fait dévaliser en rentrant chez lui, mais ça a mal tourné et il s'est fait tuer. Il avait peut-être des ennemis. En tout cas, c'est sûr que son père en avait, vu le poste qu'il occupe.

— Munro est convaincu que cette affaire a un lien avec la guilde. Il semble aussi penser que Daniel est toujours en vie.

— C'est peut-être seulement ce qu'il espère.

Je frémis en sentant un frisson glacé parcourir ma colonne vertébrale.

— Cela dit, j'espère qu'il a raison et qu'il n'est pas arrivé quelque chose d'affreux à Daniel.

— La question, dit Cyclope, c'est : pourquoi quelqu'un voudrait l'enlever ?

C'était une excellente question, avec tant de réponses potentielles qu'il était impossible de spéculer sans en savoir davantage. Je pris la carte de Daniel et me remis à l'étudier. Elle était vraiment magnifique, tout en restant fonctionnelle. La technique qu'il avait utilisée pour donner du relief à certaines lignes, quelle qu'elle soit, n'avait laissé aucune trace. En repassant mes doigts dessus, je crus sentir comme une légère chaleur, une sensation si ténue qu'elle en était presque imperceptible. Je fermai les yeux et concentrai toute mon attention sur la carte. Le bout de mes doigts se réchauffa à nouveau, mais à peine. Dès que mes doigts quittaient les lignes en relief, la sensation cessait.

— Qu'y a-t-il ?

La voix de Matt résonna derrière moi, tout près. Je ne l'avais pas entendu approcher.

En rouvrant les yeux, je le vis penché par-dessus mon épaule, son visage un peu au-dessus du mien. Je lui tendis la carte.

— Touchez les lignes.

Il s'exécuta, fermant même les yeux comme moi.

— Sentez-vous quelque chose ?

— C'est-à-dire ?

Je lui touchai la main et il ouvrit brusquement les yeux. Ils rencontrèrent les miens l'espace d'un instant bref mais intense, jusqu'à ce que je détourne le regard.

— Refermez les yeux, lui dis-je.

Je guidai son doigt le long des traits en relief.

— Sentez-vous quelque chose ?

Il inspira profondément, puis expira lentement. Il secoua la tête.

— Vous ne sentez pas cette chaleur ?

Le pli entre ses sourcils réapparut.

— Non.

Il rouvrit les yeux.

— Vous la sentez ?

— Je... je crois, oui.

Je me remis à toucher les lignes, mais sa présence me déconcentrait, à présent. Je ne sentais plus que le grain du parchemin.

— C'était un peu chaud.

Il rapprocha une chaise et s'assit, ses genoux frôlant le coton de ma jupe.

— Est-ce que les lignes ont chauffé comme le font les montres quand vous les touchez ?

— Pas autant. Ça paraît logique, elles sont en métal.

— À moins qu'elles ne provoquent chez vous une réaction plus profonde et plus puissante parce que vous possédez la magie des montres, pas celle des cartes.

Mes doigts se crispèrent sur le dessus de la table. Mon cœur ralentit jusqu'à rester presque arrêté, et ma bouche se dessécha.

— Je... je ne suis pas sûre d'avoir le moindre pouvoir magique.

— Moi, j'en suis sûr.

Il posa sa main sur la mienne. Elle était chaude, tendre, ferme.

— India, il n'y a pas d'autre explication quand des montres et des horloges se mettent à bouger toutes seules. Des montres et des horloges que *vous* avez manipulées.

— Mais... je ne sais même pas comment je fais ! Et pourquoi moi ? Pourquoi ai-je de telles facultés ?

Et pourquoi étais-je incapable de réparer sa montre ?

— Je l'ignore. Mais nous trouverons quelqu'un qui aura des réponses. Quelqu'un qui pourra vous aider à comprendre votre don.

— Nous avons d'autres priorités pour l'instant.

Il massa doucement ma phalange avec son pouce en me faisant un petit sourire.

— En trouvant Chronos, nous ferons d'une pierre deux coups.

Il retira sa main et reprit la carte.

— J'avais déjà envisagé la possibilité que le talent de Daniel soit surnaturel. Cette carte est extraordinaire.

— Mais ce n'est qu'une carte. Elle n'a aucune action spéciale.

— Pas pour nous, mais elle en a peut-être une pour Daniel, ou pour celui à qui elle est destinée.

— De la même façon que votre montre vous maintient en vie, vous et personne d'autre ?

Il confirma d'un hochement de tête.

— C'est forcément de la magie. Sinon, comment aurait-il pu donner un tel relief à ces lignes ? Et comment expliquer autrement cette chaleur que vous sentez quand vous les touchez ?

— Vous pensez que ma... magie réagit à la carte ?

Ça me faisait drôle, d'associer ce mot à moi-même. Je n'avais pas l'impression d'avoir des pouvoirs magiques , je me sentais très ordinaire. J'avais eu une éducation tout à fait ordinaire, des parents ordinaires, et jusqu'à la mort de mon père, toute ma vie avait été ordinaire.

Et pourtant, une voix dans ma tête faisait écho à celle de Matt. Tout semblait indiquer que je possédais une petite quantité de magie des horloges.

— Oui, c'est ce que je pense.

Il étendit ses longues jambes sous la table et se remit à examiner la carte.

— Le ravisseur a-t-il besoin de Daniel et de la carte ? Ou l'enlèvement de Daniel n'est-il qu'un moyen de trouver la carte ?

— Et quel que soit celui qui cherche cette carte, pourquoi Daniel voudrait-il l'empêcher de la trouver ? demandai-je. Il a confié cette carte au seul homme qui lui paraissait à même de la protéger : son père, qui est commissaire de police. Il savait qu'entre ses mains, elle serait en sécurité. Mais il n'a pas dit un mot à Munro de ses propriétés magiques.

— Peut-être parce qu'il se doutait que Munro ne le croirait pas. Il a l'air du genre sceptique.

— Comment lui reprocher de ne pas croire en la magie ? Moi-même, je ne suis pas sûre d'y croire.

Il y avait une note de malice dans le sourire en coin de Matt.

— Mais si, India. Je sais que vous y croyez. La seule chose qui vous empêche d'accepter pleinement l'idée que la magie existe, c'est votre obstination.

— Pas du tout, répliquai-je sèchement. Ce sont des années passées à raisonner de façon logique et à ne croire que ce que je peux expliquer et répliquer.

Il continuait de sourire, imperturbable, comme s'il me connaissait mieux que je ne me connaissais moi-même.

— Nous devons découvrir qui a commandé cette carte à Daniel, dis-je. S'il s'agit d'une commande, bien sûr. Il est possible qu'il l'ait simplement dessinée pour lui-même.

— Et, dans un cas comme dans l'autre : *pourquoi* ? Pourquoi se donner tant de mal, quand il existe déjà des milliers de cartes de Londres ? Qu'a-t-elle de spécial, *celle-ci* ?

* * *

Je pris la voiture avec Matt pour aller au siège de la Guilde des Cartographes, à Ludgate Hill. Cyclope était parti quarante-cinq minutes avant nous, armé de références impeccables et d'une bourse remplie de pièces destinée à inciter un valet de pied à renoncer à son emploi. J'espérais qu'il réussirait sans qu'on lui pose trop de questions embarrassantes. Matt avait décidé que nous nous ferions passer pour un couple marié. Je n'étais pas sûre que ce soit une bonne idée. Déjà, parce que cela nous liait l'un à l'autre, privant notre stratégie de l'un de ses trois niveaux. Et ensuite, parce que cela nous obligeait à accorder nos violons. À la banque, cela n'avait pas posé trop de problèmes car c'était un stratagème à court terme, et nous n'avions pas été séparés. Mais sur une période plus longue, ce serait plus difficile.

— Je cherche un jeune cartographe, annonça-t-il en entrant au siège de la Guilde. Il avait parlé avec un fort accent américain et un air d'autorité impérieuse si différent de ses manières affables que je lui lançai un regard oblique.

Un valet de pied d'âge canonique posté dans le renfoncement de la porte du bâtiment de Ludgate Hill posa sur Matt un œil méfiant, quoiqu'un peu larmoyant. Il ne se donna même pas la peine de me regarder.

— Et vous êtes... ?

— Mr Prescott, de la société Stanford et Prescott, à Boston. Nous sommes banquiers, précisa-t-il. On m'a dit qu'il y avait ici un apprenti cartographe qui est excellent dans son domaine, peut-être même le meilleur. Et j'ai besoin du meilleur pour me dessiner une carte, quelque chose de spécial, d'unique. Eh bien, mon brave ? Je suis bien à la Guilde des Cartographes, n'est-ce pas ? Vous devez bien savoir de qui je veux parler.

— Vous feriez mieux d'entrer.

Le valet recula en traînant des pieds. Il était tellement voûté que Matt faisait presque le double de sa taille.

— Merci, dis-je tandis que Matt s'était contenté de lui passer devant sans un mot. Ce n'était pas parce qu'il était dans son personnage que je devais moi aussi me montrer impolie.

À l'intérieur, les dalles bleues et blanches du porche cédaient la place à un carrelage en damier noir et blanc plus moderne. C'était un style simple, pensé pour ne pas détourner l'attention de l'immense globe terrestre posé sur les épaules d'une statue en bronze représentant un vieillard courbé. Le globe luisait à la lumière que projetaient une douzaine de lampes au gaz fixées aux murs. Il n'y avait pas de fenêtres, et une fois la porte fermée, aucune lumière naturelle ne filtrait du dehors. Nous étions au milieu de l'après-midi, mais on aurait pu se croire en pleine nuit.

Le valet de pied nous indiqua une pièce à côté.

— Attendez là. Quelqu'un va bientôt vous recevoir.

Cependant, Matt n'y alla pas. Il était trop occupé à faire les cent pas autour du globe, qu'il examinait.

— Regardez, très chère, me dit-il. Quel ouvrage remarquable. On y a gravé les noms des pays et des océans. Les chaînes de montagnes sont en relief, et les vallées en creux. Et il y a aussi des petits symboles.

— Je vois une sirène.

Je lui montrai du doigt, dans un fleuve, une jeune fille dont les longs cheveux tombaient en cascade.

— Et il y a une couronne au-dessus de Londres. Comme c'est charmant.

— Ça a surtout dû coûter très cher.

Matt caressa le globe avec toute la délicatesse et la dévotion d'un amant.

— Une pareille œuvre d'art devrait être bien à l'abri dans la chambre-forte d'une banque, pas exposée aux regards.

— Si vous voulez bien passer à côté, insista le valet de pied, qui commençait à s'impatienter.

— Nous aimerions continuer à inspecter le globe, dit Matt sans lever les yeux.

— Non.

Nous tournâmes tous les deux la tête vers le valet de pied. Il nous montra la porte de son doigt noueux.

— Attendez là.

Je pris Matt par le bras.

— Mieux vaut faire ce qu'il dit.

Des cadres avec des cartes de toutes les formes et toutes les tailles ornaient les murs du salon, et un autre globe, moins élaboré, trônait fièrement sur une table près du sofa. Je m'assis, mais Matt se mit à faire les cent pas, les mains nouées dans le dos.

— Tout va bien ? m'inquiétai-je.

Il n'avait pas l'air particulièrement fatigué, mais peut-être avait-il déjà besoin d'utiliser sa montre. Il aurait de quoi être ennuyé s'il en avait besoin si vite après la dernière fois.

— Oui, dit-il d'un ton bourru, sans ralentir. Je suis un homme très occupé, et j'aimerais qu'on en finisse. C'est tout.

Ah. Il ne voulait pas sortir de son personnage, au cas où quelqu'un passerait la porte. Il valait mieux que j'en fasse autant. Je m'assis, les mains croisées sur mes genoux, avec une expression que j'espérais respectable. La femme d'un riche banquier ne serait pas du genre à défier l'autorité de son époux.

J'oubliai tout cela quand Cyclope entra, vêtu de la même livrée à queue-de-pie que le vieux valet de pied. Je lui fis un grand sourire. Lui, au contraire, évita de me sourire ou de faire mine de m'avoir remarquée, et Matt l'ignora aussi. Je ravalai mon sourire et fis comme s'il n'était pas là, comme j'avais vu Lady Rycroft, la tante de Matt, faire avec ses domestiques. Cyclope posa un plateau sur la table devant moi.

— Un peu de thé, Madame ? proposa-t-il avec un accent anglais impeccable.

— Volontiers, merci.

J'acceptai la tasse qu'il me tendit, mais sans croiser son regard. Je ne voulais pas me mettre à rire, même s'il n'y avait personne d'autre.

Lorsque Cyclope se retira, ce fut pour laisser la place à un monsieur souriant avec une courte barbe grise et une paupière gauche tombante. Il tenait contre son cœur un épais volume bleu. Il serra la main de Matt et se présenta comme Mr Onslow, le trésorier de la guilde. Derrière lui, un jeune homme au visage angélique nous observait tous les deux de son regard franc et curieux.

— Vous avez eu de la chance de me trouver ici, dit Mr Onslow. Mon apprenti et moi étions sur le point de partir. Que puis-je faire pour vous ?

— On m'a dit qu'il y avait ici un apprenti cartographe qui est excellent dans son domaine, peut-être même le meilleur, dit Matt. Et j'ai besoin du meilleur pour me dessiner une carte. Une carte spéciale, ajouta-t-il en insistant sur ce mot avec un air de mystère.

— Un apprenti ? Non, non, vous faites erreur.

Mr Onslow se mit à rire, mais seul le coin de son œil valide se plissa. Celui à la paupière tombante resta inchangé.

— Un apprenti est trop novice, il n'a pas encore affiné son talent. Il vous faut un homme d'expérience.

— Je veux le meilleur. Et il paraît que le meilleur, c'est cet apprenti.

— Qui prétend cela ? s'indigna Onslow, soudain refroidi.

— Peu importe. C'est un jeune homme du nom de Daniel Gibbons.

L'apprenti sursauta. Onslow lui lança un regard mauvais qui lui fit fermer la bouche et baisser la tête.

— Vous savez de qui je veux parler.

Matt instilla dans son affirmation une légère note menaçante que seul un homme intrépide pourrait ignorer.

Onslow hésita tout de même, avant d'acquiescer :

— C'est l'apprenti de Mr Duffield, le maître de la guilde, mais il a disparu.

Comme Matt feignait la surprise, je l'imitai.

— Disparu ? répéta Matt.

Onslow haussa les épaules.

— Il a quitté son travail et n'est pas rentré chez lui, à ce qu'il paraît. La police a interrogé plusieurs personnes, mais... C'est une bien triste affaire.

— Il s'est donc enfui ?

— Difficile à dire.

Onslow retrouva le sourire.

— Mais ce n'était qu'un apprenti. Il y a dans la guilde un grand nombre de cartographes expérimentés qui pourront faire du très bel ouvrage pour vous. Quel genre de carte vous faut-il, et de quelle région ?

— J'irai m'adresser à Duffield, dit Matt en l'ignorant. Je suppose que le meilleur apprenti travaille pour le meilleur carto-graphe, et il est le maître de la guilde, n'est-ce pas ?

Les lèvres innocentes de l'apprenti firent une moue. De déception ? De jalousie ?

— Ce n'est pas forcément lui le meilleur, dit Onslow avait raideur. La qualité est une notion subjective. Duffield se spécia-lise dans l'Hindoustan, où il a beaucoup voyagé dans sa jeunesse. À moins que la carte que vous voulez lui commander ne soit une carte de l'Inde ou d'un des pays voisins, je vous déconseille de demander à Duffield. Mais bien sûr, ce n'est que mon humble avis.

— C'est justement une carte de l'Inde, répondit Matt sans hésiter une seconde.

— Oh.

Un pli marqua l'arête du nez d'Onslow.

— Dans ce cas, vous le trouverez dans sa boutique de Burlington Arcade. Et maintenant, nous devons partir. Je n'aime pas quitter trop longtemps ma boutique. Si vous n'êtes pas satisfait des manières de Duffield, venez me voir. J'ai moi-même une excellente connaissance de l'Hindoustan. Vous me trouverez sur Regent Street. Bonne journée, Monsieur, et à vous, Madame.

Puis, s'adressant à son apprenti, il ajouta :

— Raccompagne-les à la sortie.

Mr Onslow s'en alla et le jeune homme nous montra la porte. Maintenant qu'il était séparé de son maître, je me demandais s'il serait plus disposé à parler de Daniel.

— Comment vous appelez-vous ? lui demandai-je.

Il leva brusquement les yeux, peut-être surpris que je lui aie adressé la parole directement.

— Ronald. Ronald Hogarth.

— Ravie de faire votre connaissance, Ronald. J'ai l'impression que vous connaissez Daniel, l'apprenti qui a disparu, je me trompe ?

Ses pommettes virèrent au rose vif.

— Je ne l'ai rencontré que deux fois. Les deux fois, c'était ici, à des réunions. Nous n'étions pas invités aux réunions, bien sûr, elles sont réservées aux membres de plein droit, mais souvent, les apprentis viennent aussi et sont conviés au dîner qui suit.

— Vous lui avez parlé ?

— Un peu.

— Qu'avez-vous pensé de lui ? demanda Matt. L'avez-vous trouvé anxieux ? Troublé ?

Ronald haussa une épaule.

— On peut dire ça, j'imagine, mais seulement ces derniers temps. La première fois que je l'ai rencontré, c'était un gars normal, plutôt sympathique. La deuxième fois, il ne tenait pas en place. Il sursautait facilement, surtout quand une nouvelle personne entrait. Il n'arrêtait pas de regarder par-dessus son épaule, aussi, comme s'il s'attendait à ce qu'on le prenne par surprise.

— Avait-il l'air plus inquiet quand son maître était dans la pièce ?

— Non.

Ronald ouvrait de grands yeux qu'il posait tour à tour sur Matt et sur moi. Le pauvre garçon ! Nous l'avions alarmé.

— Pourquoi est-ce que vous me posez toutes ces questions ? C'est à propos de sa disparition ?

— Nous voulons juste le trouver pour qu'il puisse me faire une carte, lui assura Matt.

Je pris Matt par le bras en espérant qu'il comprendrait que c'était une façon de lui dire de ne pas être trop insistant. Ronald devenait méfiant.

— Il était doué, marmonna Ronald. Mais pas autant que tout le monde le dit.

— Vous avez vu son travail ? demanda Matt.

— Non, mais je sais qu'il ne pouvait pas être si doué que ça. Il n'en était qu'à sa première année d'apprentissage. Le client qui lui a passé commande a dû s'en rendre compte, et il a demandé à être remboursé ; c'est sûrement la raison de leur dispute.

Je sentis les muscles de Matt se contracter sous ma main.

— Comment savez-vous qu'il y a eu une dispute ?

— J'ai entendu Mr Duffield en parler avec Mr Onslow et plusieurs autres, il y a un peu plus d'une semaine.

Avant la disparition de Daniel, donc.

— Savez-vous à quel sujet ils se sont disputés ? demandai-je.

— Non. Mr Duffield n'a pas entendu.

— Merci, dit Matt. Espérons qu'il leur fait juste une mauvaise blague, et qu'il finira par réapparaître.

Ronald hocha la tête tristement.

— J'espère que c'est seulement ça. C'était un sale vantard, mais je n'aime pas imaginer qu'il a pu lui arriver quelque chose de grave.

Nous regagnâmes notre voiture, qui nous attendait, et lorsque nous fûmes installés, Matt cogna du poing contre le plafond. Bryce se mit en route en direction de Clerkenwell.

— Nous n'avons pas appris grand-chose, soupirai-je.

— Au contraire.

Matt retira son chapeau et s'ébouriffa les cheveux.

— Nous avons appris que Duffield est spécialiste de l'Hindoustan, c'est une information dont je pourrai me servir quand je parlerai avec lui. Nous avons aussi appris que Daniel avait eu des mots avec un client. Je suis prêt à parier qu'il s'agit du même que celui qui l'a engagé pour créer cette carte. Ils se sont peut-être querellés parce que Daniel refusait de la lui rendre.

— Ça paraît logique, oui.

La voiture prit un virage un peu sec et je posai la main sur le siège à côté de moi pour ne pas tomber.

— Nous avons eu de la chance que Ronald ait accepté de nous parler. Nous ne savions même pas qu'il serait là.

— C'est ce qui rend le travail d'infiltration si passionnant. On ne sait jamais sur qui on va tomber, ni ce qu'on va découvrir. C'est ce qui fait que je ne me lasse jamais.

Et en effet, il avait l'air revigoré par cette rencontre. Ses yeux n'avaient pas été aussi brillants de toute la journée, et un petit sourire satisfait flottait sur ses lèvres.

— Vous êtes plutôt doué, dis-je. Je suis impressionnée que vous ayez joué votre rôle aussi longtemps, même quand personne ne vous regardait.

— Vous vous en êtes très bien tirée aussi.

— J'avais les nerfs à fleur de peau tout du long. Je n'ose même pas imaginer ma réaction si Onslow s'était douté que nous mentions.

— Il n'y a vu que du feu, répondit-il en souriant.

— Nous formons une bonne équipe.

J'avais quelques doutes. Il n'avait pas eu besoin de moi à la guilde, pas plus qu'à la banque. Je le soupçonnais de plus en plus de m'avoir emmenée pour justifier les gages qu'il me versait. Je sentis un léger scrupule saisir mes entrailles, mais je l'ignorai. Je voulais travailler, et je ne demandais pas plus que ce que j'aurais gagné en travaillant comme assistante dans une boutique. Et d'ailleurs, à voir avec quelle indifférence il accueillait chaque nouvelle personne à sa charge, Matt avait largement les moyens de payer mon salaire.

Le district industriel de Clerkenwell était un quartier populaire, ça ne faisait aucun doute. Rares étaient les attelages luxueux qui s'aventuraient dans ses ruelles étroites et sinistres. Le soleil et la couleur semblaient avoir déserté les lieux, de même que l'espoir, à en juger par tous ces visages hagards. Les fabriques ressemblaient davantage à des ateliers qu'à des locaux de manufacture. La plupart appartenaient à des artisans qui avaient réussi, grâce à des investisseurs, à réunir un capital suffisant pour étendre leur activité. Il y a plusieurs années, mon père avait été démarché par un horloger qui cherchait à le pousser à investir dans une entreprise de ce genre. Il avait proposé à mon père une partie des bénéfices en échange d'un peu d'argent pour se lancer, mais Père, qui était quelqu'un de prudent, n'avait pas voulu investir dans une affaire qui risquait de ne rien lui rapporter. Il avait préféré garder son atelier à l'arrière de sa boutique pour aller et venir à sa guise.

Matt m'aida à descendre les marches de la voiture et nous entrâmes dans le bâtiment en briques qui portait, peinte sur toute la largeur de la façade, l'inscription : *Worthey, Fabricant d'Horloges de Qualité*. Le cliquetis rythmé des mécanismes résonnait dans le vaste édifice, accompagné par le vrombissement de centaines de petits rouages et, occasionnellement, le tintement d'une cloche. Quatre hommes vêtus de tabliers de cuir, assis sur un long banc, étaient occupés à trier des pièces qu'ils rangeaient ensuite dans de petites boîtes. Deux autres, debout près des machines, tournaient des manivelles et alimentaient la mécanique, et quatre autres, assis à des tables, assemblaient les horloges.

Un homme avec des favoris était assis dans un bureau. Il leva les yeux de sa paperasse et nous aperçut pile au moment où nous le vîmes. Il nous salua et, nous voyant bien habillés, il sourit. C'était une chance que Miss Glass ait insisté pour que j'achète de nouvelles tenues plus appropriées pour lui servir de dame de compagnie que les robes d'un gris et d'un brun ternes que j'avais portées toute ma vie. Je n'étais pas encore tout à fait à l'aise dans mes nouvelles robes aux teintes bleues et vertes très voyantes, mais elle avait dit qu'elles me donnaient « bien meilleure allure ».

— Bien le bonjour, Monsieur, Madame, dit l'homme en serrant la main de Matt. Bienvenue chez Worthey. Je suis Archibald Worthey. Que puis-je faire pour vous ?

— Nous cherchons un horloger en particulier, dit Matt. Il se peut qu'il travaille ici, ou que vous le connaissiez.

Le sourire de l'homme s'affaissa légèrement. C'était la réaction habituelle dès que nous disions que nous étions venus chercher quelqu'un, et non pas acheter une nouvelle montre ou une horloge.

L'un des ouvriers s'approcha du bureau, concentré sur la petite pendule de voyage qu'il tenait à la main. Le boîtier était ouvert et il en bricolait les mécanismes.

— J'en ai pour un instant, Pierre, dit Worthey.

Puis, s'adressant à Matt :

— Votre accent, c'est un accent américain ?

L'ouvrier s'immobilisa. Il ne leva pas les yeux de sa pendule, mais son attention était ailleurs. L'outil retomba entre ses doigts.

Je me tournai vers Matt.

— Oui, dit-il. Il se trouve justement que c'est en Amérique que j'ai rencontré cet horloger, même s'il était anglais. C'était il y a cinq ans. Et maintenant, je le cherche. Connaissez-vous un horloger hors du commun qui aurait pu quitter le pays à cette époque ? Un vieil homme, avec des cheveux blancs.

Worthey secoua la tête.

— Non, je ne vois pas. Pierre saura peut-être. Il est vieux, et il a beaucoup voyagé.

Il eut un petit rire.

— Pierre ? Est-ce que... Oh. Il est parti.

Je me retournai aussitôt, et Matt fit de même. En effet, l'ouvrier était parti en laissant la pendule posée sur la table près de la porte. Je sortis du bureau d'un pas vif et passai en revue les autres hommes de l'atelier. Aucun n'avait la même casquette bleue que Pierre, et la place au bout du long banc était vide.

À côté de moi, la respiration de Matt se fit plus forte, plus précipitée. Je lui saisis le bras.

— Il avait une barbe blanche, lui dis-je à mi-voix. Mais je n'ai pas vu son visage.

— Mais enfin, où est-il passé ? s'étonna Worthey, les mains sur les hanches. Ce n'est pas l'heure de sa pause.

Je pris entre mes mains la pendule de voyage sur laquelle Pierre avait travaillé, mais je la lâchai en poussant un cri.

— Elle est chaude !

Matt se mit à courir.

CHAPITRE 3

Matt partit à pied à la recherche du dénommé Pierre et, quant à moi, je dis à Bryce de suivre lentement les rues de Clerkenwell avec la voiture. Pas moins de huit fois, je lui criai de s'arrêter et sortis examiner chaque vieillard à la barbe blanche que j'avais aperçu. Aucun ne portait la même casquette bleue que Pierre, et ils répondirent tous à mes questions par un regard hébété. Mais peut-être qu'ils mentaient, après tout. N'ayant pas vu le visage de Pierre, je n'avais aucun moyen de savoir à quoi il ressemblait.

Au bout de deux heures, j'ordonnai à Bryce de retourner à la fabrique. Comme Matt n'y était pas, j'entrai dans le bureau de Worthey d'un pas décidé.

— L'homme qui était là tout à l'heure, dis-je. Pierre. Quel est son nom complet ?

— Excusez-moi, Mrs... ?

— Miss Steele. Je suis la fille de...

Lui dire que j'étais la fille d'Elliot Steele risquait de ne pas jouer en ma faveur.

— C'est sans importance.

Rares étaient les horlogers qui m'avaient traitée sans crainte ni réticence depuis la mort de mon père. Je ne connaissais pas Mr Worthey, mais cela ne voulait pas dire qu'il n'avait pas connu mon père.

Worthey soupira et reposa son porte-plume dans l'encrier.

— Pierre DuPont. Pourquoi ? Que lui voulez-vous ?

— Il est peut-être l'homme que mon employeur recherche. C'est un Français ?

Il confirma d'un hochement de tête.

— Oui, il vient de Marseille. Il est arrivé en Angleterre il y a quelques années.

— A-t-il un accent français ?

— Oui, un très fort accent.

Ce n'était donc pas Chronos : Matt avait dit que son magicien horloger parlait avec l'accent anglais des classes moyennes, et qu'il avait travaillé à Londres. Je posai mes mains sur le dossier de la chaise devant moi et baissai la tête. Nous aurions dû interroger Worthey avant de nous mettre à la poursuite de Pierre.

Mais s'il n'était pas Chronos, pourquoi s'était-il enfui en entendant l'accent américain de Matt ? Et pourquoi la pendule était-elle chaude au toucher ?

— Depuis combien de temps travaille-t-il ici ? demandai-je.

— Trois mois.

Une horloge sur le mur se mit à sonner. Worthey regarda sa montre avant de la ranger dans sa poche.

— Veuillez m'excuser.

Il alla à grandes enjambées jusqu'à la porte du bureau et sonna la cloche qui y était suspendue.

Pareils à des automates, les hommes assis sur le long banc posèrent leurs outils et se levèrent. Ceux qui travaillaient aux machines actionnèrent des leviers et les rouages s'immobilisèrent en grinçant. Un silence oppressant s'installa dans la fabrique.

— Cela ne vous gêne pas si je parle quelques instants à vos hommes avant qu'ils s'en aillent ? demandai-je à Worthey. Ils auront peut-être sur Pierre des informations qui pourraient nous aider.

Il tendit la main.

— Je vous en prie, mais il vous faudra faire vite. Personne n'aime rester ici plus longtemps que nécessaire.

Il descendit avec moi l'escalier tandis que les hommes prenaient leurs manteaux suspendus à une rangée de crochets sur le mur.

— Avant de partir, les gars, hurla Mr Worthey, Miss Steele voudrait vous poser quelques questions à propos de Pierre. Qui le connaissait bien, parmi vous ?

Je ne rencontrai que des regards vides.

— L'un d'entre vous sait-il où il travaillait avant d'arriver ici ? demandai-je.

Ils firent non de la tête.

— Avait-il des amis ? De la famille ? demandai-je.

Même réaction.

— Il n'avait pas de famille, me dit Worthey. Je demande toujours à chacun de mes employés qui je dois contacter, au cas où il leur arriverait quelque chose. Il m'a dit qu'il n'avait personne.

— Où habitait-il ?

— Je n'en sais rien. Il se présentait tous les matins, et il venait chercher son salaire à mon bureau les jours de paye. Il aurait bien pu dormir toutes les nuits sous une vieille charrette défoncée, ça ne me regarde pas. C'était un bon horloger, un ouvrier robuste qui n'avait pas besoin qu'on lui apprenne le métier, et il ne se mêlait pas aux autres. Je n'ai pas à en demander davantage.

Je sentis mon cœur se serrer. En voyant les ouvriers quitter les lieux, j'avais l'impression que tout espoir s'en allait avec eux.

Je passai encore une heure dans la voiture à attendre le retour de Matt, et je ressentis un soulagement dont je refusais d'admettre l'intensité quand il reparut au coin de la rue. Le jour déclinant plongeait son visage dans l'ombre jusqu'à ce qu'il me rejoigne devant la porte ouverte de la voiture. À ses épaules affaissées, j'avais déjà deviné qu'il n'avait pas réussi à retrouver Pierre, mais je ne m'attendais pas à le voir aussi exténué. Il avait des cernes sombres qui tranchaient sur la pâleur de sa peau, et sa bouche était marquée de plis profonds. Il trébucha en montant dans l'habitacle, et je le rattrapai par les épaules mais, entraîné par son poids et son élan, il tomba sur moi, me clouant sur la banquette.

— Bon sang, bougonna-t-il en se relevant.

Il tâta la poche de sa veste contre sa poitrine tout en se laissant tomber sur le siège en face de moi. Il plongea la tête entre ses mains et, d'un coup de pied, il éloigna de la portière son chapeau qui était tombé par terre.

— Je vous demande pardon, India.

Je ravalai la boule qui s'était formée en travers de ma gorge et criai à Bryce de nous reconduire chez nous. Je fermai la portière et me rassis.

— Matt.

Comme il ne répondait pas, je lui pris la main et l'écartai de son visage. Il baissa l'autre main et me contempla à travers l'épais rideau de ses cils. Je voulais lui demander s'il se sentait bien, mais je voyais clairement que non, et je ne voulais pas froisser son orgueil masculin en faisant allusion à sa maladie.

— Je ne pense pas qu'il s'agissait de Chronos.

Il releva la tête pour mieux me regarder.

— Qu'est-ce qui vous fait dire cela ?

— À en croire Worthey, il était français et il avait un fort accent.

— Il aurait pu faire semblant pour passer inaperçu.

— C'est vrai, soupirai-je. Si seulement j'avais vu son visage, je pourrais vous le décrire. Tout ce que j'ai vu, c'est sa barbe blanche.

— C'est toujours plus que ce que j'ai vu, moi.

Il baissa à nouveau la tête. Je mourais d'envie de lui caresser les cheveux, de lui apporter un peu de réconfort. Cependant, je n'étais pas sûre que ce geste serait bien reçu.

— Nous reviendrons poser d'autres questions demain.

— J'ai interrogé Worthey et les autres ouvriers, dis-je.

Il se redressa.

— Et qu'avez-vous appris ?

— Apparemment, il s'appelle Pierre DuPont. Il est originaire de Marseille, mais cela fait maintenant plusieurs années qu'il vit en Angleterre. Il est entré à la fabrique de Worthey il y a trois mois. Il n'a pas de famille, et Worthey ne connaît pas son adresse. C'était un solitaire, il ne s'est pas fait d'amis parmi ses collègues.

Matt renversa la tête en arrière et ferma les yeux.

— Je voudrais tout de même revenir demain. Il reviendra peut-être travailler comme s'il ne s'était rien passé.

Au ton de sa voix, je devinai qu'il n'avait que peu d'espoir.

Soudain, sa respiration s'accéléra et se fit plus haletante, et quelques gouttes de sueur perlèrent sur son front. La pénombre lui donnait un air fantomatique. Je vins m'asseoir à côté de lui et lui mis la main sur le front.

— Vous êtes brûlant !

Ses paupières frémirent. Est-ce qu'il dormait ? À moins que... ?

— Matt ?

Pas de réponse.

— Matt !

Je le secouai et il s'affaissa contre moi.

— Hmm ?

Ses doigts cherchaient maladroitement la poche de sa veste. Je l'aidai à sortir sa montre magique et à retirer son gant. Je lui refermai les doigts autour de l'appareil en laissant ma main posée sur la sienne, et je lui passai mon autre bras autour des épaules. Il appuya sa tête sous mon menton.

Sous cet angle, je ne voyais pas ses veines devenir bleues, mais son souffle régulier m'indiquait que la magie s'infiltrait en lui, lui rendant des forces même si elle ne le guérissait pas complètement. Il aurait besoin de dormir en arrivant à la maison.

Chassant de mon esprit l'idée de sa maladie, je savourai le bonheur simple de le sentir dans mes bras. Ce n'était pas tous les jours qu'une vieille fille avait la chance de serrer contre elle un homme beau et fort comme lui, et je comptais bien profiter de chaque seconde et graver chacun de ses muscles fermes dans ma mémoire.

Nous étions en train de passer devant les grandes demeures à colonnades de Mayfair quand Matt se redressa enfin.

— Je suis navré, bredouilla-t-il en évitant de croiser mon regard.

— Ne vous excusez pas.

Je serrai fermement les mains sur mes genoux. On aurait dit qu'elles voulaient se tendre encore vers lui.

— Vous oubliez que je vous ai déjà vu dans un état semblable. Et même bien pire.

Le jour de son arrestation, quand il n'avait pas pu emporter sa montre, il avait failli mourir. Rien que d'y repenser, j'en avais des sueurs froides.

— Je n'ai pas envie de revivre ça pour autant.

Je me sentis soudain gênée et je ne savais pas où regarder. Il avait horreur que je le voie si affaibli, et pourtant c'était déjà arrivé, et cela arriverait encore si je continuais à collaborer étroitement avec lui.

Sans plus prononcer un mot, nous arrivâmes à la maison, où nous fûmes accueillis à la porte par un inconnu portant une tenue soignée et des gants blancs.

— Qui êtes-vous ? demanda Matt.

— Le nouveau majordome. Bristow, pour vous servir.

L'homme mince et rasé de près, qui avait une lèvre inférieure charnue et une lèvre supérieure fine, s'inclina.

— Êtes-vous Mr Glass ?

— Oui, c'est moi, et voici Miss Steele.

Bristow se redressa et fit un pas de côté.

— Bienvenue chez vous, Monsieur, et vous, Madame. Miss Glass et Miss Johnson sont en train de faire connaissance avec les autres nouveaux domestiques dans le salon.

Matt haussa les sourcils.

— Ça n'a pas traîné.

— En effet, Monsieur.

Bristow prit nos chapeaux et nos gants, puis s'en alla les ranger dans le vestiaire.

D'un geste de la main, Matt m'invita à y aller.

— On dirait qu'elles n'ont pas chômé en notre absence.

Il avait encore l'air très fatigué, et je me mordis la lèvre pour me retenir de lui ordonner de monter se reposer. Je me doutais qu'il n'apprécierait pas que je m'inquiète pour lui.

— Ah, vous voilà, dit Miss Glass en nous voyant entrer dans le salon.

Elle était assise comme une reine sur son trône, entourée de ses courtisans. En l'occurrence, les courtisans étaient habillés en domestiques. L'un d'eux, un jeune homme, portait une livrée de valet de pied, et deux femmes d'âge mûr ainsi qu'une jeune fille d'environ dix-neuf ans portaient un tablier blanc sur leur uniforme noir. J'avais vu ces vêtements au sous-sol, dans le placard où étaient rangées les livrées.

Willie s'avança au-devant de Matt, les mains sur les hanches.

— On dirait que tu t'es fait rouler dessus par un train, souffla-t-elle.

— Ne commence pas, gronda Matt à voix basse.

— Monte te reposer. Ça peut attendre.

— Non, ça ne peut pas attendre.

Il la poussa de côté et salua sa tante en lui déposant un baiser sur la joue.

Willie me fusilla du regard.

— Tu aurais dû mieux veiller sur lui, cracha-t-elle.

J'aurais donné cher pour lui lancer une répartie cinglante, mais je n'en trouvai aucune. Elle avait raison. J'aurais dû me rendre compte qu'il avait passé trop de temps à chercher Pierre DuPont, et que cela aurait des conséquences sur sa santé. Mais j'avais oublié, trop fébrile à l'idée d'avoir trouvé un magicien horloger.

Parce que DuPont était un magicien, ça ne faisait aucun doute. J'avais senti la chaleur de sa magie dans la pendule sur laquelle il avait travaillé.

Miss Glass nous présenta les nouveaux domestiques. Il s'avéra que l'intendante était la femme du majordome, et la jeune femme de chambre était leur fille. Ils venaient tous de chez le vieux voisin de Miss Glass. Leur employeur étant récemment décédé, la maison avait été fermée en attendant que son héritier, un neveu qui vivait en Nouvelle-Zélande, décide de revenir ou de la vendre.

Miss Glass, avec un sourire satisfait, regardait les nouveaux domestiques sortir du salon un par un.

— Quelle chance que le vieux Mr Crowe soit mort si à propos.

— Sauf pour lui, commenta Willie.

— Il passait ses journées au lit et ne faisait que se plaindre à la pauvre Mrs Bristow. Ce n'est pas une vie. C'est très généreux d'offrir une nouvelle place à son personnel. Ils sont tous très reconnaissants.

— C'est seulement jusqu'à notre départ. Dites-leur bien que c'est provisoire.

Miss Glass tendit la main et Matt l'aida à se lever.

— Maintenant que nous avons assez de personnel, nous pouvons recevoir des visites.

Willie maugréa.

— Grâce aux talents de cuisinière de Mrs Potter, nous aurons des repas dignes de ce nom, et nous pourrons inviter du monde à dîner. Et pour les grandes réceptions, nous engagerons ponctuellement un valet de pied et des aides de cuisine.

Elle tapota le bras de Matt.

— C'est bien dommage que la maison ne puisse pas en loger plus, autrement j'aurais engagé au moins six domestiques de plus à titre permanent.

Willie compta sur ses doigts en bougeant silencieusement les lèvres.

— Les serviteurs sont plus nombreux que nous, maintenant ! Si nos amis au pays avaient vent de tous ces chichis, on serait la risée de toute la Californie.

— Vous n'aviez donc pas de domestiques, en Amérique ? s'indigna Miss Glass avec un claquement de langue désapprobateur. C'est vraiment un pays de sauvages. Mais allons, c'est du passé. Maintenant, tu peux avoir le train de vie pour lequel tu es né, Matthew.

— Ne comptez pas sur moi pour de grandes soirées mondaines, ma tante, dit-il. Vous pouvez inviter quelques amis, mais je ne pourrai pas me joindre à vous, j'en ai peur. Je suis très occupé.

— Mais bien sûr que tu te joindras à nous, et que nous organiserons de grands dîners. Sinon, comment comptes-tu rencontrer ta future épouse ?

Willie partit d'un gros rire gras en se balançant d'avant en arrière et en se mettant de grandes claques sur les cuisses.

— Lui ? Épouser une petite fleur anglaise délicate, qui va se faner aux premiers rayons du soleil de Californie ?

Elle se mit à glousser.

Miss Glass pinça les lèvres si fort que sa bouche sembla pratiquement disparaître. Elle prit le bras de Matt entre ses mains, le maintenant fermement à ses côtés.

— C'est un Glass. Il ne peut pas épouser un... vous savez, ces plantes du désert, pleines de piquants...

— Un cactus ?

— Un virevoltant.

— Ça n'a pas de piquants, ça.

— Cette discussion n'a pas lieu d'être.

Matt se dégagea adroitement de l'étreinte de sa tante.

— Le mariage est bien la dernière de mes préoccupations.

Il fixa Willie d'un regard assassin qui effaça de son visage son sourire plein de suffisance.

— J'ai plus important à faire pour le moment.

— Ne dis pas de bêtises, fit sèchement Miss Glass. Il n'y a rien de plus important que ton avenir.

— Ah, *là-dessus*, on est bien d'accord, marmonna Willie.

Matt soupira et se massa le front.

— Merci d'avoir embauché des domestiques. J'avoue que je suis surpris que vous ayez réussi à trouver un terrain d'entente et à être aussi efficaces, toutes les deux.

— Mrs Bristow va faire tourner cette maison à la baguette.

Miss Glass scruta le visage de Matt.

— C'est vrai que tu es un peu pâlot. Es-tu souffrant ?

— Je vais bien.

— Vous devriez peut-être vous reposer, suggérai-je. Vous avez l'air de couver quelque chose, ajoutai-je pour ne pas éveiller les soupçons de Miss Glass.

Elle fronça les sourcils.

— India est pleine de sagesse. Écoute-la, va te reposer. Lewis pourra te monter ton souper tout à l'heure. Il peut tout à fait te servir de valet de chambre en plus de sa fonction de valet de pied.

— Je n'ai pas besoin d'un valet de chambre.

— Tous les hommes de la bonne société ont besoin d'un valet de chambre. C'est la tradition, ici.

Elle le poussa vers la porte.

Matt leva les mains.

— J'y vais. Je redescendrai plus tard.

— Est-ce vraiment nécessaire ? demandai-je. Vous devriez passer une bonne nuit de sommeil sans interruption. Sinon, vous ne serez pas au mieux de votre forme demain, et je pense que nous aurons encore une journée bien remplie.

— India a raison, dit Miss Glass.

— Il faut que je revienne sur les événements de la journée avec les autres, protesta-t-il.

— Je peux m'en charger, lui dis-je avec un sourire rassurant.

Il poussa un soupir.

— Je me sens inutile.

— Mais non, dit Willie. C'est juste qu'on n'a pas besoin de toi.

Matt nous lança à chacune un regard, puis il secoua la tête.

— Je vois que tout le monde s'est ligué contre moi. Je sais quand jeter l'éponge.

Dès qu'il fut parti, Willie se tourna vers moi, les mains sur les hanches.

— Pourquoi il t'obéit à toi, et pas à moi ? Quand je lui ai dit de se reposer, il a refusé. Toi, tu lui dis d'y aller, et il t'écoute bien sagement.

— C'est parce que vous manquez de délicatesse féminine, dit Miss Glass.

— Hein ?

— Si vous voulez qu'un homme fasse ce que vous lui dites, il faut le lui suggérer subtilement, pas lui donner des ordres. Il faut lui montrer les avantages qu'il y a à faire ce que vous voulez, comme l'a fait India quand elle lui a rappelé qu'il aurait une nouvelle journée chargée demain, et qu'il avait intérêt à être en forme. Elle est très douée pour la persuasion subtile.

— Vous trouvez ? m'étonnai-je en ouvrant des yeux ronds. On m'a dit que j'avais tendance à être trop directe.

— Willie est trop directe. Vous, vous êtes juste douée pour la manipulation, en tout cas lorsqu'il s'agit de Matthew. Je ne m'explique pas comment il se fait que vous ne soyez pas mariée, ma fille.

Je m'esclaffai et cherchai le regard de Willie pour rire avec elle. Mais elle se contenta de hausser les épaules.

— Elle est sûrement trop difficile, j'en mettrais ma main à couper, dit Willie en me détaillant d'un œil critique.

— Pas du tout, répliquai-je. Si tu avais rencontré Eddie Hardacre, tu te demanderais pourquoi je n'ai pas été plus difficile.

— Tu as peut-être fait fuir tous les autres. Qu'est-ce que vous en pensez, Letty ?

— Je suis bien de votre avis, dit Miss Glass. Vous êtes trop intelligente pour une femme, India, et par moments, vous n'avez pas votre langue dans votre poche non plus. Aucun homme ne veut d'une femme plus intelligente que lui, et certainement pas une qui le lui rappelle devant ses amis.

Willie confirma d'un hochement de tête tout en haussant les épaules comme pour s'excuser.

— Pour toi, il n'est pas encore trop tard, si tu veux te marier.

— Je... je ne sais pas, bredouillai-je, un peu hébétée.

Comment en étions-nous arrivées à parler de ça ? J'étais complètement perdue, je ne savais pas s'il valait mieux rester et écouter leur avis sincère ou m'en aller pour bien leur faire savoir combien j'étais offusquée.

— Croyez-moi, India, le monde est bien cruel pour les femmes célibataires, dit Miss Glass d'un ton grave. Les veuves jouissent d'un certain degré de liberté et d'indépendance, mais pas les vieilles filles. Si une occasion de vous marier se présente, saisissez-la.

— C'est pas si terrible que ça, protesta Willie, le dos raide. En Californie, une femme comme moi peut faire tout ce qu'elle veut.

— Mais India n'est pas une femme comme vous. Vous êtes... unique. À vrai dire, vous n'êtes presque pas une vraie femme.

— Vous n'êtes pas la première à me dire ça.

Miss Glass me prit la main et y mit de petites tapes.

— Ne vous inquiétez pas, ma chère. Je vous trouverai un homme très bien qui ne sera pas rebuté par votre cervelle. Il ne sera sûrement plus tout jeune, bien sûr, mais ce sera un homme qui aura besoin d'une épouse. Peut-être un veuf avec de jeunes enfants.

Je dégageai ma main.

— Je vous remercie, mais ce n'est pas nécessaire. Je suis parfaitement capable de trouver un mari par moi-même si je décide que j'en veux un.

Elle eut un claquement de langue désapprobateur.

— Ne tardez pas trop. Le temps vous est compté.

Et sur ce, elle quitta le salon.

Je m'assis sur le sofa, le souffle coupé. C'était ce que j'éprouvais souvent quand je réfléchissais à mon avenir. Un jour, Matt rentrerait en Amérique, et il emmènerait ses amis et sa famille avec lui. Moi, je n'en faisais pas partie, et toute ma vie était à Londres. Contrairement à Miss Glass, je n'avais pas de famille chez qui aller, et même si j'avais touché quatre cents livres en aidant à capturer le Cavalier Noir, l'argent de la récompense ne durerait pas éternellement. J'avais besoin de travailler, aussi bien pour des raisons financières que pour ne pas rester seule. À moins de travailler ou de me marier, la vie qui m'attendait s'annonçait longue et solitaire.

Pourtant, ma mésaventure avec Eddie m'avait appris que je n'avais aucune envie de dépendre d'un homme par le mariage. Je refusais d'abandonner mon autonomie, mes quatre cents livres, ni même mon corps, à quelqu'un qui les traiterait avec dédain. Peut-être ferais-je mieux de partir vivre en Amérique, après tout, et de me conduire en homme comme Willie.

* * *

— Ne fais pas la grimace comme ça quand tu as une mauvaise main, dit Willie en finissant de distribuer les cartes à tout le monde.

Je ramassai la mienne et l'ajoutai au reste de ma main.

— Je fais peut-être la grimace pour te faire *croire* que j'ai une mauvaise main.

— Tu n'es pas si douée que ça pour masquer tes émotions.

Duc posa deux allumettes devant lui.

— Il faut garder une mine impassible.

— C'est ce que je croyais faire.

Je me tournai vers Cyclope, qui secoua la tête.

— Ne vous faites pas trop de bile, India. Le poker, ce n'est jamais qu'un jeu, et ce n'est pas comme si on pariait gros.

D'une pichenette, Willie envoya une allumette sur la table.

Je mélangeai mes cartes, mais quoi que je fasse, je n'avais

jamais qu'une paire de six. Comme tout le monde avait lu sur mon visage que j'avais peu de chances de gagner, je renonçai.

— Je pense que je vais plutôt aller lire un peu.

Je rejoignis Miss Glass sur le sofa et la réveillai sans faire exprès. Elle cligna rapidement des yeux et tapota les boucles grises à l'arrière de sa tête.

— Quelle heure est-il, India ?

— Dix heures moins trois.

— Il est temps pour moi de monter me coucher.

Tout le monde se leva et lui souhaita bonne nuit. Dès qu'elle fut partie, Cyclope ferma les portes.

— Enfin ! Willie jeta ses cartes, face visible.

— J'ai cru qu'elle ne s'en irait jamais.

— Tu n'avais rien ? fit Duc en lui montrant ses cartes. J'aurais pu te battre !

— Tiens, prends mes allumettes. Je m'en fiche.

Elle poussa vers lui sa pile considérable.

— Je ne vois pas l'intérêt de jouer si ce n'est pas pour de l'argent, du vrai. Tout ça...

Elle agita une main en direction de la table de jeu.

— Tout ça, c'est pathétique. Nous sommes pathétiques. Bon sang, j'ai envie de fumer.

— Pas à l'intérieur, la taquina Duc.

— Le dragon n'est pas là pour me voir.

Willie sortit sa pipe de sa poche et entreprit de piocher dans sa tabatière pour la bourrer.

— Qu'avez-vous découvert aujourd'hui à la guilde, Cyclope ? demandai-je, pressée de me mettre au travail.

— J'ai appris que les autres apprentis n'aimaient pas beaucoup Daniel.

Il s'assit et étendit ses longues jambes vers la cheminée.

— C'était un cartographe talentueux, mais il le savait. Il avait tendance à prendre les autres apprentis de haut et à se vanter d'avoir été choisi comme apprenti par le maître de la guilde sans aucune formation préalable.

— Ça a l'air d'être un sale petit blanc-bec, dit Duc.

— Avez-vous entendu dire qu'il avait des pouvoirs magiques ? demandai-je.

Cyclope secoua la tête.

— Ils pensaient qu'il mentait quand il disait qu'il n'avait reçu aucune formation théorique. Tout le monde le trouvait trop doué pour un apprenti de première année. Je continuerai à me renseigner demain.

— Restez discret. Il faut éviter d'éveiller les soupçons.

— Il sait ce qu'il fait.

Willie agita son allumette pour l'éteindre et tira une bouffée sur sa pipe.

— Il n'a rien d'une petite ingénue.

— Je suppose que c'est une pique qui m'est destinée.

Elle haussa une épaule.

— Prends-le comme tu voudras.

Elle sourit, la pipe entre les dents.

— Je n'ai rien contre toi, tu sais. Avec des gens comme nous, tu ne resteras pas ingénue bien longtemps.

Ne sachant pas trop comment prendre cette remarque, je gardai le silence.

— Et vous, qu'est-ce qui vous est arrivé aujourd'hui ? s'enquit Duc en déplaçant avec un tison la cendre qui recouvrait les braises rougeoyantes.

— Pourquoi Matt était-il aussi fatigué quand vous êtes rentrés ?

Je leur racontai notre visite chez Worthey et la fuite de l'ouvrier français. L'espoir se lisait on ne peut plus clairement sur leurs visages.

— C'est une piste, murmura Willie en soufflant un nuage de fumée par son nez et sa bouche en même temps.

— Dieu merci.

— Pour savoir s'il peut nous être utile, il va d'abord falloir le retrouver, dis-je.

— Et il n'a pas envie qu'on le trouve, ajouta Duc. Mais pourquoi ?

— Parce que c'est sûrement Chronos, et que Chronos sait que les magiciens ne sont pas vus d'un bon œil par leurs guildes., répondit Cyclope. En reconnaissant Matt, il a paniqué. L'existence de la magie est censée être un secret, mais Matt sait qu'il a des pouvoirs. DuPont a dû s'inquiéter.

— Peut-être, dis-je. Mais Worthey était catégorique : il est français, pas anglais, et Chronos est anglais, lui. C'était peut-être juste un magicien horloger, et il s'est douté que nous le savions.

— Si on découvre que c'est un magicien, qu'a-t-il à craindre ? demanda Duc. Vu qu'il ne possède pas de boutique, la guilde peut bien refuser son adhésion, ça ne changera rien.

— Ça va peut-être plus loin que ça.

Cyclope transperça Duc de son œil sombre.

— Peut-être que les guildes veulent voir tous les magiciens morts.

J'étouffai un cri horrifié. Ils me dévisagèrent tous les trois.

— Personne ne m'a attaquée, moi, dis-je. Même si Abercrombie et les autres membres de la Guilde des Horlogers me soupçonnent d'avoir... d'avoir certains pouvoirs magiques.

— C'est juste une théorie, dit Cyclope de sa grosse voix rassurante. Je suis sûr qu'on retrouvera Daniel sain et sauf, et qu'il y a une explication au comportement de Pierre DuPont.

Je hochai la tête et lui souris, mais mon cœur continuait de battre la chamade. J'allais rester sur mes gardes, dorénavant.

— Même si vous avez raison et que ce DuPont est Chronos, il doit se douter que Matt ne lui veut pas de mal. S'il s'agit de Chronos, alors il lui a sauvé la vie. S'il y a bien une personne à qui il peut faire confiance, c'est Matt.

— Les hommes traqués ne font confiance à personne, même pas à ceux en qui ils avaient confiance autrefois. Surtout s'ils sont avec une inconnue, même jolie et bien habillée.

À la façon dont les autres baissèrent la tête, quelque chose me dit que Cyclope savait de quoi il parlait. Ça me brisait le cœur d'imaginer sa tête mise à prix, lui qui était si gentil et si sympathique.

— De toute façon, tout cela n'est valable que si DuPont est effectivement Chronos, repris-je. J'ai encore des doutes.

— Qui voulez-vous que ce soit d'autre ? demanda Duc.

— Mirth.

— Possible. À moins que Mirth, Chronos et DuPont ne soient qu'une seule et même personne.

— Mirth était dans un foyer pour personnes âgées, fit Willie, pensive. L'homme d'aujourd'hui devait être en parfaite santé, puisqu'il a échappé à Matt.

Elle n'avait pas tort. Toute cette histoire n'avait ni queue ni tête ; il y avait trop de possibilités, et pas la moindre certitude. La seule chose dont j'étais sûre, c'était qu'il nous fallait absolument retrouver DuPont et Mirth.

— Et maintenant ? demanda Duc.

Malheureusement, aucun de nous n'avait d'idée, à part surveiller la fabrique de Worthey au cas où DuPont reviendrait. Duc et Willie décidèrent de s'en charger. Entretemps, Matt, Cyclope et moi continuerions de chercher Daniel jusqu'à mercredi, date à laquelle Matt attendrait que Mirth se présente à la banque. Si Pierre DuPont ne réapparaissait pas, Mirth aurait peut-être des informations utiles sur lui. Il était tout à fait possible qu'ils se connaissent, au moins.

Nous contemplâmes le feu en silence tous les quatre jusqu'à ce que la pendule sur la cheminée sonne dix heures et demie. Je m'apprêtais à monter me coucher quand Willie retira sa pipe de sa bouche et replia ses jambes. Elle se redressa, les yeux fixés sur moi.

— La magie est héréditaire, pas vrai ?

— C'est ce qu'on nous a dit, répondit Duc.

— Mon père n'était pas magicien, lui fis-je remarquer.

— Ça, on n'en sait rien. Il cachait peut-être ses pouvoirs pour garder sa boutique et pour ne pas être exclu de la guilde.

C'était une possibilité que j'avais envisagée à maintes reprises. D'où me venaient ces pouvoirs ? Les montres et horloges de mon père étaient d'excellente qualité, mais parfaitement ordinaires. Elles n'avaient jamais émis la moindre chaleur quand il les touchait. Ce qui ne laissait qu'une explication possible. Une que je ne voulais pas envisager : mon père n'était pas mon vrai père, et peut-être que ma mère n'était pas ma vraie mère non plus. Je n'étais pas une Steele du tout. Mais alors, qui étaient mes parents ? Et pourquoi les membres de la guilde étaient-ils soudain devenus méfiants à mon égard depuis le décès de mon père ? Qui avait pu leur mettre la puce à l'oreille, quand je n'avais pas moi-même conscience d'avoir des pouvoirs magiques ?

Toutes ces questions, et pas l'ombre d'une réponse. Tout cela me paraissait bien étrange, comme si ce n'était pas à moi que cela aurait dû arriver, mais à quelqu'un d'autre. Jusqu'alors, j'avais mené une vie sans histoires, heureuse et en sécurité avec des parents qui m'aimaient. Il était impensable qu'ils n'aient pas été mes véritables parents. C'était absolument impossible.

— Où est-ce que tu veux en venir ? demanda Cyclope à Willie. Qu'est-ce que la famille d'India a à voir avec Chronos ?

— Pas avec Chronos, dit-elle. Avec Daniel. D'où lui vient sa magie, à lui ? Ça m'étonnerait qu'il tienne ça du Commissaire Munro.

— Son grand-père paternel était cartographe, leur rappelai-je. Daniel doit tenir son talent de sa mère, qui devait tenir ça de son père à elle.

— Alors c'est là que vous devrez aller demain. Allez voir sa mère et son grand-père pour savoir pourquoi ils ont accepté que Daniel fasse son apprentissage auprès du maître de la guilde, si sa magie devait rester un secret.

CHAPITRE 4

La visite au grand-père de Daniel dut attendre car Matt voulait d'abord rencontrer Jeremiah Duffield. Comme Burlington Arcade n'était pas loin, nous nous y rendîmes à pied pendant que Cyclope retournait au siège de la Guilde des Cartographes et que Willie et Duc se relayaient pour surveiller la fabrique de Worthey. Tout en marchant par cette journée de printemps ensoleillée, j'eus le temps d'exposer à Matt les théories que nous avions évoquées la veille au soir en son absence. Il approuva l'idée d'aller parler à la famille de Daniel pour en savoir plus sur ses pouvoirs magiques.

D'un signe de tête, nous saluâmes le bedeau qui se tenait à l'entrée de la galerie, vêtu de son uniforme traditionnel constitué d'une redingote, de boutons en or et d'un chapeau haut de forme orné d'un galon doré tressé.

— Vous avez de drôles de coutumes, en Angleterre, dit Matt une fois que le bedeau ne risquait plus de nous entendre.

— Vous le trouvez curieusement vêtu ? Attendez de voir les gardiens de la Tour de Londres !

Il sourit et me tapota la main, qu'il tenait nichée au creux de son bras.

— Venez, très chère. Allons trouver ce cartographe, et nous pourrons enfin poursuivre nos emplettes.

Je souris, soulagée de le voir retrouver sa bonne humeur. Il était remarquablement doué pour se défaire de ses soucis – ou tout du moins pour les cacher.

Nous trouvâmes la boutique de Duffield entre une bijouterie et un marchand de jouets. Un globe terrestre délicatement ouvragé trônait sur un support en laiton à une place de choix dans la vitrine, entouré d'un assortiment d'objets sortis tout droit de l'inventaire d'un explorateur intrépide : une boussole, des cartes de l'Inde, une gourde en peau, des lunettes de protection, une écritoire de voyage avec du papier, de l'encre et des porte-plumes, ainsi qu'un pistolet dans son étui.

Un homme leva les yeux en nous entendant entrer. Il était seul dans la boutique.

— Bonjour, dit-il d'un ton cordial en sortant de derrière le comptoir. Bienvenue. Belle matinée, n'est-ce pas ?

— Tout à fait, acquiesça Matt.

— Que puis-je pour vous ?

— Êtes-vous Jeremiah Duffield ?

— Oui, c'est moi. On vous a parlé de moi ?

Son sourire s'élargit. Il était plus jeune que je ne me l'étais imaginé ; une quarantaine d'années, peut-être. Ses cheveux noirs commençaient à se clairsemer, laissant une implantation en V sur le devant, mais on n'y voyait aucune trace de gris. Il se tenait bien droit et il était grand, presque autant que Matt. Avec ses épaules larges et son regard bleu et franc, il avait fière allure.

— Je me nomme Prescott, dit Matt, et voici ma femme. J'ai besoin que vous me dessiniez une carte.

Son sourire se fit plus dur.

— C'est vous, l'Américain qui était à la guilde hier.

— En effet.

— Vous avez posé des questions sur Daniel, mon apprenti qui a disparu.

— On m'a dit qu'il était le meilleur, et je ne veux confier la création de cette carte qu'au meilleur. Elle est très particulière.

— On vous a mal renseigné. Il n'était pas le meilleur, ce n'était qu'un apprenti. Le meilleur, c'est moi.

— Voilà une affirmation bien audacieuse, rétorqua Matt sur un ton amusé, comme s'il cherchait à provoquer Duffield.

Celui-ci parut désarçonné. Il me lança un regard avant de reporter ses yeux sur Matt ; il semblait espérer que ma réaction l'aiderait à comprendre mon « mari ». Il était essentiel pour un commerçant de savoir jauger un client. Il était toujours plus facile de vendre quelque chose à un homme qui voulait que ses amis le voient comme à l'avant-garde de la mode, qu'à quelqu'un qui ne se souciait guère des apparences. Mr Prescott était quelque peu difficile à cerner, et quant à moi, Mrs Prescott, je n'avais aucune intention de l'y aider.

Duffield nous montra les plaques apposées sur le présentoir d'à côté, où étaient exposés deux cartes et un globe terrestre.

— J'ai remporté des prix qui le prouvent.

— Je n'accorde pas beaucoup d'importance aux prix, fit Matt.

Il allait et venait dans la boutique, prenant des objets entre ses mains pour les examiner sommairement avant de les reposer. Il se comportait comme le genre de client que les commerçants détestent, mais dont ils ont besoin. Il montrait peu de respect pour les marchandises, et un net dédain pour le commerçant lui-même. En général, les messieurs de ce type avaient plus d'argent que de bonnes manières. Cela valait la peine d'ignorer leur impolitesse pour garder leur clientèle.

— Quoi qu'il en soit, puisque votre apprenti a disparu, je crois bien que je vais devoir me contenter de vos services.

— Je tâcherai de ne pas vous décevoir Monsieur.

Matt continua ses lentes allées et venues dans la petite échoppe.

— Je voudrais une carte de l'Inde. Une région au nord-est, plus précisément.

— Dans ce cas, vous avez frappé à la bonne porte, dit Duffield en nous montrant les articles exposés dans sa vitrine et plusieurs cartes encadrées qui ornaient les murs.

— Je suis un expert de l'Hindoustan. J'ai fait de nombreux voyages en Inde et dans toute la péninsule. L'avez-vous déjà visitée, Monsieur ?

— Si je l'ai visitée ?

Nos yeux se croisèrent une fraction de seconde.

— Pas encore.

Je piquai un fard et les lèvres de Matt esquissèrent un drôle de petit sourire.

— Vous comptez faire le voyage ? demanda Duffield.

— C'est pour cela qu'il me faut une carte.

— Oui, bien sûr. C'est un pays fascinant, si pittoresque et complexe. Même en y allant chaque année jusqu'à la fin de sa vie, il serait impossible de s'en lasser.

— Je n'en doute pas.

— Voulez-vous l'une de mes cartes existantes pour cette région, ou vous faut-il quelque chose de plus personnalisé ?

Duffield ouvrit un long tiroir plat derrière le comptoir et en sortit une pile de cartes qu'il posa sur le comptoir.

Matt les feuilleta un certain temps. Je restai près de lui à l'observer. J'avais l'impression que nous n'avions rien découvert pour l'instant, et je ne comprenais pas pourquoi Matt ne posait pas de questions plus insistantes. Comme le silence se prolongeait, je finis par ne plus y tenir.

— Parlez-moi de cette guilde dont vous êtes le maître, dis-je à Duffield. Là d'où vient mon mari, ils n'ont pas de guildes, voyez-vous, bien que je lui aie expliqué le système. Lors de notre visite d'hier, j'ai trouvé la Guilde des Cartographes tout à fait fascinante. Toutefois, il y a une chose que je ne comprends pas très bien : je n'ai pas l'impression qu'il y ait beaucoup de boutiques de cartographes à Londres, alors à quoi sert la guilde ?

— Il y a peu de boutiques, c'est vrai, dit Duffield. La ville n'en compte que quatre, dont celle-ci. Nous ne sommes pas une très grande guilde, mais nous avons plus que quatre membres.

Il parlait lentement, en articulant de manière exagérée comme si j'étais dure d'oreille ou simple d'esprit.

— Beaucoup de cartographes n'ont pas de boutique du tout ; ils passent par des papeteries pour vendre leurs cartes en échange d'une commission. D'autres sont employés par le gouvernement, les compagnies ferroviaires et diverses entreprises privées.

— Fascinant ! La fabrication d'une carte m'a l'air d'être un processus très compliqué.

— Oh, oui. On part d'un dessin tracé à la main par le cartographe lui-même à partir de relevés très précis. Savez-vous ce qu'est un relevé, Mrs Prescott ?

Seigneur... S'imaginait-il donc que je n'avais pas de cervelle ?

— Je crois, oui. Mais je vous en prie, continuez. C'est vraiment fascinant.

— Ensuite, on rajoute au dessin des détails, des ornements et des corrections, jusqu'à ce que le cartographe soit satisfait. C'est là que le processus peut se terminer si la carte a été commandée de façon ponctuelle par un particulier.

— Comme pour la carte que mon ami a commandée à votre apprenti, dit Matt redevenu attentif.

Duffield déglutit bruyamment.

— Votre ami ?

— Vous vous souvenez certainement de lui. Il avait commandé une carte assez détaillée du centre de Londres. Malheureusement, il ne l'a jamais reçue, ajouta Matt en secouant tristement la tête. Il paraît que l'apprenti a refusé de la lui donner, mais je ne sais pas pourquoi.

Duffield eut soudain l'air mal à l'aise d'un homme qui a trop chaud.

— Moi non plus.

— Cela ne donne pas une très bonne image de votre boutique.

— Je peux vous assurer que, dans votre cas, cela n'arrivera pas. L'apprenti en question n'est plus là, comme vous le savez. C'était un garçon très récalcitrant ; très talentueux, mais qui n'était pas fait pour travailler dans une boutique. J'ai promis à Mr McArdle de le prévenir dès que j'aurai sa carte. On finira bien par la retrouver.

McArdle ! Nous avions un nom. Maintenant, tout ce qu'il nous fallait, c'était une adresse. Duffield avait sans doute un moyen de le contacter, puisqu'il lui avait promis de lui rapporter la carte. Je jetai un coup d'œil vers le registre ouvert qui était posé sur le comptoir. Ses coordonnées devaient s'y trouver.

— Expliquez-moi encore comment vous faites les cartes, demandai-je à Duffield. C'est si intéressant.

Je me plaçai de façon à ce que Duffield se retrouve entre moi et le comptoir, ce qui signifiait qu'il tournait le dos à Matt et au registre. Je n'eus pas besoin de regarder Matt pour lui faire comprendre mon intention. Il s'adossa au comptoir et parcourut la page du registre à l'envers.

— Pourquoi y a-t-il des clients qui tiennent à se faire faire une carte, alors qu'il en existe tant qui sont déjà toutes prêtes, et à un prix plus raisonnable ? demandai-je.

Une lueur s'alluma dans les yeux de Duffield en m'entendant aborder un sujet qu'il maîtrisait mieux.

— Ce qui confère sa valeur à une carte, c'est son caractère unique, vous comprenez ? Et pour certains clients, c'est tout ce qui compte. Ils veulent un objet de valeur, une œuvre d'art.

— Comme le globe terrestre qui est dans la vitrine ?

Matt tourna sans un bruit la page du registre et continua de la parcourir.

Je m'approchai de la vitrine et Duffield me suivit avec un sourire empressé où l'on décelait une pointe de timidité.

— Très juste, Mrs Prescott. Je l'ai fait seulement pour l'exposer, mais je pourrais le vendre si on m'en proposait un bon prix.

Comme il faisait mine de regarder dans la direction de Matt, je simulai une quinte de toux. Duffield s'empressa autour de moi, l'air inquiet, jusqu'à ce qu'elle soit passée.

— Merci, dis-je en me tamponnant le front avec le mouchoir qu'il me tendait. Vous êtes très aimable. Je vous en prie, expliquez-moi encore comment vous faites les cartes. Que devient une carte si, une fois terminée, elle n'est pas donnée directement au particulier qui l'a commandée ? Les reliez-vous ensemble dans un volume ?

— Je possède une presse sur un autre site. J'utilise la presse pour reproduire les cartes et je les vends ici, dans cette boutique.

Matt tourna une nouvelle page du registre. Jusqu'où allait-il donc devoir remonter ? Je n'allais pas pouvoir continuer à parler de cartes pendant très longtemps.

— Et celles qui sont rassemblées pour constituer des guides et des atlas ? demandai-je.

— Celles-là sont généralement commandées par des éditeurs. Lorsque ma carte est terminée, je la leur envoie et ils la relient avec les autres et avec le texte de l'auteur. J'en ai fait publier plusieurs, vous savez.

— Toutes du sous-continent indien ?

Il confirma d'un hochement de tête.

— Oui, c'est mon endroit préféré.

Je souris.

— Et votre femme, est-ce qu'elle aime l'Inde, elle aussi ?

— Elle n'y est jamais allée.

Son expression se rembrunit.

— Elle n'aime pas la chaleur.

— Heureusement, je supporte très bien la chaleur, intervint Matt en se joignant à nous. Je dois dire que j'ai hâte d'y aller.

Il me sourit d'un air de triomphe sans équivoque. Il avait sans doute trouvé l'adresse de McArdle.

— Allez-vous l'accompagner, Mrs Prescott ? me demanda Duffield.

— J'y réfléchis sérieusement, si Mr Prescott peut supporter ma présence, ajoutai-je avec un petit rire.

— Mais bien sûr, très chère, dit Matt. Je serais prêt à voyager jusqu'aux confins du monde avec vous. Vous êtes d'excellente compagnie.

Je me retins de lever les yeux au ciel. Il avait toujours la main lourde sur les compliments lorsqu'il jouait un rôle.

— La carte de l'Inde, Duffield, dit Matt. J'aime mieux acheter l'une de vos cartes classiques de la région que d'en commander une nouvelle. Non pas que je ne sois pas amateur d'art, mais dans le cas présent, une carte plus fonctionnelle me conviendra.

— Très bien, Monsieur.

Duffield retourna à son comptoir et sélectionna l'une des cartes dans la pile qu'il avait sortie du tiroir.

— Voici une bonne carte générale de la région, mais pour les villes et les villages, je vous conseille de prendre un guide. Vous y trouverez des cartes plus détaillées.

Matt acheta une carte et un guide, et nous remerciâmes Duffield. Il nous raccompagna à la porte, et je voyais bien qu'il voulait ajouter quelque chose, mais qu'il se retenait.

— Qu'y a-t-il ? demanda Matt, qui avait également remarqué.

Duffield s'éclaircit la gorge.

— Quand vous verrez votre ami, Mr McArdle, je vous prie de lui redire combien je suis désolé que mon apprenti se soit révélé si malhonnête. Je lui serais reconnaissant de ne pas ébruiter cette affaire. Pour ma réputation, vous savez...

— Je comprends.

— Naturellement, si on ne retrouve pas la carte, je le rembourserai.

— Je pense qu'il préférerait avoir la carte.

Le sourire de Duffield s'évanouit.

— Elle est probablement perdue, j'en ai bien peur.

Savait-il que la maison de Daniel avait été cambriolée et que des cartes avaient disparu ?

— Vous devriez demander à sa famille la permission de fouiller dans les affaires de votre apprenti, suggérai-je. La carte s'y trouve peut-être.

— J'ai essayé, mais son grand-père a refusé de me laisser entrer. Il ne m'a jamais apprécié.

— Vous le connaissez ?

— Il est cartographe aussi, mais sans grand renom, dit-il avec l'air de s'excuser. Par la suite, j'ai appris qu'une grande partie des cartes de Daniel avaient été volées. Quelle histoire ! Je me demande bien qui aurait pu s'y intéresser, à part Mr McArdle, bien sûr.

Matt m'offrit son bras et nous sortîmes de la boutique.

— Venez, très chère. Je vous emmène faire les magasins.

Nous passâmes en flânant devant les autres boutiques de la galerie, feignant de nous intéresser aux vitrines.

— Avez-vous trouvé l'adresse de McArdle ? demandai-je.

— Il habite à Chelsea. Je voulais vous féliciter pour la façon dont vous avez détourné l'attention de Duffield. C'était magistral. Vous ferez un jour une excellente joueuse de poker, vous verrez.

— J'en doute fort.

Nous poursuivîmes notre chemin, mais je ne faisais pas vraiment attention aux marchandises exposées dans les vitrines. Je pensais encore à Duffield. Plus je repassais cette rencontre dans mon esprit, moins j'arrivais à croire qu'elle se soit si bien passée. Il ne s'était douté de rien.

— Il a clairement laissé entendre que c'était McArdle qui s'était introduit chez Daniel, fis-je remarquer.

— C'est vrai. Il faut dire que McArdle est le suspect idéal. Il a payé pour la carte, Daniel a refusé de la lui donner. Ils se sont querellés et McArdle l'a enlevé pour la récupérer. Et quand il a découvert que Daniel ne l'avait pas, il a fouillé la maison.

— Mais la question, c'est : qu'a-t-il fait de Daniel ?

Nous poursuivîmes notre chemin dans un silence pesant jusqu'à ce que Matt s'arrête devant la boutique d'une modiste. D'un geste du menton, il désigna la vitrine où plusieurs chapeaux colorés étaient posés sur des supports.

— Y en a-t-il un qui vous plaît ?

— Inutile de continuer à faire semblant. La boutique de Duffield est loin derrière nous.

— Qui a dit que je faisais semblant ?

Je lui lâchai le bras.

— Arrêtez, Matt.

— Vous avez raison. Ce qu'il vous faut, ce n'est pas un chapeau, c'est une nouvelle robe de soirée.

Suivant du regard la galerie, il salua une couturière d'un signe de tête.

— Je crains de devoir capituler face à ma tante Letitia. Il faudra nous résoudre à recevoir du monde à dîner de temps en temps.

Je le dévisageai, me sentant quelque peu dépassée.

— Vous voulez que j'assiste à ces dîners ?

— Bien entendu.

— Mais je ne suis pas...

Importante. Au lieu de le dire, je haussai seulement les épaules.

— Vous faites partie de la maisonnée, au même titre que Willie ou même ma tante Letitia.

— Dans les luxueuses demeures de Mayfair, je ne pense pas que les dames de compagnie et les assistantes soient conviées aux dîners mondains.

— Qu'en savez-vous ? Avez-vous déjà été dame de compagnie ou assistante ? Ou invitée à un dîner dans une des luxueuses demeures de Mayfair ?

Je plissai les yeux.

— Vous vous moquez de moi.

— Mais non, India, pas du tout.

Il me prit la main et la cala au creux de son bras.

— Si je dois m'infliger ces satanés dîners, alors vous aussi. Ne me forcez pas à affronter seul ma tante et Willie dans l'état de faiblesse où je me trouve.

Je souris et secouai la tête.

— Vous êtes incorrigible.

— Est-ce que ça veut dire que vous êtes d'accord ?

— Si vous insistez. Mais il faudra persuader votre tante aussi.

— Elle acceptera.

Il avait l'air parfaitement sûr de lui, mais je me doutais que Miss Glass ne se laisserait pas convaincre aussi facilement. Elle était très à cheval sur les convenances, et la hiérarchie sociale était pour elle d'une importance capitale.

— Et maintenant, allons voir ce que la modiste peut faire pour vous.

— Mais nous n'avons pas le temps. Nous avons tant de choses à faire.

— Nous pouvons bien prendre quelques minutes.

— On voit bien que vous n'êtes jamais allé chez une modiste.

Une heure et demie plus tard, j'avais été mesurée, piquée avec des épingles, tournée et retournée dans tous les sens et jugée par Madame Lisle et ses deux assistantes, le tout sous les yeux de Matt. J'eus beau protester, il choisit de la soie pour me faire deux robes de soirée, l'une couleur sauge et ivoire, et l'autre d'un rose profond. Madame Lisle dessina quelques croquis préliminaires basés sur la dernière collection de la Maison Worth qu'elle avait vue dans la Gazette des Demoiselles et qui, d'après elle, conviendrait à ma silhouette. Matt paya une avance et j'insistai pour le rembourser plus tard avec l'argent de la récompense. La première robe serait terminée en début de semaine prochaine.

— Et si nous retrouvons Chronos d'ici là ? lui demandai-je.

— Dans ce cas, il sera toujours temps d'aviser.

C'était donc tout ce qu'il avait à dire sur ce sujet ? J'allais lui reposer la question, quand il m'entraîna vers la boutique d'un confiseur près de l'entrée de la galerie.

— Qu'est-ce qui vous plairait ? demanda-t-il en parcourant du regard l'étalage de sucreries colorées dans des bocaux qui s'alignaient derrière le comptoir et dessus.

— Des pastilles à la menthe ? Des menthes rayées ? Des perles au brandy ?

— Il n'est pas question que vous m'achetiez des bonbons.

Il me regarda, l'air ennuyé.

— Je vous trouve bien obstinée, aujourd'hui.

Je croisai les bras sur ma poitrine, réalisant trop tard que ce geste ne faisait que lui donner raison.

— Je ne suis pas obstinée.

— En réalité, les bonbons sont pour ma tante. Je voulais simplement votre opinion.

— Oh.

Je sentis mon visage s'embraser. J'avais l'impression d'être une enfant gâtée et une complète idiote.

— Dans ce cas, rien de trop dur.

— Bien vu.

Il commanda un sachet de guimauves, un autre de petits chocolats et un troisième de bonbons durs.

— Dommage qu'ils n'aient pas de caramels mous, dit-il. Ça, c'est vraiment délicieux.

— Elle ne voudra pas des bonbons durs, dis-je au moment de sortir.

— Ils ne sont pas pour elle.

Il rangea deux de sachets dans ses poches et ouvrit le troisième.

— Allez-y. Prenez-en un.

Je choisis un Gibraltar rouge et blanc.

— Pourquoi êtes-vous aussi gentil avec moi ?

— Je ne peux pas être gentil avec la femme qui m'a sauvé la vie ?

Les yeux baissés sur le bonbon, je le suivis dans le soleil blafard. Je n'aimais pas qu'on me rappelle qu'il avait failli mourir dans une cellule du commissariat de Vine Street. Si je n'avais pas réussi à lui rapporter sa montre... Cette idée m'était insupportable.

— Ça me met mal à l'aise, dis-je en me fourrant le bonbon dans la bouche.

— Vous vous y ferez.

Nous partageâmes les bonbons sur le chemin du retour et Matt parla en plaisantant de fabriquer des caramels mous en Angleterre. À l'entendre, cette confiserie avait l'air délicieuse, de même que les chocolats qu'il avait goûtés sur le Continent dans sa jeunesse. Il évoquait cette époque avec une certaine nostalgie, mais pas trop de tristesse. Je me demandai si, dans ces moments-là, il pensait à ses parents, ou s'il ne pensait plus du tout à eux. Ils étaient morts depuis quatorze ans. Moi, mon père n'était mort que depuis quelques semaines, et bien que je pense à lui tous les jours, la douleur atroce qui me perçait le cœur s'était un peu apaisée. Elle était toujours là, mais elle était moins cuisante. J'avais beaucoup à faire, ce qui était une bonne chose.

À notre retour, Miss Glass était occupée à recevoir ses premières invitées. D'ailleurs, selon Bristow, qui nous accueillit à la porte, il s'agissait des cousines de Matt et de son autre tante, Lady Rycroft. Je tournai les talons pour monter dans ma chambre, mais Matt me prit par le bras.

— Pas question, dit-il. Je refuse d'affronter seul une pièce remplie de femmes de la famille Glass, j'ai besoin de renforts.

Je ris de bon cœur.

— Ça pourrait être pire : imaginez si Willie était là.

Il grimaça.

— Je vous en prie, accompagnez-moi. Venez me protéger.

— Vous n'avez pas besoin de protection. Vos cousines vont vous adorer, exactement comme votre tante Letitia.

— À en croire ma tante Letitia, elles sont toutes aussi détestables que leur mère. Ma proposition tient toujours.

— Oh, dis-je avec une innocence feinte. Puisque ce n'est qu'une *proposition*...

Il plissa les yeux d'un air mauvais.

Je lui souris.

— Allez, venez. Plus vite on vous les présentera, plus vite ce sera fini.

J'entrai dans le salon la première et reçus de plein fouet cinq moues dédaigneuses. Il était clair qu'aucune d'elles ne s'attendait à me voir, et que je n'étais pas la bienvenue. Je fus un peu blessée par la réprobation de Letitia Glass. Je pensais que nous étions devenues amies, en quelque sorte. De toute évidence, elle ne jugeait pas à propos de me présenter ses nièces.

— Te voilà, Matthew, dit-elle en acceptant le baiser qu'il lui déposait sur la joue.

— Bonjour, dit Matt d'un ton jovial. Tante Beatrice, je ne pensais pas vous revoir si vite après notre dernière rencontre.

— Moi non plus.

La vivacité de la répartie de Lady Rycroft me surprit. Lors de notre dernière rencontre, Matt avait tancé son mari sous son propre toit, devant ses domestiques. Lady Rycroft s'était montrée impolie envers sa belle-sœur et moi, et avait parlé de la mère de Matt avec mépris. La voir assise là, les mains posées sur les genoux, avec ses trois filles en rang d'oignons sur le sofa en face d'elle, c'était un sacré revirement !

— J'espère que nous pourrons repartir du bon pied aujourd'hui. Je ne souhaite pas que nous soyons ennemis.

— Moi non plus, dit-il. Nous sommes de la même famille, après tout.

Elle lui répondit avec un petit sourire pincé. Mais à vrai dire, elle devait peut-être cet air pincé à son turban, et non à son dégoût à l'idée qu'il fasse partie de sa famille. Son turban lui étirait les yeux et lissait la peau de son front. En revanche, il n'avait aucun effet sur les rides profondes qui encadraient sa bouche.

— Permettez-moi de vous présenter mes filles.

Elles étaient classées de la plus grande à la plus petite, de la plus à la moins brune, de la plus jolie à la plus quelconque. Et, comme je ne tardai pas à l'apprendre, de la plus jeune à la plus âgée. Je devinai qu'elles devaient avoir entre vingt et vingt-cinq ans environ.

— Miss Patience Glass, ma fille aînée, dit Lady Rycroft en indiquant la jeune fille aux cheveux châtain dont le visage ressemblait à celui de sa mère, avec des plis qui lui tombaient des coins de la bouche, quoique moins prononcés.

— Miss Charity Glass, poursuivit-elle en montrant celle du milieu, dont les cheveux d'un brun sombre tombaient sur un front pesant.

— Et enfin, Miss Hope Glass.

Il était clair que Lady Rycroft avait une préférence pour sa cadette, une jolie jeune fille aux cheveux noir de jais et à la peau d'un blanc laiteux. Et à en juger par l'air renfrogné des deux autres, elles le savaient.

Matt s'inclina tour à tour au-dessus de la main de chacune de ses cousines et leur souhaita la bienvenue dans sa maison.

— Dites-moi, avez-vous toutes les qualités qui correspondent à vos prénoms ? demanda-t-il.

Hope se mit à rire.

— C'est tout le contraire, j'en ai bien peur. Patience ne supporte pas d'attendre, Charity est à peu près aimable à condition qu'on la regarde, et moi, j'ai beau avoir un nom qui signifie *espoir*, Maman dit que je suis si romantique que c'en est *désespérant*.

Matt éclata de rire.

— Hope ! la réprimanda sa mère.

La moue des deux aînées s'accentua, mais rien de tout cela n'eut le moindre effet sur Hope. Son sourire se fit vaguement mutin. J'étais prête à parier qu'elle donnait du fil à retordre à sa mère. Il était surprenant que les deux aînées ne soient pas mariées, à leur âge. Contrairement à moi, qui n'avais que mon instruction, elles avaient quelque chose à offrir à un futur époux. Leur père était un aristocrate qui possédait des terres et ne manquerait pas de leur donner une dot digne de ce nom. Hope, la plus jolie et la plus jeune, ne devrait avoir aucun mal à trouver un mari, mais elle était peut-être obligée d'attendre que ses sœurs aînées soient mariées les premières. Certaines familles y tenaient.

— Tante Beatrice, vous vous souvenez de mon assistante, Miss Steele, dit Matt en me désignant.

Le simple fait qu'il ait dû me présenter était le signe clair que Lady Rycroft comptait faire comme si je n'étais pas là.

— Oui, dit-elle tout simplement.

— Enchantée, dit Hope. Dites-moi, Miss Steele, quel genre de choses faites-vous pour notre cousin Matthew ?

J'observai Miss Glass du coin de l'œil, mais elle n'avait pas l'air d'écouter. Je me demandai si elle était en prise à l'une de ses absences au cours desquelles elle semblait oublier qu'elle n'était pas seule.

— J'assiste à des réunions avec lui, je prends des notes, ce genre de...

— Matthew, votre assistante n'a pas besoin de rester, dit Lady Rycroft. Je suis sûre qu'elle est très occupée.

Matt se raidit.

— Elle reste.

En un clin d'œil, son sourire aimable avait fait place à un rugissement qui surprit tous les invités. Lady Rycroft et ses filles sursautèrent.

— Mais oui, Maman, il faut qu'elle reste, dit Hope avec un rire nerveux en coulant un regard vers sa mère. Elle a l'air très sympathique.

La mâchoire de sa mère se contracta.

— Nous sommes là pour parler d'une affaire de famille. Elle n'en fait pas partie.

— Mais elle assiste à tous mes entretiens, gronda Matt d'une voix grave. Elle reste.

Il me fit signe de m'asseoir sur la seule chaise encore libre tandis qu'il restait debout.

J'hésitai, peu encline à me laisser entraîner dans leurs querelles. Je finis par m'asseoir, mais uniquement parce que je ne voulais pas laisser Lady Rycroft remporter une dispute quelle qu'elle soit, même une dispute aussi dérisoire et insignifiante que celle-là.

— Je vois que ce n'est pas une visite d'ordre personnel, alors, commença Matt. Dans ce cas, dites ce que vous avez à dire, ma tante.

— Mais si, c'est une visite d'ordre personnel, protesta Miss Glass, soudain revenue à elle. N'est-ce pas, Beatrice ? Ses filles voulaient te rencontrer, Matthew.

— C'est vrai, confirma aussitôt Hope. Après votre visite de la semaine dernière, nos femmes de chambre ont dit que vous étiez le gentleman le plus élégant qu'elles aient jamais espionné.

— Hope, ça suffit, la coupa sèchement Lady Rycroft.

Elle inspira profondément et leva les mains.

— Reprenons au début. Letitia a raison, cette visite est bien d'ordre privé. Je voulais vous présenter mes filles pour que vous puissiez en choisir une.

Matt pencha la tête sur le côté comme s'il n'avait pas bien entendu.

— En choisir une ?

— Pour l'épouser, bien sûr.

CHAPITRE 5

— L'épouser ! s'esclaffa Matt, mais personne d'autre ne rit.

Je regrettai soudain d'être restée. C'était effectivement le genre d'affaire de famille auquel je ne souhaitais pas être mêlée.

— Vous n'êtes pas obligé de choisir tout de suite, lui dit Lady Rycroft d'un air on ne peut plus sérieux. Faites d'abord connaissance avec elles.

Matt s'assit sur l'accoudoir du fauteuil, tout près de moi, ce qui n'échappa à personne dans la pièce. Cinq visages furibonds se tournèrent d'un coup vers moi comme si c'était ma faute. Il secoua la tête sans plus pouvoir s'arrêter.

— Êtes-vous sûres que c'est bien ce que vous voulez ?

Pourquoi ne les avait-il pas déjà mises à la porte en se moquant d'elles ? Il n'envisageait tout de même pas cette possibilité... n'est-ce pas ?

— C'est ce que nous voulons, Lord Rycroft et moi, oui. Sans l'ombre d'un doute.

— Mais mon oncle me déteste. Il n'y a pas une chose qu'il apprécie chez moi.

Lady Rycroft baissa les yeux sur ses mains.

— Il faut bien penser à l'avenir de nos filles.

Ah, je comprenais mieux. Matt était leur héritier, et elles

n'étaient pas mariées. C'était à lui que reviendrait un jour leur domaine, ce qui mettait en péril la situation de leurs filles tant qu'elles n'auraient pas trouvé de partis avantageux. Il semblait peu probable qu'ils parviennent à en trouver pour les deux aînées, avantageux ou non, étant donné leur âge et leur mine renfrognée.

— C'est vraiment affreux, bredouilla Hope en pressant sa main gantée sur sa joue en feu.

— Je suis bien de votre avis, dit Matt. Tante Letitia, ne me dites pas que vous approuvez cette mascarade éhontée.

Elle ouvrit les mains en signe d'impuissance.

— Je n'avais pas le choix, Matthew. Autant t'y résoudre. Cependant, je te prie de garder à l'esprit qu'il y a bien d'autres poissons dans l'océan que ces trois-là.

— Letitia ! s'étrangla Lady Rycroft. Vous devriez l'encourager à choisir une de vos nièces. C'est la meilleure chose à faire.

— La meilleure chose à faire pour qui ? rétorqua sèchement Miss Glass. Pas pour Matthew, je vous le garantis.

Lady Rycroft se hérissa.

— Mes filles sont de jeunes filles de bonne famille, parfaitement vertueuses et respectables. Elles feraient d'excellentes épouses.

— Pas pour Matthew.

— Et pourquoi pas ?

— Je préfère ne pas en parler devant elles.

Hope releva le menton et une lueur s'alluma dans ses yeux. Ses deux sœurs aînées gardaient les leurs fixés sur leurs mains, qu'elles tenaient croisées sur leurs genoux.

— J'ai l'impression d'avoir fait irruption au milieu d'une farce grossière. Pire : un cirque.

Matt se passa une main sur le front.

— Que les choses soient bien claires : je ne suis pas pressé de me marier, mais le jour où ça arrivera, ce sera avec une femme que j'aurai choisie moi-même.

— Mais les partis que je vous propose sont parfaitement convenables !

Le visage de Lady Rycroft, devenu de plus en plus rouge, était désormais presque de la même couleur que son turban.

Quant à ses trois filles, on aurait dit qu'elles voulaient disparaître entre les coussins du sofa. Même Hope n'osait pas croiser le regard de Matt.

Il poussa un soupir. Les premiers signes de lassitude commençaient à se manifester autour de ses yeux et dans la façon dont ses épaules s'affaissaient.

— Pensez à mes filles, insista Lady Rycroft. Pensez à votre *famille*, Matthew. Voulez-vous donc les voir souffrir ?

— Pourquoi souffriraient-elles de ne pas m'épouser ?

— Parce qu'elles vont se retrouver à la rue !

— Personne de Rycroft ne sera jeté à la rue. Par ailleurs, mon oncle a l'air d'être en bonne santé. Je suis sûr qu'il restera encore très longtemps parmi nous.

Elle balaya cette objection d'un revers de main, comme si la santé de son mari n'avait rien à voir avec la discussion. Pourtant, j'étais du même avis que Matt ; Lord Rycroft avait encore une bonne vingtaine d'années devant lui, au moins.

— Vous voulez voir mes filles sur le pavé, sans un sou ?

Je réprimai un soupir exaspéré. Il était possible, si leur père mourait avant que les filles ne soient mariées, qu'elles tombent dans une gêne relative, mais elles ne seraient pas sans le sou. Ces gens-là n'avaient aucune idée de ce qu'était l'indigence, et ils ne le sauraient jamais.

Matt me donna un discret coup de coude, et je devinai qu'il se retenait de rire, lui aussi. Néanmoins, il parvint à garder son sérieux et considéra ses cousines une à une. Hope fut la seule à se laisser détailler avec un calme que je ne pouvais m'empêcher d'admirer.

— Oncle Richard n'a-t-il pas fixé une dot pour chacune d'elles ? demanda Matt.

— Eh bien, si... Mais leur maison...

La lèvre inférieure de Lady Rycroft se mit à trembloter. Elle sortit un mouchoir de son réticule et s'en tamponna le coin de l'œil.

— Rycroft a pour elles une valeur inestimable.

— Dans ce cas, le problème est réglé. Quand j'hériterai de l'hôtel particulier, elles pourront y habiter, et j'irai vivre ailleurs.

— À moins que vous n'ayez épousé l'une d'entre nous, dit Patience.

Hope lança à sa sœur un regard assassin. Patience haussa les épaules innocemment.

— Vous ne voulez donc pas habiter là-bas ? lui demanda Charity.

Il la regarda droit dans les yeux.

— Non.

— Pourquoi pas ? Que reprochez-vous à Rycroft ?

— Ce serait mon arrêt de mort, comme ça l'a été pour mon père.

Patience et Charity le dévisagèrent toutes deux avec stupeur, la bouche ouverte comme une trappe dont on aurait retiré les gonds. Hope, au contraire, eut pour Matt un regard radouci.

— C'est monstrueux, s'indigna-t-elle. Je ne peux pas supporter une chose pareille. Nous venons à peine de le rencontrer, et nous voilà déjà en train de parler mariage comme s'il était un prix à remporter, et nous une monnaie d'échange.

— Cette conversation ne pouvait plus attendre, répliqua sa mère en reniflant d'un air supérieur.

— Vous aviez promis d'aborder le sujet avec plus de tact, Maman. Vous nous avez humiliées devant notre cousin.

Je m'éclaircis la gorge, mais elle ne fit pas attention à moi. De toute évidence, ça ne lui posait aucun problème d'être humiliée devant moi.

— L'heure n'est plus aux négociations subtiles, dit Lady Rycroft. Il pourrait rentrer en Amérique d'un jour à l'autre.

— Il ne quittera pas l'Angleterre, déclara Miss Glass.

Tous les regards se tournèrent vers elle.

— Tante Letitia, protesta Matt à mi-voix. Nous en avons déjà parlé.

Il renonça à achever sa douce réprimande. Il avait eu beau le lui dire un nombre incalculable de fois, elle refusait de l'entendre.

— Mais je ne veux pas aller vivre en Amérique, se lamenta Patience. C'est un pays si *barbare*.

— On dirait bien qu'il y a déjà une candidate en moins, dit Hope avec une lueur malicieuse dans les yeux. Voilà qui devrait vous permettre de choisir plus aisément, Cousin. Oh, et si je vous facilitais encore davantage la tâche ? Je me retire de la course.

— Hope ! vociféra Lady Rycroft. Cesse d'être si obstinée et sarcastique. C'est très inélégant pour une dame.

— Ce que je veux dire, c'est que je préférerais apprendre à connaître Matthew en tant que cousin sans toute cette pression mélodramatique.

Elle adressa un petit sourire timide à Matt.

— Je suis sincèrement navrée. J'espère que vous n'en garderez pas une mauvaise image de nous. Nous ne sommes pas toutes comme ça.

Il sourit.

— Je vois cela.

Je le regardai en clignant des yeux.

— Dites-moi, Tante Beatrice, dit-il avec un entrain soudain. Avez-vous dit à vos filles quelle *profession* exerce la famille de ma mère ?

Lady Rycroft blêmit et se remit à se tamponner les yeux de plus belle.

— De quelle profession s'agit-il ? demanda Hope en les regardant tour à tour.

— Une profession du genre illégal. Presque toute la famille de ma mère est constituée de hors-la-loi.

— Oh.

Hope se mordit la lèvre.

— Voilà qui est... euh... intéressant.

— N'est-ce pas ? Cela vous donne peut-être envie de vous retirer de la course aussi, Charity ?

— Au contraire, répondit la deuxième sœur en s'avançant sur son siège. Ça a l'air captivant.

Hope partit d'un petit rire qu'elle étouffa aussitôt dans sa main quand sa sœur lui envoya un coup de coude entre les côtes.

— La famille de votre mère est sans importance, intervint Lady Rycroft.

Ce n'était pas ce qu'elle avait dit une semaine plus tôt.

— N'allez pas dire ça devant Willie, dit Matt.

— Je pense qu'il est temps pour nous de partir.

Lady Rycroft se leva et, d'un geste de la main, ordonna à ses filles de la suivre.

— J'espère que nous vous reverrons bientôt, Matthew. N'hésitez pas à nous rendre visite dès que vous le pourrez. J'organiserai peut-être un dîner en votre honneur.

Matt s'inclina. Ses filles firent une révérence chacune à son tour en passant devant lui.

Toutefois, Hope ne suivit pas immédiatement sa mère.

— Elle n'a pas renoncé.

Elle sourit et son visage, qui était déjà joli, devint éblouissant.

— Vous feriez mieux de rester constamment sur vos gardes, Cousin.

— Hope ! glapit Lady Rycroft.

— J'arrive, Maman.

Elle fit un clin d'œil à Matt.

— À bientôt, Cousin. J'ai été ravie de vous rencontrer. Oh, et vous aussi, Miss Steele. Vous êtes restée bien silencieuse au cours de cet échange. J'ai l'impression que nous n'avons presque rien appris sur vous.

— N'était-ce pas ce qu'on attendait de moi ? dis-je sans pouvoir empêcher ma voix de trembler et mon cœur de battre à tout rompre.

Après tout, ce n'était qu'une conversation idiote.

— Que je reste assise bien sagement et que j'écoute sans vous interrompre ?

Matt me regarda en fronçant les sourcils.

Le sourire de Hope disparut.

— Voyez-vous cela. Vous n'êtes peut-être pas aussi inoffensive que vous en avez l'air.

Puis elle emboîta le pas à sa mère.

Matt les raccompagna à la porte, et je restai dans le salon avec Miss Glass. J'aurais voulu me laisser engloutir par mon fauteuil. Pourquoi avais-je parlé à Hope sur ce ton ?

Je savais très bien pourquoi. Et ça ne me plaisait pas. Mais alors, pas du tout.

— Quelles horribles pimbêches, ces trois-là, dit Miss Glass en fronçant le nez. Tout le portrait de leur mère. Hope a l'air sympathique, mais ne vous laissez pas duper. Elle est intelligente, celle-là. Trop intelligente, si vous voulez mon avis.

Je poussai un soupir.

— Parce que chez une femme, l'intelligence est une mauvaise chose, je suppose ?

— Je ne dis pas cela pour vous, ma chère.

Elle se leva et me tendit la main.

— Vous, vous êtes une brave fille. Votre intelligence n'a rien à voir avec celle de Hope.

Je lui pris la main. Je ne pouvais pas lui en vouloir de s'être montrée froide avec moi un peu plus tôt. Après tout, elle devait craindre que je ne sois une distraction pour son neveu. Il fallait que je la rassure, que je lui fasse savoir que je n'étais pas une pièce de l'échiquier, et que je ne l'avais jamais été.

— J'ignore de quoi vous parlez, Miss Glass, mais merci pour ce compliment.

Matt rentra d'un pas vif et remarqua nos mains jointes.

— India ? Qu'y a-t-il ?

— Rien du tout.

— Non, il y a quelque chose. Vous avez l'air contrariée. Ne faites pas attention à ce qui s'est passé. Elles sont sans importance.

Je retirai ma main et tapotai mes jupes pour les lisser. Je ne pouvais me résoudre à croiser son regard. Quand il me regardait aussi intensément, il en voyait trop. C'était bien trop troublant, et je ressentais déjà bien assez de trouble après cet échange avec Hope.

— Allons-nous ressortir avant le déjeuner ? demandai-je.

— Non.

— Dans ce cas, je vais me promener.

* * *

UNE PROMENADE dans Hyde Park m'éclaircit les idées et m'aida à me détendre. Lorsque je rentrai à la maison, un assortiment de viandes froides et de salades était étalé sur la table de la salle à manger.

— Finalement, ce n'est pas si mal, d'avoir des domestiques, dit Duc en se servant quelques tranches de bœuf.

—Tu as vu DuPont ? demanda Matt.

Duc secoua la tête.

— Worthey était furieux, lui aussi. Il dit qu'on ne peut pas faire confiance aux Français, et que s'il a le culot de revenir, il se retrouvera au chômage. Willie va rester là-bas jusqu'à la fin de l'après-midi, au cas où.

Miss Glass entra et s'assit.

— Nous ferons de notre mieux pour les éviter, mais ce ne sera pas toujours possible, surtout si tu reçois une invitation à dîner.

Tous nos regards se tournèrent vers elle.

— Je vous demande pardon ? demanda Matt.

— Tes cousines Glass.

Elle le dévisagea comme s'il était simple d'esprit.

— Eh bien, qu'est-ce qu'elles ont, ses cousines ? demanda Duc.

— Elles sont venues avec leur mère; lui dit Matt. L'idée est que je choisisse l'une d'elles pour l'épouser.

Duc sourit.

— Willie va regretter d'avoir raté cette conversation. Tu en as choisi une ?

— Non !

Miss Glass eut un frisson de dégoût.

— Dieu merci, tu as du bon sens, Matthew.

Duc ricana.

— Tu les as prévenues que l'heureuse élue devrait aller vivre en Californie ?

— Certainement pas, dit Miss Glass avec un reniflement dédaigneux, puisqu'il ne compte pas quitter l'Angleterre.

— Je leur ai dit que je n'avais pas pour projet de me marier.

Matt but une petite gorgée de vin et fit mine de reposer son verre sur la table, avant de changer d'avis et de le vider d'un trait.

— Quand puis-je espérer te voir à la maison, Matthew ? demanda Miss Glass. Je dois inviter des visiteurs, mais cela ne sert à rien si tu n'es pas là.

Matt la considéra par-dessus le bord de son verre.

— Vous ne renoncez jamais, n'est-ce pas ?

— Si je fais ça, c'est pour ton bien. Un gentleman doit prendre femme, sans quoi il devient égoïste et oisif. Et il doit suivre son intérêt, pas son cœur. Les mariages d'amour ne fonctionnent jamais une fois que la flamme des débuts s'est éteinte. Je ne voudrais pas que tu commettes une erreur que tu regretterais plus tard.

— Mes parents se sont mariés par amour, et ça s'est plutôt bien terminé.

Elle se fourra un gros morceau de poulet dans la bouche et évita de croiser mon regard.

Matt semblait tenté d'objecter, mais il se tourna soudain vers moi.

— Vous êtes prête, India ? Je suis assez pressé, tout d'un coup.

* * *

— JE SUIS DÉSOLÉ pour la façon dont mes cousines et mes tantes vous ont traitée, dit Matt dans la voiture qui nous emmenait chez Daniel.

— Vous n'avez pas à vous excuser.

— Elles s'habitueront à vous.

Je serrai plus fort mon réticule entre mes mains, mais je gardai le silence. Je n'étais pas d'humeur à parler de ses cousines, de ses tantes ni de sa future épouse. Pourtant, il semblait vouloir en parler.

— En réalité, je ne peux pas leur dire pourquoi le mariage n'est pas dans mes projets pour l'instant. Mais vous, vous comprenez, n'est-ce pas ? Je ne peux pas envisager de me marier tant que ma santé ne s'est pas améliorée. Ce serait injuste pour celle que j'épouserais de la laisser veuve si tôt après le mariage.

— Je comprends.

Il tapota le rebord de la fenêtre du bout des doigts.

— Tant mieux.

— Mais tant qu'elles ne le sauront pas, vos tantes continueront leur... petit jeu.

Il poussa un soupir.

— Je ne suis pas sûr d'avoir assez de patience pour être un Anglais de la haute société. J'aime mieux être un Américain pauvre entouré de sa famille de criminels. C'est plus épanouissant.

— Dans ce cas, mieux vaut rentrer chez vous dès que vous le pourrez. Vous allez me manquer. Vous allez tous me manquer, ajoutai-je au cas où il s'imaginerait que je flirtais avec lui.

La voiture s'arrêta avec une secousse et Matt se retrouva soudain assis à côté de moi.

— Je n'aurais pas dû dire ça, souffla-t-il. C'était puéril et indélicat. J'ai beaucoup de chance, je ne devrais pas pleurnicher comme un enfant capricieux.

— Vous n'êtes pas au mieux de votre forme, aujourd'hui. Je comprends.

— Mais cessez donc d'être aussi compréhensive !

Il se passa la main sur le visage jusqu'au menton. Quand il la retira, je fus choquée par la fatigue qui lui tirait le coin des yeux. Est-ce qu'il n'avait pas dormi avant le déjeuner ?

— Dites-moi que je me conduis comme un crétin.

— Une Anglaise bien élevée n'emploie pas ce mot.

Il esquissa un demi-sourire ; c'était l'effet que j'avais espéré.

— Cela dit, vous avez raison, repris-je. Vous vous conduisez comme un crétin. Mais puisque vous vous êtes excusé, je vous pardonne.

— Un jour, je finirai par dire quelque chose qui vous fera vraiment de la peine. Quelque chose d'impardonnable.

J'en doutais.

Nous arrivâmes à la maison de Daniel, à Hammersmith, et nous nous présentâmes à la femme de chambre qui nous ouvrit la porte. Nous avions décidé d'être nous-mêmes avec la famille de Daniel : nous obtiendrions des réponses plus franches à nos questions s'ils savaient que nous étions à sa recherche.

La femme de chambre nous fit entrer dans un salon où était assise une femme. Matt nous présenta une nouvelle fois.

— C'est le Commissaire Munro qui nous envoie, dit-il pour finir.

La femme se redressa. Ses yeux bleu clair s'élargirent pendant une fraction de seconde. Âgée d'une quarantaine d'années, elle était vêtue d'un gilet élégant qu'elle portait par-dessus une robe à rayures noires et vertes. Elle avait dû être belle dans sa jeunesse, avec son visage en forme de cœur, ses pommettes hautes et sa silhouette ravissante. Et même à son âge, elle était encore charmante, même si l'on pouvait voir qu'elle avait pleuré récemment.

— Êtes-vous Miss Gibbons ? demandai-je.

Elle hésita, puis hocha la tête.

— Mary, allez chercher Mr Gibbons et apportez-nous du thé.

Puis, se tournant vers nous, elle ajouta :

— Mon père va vouloir vous rencontrer.

— Nous voulons le rencontrer aussi, dit Matt.

— Êtes-vous inspecteur de police ? demanda-t-elle, laissant son regard partir dans ma direction avant de le reporter sur Matt.

— Enquêteur privé. Voyant que ses hommes n'arrivaient à rien, le Commissaire Munro est venu nous trouver. Il tient absolument à retrouver Daniel.

— Vous a-t-il fait part de ses... liens avec mon fils ?

Matt confirma d'un signe de tête.

La tête basse et les mains croisées sur ses genoux, elle était la parfaite image d'une femme modeste et raisonnable. Ce n'était pas du tout comme ça que je l'imaginais. Je m'étais attendu à voir une personne avenante et dynamique, le genre de femme qui entretient des liaisons adultères avec des hommes. J'avais eu tort de la juger sans connaître la situation, et à présent, je m'en voulais.

Un homme entra et je fus aussitôt frappée par les similarités qu'il y avait entre lui et le commissaire. Robuste comme lui, de grande taille et d'âge comparable, il avait un regard franc capable de jauger instantanément une situation et d'émettre un diagnostic. Il était probablement très fier d'exercer un contrôle absolu sur son monde. Découvrir que sa fille attendait l'enfant d'un homme marié avait dû lui faire un sacré choc, surtout qu'elle n'avait pas l'air rebelle ni aguicheuse, mais docile et obéissante.

Matt réitéra les présentations. Quand Mr Gibbons entendit le nom de Munro, ses narines se dilatèrent.

— Ah, il s'est enfin décidé à faire quelque chose, maugréa-t-il.

— Il a fait de son mieux, Papa, protesta Miss Gibbons d'une voix douce, mais sérieuse. Tu le sais bien.

— Et pourtant, il n'est arrivé à rien.

Elle baissa à nouveau la tête.

— Munro nous a dit qu'on vous avait cambriolés, dit Matt. Nous pensons que cela a un lien avec la disparition de Daniel.

Gibbons grommela :

— Si c'est tout ce que vous avez découvert, vous gaspillez l'argent de Munro, et vous me faites perdre mon temps.

Matt gardait un calme admirable. Il était nettement moins gêné par l'accueil bourru de Gibbons que par l'insistance de ses tantes à le marier. Interroger des suspects et des témoins et jouer un rôle pour démasquer les criminels, c'était chez lui une seconde nature. Boire du thé à petites gorgées dans un salon avec de grandes dames, en revanche, l'était beaucoup moins.

— Ce n'est pas notre seule découverte, poursuivit Matt. Nous avons appris que Daniel avait quelque chose de remarquable. Quelque chose qui lui a été transmis à la naissance.

Miss Gibbons inspira brusquement. C'est à ce moment-là que la femme de chambre entra en portant un plateau. Miss Gibbons la congédia et se mit à servir le thé elle-même. Elle me tendit une tasse.

— Qu'avez-vous découvert ? demanda-t-elle à voix basse.

— Judith ! fit son père, la rappelant sèchement à l'ordre.

Toute tremblante, elle referma la bouche.

— Nous ne savons pas à quoi vous faites allusion, dit Mr Gibbons.

— Bien sûr que si.

Matt l'ignora et se tourna vers Miss Gibbons.

— Ne craignez rien. Nous ne sommes pas là pour vous persécuter. Nous voulons simplement retrouver votre fils. Nous avons de plus en plus de raisons de penser que sa disparition est en lien avec sa magie et avec une certaine carte magique qu'il a faite pour un client.

Mr Gibbons échangea un regard avec sa fille. Il semblait avoir perdu son assurance et n'être plus qu'un homme dépassé par les événements. Il était évident qu'il n'avait pas l'habitude de parler de magie avec des inconnus. Et vu le traitement que les guildes réservaient à ceux qui maîtrisaient la magie, ce n'était pas surprenant. Étant lui-même cartographe, il avait certainement gardé sa propre magie secrète des années durant pour ne pas se faire remarquer.

— Nous savons que Daniel tient son don magique de vous, lui dis-je.

Mr Gibbons regarda sa fille en secouant la tête pour lui signifier de se taire.

— Papa, nous pouvons leur parler. Sinon...

Elle déglutit péniblement.

— Sinon, nous ne retrouverons peut-être jamais Daniel.

Mr Gibbons paraissait sur le point de lui intimer de tenir sa langue, mais en fin de compte, les rides sévères qui creusaient son visage s'adoucirent. Il opina.

— Ce n'est pas un don, dit Miss Gibbons en se tamponnant les yeux avec un mouchoir. C'est une malédiction. Et elle ne lui vient pas de moi.

— C'est de moi qu'il la tient, intervint Mr Gibbons. Ma fille n'a pas de pouvoirs magiques.

— Ils ont sauté une génération ? m'écriai-je.

Mr Gibbons inclina la tête.

— Que savez-vous de la magie ?

— Pas grand-chose.

— Moi non plus. Mais ce que je sais, c'est que même si elle est héréditaire, il n'est pas rare qu'elle saute une ou deux générations avant de réapparaître.

— Vous cachez votre magie au monde extérieur, dit Matt. Qui est au courant ?

— Personne. Dès mon plus jeune âge, mon père m'a averti que cela devait rester secret. Il maîtrisait la magie, lui aussi, et il était bien placé pour savoir ce qui arrivait aux magiciens si des membres de la guilde découvraient leurs pouvoirs. Un de ses amis avait été exclu de la guilde. N'étant plus membre, il avait été obligé de céder sa boutique. Il avait été cartographe toute sa vie, et il n'a jamais pu retrouver un autre travail en ville. Il a perdu des amis, et ses enfants, n'ayant plus de quoi manger, sont tombés malades et ils sont morts. Il a fait appel de la décision, inlassablement, affirmant qu'il n'avait rien fait de mal. Six mois plus tard, on l'a retrouvé mort.

J'étouffai un cri de stupeur.

— De quoi est-il mort ? demanda Matt.

— Officiellement, il s'est tranché la gorge.

Mr Gibbons secoua la tête.

— Mais mon père ne comprenait pas pourquoi un gaucher aurait tenu le couteau dans sa main droite s'il avait cherché à mettre fin à ses jours.

Oh, mon Dieu.

Miss Gibbons fondit en larmes. Son père lui lança un bref coup d'œil et serra les lèvres. Je vins m'asseoir à côté d'elle et passai mon bras autour de ses épaules. Il m'était difficile de la réconforter alors que je ne pouvais penser à autre chose qu'à ce cartographe assassiné, peut-être par sa propre guilde.

— Mais je suis sûre que ce genre de choses n'arriverait plus aujourd'hui, dis-je en croisant le regard de Matt pour chercher son appui.

Il me fit un petit sourire en hochant la tête, ce qui ne me rassura absolument pas.

— Si c'est ce que vous croyez, alors vous êtes bien naïve, Miss Steele, dit Mr Gibbons. La guilde est un nid de vipères ; ses membres n'attendent qu'une chose, c'est de s'attaquer à ceux qui sont meilleurs qu'eux. Ils veulent conserver leur statut, leurs clients et leur réputation, et pour y parvenir, ils doivent éradiquer tous les magiciens. Après tout, pourquoi payer un cartographe ordinaire quand on peut s'adresser à un magicien capable de créer une carte réactive ?

— Réactive ? répéta Matt.

— Une carte magique révèle certains endroits et itinéraires, mais uniquement à celui qui l'a commanditée et au magicien qui y a insufflé sa magie, et seulement pour une courte durée.

— Y a-t-il un membre de la guilde qui savait que Daniel était un magicien ?

— Je ne le leur ai jamais dit, et il n'aurait pas pu leur en parler non plus. Il ignorait l'existence de ses pouvoirs.

— Tu aurais dû lui dire, balbutia sa mère, les joues baignées de larmes qui lui coulaient sur le menton. Tu aurais dû l'avertir, comme ton père l'avait fait pour toi. Tout ça, c'est *ta* faute.

Le visage de Mr Gibbons prit une couleur de cendre.

— Tout ce que je voulais, c'était le protéger, ce petit. J'ai estimé qu'il serait plus prudent qu'il apprenne un autre métier, qu'il s'engage dans la police, pourquoi pas, comme le voulait son père. Quand j'ai découvert qu'il avait hérité de ma magie, je l'ai empêché de s'approcher des cartes et des instruments de cartographie. Je pensais qu'il développerait simplement d'autres talents.

Il baissa la tête.

— Mais c'était peine perdue, et lorsque j'ai découvert qu'il dessinait des cartes en secret, il était trop tard. Quand il a dit qu'il voulait faire son apprentissage auprès d'un cartographe de la guilde, j'ai refusé. Mais son père a insisté.

Ses lèvres se tordirent en un rictus moqueur.

— Munro est un imbécile.

— Il n'était pas au courant du danger parce que tu ne lui as jamais parlé des pouvoirs de Daniel, sanglota Miss Gibbons. Ni des tiens.

— Il ne m'aurait pas cru. Les hommes comme Munro sont des incrédules. Ils choisissent d'ignorer la réalité et refusent même de voir les preuves qu'on leur met sous les yeux. Mettre Munro dans la confidence ne m'aurait valu que moqueries et humiliation, et notre famille en a déjà essuyé bien assez à cause de lui. Ça suffit, Judith. Ça suffit.

— Ça aurait pu sauver Daniel, insista-t-elle d'une petite voix.

— J'en doute, lui dis-je. Il est clair que Daniel adorait créer des cartes. Il avait ça dans le sang. Les membres de la guilde auraient fini par découvrir son talent tôt ou tard.

— Vous pensez que c'est eux, n'est-ce pas ? Vous pensez qu'ils ont enlevé mon fils ?

Elle appuya son mouchoir sur son nez et fut secouée par de violents sanglots.

— Nous n'en savons rien.

— La guilde savait-elle que vous étiez un magicien ? demanda Matt à Mr Gibbons.

— J'ai toujours gardé le secret, répondit-il, comme me l'avait recommandé mon père. Je n'ai jamais usé de ma magie pour créer une carte. Jamais. Si je m'en étais servi, j'aurais pu créer des ouvrages magnifiques, comme Daniel. Mais je n'ai jamais osé prendre ce risque.

— Vous avez dit que les cartes magiques ne marchaient que pour une courte durée ; pouvez-vous m'en dire plus ? demandai-je, intriguée d'apprendre que le temps jouait un rôle dans la magie des cartes.

Je surpris Matt qui me regardait, et je me détournai. Il savait pourquoi je posais cette question, et je ne voulais pas voir la désapprobation dans ses yeux. Il ne voulait pas que je parle de ma magie.

Mr Gibbons haussa les épaules.

— Il n'y a rien à en dire. Mon père m'a expliqué que la magie était une chose fugace. Les cartes s'animent pour montrer un trajet ou un endroit secret, mais seulement pour quelques heures, ou quelques jours, peut-être. Après quoi, ça ne se reproduit plus.

À moins qu'on n'y insuffle la magie d'un horloger, peut-être. La montre de Matt possédait à la fois la magie de Chronos et celle du médecin qui lui avait sauvé la vie. La magie du temps prolongeait la durée de la magie du médecin. Il était possible que ce soit la même chose pour n'importe quel type de magie lorsqu'on la combinait à celle d'un horloger.

— Connaissez-vous d'autres magiciens ? demanda Matt.

Mr Gibbons et sa fille firent non de la tête.

— Puis-je inspecter sa chambre ?

— Si vous insistez.

Mr Gibbons nous guida dans l'escalier qui montait à la chambre de Daniel.

— La police l'a déjà fouillée, et nous aussi. Vous ne trouverez rien.

La maison n'était pas très grande, mais elle était assez confortable, et je soupçonnais qu'un simple cartographe n'aurait pas eu les moyens d'en avoir une aussi belle. En tout cas, c'était mieux que le logement que j'avais occupé avec mon père au-dessus de notre boutique. Le Commissaire Munro pourvoyait peut-être à leurs besoins pour que son fils grandisse dans une maison digne de ce nom.

La chambre était nichée sous les combles. Matt dut se plier en deux pour y entrer. Nous vérifiâmes sous le lit, dans les placards et les tiroirs, sous le matelas et le tapis sur le dessous de chaises et des tables. Nous ne trouvâmes rien de suspect ni d'intéressant.

— Vous avait-il parlé de McArdle, ce client qui lui avait commandé une carte spéciale ? demanda Matt en redescendant l'escalier.

Ils firent non de la tête tous les deux.

— Vous voulez dire que le travail lui a été confié directement ? demanda Mr Gibbons. Ou par l'intermédiaire de son maître ?

— Directement.

Le père et la fille échangèrent un regard.

— Comment a-t-il su que Daniel était magicien ? demanda Miss Gibbons en plaquant ses doigts contre ses lèvres tremblantes.

— Ça, par exemple, c'est une bonne question, dit Gibbons. Et une autre question... Où Daniel a-t-il appris à faire des cartes magiques ? Ce n'est pas moi qui lui ai appris.

— C'était peut-être ce Mr McArdle lui-même, suggérai-je. Ou quelqu'un qu'il connaît.

— Est-ce que vous l'avez interrogé ?

— C'est ce que nous allons faire, dit Matt.

Miss Gibbons serra le bras de Matt d'une main tout en portant son mouchoir à sa joue de l'autre.

— Retrouvez mon fils, Monsieur. Je vous en prie. Je vous en supplie.

— Nous ferons de notre mieux, Miss Gibbons.

Une fois dehors, nous montâmes dans la voiture qui nous attendait, et Bryce nous conduisit à Chelsea, non loin de là.

— Il a eu tort de ne pas parler de sa magie à Daniel, dis-je. Il aurait dû être averti pour pouvoir se protéger.

Matt se contenta de me regarder prudemment à travers ses cils à demi baissés derrière lesquels j'entrevoyais ses yeux injectés de sang.

— Je sais, soupirai-je. Je sais bien que mon père ne m'a rien dit alors qu'il était probablement au courant.

— Ça, nous n'en savons rien.

— Même s'il n'avait pas de pouvoirs magiques, son père ou son grand-père devait en avoir, et quelqu'un a bien dû lui en parler à un moment au cas où il... développerait le même don. Il aurait dû me le dire.

— Ne lui en veuillez pas trop, dit Matt d'une voix douce. S'il n'a jamais fait preuve de talents magiques, il est possible que son père ait cessé d'y penser. Il avait peut-être prévu d'en parler à votre père le jour où il aurait des enfants, mais sa mort prématurée l'en a empêché.

— Je suppose.

Je me massai le front.

— Tout cela est si étrange, Matt. Je ne veux pas de pouvoirs magiques si cela implique un danger. Dieu merci, les miens ne sont pas très développés.

— Vous trouvez ?

Je levai les yeux.

— Que voulez-vous dire ?

— Votre montre a électrocuté un homme, le mettant temporairement hors d'état de nuire. Une autre horloge que vous aviez manipulée a infléchi sa trajectoire pour frapper un homme en pleine tête. Ce sont des exploits remarquables, et jusqu'à présent, aucun des magiciens à qui j'ai parlé ne m'a raconté de telles choses.

Je tâchai de rire, mais le cœur n'y était pas.

— J'imagine mal une carte capable de tuer quelqu'un.

Il eut un sourire malicieux.

— Le globe terrestre en bronze de la guilde doit être assez efficace.

Il avança sa main dans l'intervalle qui nous séparait et la posa sur la mienne.

— Vous ne courez aucun risque, India. Je veillerai à ce qu'il ne vous arrive rien.

— Merci.

— Mais votre secret doit rester ce qu'il est : un secret. Ce n'est pas parce qu'Abercrombie et les autres membres de la guilde vous soupçonnent d'être une magicienne que vous devez leur prouver qu'ils ont vu juste.

— Je n'en parlerai que lorsque ce sera nécessaire.

— Ou pas du tout.

Il serra ma main dans la sienne.

— Et maintenant, reprenons nos rôles de Mr et Mrs Prescott afin de voir ce que pourra nous apprendre ce McArdle.

* * *

McArdle louait une chambre à Chelsea dans une maison proprette en briques rouges appartenant à Mrs Dawson, une veuve d'une soixantaine d'années dont les vêtements auraient été du dernier cri vingt ans plus tôt. Hélas, il avait payé la totalité de son loyer et était parti seulement la veille en emportant avec lui toutes ses possessions.

Voyant que Matt semblait sur le point de lâcher les jurons les plus pittoresques qu'il ait jamais appris au Far West, je m'empressai de prendre la parole à sa place.

— Que pouvez-vous nous dire à son sujet ? demandai-je à sa logeuse.

Mrs Dawson leva le menton de la même façon que Miss Glass lorsqu'elle campait sur ses positions :

— Pourquoi ?

Matt sortit quelques pièces de sa poche.

— Répondez à la question.

Elle tendit la main et il fit tomber les pièces dans sa paume.

— C'était quelqu'un de très réservé, dit-elle. Il sortait tous les jours, mais il ne me disait pas où il allait, et je ne lui ai jamais demandé.

— Lui arrivait-il de parler de cartes ou de cartographes ?

— Non.

— Il n'a pas évoqué une dispute ? demanda Matt.

— Il est rentré un après-midi, il était d'une humeur de chien, il marmonnait quelque chose à propos d'un gamin trop ambitieux.

— S'est-il mis très en colère ? demandai-je. A-t-il donné des coups, lancé des objets ?

— Ce n'était pas un homme violent. Il était assez aimable, juste un peu réservé.

— D'où venait-il ?

— C'était un Anglais, bien sûr.

Elle porta une main à sa poitrine avec une mine horrifiée.

— Je n'accepte que des pensionnaires respectables et bien de chez nous. Les étrangers ne sont pas les bienvenus chez moi.

— Et ça vaut aussi pour nous autres Américains ? demanda Matt en forçant son accent.

Elle lui répondit avec un petit sourire pincé.

— Je pourrais peut-être faire une exception pour un gentleman comme vous.

Elle regarda avec insistance la poche où il rangeait son argent.

— De quelle région d'Angleterre venait Mr McArdle ? demandai-je.

— Avait-il un accent ?

— Je n'ai pas remarqué. Il ne m'a donné aucun nom de ville, de comté ni de village. Je ne sais pas d'où il venait.

Elle lança un coup d'œil derrière nous avant de s'avancer d'un pas.

— Il y a bien encore un détail. Quelque chose qu'il a laissé en partant. En tant que logeuse, je m'en voudrais terriblement s'il m'écrivait pour me demander de le lui renvoyer, et que je ne le trouvais pas, mais des petits objets peuvent disparaître, ça arrive.

Je ne comprenais pas. Cet objet, elle l'avait, oui ou non ?

Matt lui donna quelques pièces en plus. Elle vérifia la quantité avant de les empocher, et nous fit signe de la suivre à l'étage. Je la regardai s'éloigner, quelque peu sidérée par sa malhonnêteté. Elle avait beau s'habiller et parler comme une bourgeoise, elle était prête à tout, comme je l'avais moi-même été quelques jours avant de commencer à travailler pour Matt.

Elle nous conduisit dans son petit salon et ouvrit son nécessaire de couture.

— J'ai trouvé ça par terre, sous la commode de sa chambre. Ça a dû rouler dessous.

Elle déposa dans la main de Matt un petit objet rond en métal.

Il l'examina, le tournant et le retournant.

— C'est un bouton en or, dit-il sans la moindre émotion. Je ne vous ai pas payée pour me donner l'un des boutons de McArdle.

Elle se contenta de hausser les épaules.

— Faites voir ? demandai-je.

Il me mit le bouton dans la main, et je pris une inspiration tremblante.

— Qu'y a-t-il ? demanda-t-il en fronçant les sourcils.

Mon regard rencontra le sien.

— Il est chaud.

CHAPITRE 6

Une fois dans la voiture qui nous ramenait chez nous, nous étudiâmes le bouton, que nous avions emporté avec nous.

— Je suis sûre que cette chaleur est d'origine magique, dis-je. Elle n'est pas due à une main humaine ni au soleil. Je commence à savoir faire la différence.

Le métal vieilli s'était considérablement terni, et le motif s'était en partie effacé avec le temps. Le bord donnait l'impression qu'il n'était pas parfaitement rond, mais qu'il avait été martelé à l'aide d'un outil rudimentaire pour lui donner une forme circulaire. Au dos du bouton avait été fixée une petite tige d'un métal différent, qui n'était clairement pas d'origine.

— Il y a une inscription, dis-je en le levant devant la vitre pour avoir un meilleur éclairage. Mais je n'arrive pas à la déchiffrer. Il y a aussi une image, mais elle est trop floue.

Matt s'approcha pour mieux voir, appuyant son bras contre le mien. — Je ne sais pas non plus ce que c'est.

— Ainsi donc, il existe quelque part un autre magicien, qui fabrique des boutons.

— Ou qui travaille les métaux. Il ou elle n'est probablement plus de ce monde. C'est un vieux bouton.

Je le fis tomber dans mon réticule.

— Je me demande à quoi servent des boutons magiques.

— À boutonner des vêtements sans avoir besoin d'utiliser ses mains ? suggéra-t-il d'un ton badin.

— Ce serait bien pratique, je trouve. Je pourrais me coiffer pendant que ma veste se boutonne toute seule. J'y gagnerais, au moins... plusieurs précieuses secondes.

— C'est très utile, de gagner plusieurs secondes dans une journée, surtout pour quelqu'un qui ne supporte pas de rester à ne rien faire et qui tient à justifier la moindre minute de sa journée.

Je le regardai en clignant des yeux. — C'est de moi que vous parlez ?

Il haussa une épaule, mais la lueur malicieuse qui s'était allumée au fond de ses yeux répondit pour lui.

— Pour votre gouverne, sachez que je n'ai pas besoin de justifier la moindre minute de ma journée. Mais c'est vrai que je n'aime pas rester à ne rien faire, je vous l'accorde.

— Vous consultez souvent votre montre, vous savez.

— Pas plus que n'importe qui d'autre.

— Si vous êtes près d'une horloge, alors vous surveillez l'horloge.

— Ne dites pas de sottises. Je ne suis pas obsédée par l'heure qu'il est.

Il ne dit rien, mais il se mit à sourire de plus belle.

— Je vais vous le prouver.

J'ouvris mon réticule et lui tendis ma montre.

— Vous pouvez la garder pour la journée. Ça ne me dérange pas.

— Très bien. Et je retournerai toutes les horloges de la maison.

Je le regardai glisser ma montre dans sa poche et m'efforçai de ne pas m'inquiéter. Cette montre m'avait sauvé la vie. Était-ce bien prudent de m'en séparer ? Et si on s'en prenait encore à nous ?

— J'en prendrai le plus grand soin, promit-il. Et comme vous serez tout le temps avec moi, vous n'aurez pas besoin de ses propriétés magiques pour vous sauver.

J'entrelaçai mes doigts sur mes genoux.

— Si vous la perdez, je dirai à Lady Rycroft que vous êtes décidé à épouser sa fille.

— Laquelle ? Pourvu que ce soit Charity ! Je parie qu'une fille comme elle s'épanouirait en Californie avec ma famille.

Je lui donnai un coup de coude en riant. Son sourire s'effaça légèrement et, l'air soudain sérieux, il soutint mon regard un peu plus longtemps que ne l'auraient voulu les convenances. Puis il bâilla.

En arrivant à la maison, nous trouvâmes Bristow qui remit un message à Matt. Le visage de Matt, qui avait déjà pris une teinte grisâtre, pâlit encore plus. Il garda longtemps les yeux fixés dessus avant de le replier et de le glisser dans sa poche.

— Y a-t-il quelque chose qui ne va pas ? demandai-je.

— C'est Munro qui me demande où en est notre enquête.

— Si ce n'est que cela, pourquoi avez-vous l'air si inquiet ?

Il me sourit aussitôt.

— Je ne suis pas inquiet, simplement fatigué.

Je ne le crus pas une seule seconde.

Puis, se tournant vers Bristow :

— Je vous prie de retourner toutes les horloges de la maison face au mur.

Bristow ne sourcilla pas un instant devant cette étrange requête. Moi, en revanche, je levai les yeux au ciel.

— Cela ne me dérange pas le moins du monde de ne pas savoir quelle heure il est.

— Parfait.

— Vous pouvez cesser de sourire d'un air aussi satisfait, maintenant.

— J'arrêterai dès demain, quand vous m'aurez prouvé que j'ai tort et que vous ne vous souciez pas de l'heure.

— Vous êtes vraiment impossible !

— Si c'est là le pire défaut que vous puissiez me reprocher, ça me convient.

Je tournai les talons et m'éloignai sans trop savoir si j'étais fâchée contre lui ou si j'étais disposée à rire de moi-même. Parfois, il était véritablement déconcertant.

Après s'être reposé, Matt nous rejoignit pour le dîner, de même que Cyclope, Duc et Willie, qui étaient revenus de leurs missions respectives. Comme Miss Glass était présente, nous attendîmes qu'elle monte se coucher pour nous informer les uns les autres de l'avancement de nos recherches. Elle nous souhaita enfin bonne nuit à... à peu près entre neuf heures et neuf heures et demie. Peut-être.

— DuPont n'est pas revenu, nous annonça Willie en s'installant sur le fauteuil du salon avec sa pipe. À mon avis, on ne le reverra pas.

— Mince, marmonna Matt.

Duc ouvrit une fenêtre et lança un regard noir à Willie.

— Miss Glass sentira l'odeur de tabac demain matin, tu sais.

Elle souffla un rond de fumée dans sa direction.

— Cyclope ? demanda Matt. Tu as quelque chose à nous apprendre ?

— Oui. Il se passe de drôles de choses à la guilde.

Matt se pencha en avant.

— Comment ça, de drôles de choses ?

— Difficile à dire. Le trésorier est revenu aujourd'hui, sans raison particulière.

— Mr Onslow, fis-je avec un hochement de tête. Nous l'avons rencontré, ainsi que Ronald Hogarth, son apprenti.

— L'apprenti travaille pour Duffield, maintenant, dit Cyclope. Onslow s'en plaignait au vieux valet de pied. Apparemment, Duffield le lui a volé cet après-midi.

— Comment peut-on voler un apprenti ? demanda Duc.

— En le payant plus cher. Onslow se lamentait parce qu'il n'avait pas les moyens de s'aligner sur l'offre de Duffield, et le gamin a sauté sur l'occasion de travailler pour le maître de la guilde. Mais ce n'est pas ça qui est louche, dans cette histoire.

Cyclope fit tournoyer lentement le brandy dans son verre et tendit ses pieds nus devant la cheminée.

— Il a rencontré un homme à la guilde aujourd'hui. L'homme n'a pas donné son nom au valet de pied, mais j'ai bien vu qu'Onslow le connaissait. Ils ont échangé des messes basses dans le hall d'entrée avant de disparaître dans un bureau en ordonnant qu'on ne les dérange pas. Quand j'ai désobéi et que je les ai dérangés, ils étaient en train de décortiquer le registre de la trésorerie. Et j'ai découvert plus tard qu'Onslow ne se sépare jamais de ce fameux registre. D'après les domestiques à qui j'ai posé la question, personne d'autre ne le consulte jamais, même pas le maître de la guilde. Apparemment, les chiffres ne l'intéressent pas, il fait confiance à Onslow.

— Que manigance-t-il, à votre avis ? demandai-je.

— Il pique sûrement dans les caisses de la guilde, dit Willie.

— C'est pas compliqué, dit Duc.

Cyclope opina.

— Surtout s'il est le seul à voir le registre ; mais même si ce n'est pas le cas, c'est toujours possible de cacher de l'argent là où personne ne pensera à chercher.

Je les dévisageai tour à tour.

— À vous entendre, on croirait que vous vous y connaissez en détournement de fonds.

Duc et Cyclope évitèrent mon regard mais Willie, elle, me sourit, sa pipe toujours entre les dents.

— On n'est pas comme toi, on n'est pas des anges, nous, dit-elle. Ne le prends pas mal, India.

Je lui rendis son sourire.

— Mais si, tu es un ange. Je le sais, moi. Même si tu prétends le contraire. Ne le prends pas mal, Willie.

Elle répondit par un grognement bougon, mais continua de sourire.

Matt s'éclaircit la gorge.

— Je me demande si l'homme avec qui Onslow avait rendez-vous était un client.

— Ou s'il a un lien avec la disparition de Daniel, ajouta Duc. Si ça se trouve, il a commandé une carte magique aussi, mais sous le manteau.

Son visage s'éclaira et il se leva à moitié de sa chaise.

— C'est peut-être Onslow qui a enlevé Daniel et qui le séquestre quelque part pour l'obliger à faire des cartes magiques pour des clients spéciaux prêts à débourser gros.

C'était une théorie plausible et, à en juger par les hochements de tête approbateurs, je n'étais pas la seule à le penser.

— Nous devrions nous renseigner sur Onslow, et peut-être le suivre, suggérai-je. S'il garde Daniel prisonnier quelque part, il doit lui rendre visite de temps en temps.

— Je vais le suivre, dit Duc.

Matt secoua la tête.

— J'ai besoin que toi et Willie, vous vous relayiez pour surveiller la fabrique de Worthey, au moins jusqu'à ce que nous soyons absolument sûrs que DuPont ne reviendra pas.

— Je me charge de suivre Onslow, dis-je. Vous n'avez pas besoin de moi pour mener votre enquête. Si nous nous séparons, nous pourrons...

— Non. Pas question de nous séparer. S'il vous arrivait quelque chose...

D'un geste de la main dans l'air, il mima la chute d'un couperet.

— On ne se sépare pas, un point c'est tout.

Je me redressai et bombai le torse.

— Parce que je suis une femme ? Vous ne me croyez pas capable de suivre quelqu'un sans qu'il s'en aperçoive ?

— Si, mais je ne vous crois pas capable de vous défendre contre quelqu'un qui veut vous faire du mal.

— Allez-vous aussi me demander de « ne pas le prendre mal » pour ne pas me vexer ?

Il grimaça.

— Non, India, désolé. Peu m'importe que vous le preniez mal ou pas. Vous êtes sous ma responsabilité maintenant que vous vivez et travaillez ici.

J'allais rétorquer que je n'étais pas sous sa responsabilité, mais Willie prit la parole.

— Ce n'est pas parce que tu es une femme. C'est parce que tu ne sais pas te battre comme un homme. Et que tu n'as pas un Colt comme moi.

— Je pourrais porter une arme si je voulais.

— Mais tu ne t'en servirais pas.

Elle n'avait pas tort. J'opinai avec un soupir résigné.

— Soit. Nous travaillerons ensemble.

Matt me considéra encore quelques instants avant de répondre :

— Très bien. Cyclope, continue ton travail à la guilde des Cartographes, mais sois prudent. Tiens-moi au courant s'il y a du nouveau ou si tu découvres qui est cet homme.

Nous leur répétâmes ce que nous avait appris la famille de Daniel, et nous leur montrâmes le bouton qu'avait trouvé la logeuse de McArdle. Eux non plus ne voyaient pas à quoi pouvait servir un bouton magique. Cela n'avait pas l'air très utile, surtout si les effets étaient limités dans le temps comme pour les autres types de magie.

— Vous croyez que votre magie du temps pourrait se combiner avec celle-ci pour prolonger ses effets ? demanda Cyclope en me rendant le bouton.

— Je ne sais pas, lui répondis-je. Et de toute façon, c'est sans importance puisque j'ignore comment faire. Même si je le savais, qui voudrait se donner autant de mal pour un simple bouton ?

— Dans la même logique, quel est l'intérêt d'un objet magique si sa magie est temporaire ? dit Matt en tâtant la poche où il rangeait sa montre. De ce que j'ai pu voir, la magie est presque toujours inutile si elle ne dure pas.

— Sauf pour la magie des cartographes. Même si elle ne durait que quelques minutes, l'itinéraire secret apparaîtrait tout de même assez longtemps pour qu'on puisse le mémoriser.

Il hocha la tête, pensif.

— Il faut qu'on retrouve Daniel, dis-je gravement. Sa pauvre mère est bouleversée. Et Munro aussi, j'imagine.

— Demain, nous reprendrons au début en suivant Onslow.

Il se leva et nous souhaita une bonne nuit.

Je jetai un coup d'œil en direction de la pendule sur le dessus de la cheminée, oubliant qu'elle avait été tournée contre le mur. Il s'en aperçut et me sourit. Si j'avais été une enfant, je lui aurais tiré la langue. Mais je préférai garder la tête haute.

— Qui veut faire une partie ? proposa Duc quand Matt fut parti. Il sortit les cartes et les allumettes du tiroir de la table de jeu.

Willie fit la grimace.

— Pas moi. C'est pas drôle quand on mise pas pour de vrai.

— Qu'est-ce que tu vas faire à la place ? Lire un livre ? ricana-t-il.

— Peut-être bien.

Elle sortit sa pipe.

— India, tu peux m'en conseiller un bon ?

Je lui tendis *Les trois mousquetaires*, que j'avais emprunté dans la bibliothèque de Matt, mais que je n'avais pas encore commencé.

— Essaye celui-là. Il paraît qu'il est très divertissant.

— Est-ce qu'il y a des batailles et plein de sang ?

— J'espère bien ! Il faut bien que les ingénues comme moi puissent s'amuser un peu.

Elle gloussa.

— India ? demanda Duc. Vous voulez jouer ?

— Je crois que je vais plutôt aller me coucher. Bonne nuit.

Au lieu de monter tout droit à ma chambre, je me dirigeai vers celle de Matt et toquai doucement à la porte. Il l'ouvrit et je déglutis péniblement, me faisant violence pour le regarder dans les yeux au lieu de contempler son torse nu. Ce n'était pas chose aisée.

Il fit un pas de côté et m'invita à entrer.

— Non merci, répondis-je d'un ton guindé.

Je grimaçai intérieurement : je venais de parler comme la prude naïve que Willie m'accusait d'être.

Il appuya son avant-bras au montant de la porte et croisa ses jambes au niveau des chevilles.

— C'est sans doute important, dit-il d'un ton narquois. Vous venez me demander l'heure ?

— Très amusant. Je vous signale que je pourrais tout simplement retourner l'une des horloges, si je voulais.

— Mais vous ne le ferez pas, parce que vous avez des principes.

— Pas tant que ça. Si je ne le fais pas, c'est parce que je me doute que vous finirez par le savoir. Vous avez tendance à apparaître quand on ne s'y attend pas.

Son sourire se fit résolument carnassier. Cela ne le gênait pas du tout, d'être à moitié nu. J'aurais dû m'en douter, considérant ce que je savais de lui. Bien que j'aie déjà vu son physique imposant, je ne m'en lassais pas. Cependant, cette fois, j'étais bien décidée à ne pas céder à la tentation de le dévorer des yeux. Il n'était pas convenable de lui faire comprendre que j'appréciais le spectacle.

— Je vous prie de ne pas faire ce rictus, dis-je en soutenant son regard de toutes mes forces pour ne pas baisser les yeux.

— Ce n'est pas un rictus, c'est un sourire. Je souris parce qu'on dirait que vous vous retenez de cligner des yeux.

Je clignai des yeux.

— Je ne vois pas pourquoi vous ne voulez pas cligner des yeux, poursuivit-il. Vous êtes sûre de ne pas vouloir entrer ? Je vous promets de passer une chemise.

Je haussai une épaule.

— Que vous en mettiez une ou pas, ça m'est égal. Vous semblez vous imaginer que votre nudité a un effet sur moi, mais ce n'est pas le cas. Je ne suis pas une petite chose fragile.

Les coins de sa bouche frémirent.

— Ah, vraiment ? Alors pourquoi refusez-vous de regarder plus bas que mon menton ?

— Vous avez un joli menton, et je n'ai aucune raison de regarder ce qu'il y a en dessous. Figurez-vous que je préfère regarder les gens dans les yeux quand je leur parle. Et cessez de sourire !

Mais c'était peine perdue.

— Eh bien ? demanda-t-il.

— Eh bien quoi ?

— Si vous êtes venue frapper à ma porte, c'est que vous aviez une bonne raison. Mais peut-être espériez-vous simplement me voir nu ?

J'avais la très nette impression de perdre une bataille à laquelle je n'avais pris conscience de participer que trop tard.

— Je suis venue vous parler du message de Munro.

Son sourire disparut aussitôt. Il baissa le bras et croisa les deux sur sa poitrine.

— Qu'y a-t-il à en dire ?

— Que disait-il, dans ce message ?

— Je vous l'ai déjà dit : il voulait que je le tienne informé de l'avancement de nos recherches. J'irai lui rendre visite moi-même demain.

— Je vous accompagnerai.

— Non.

— Je croyais que nous devions rester ensemble pendant notre enquête ? lui rappelai-je en reprenant ses propres mots.

— Vous pouvez rester ici pendant que je sortirai. Je viendrai vous chercher quand j'aurai terminé.

— Matt, qu'y avait-il d'autre dans ce message ? Ne me mentez pas, ajoutai-je avant qu'il n'ait le temps de répondre.

Il fronça les sourcils.

— Je ne crois pas vous avoir déjà menti.

— Vous ne comptez peut-être pas me mentir, mais je sais bien que vous allez certainement essayer d'éviter de me répondre, comme vous le faites en ce moment même. Alors ? Que disait ce message ?

Il détourna le regard.

— Laissez-moi le lire.

Il se redressa.

— Depuis quand me donnez-vous des ordres ? Si je ne m'abuse, c'est moi qui suis votre employeur.

— Je vous ai sauvé la vie. Il me semble que cela me confère certains privilèges.

Il se mit à rire.

— Vous êtes une femme redoutable.

D'autres hommes trouvaient sans doute que c'était un défaut, comme c'était indubitablement le cas d'Eddie et des frères de mon amie Catherine Mason. Mais Matt s'en amusait. C'était agréable d'être appréciée pour ma personnalité et de ne pas avoir à cacher constamment mon franc-parler sous une façade polie.

— Vous feriez mieux d'entrer, en fin de compte.

— Mais on pourrait nous voir, protestai-je en regardant si personne n'arrivait dans le couloir.

Il était désert, mais quelqu'un pourrait à tout moment arriver dans l'escalier et me voir entrer dans ses appartements, ou en sortir. Le simple fait de vivre chez Matt était déjà à la limite de la respectabilité, mais au moins, sa tante ne voyait rien de scandaleux dans notre situation. Je ne voulais pas baisser dans son estime.

— Vous avez bien conscience que si je voulais, je pourrais

tout à fait abuser de vous lorsque nous sommes seuls dans la voiture ?

— Et pourquoi croyez-vous que je laisse les rideaux ouverts ?

Il éclata de rire.

— Attendez ici, alors.

Je regardai son dos en souriant. Non seulement parce que j'aimais admirer les muscles qui roulaient entre ses épaules et son torse en forme de V, mais aussi parce que j'appréciais sa compagnie quand il était dans cet état d'esprit. Il me taquinait un peu, c'est vrai, mais ça ne me gênait pas, et j'aimais à penser que mon sens de la répartie n'avait rien à envier au sien.

— Je le savais ! s'exclama-t-il quand, en se retournant, il me surprit en train de le regarder. Je savais bien que vous rêviez secrètement de me voir nu.

— Il fallait bien que je regarde quelque part, puisque je ne voyais plus votre visage. C'était soit votre dos, soit le plancher.

— Et c'est mon superbe dos qui a gagné.

— J'aurais mieux fait de choisir le plancher, rétorquai-je en prenant le papier qu'il me tendait. Lui, au moins, il n'a pas l'arrogance de se croire capable de me déconcentrer.

Je lus le message pendant qu'il attendait, les bras à nouveau croisés sur sa poitrine. Je dus le relire une deuxième fois, n'ayant pas tout compris à la première lecture.

C'était bien une lettre du commissaire Munro, et il demandait en effet où en était notre enquête. Mais ce n'était pas tout : il disait aussi qu'un homme prétendant être un shérif américain était venu le trouver pour lui conseiller de se méfier de Matt. Munro ne précisait pas s'il croyait cet homme ou non, mais je jugeai que le fait qu'il en ait informé Matt était bon signe.

Je repliai le papier et le lui rendis.

— Il s'agit sans doute du shérif dont vous avez appris récemment qu'il vous avait suivi jusqu'ici.

— Payne. Il est corrompu, ce qui le rend plus dangereux que la plupart des bandits d'Amérique, parce qu'il peut littéralement assassiner en toute impunité. Il veut ma peau parce que je suis le seul à savoir qu'il est corrompu.

— Les autres shérifs ne vous croient pas ?

Il secoua la tête.

— Pas même les shérifs respectables qui font appel à mes services. Payne a bien su brouiller les pistes. Chaque fois que je l'ai accusé d'un crime, il a avancé une raison valable qui expliquait ses actions.

— Pourquoi ferait-il tout ce chemin pour vous retrouver ?

— J'ai moins d'amis ici, surtout au sein des forces de l'ordre.

— Vous feriez bien de vous assurer que personne ne vous suit.

Je frémis en repensant aux ennuis que nous avait causés le Cavalier Noir. Ce hors-la-loi nous avait suivis jusqu'ici, s'était introduit dans la maison, était devenu mon ami et avait tenté toutes sortes de manœuvres pour nuire à Matt. Et apparemment, tout cela allait recommencer.

Il prit ma main et la pressa dans la sienne.

— Il ne sera pas aussi hardi que le Cavalier Noir. C'est trop risqué, et il n'aime pas prendre de risques. Il est du genre à rester dans l'ombre et à user de méthodes plus subtiles pour parvenir à ses fins. C'est comme ça qu'il a réussi à ne pas attirer l'attention des shérifs honnêtes.

— Il est peut-être plus insidieux, mais vous êtes tout de même en danger.

Je posai mon autre main sur la sienne, la capturant entre les miennes.

— Il vous faudra redoubler de prudence.

— Vous aussi. Nous avons passé tellement de temps ensemble que...

Comme j'avais l'air perplexe, il ajouta :

— ... que le Cavalier noir a pensé que vous comptiez beaucoup pour moi. Le shérif Payne pourrait s'imaginer la même chose.

— Oh. Oui, bien sûr. Mais ce n'est pas une raison pour me laisser ici pendant que vous poursuivez vos recherches sans moi.

— Je ne me le permettrais pas.

— Je pense que vous ne devriez pas rester seul en ce moment. Il est plus sûr de rester groupés.

— À vos ordres, Patronne.

— Matt, je suis sérieuse.

Il se pencha en avant et m'embrassa sur le front. C'était un baiser léger et chaste qui avait duré moins d'une seconde, mais qui m'électrisa toute entière.

— Merci de vous inquiéter pour moi.

Ce baiser m'avait littéralement coupé le souffle, et je restai là comme une idiote, sa main prisonnière entre les miennes, incapable de répondre.

— Bonne nuit, India.

Il jeta un coup d'œil vers l'escalier au bout du couloir.

— Vous devriez aller vous coucher.

Il dégagea sa main, me sourit faiblement et referma la porte.

— Bonne nuit, Matt.

* * *

LE LENDEMAIN MATIN, Matt et Miss Glass reçurent une invitation à dîner avec Lord et Lady Rycroft, mais seulement pour eux deux. Le seul que cela dérangeait, ce fut Matt. Je n'étais pas pressée de m'infliger une nouvelle interaction mondaine avec les demoiselles Glass et leurs parents.

— Je n'irai que si nous sommes tous invités, dit-il à sa tante lorsqu'elle lui fit part de l'invitation.

Miss Glass plia en deux l'épaisse carte de visite couleur crème et passa l'ongle de son pouce le long de la pliure.

— Ne dis pas de sottises. Nous sommes en Angleterre, Matthew. Ici, nous avons nos propres façons de faire, que cela te plaise ou non. Il n'y a aucune raison de se mettre en colère. India et Willie ne le sont pas, elles.

— Mais vous n'appréciez même pas la famille de votre frère, protesta-t-il. Et vous n'avez aucune envie de me voir marié à une de vos nièces. Pourquoi donc voulez-vous que j'y aille ?

— Parce que nous sommes une famille.

Il semblait sur le point d'émettre une nouvelle protestation, mais ferma finalement la bouche et poussa un profond soupir.

— Prends seulement garde à ne pas succomber au charme de tes cousines, ajouta Miss Glass.

Willie ricana.

— Elles ont donc du charme ? À entendre le portrait que tu

nous as fait d'elles, Matt, elles n'avaient pas l'air charmantes du tout.

— Hope a une personnalité qui plaît à certains hommes, dit Miss Glass. Mais c'est une sale petite peste, on ne peut pas lui faire confiance. S'ils te font asseoir à côté d'elle, il faudra faire la conversation avec ton autre voisine de table, quelle qu'elle soit. Est-ce clair ?

— Il me semble bien avoir dit que je n'irais pas, lui dit-il.

— Bien sûr que si, et tu le sais bien.

Willie gloussa tandis qu'elle et Duc mettaient leur chapeau.

— Maintenant, je regrette de rater ça, dit-elle. Ce serait drôle de te voir te noyer dans des banalités ennuyeuses.

Matt tenta de me rallier à sa cause.

— Vous n'auriez pas une idée pour me sauver ?

Sa seule planche de salut, c'était d'invoquer une raison de santé, mais il ne voulait pas que sa tante sache qu'il était malade. Je secouai la tête.

— Ne feriez-vous pas mieux de vous mettre en route ? Il se fait tard.

Il sortit ma montre de sa poche et en ouvrit le couvercle d'un geste lent et appuyé qui avait clairement pour but de m'agacer.

— Il est encore tôt. Mais vous avez raison, je dois aller parler à Munro. Passez une bonne matinée, mesdames.

Il me décocha un sourire tout en remettant ma montre dans sa poche.

— À tout à l'*heure*.

Je le fusillai du regard, ce qui ne fit qu'accentuer son sourire.

Il sortit avec Duc et Willie. Cyclope était déjà parti au siège de la guilde. J'essayai de lire dans le salon avec Miss Glass, mais j'avais du mal à me concentrer. La pendule sur le manteau de la cheminée me suppliait de la retourner. Je lançai un coup d'œil en direction de Miss Glass, qui était assise sur le sofa avec sa broderie sur les genoux. Si je regardais l'heure discrètement, le répéterait-elle à Matt ?

Fort heureusement, une visite mit fin à mon dilemme.

— Mrs et Miss Haviland, Madame, annonça Bristow. Je les ai fait asseoir au petit salon.

Miss Glass laissa tomber son ouvrage et battit joyeusement des mains.

— Les Haviland ! Quelle bonne surprise. Cela fait une éternité que je n'ai pas vu ma vieille amie. Merci, Bristow. Nous descendons tout de suite.

— *Nous* descendons ? répétai-je.

— Vous êtes ma dame de compagnie quand vous n'êtes pas l'assistante de Matthew. Venez.

Deux femmes qui, à en juger par la ressemblance de leurs visages ovales et de leurs yeux bleu pâle, étaient mère et fille, se levèrent du sofa.

— Letitia ! s'exclama très naturellement la mère. Quelle joie de vous revoir. Quand j'ai appris que vous viviez ici avec votre neveu, j'ai su qu'il fallait que je vous rende visite.

Voulait-elle dire qu'elle venait pour voir Matthew ou Miss Glass ? Ou les deux ?

Miss Glass salua Miss Haviland et me présenta. J'eus droit à des sourires polis et à seulement quelques regards sommaires. Le regard de ces deux dames m'ignora pour se fixer sur la porte.

— Est-il là ? demanda Mrs Haviland.

— Harry est en voyage à l'étranger pour le moment, dit Miss Glass.

Je sentis mon cœur s'arrêter de battre. Miss Glass était en proie à une autre de ses absences : elle confondait Matt avec son père. Les Haviland échangèrent un regard.

— Mr Matthew Glass est sorti, leur dis-je.

— Oh.

Mrs Haviland lança un nouveau regard vers la porte. Cherchait-elle un moyen de s'échapper ?

— Bristow va nous apporter du thé.

— Votre famille est-elle proche des Glass, Miss Steele ? demanda Mrs Haviland.

— J'ai rencontré Mr Glass il y a quelques semaines alors qu'il examinait des montres dans la boutique de mon père.

Mrs Haviland fit une moue pincée.

— Un commerçant ? Oh. Comme c'est... intéressant. Letitia, savez-vous quand rentrera Matthew ? Nous avons une matinée très chargée et beaucoup de monde à visiter, mais j'avais très envie de le rencontrer.

— Il ne va pas tarder, dit Miss Glass. Je suis sûre qu'il aimerait faire votre connaissance, lui aussi.

Bristow entra avec du thé et des pâtisseries. Miss Haviland avança la main pour prendre une part de gâteau, mais elle se ravisa aussitôt en voyant sa mère lui faire les gros yeux. Elle se contenta donc de boire son thé à petites gorgées en ayant l'air de mourir d'ennui... et de faim.

— Vous êtes ravissante, Miss Haviland, dit Miss Glass. Vous n'étiez encore qu'une enfant la dernière fois que je vous ai vue.

— Je n'aime pas avoir l'air de me vanter, dit Mrs Haviland, mais ma fille Oriel a une foule de qualités.

Elle sourit à sa fille, et Oriel Haviland lui rendit son sourire.

— Elle sait chanter, jouer du pianoforte *et* de la harpe, elle pratique le dessin, la peinture, la couture, et c'est une cavalière émérite.

— C'est très impressionnant. Je me demande bien comment il se fait que personne n'ait encore demandé votre main.

Je n'arrivais pas à déterminer si Miss Glass était sérieuse ou sarcastique.

— Matthew sera ravi de faire votre connaissance, j'en suis sûre. Il sait apprécier de si belles qualités chez une jeune femme, surtout lorsqu'elle est aussi jolie.

— Combien de temps votre neveu compte-t-il rester à Londres, Miss Glass ? demanda Mrs Haviland.

— Il ne rentrera pas en Amérique.

— Ah bon, vraiment ? Ce n'est pas ce que nous avons entendu dire.

— Entendu dire ? répétai-je. Et par qui ?

— Tout le monde, dit Oriel Haviland, qui n'avait encore rien dit jusque-là. Il faut dire que partout où nous allons, on ne parle que de lui, n'est-ce pas, Maman ?

Miss Glass se rengorgea légèrement à ces mots.

— Rien d'étonnant à cela. Mon neveu est un parfait gentleman. Il est grand, charmant, intelligent, sympathique et très bel homme.

Mrs et Miss Haviland eurent un regard vers la porte mais,

voyant que personne n'arrivait, elles soupirèrent au fond de leur tasse de thé.

S'ensuivit un échange de banalités polies qui, fort heureusement, ne dura pas plus d'une demi-heure selon mes estimations. S'il s'était prolongé davantage, cela aurait été pénible pour tout le monde. Il était clair que les Haviland ne s'intéressaient pas à Miss Glass, mais uniquement à Matt. La conversation ne cessait de revenir sur lui, tantôt à l'initiative de Miss Glass, tantôt à celle de Mrs Haviland. Sa fille garda le silence presque tout du long, bien que je la surprenne régulièrement à me regarder.

Enfin, Mrs Haviland finit son thé et tourna la tête vers l'horloge sur la cheminée.

— Doux Jésus, avez-vous vu l'heure ? Nous devons partir.

Je regardai l'horloge, mais elle était toujours tournée dans le mauvais sens. Miss Haviland rougit en me voyant sourire.

— Veuillez dire à Mr Glass que nous sommes déçues de l'avoir manqué, dit sa mère. Passez nous voir bientôt, Letitia. Avec votre neveu, bien entendu. Vous êtes les bienvenus, tous les deux. Le plus tôt possible. Oriel sera sur des charbons ardents tant qu'elle n'aura pas rencontré votre mystérieux neveu. N'est-ce pas, ma chérie ?

— Oui, Maman.

Miss Glass sonna et Bristow arriva pour raccompagner les Haviland.

— Quelle jeune fille charmante, dit Miss Glass dès qu'elles ne purent plus nous entendre.

— Comment le savez-vous ? demandai-je. Elle n'a pratiquement pas ouvert la bouche.

— C'est précisément ce qui la rend si charmante. Personne n'a envie d'écouter les jacasseries d'une jeune idiote. Je me demande si elle est aussi parfaite que le prétend sa mère. J'en doute fort, c'est impossible. Personne n'a *toutes les qualités*.

— La musique, l'art et l'équitation sont loin d'être les seules qualités. A-t-elle de l'esprit ? Est-elle instruite ? A-t-elle de la conversation ?

Miss Glass eut un petit rire dédaigneux.

— Franchement, India, il m'arrive de croire que vous ne

voulez faire aucun effort. J'espère pour Matthew que ce n'est pas vous qui choisirez sa fiancée.

— J'ai cru comprendre qu'il tenait à la choisir lui-même. Et d'ailleurs, il a dit qu'il n'en cherchait pas pour l'instant.

Elle s'assit en balayant mon objection d'un revers de main.

— Les hommes disent tous cela, et pourtant ils finissent toujours par se marier, n'est-ce pas ? Allons. Venez me faire la lecture pendant que je repose mes yeux.

Je lui fis la lecture pendant ce qui me sembla être une éternité, jusqu'au moment où Bristow annonça une nouvelle visiteuse. Cependant, cette fois, c'était moi qu'on venait voir.

— Catherine !

Je serrai mon amie très fort dans mes bras.

— Je suis si heureuse de te voir. Tu m'as terriblement manqué.

Ce n'est qu'en prononçant ces mots que je réalisai combien ils étaient vrais. Depuis que j'étais partie vivre chez Matt, c'était comme si ma vie se divisait en deux parties distinctes : ma vie d'avant la mort de mon père, et ma vie d'après. Avant son décès, j'avais mené une existence insouciante, heureuse et sans histoires. Après, j'avais été poursuivie, accusée de vol, j'avais découvert que j'avais peut-être des pouvoirs magiques, on avait essayé de me tuer, et j'avais vu de mes propres yeux la cruauté dont était capable l'aristocratie londonienne. Catherine était un lien qui me rattachait à mon ancienne vie, un espace où je me sentais en sécurité, bienvenue et aimée. Même si j'appréciais Matt et ses amis, je n'étais pas vraiment à ma place sous son toit ni dans sa vie. Ces réflexions mélancoliques me firent monter les larmes aux yeux. Je détournai rapidement le regard, mais Catherine s'en était aperçue.

— India, que se passe-t-il ? Est-ce que tout va bien ?

Elle jeta un coup d'œil vers Miss Glass, qui était tranquillement assise sur le sofa. Elle ne s'était pas levée et ne semblait pas remarquer la présence de Catherine. La mienne non plus, à coup sûr. Elle était une fois de plus plongée dans son monde où son frère bien-aimé était toujours en vie.

— Tout va bien, dis-je à Catherine pour la rassurer. C'est juste qu'en te voyant, j'ai eu la nostalgie de ma vie d'avant. Mon père me manque.

Elle me reprit dans ses bras.

— Je sais. Ça n'a pas été facile pour toi, ces derniers temps.

Elle me prit la main et, nous éloignant de Miss Glass, elle m'entraîna près de la fenêtre.

— Tu es sûre que Mr Glass te traite bien ? murmura-t-elle.

— Mais oui, très bien. Tout le monde ici est gentil avec moi. Ne t'inquiète pas.

Je lui pris les mains et les serrai dans les miennes.

— Dis-moi tout.

— Eh bien...

Elle se jucha sur le bord de la fenêtre et plongea ses grands yeux bleus dans les miens.

— Mr Abercrombie, de la guilde, est venu parler à Père hier.

Mon estomac se souleva en entendant le nom du maître de la Guilde des Horlogers. Il me haïssait, et le sentiment était réciproque. Mais moi, au moins, j'avais une bonne raison : il m'avait faussement accusée de vol et m'avait empêchée de rejoindre la guilde.

— Est-ce que tu sais de quoi ils ont parlé, ton père et lui ? demandai-je.

— J'ai écouté à la porte, m'avoua-t-elle avec une lueur malicieuse dans les yeux. Catherine était une jeune fille presque toujours sage, et bien qu'elle manque un peu de maturité, elle était très déterminée. La perspective d'une aventure avait plus d'attraits pour elle que pour moi.

— Il a conseillé à Papa de garder ses distances avec toi.

Je poussai un soupir exaspéré et m'affaissai contre le cadre de la fenêtre.

— Pourquoi ne me laisse-t-il pas tranquille ?

— Il est même allé jusqu'à dire qu'il n'était pas souhaitable que nous restions amies. Quel culot, tu te rends compte ! Pour qui se prend-il, à décider avec qui je peux être amie ou pas ?

Je pris ses mains dans les miennes.

— Comment a réagi ton père ?

— Il a dit qu'il m'avertirait, mais que j'avais tendance à m'entêter et à faire ce que je veux. Abercrombie lui a dit qu'un père devait contrôler ses enfants et les empêcher de n'en faire qu'à leur tête.

Elle se mordit la lèvre et son regard s'assombrit.

— India, il a aussi dit à Papa qu'il fallait t'empêcher de trouver du travail dans les métiers de l'horlogerie.

Tout cela ne me disait rien qui vaille.

— Mais pourquoi ?

— C'est ça qui est curieux : Papa ne lui a pas demandé d'explication. Il a dit à Mr Abercrombie que tu étais quelqu'un de bien, et que ce n'était pas ta faute. J'ignore de quoi il parlait. Est-ce que tu le sais, toi ?

— Non, répondis-je avec autant de conviction que possible.

Mais je *savais*.

— Papa lui a dit qu'il n'avait aucune autorité sur toi et qu'il ne pouvait pas t'empêcher de chercher du travail chez un horloger. Mais il a tout de même assuré à Abercrombie que tu travaillais ici, maintenant, et que ce que tu faisais n'avait rien à voir avec l'horlogerie. India, c'était très étrange, comme conversation. Je me demande bien de quoi il s'agissait.

Je secouai la tête.

— Ont-ils parlé d'autre chose ?

— Il a complètement changé de sujet et a parlé de la guilde des Cartographes.

J'inspirai brusquement et retins mon souffle.

— Continue.

— Ça ne m'intéressait plus, alors j'ai arrêté d'écouter. J'étais encore occupée à digérer ce qu'il avait dit à ton sujet. Tout ce que j'ai entendu, c'est qu'ils en avaient trouvé un autre à la Guilde des Cartographes.

Un autre.

— Je ne sais pas de quoi il parlait, mais ça n'a pas de rapport avec ta situation. Oh, India, pourquoi est-il si abject avec toi ?

Je ne répondis pas. Je contemplai simplement son doux visage innocent. Elle avait le même âge que Daniel, cet *autre* à qui Abercrombie faisait sans doute référence. Un autre magicien, en plus de moi. Cela signifiait donc qu'il *savait* ce que j'étais – ça ne faisait plus aucun doute à présent. Mais pourquoi le maître de la Guilde des Horlogers se mêlait-il des affaires de la Guilde des Cartographes ?

Et surtout, avait-il quelque chose à voir avec la disparition de Daniel ?

CHAPITRE 7

— *I*ndia ?

Catherine me toucha la joue.

— Tu es toute pâle. Tout va bien ?

— Oui, fis-je en hochant la tête, je vais bien.

Je la pris par la main et la guidai vers un fauteuil, puis je m'assis à côté de Miss Glass sur le sofa. Il fallait que je détourne la conversation avant que Catherine ne se mette à poser trop de questions.

— Raconte-moi ce que tu deviens ces temps-ci. Parle-moi de ton Mr Wilcox.

— Est-ce votre soupirant ? demanda Miss Glass, soudain revenue à elle. J'aime tant écouter les jeunes filles parler de leurs soupirants. Dites-moi tout : est-il beau ? Est-il charmant ?

Le sourire de Catherine retomba et elle se tordit les mains sur ses genoux.

— Il n'est rien de tout ça.

J'espérais qu'elle continuerait son babillage comme elle le faisait souvent lorsqu'elle parlait de l'une de ses conquêtes ; cela m'aurait évité de trop réfléchir. Mais elle devint silencieuse.

— Qu'est-ce qui ne va pas, Catherine ?

Elle soupira.

— Plus je passe de temps avec Mr Wilcox, plus je m'aperçois que tu avais raison, India.

111

— Moi ?

— Il est respectable, sérieux et gentil.

— Il a l'air admirable, commenta Miss Glass.

— Mais tu ne veux pas d'un homme respectable, sérieux et gentil, dis-je à mi-voix. C'est bien cela, Catherine ? Tu veux quelqu'un de fascinant, et qui te fera rêver.

— Je veux qu'il soit gentil, c'est certain. Mais c'est vrai, marmonna-t-elle dans sa barbe, je ne dirais pas non à un peu de rêve dans ma vie. Oh, India, je m'en veux terriblement de dire ça, mais je veux quelqu'un qui m'emmène voir un spectacle pendant son jour de congé plutôt que de proposer une promenade. Je veux un homme qui rira à mes plaisanteries idiotes au lieu de me regarder comme si j'étais folle.

— Tu n'as pas à t'en vouloir, lui dis-je. Si c'est ce que tu recherches chez un prétendant, tu devrais attendre le bon. Il finira par arriver. Et ta mère, qu'en dit-elle ?

— Je ne lui en ai pas parlé. Elle veut me marier à un homme raisonnable, et Mr Wilcox est très raisonnable.

— Tu devrais lui en parler. Elle comprendra.

— Oui, c'est ce que je vais faire, mais je voulais d'abord te demander ton avis. J'ai parfois l'impression que tu me connais mieux que mes parents. Tu es ma meilleure amie, India, et je sens que je peux tout te dire.

— Plus qu'à tes parents, en tout cas, marmonnai-je.

Sur ce point, j'avais été comme Catherine. Même si j'aimais mon père, je ne m'étais jamais vraiment confiée à lui. Aurais-je fait des confidences à ma mère si elle avait vécu assez longtemps pour me voir atteindre l'âge adulte ? Je n'en étais pas sûre. Les enfants préféraient souvent se confier à leurs amis qu'à leurs parents.

Peut-être Daniel Gibbons avait-il été dans le même cas.

— Vous devriez présenter Duc ou Cyclope à Miss Mason, me conseilla Miss Glass. Ce sont des hommes fascinants, qui connaissent bien le monde, et ils rient aux plaisanteries de Willemina, qui sont parmi les plus idiotes que j'aie jamais entendues.

— Cyclope, c'est l'immense cocher borgne, n'est-ce pas ? demanda Catherine avec une moue dégoûtée. Je le trouve un peu effrayant.

— Pourtant il ne l'est pas, lui assurai-je. Et d'ailleurs, il n'est plus cocher. Mr Glass a engagé de vrais domestiques, maintenant. Cyclope est l'ami de Matt, et Duc aussi. Cela dit, je ne suis pas sûre que Duc soit libre.

Il y avait quelque chose entre lui et Willie, même s'ils n'en avaient peut-être pas encore pris conscience.

Bristow apparut et s'inclina.

— Voulez-vous que l'on apporte du thé, Madame ?

— Volontiers, répondit Miss Glass.

— Non, ne vous dérangez pas pour moi, dit Catherine en se levant. Je dois m'en aller : je suis censée être au marché. Au revoir, Miss Glass.

— Au revoir, ma chère. Bonne chance pour votre problème avec Mr Wilcox. Éconduisez-le sans lui faire trop de peine, le pauvre homme.

Catherine prit une profonde inspiration pour se donner du courage.

— Oui, c'est ce que je vais faire.

Elle fit demi-tour, s'apprêtant à partir, mais remarqua la pendule sur le manteau de la cheminée.

— Pourquoi la pendule est-elle tournée contre le mur ? Elle ne fonctionne pas ?

— Elle est en parfait état de marche, dit Miss Glass sans me laisser le temps de répondre. Matthew a dit qu'India n'avait pas le droit de regarder l'heure pendant une journée entière. C'est un petit pari entre eux.

Je la regardai en plissant les yeux.

— Il vous a demandé de m'espionner ?

Elle me tapota le bras.

— Ne vous inquiétez pas, ma chère. Vous n'avez pas cédé une seule fois à la tentation, alors je n'ai rien à lui rapporter. Vous êtes une femme très déterminée, et c'est une qualité que j'admire.

— Elle t'a bien cernée, India, dit Catherine avec un sourire.

Je l'embrassai sur la joue et la raccompagnai jusqu'à la porte d'entrée.

— Tiens-moi au courant si tu entends autre chose à propos de la guilde des horlogers ou celle des cartographes.

— Pourquoi celle des cartographes ?

Je haussai les épaules.

— Je suis curieuse, c'est tout.

* * *

— C'EST SÛR : c'est bien Payne, dit Matt en envoyant valser ses bottes et en se renversant en arrière sur sa chaise. Nous étions dans son bureau, lui assis à sa table en acajou et moi sur le fauteuil devant la cheminée froide. Nous avions choisi de nous retrouver en privé, sans Miss Glass ni les domestiques, pour parler des événements de la matinée. Je ne lui avais pas encore répété ce que m'avait appris Catherine.

— Qu'a-t-il dit à Munro ?

Matt sortit sa montre et la serra au creux de sa main. La lueur violette illumina les veines de sa main, remontant sous sa manche pour ressortir au niveau de son col. Lorsqu'elle atteignit la naissance de ses cheveux, il rangea enfin la montre dans sa poche. Il avait l'air d'aller mieux, son visage n'était plus aussi pâle, mais la fatigue n'avait pas totalement disparu de ses yeux. J'avais fini par m'habituer à ce qu'elle y soit, et je n'y faisais presque plus attention. Je n'avais jamais connu Matt en parfaite santé, mais une chose était sûre : il ne pouvait pas continuer de vivre ainsi. Il était dans la fleur de l'âge, il méritait d'en profiter.

— Munro ne m'a pas dit grand-chose, si ce n'est que Payne lui a dit de ne pas me faire confiance parce que je venais d'une famille de hors-la-loi.

— Lui avez-vous dit que Payne était corrompu ?

Il hocha la tête.

— Il a promis d'envoyer un télégramme en Californie, mais je lui ai dit que ça ne servirait à rien étant donné que personne là-bas ne me croit.

Il soupira.

— Je ne sais pas encore ce que compte faire Payne, mais rassurez-vous, India : il n'est pas du genre à s'en prendre à vous pour me faire du mal.

— Je vous remercie, cela me rassure un peu, mais je n'aime

pas vraiment non plus l'idée qu'il puisse s'en prendre à vous directement.

— Quel que soit son plan, il agira de façon subtile. Il ne peut pas prendre le risque d'éveiller les soupçons, que ce soit ici ou chez nous en Amérique. Il s'est donné beaucoup de mal pour cacher sa fourberie là-bas, et ça a marché.

— Jusqu'à présent.

Il me sourit sans grande conviction.

— J'aime votre optimisme.

Il se pencha en avant, les coudes sur les genoux, et se passa les mains dans les cheveux.

— Je vais vous laisser vous reposer, mais avant, j'ai quelque chose à vous dire. Catherine Mason est passée me voir ce matin, et elle m'a rapporté une conversation qu'Abercrombie a eue avec son père.

Il releva la tête. À cause de la pluie, ses cheveux ébouriffés formaient sur sa tête des pics humides et désordonnés. Je résistai à la tentation d'y passer la main pour les aplatir.

— Que pouvait-il bien vouloir, celui-là ?

Je lui répétai ce que m'avait dit Catherine.

— Je voudrais aller parler à Abercrombie, dis-je en conclusion. Avec vous, bien entendu.

— Non.

Je m'attendais à cette réponse.

— Matt, nous devons l'obliger à nous dire ce qu'il a fait de Daniel.

— Il faut l'éviter. Il a peur de vos pouvoirs, tout comme la Guilde des Cartographes a peur de ceux de Daniel. Votre existence est une menace pour sa profession.

— Mais je ne fabrique même pas de montres !

— Pas pour l'instant, c'est vrai, mais cela arrivera un jour.

Nous gardâmes le silence pendant une longue minute, peut-être deux. Je levai les yeux vers l'horloge sur le manteau de la cheminée, mais il l'avait retournée aussi. Il était vraiment impossible !

— Encore une chose, dis-je. J'ai eu une révélation en parlant avec Catherine. Voyez-vous, elle m'a parlé de son prétendant, à moi, plutôt que d'en discuter avec sa mère. C'est ce qui m'a fait réaliser que les gens ne confient pas toujours les choses importantes à leurs parents, mais il leur arrive d'en discuter avec leurs amis. Je pense que nous devrions aller parler aux amis de Daniel. J'ai noté leurs noms lors de la première visite du Commissaire Munro.

Matt contourna son bureau pour attraper le calepin.

— Il y en a deux. Nous leur rendrons visite cet après-midi.

Il fit claquer le calepin contre sa main.

— Bonne idée, India. Que ferais-je sans vous ?

— Vous pourriez regarder toutes vos horloges, pour commencer.

Il sourit.

— Comment se passe votre défi ?

— À merveille. Je n'ai pas pensé une seule fois à regarder l'heure. Vous pouvez demander à votre tante si vous voulez, puisque vous lui avez demandé de m'espionner.

— Je me doutais qu'elle finirait par vous l'avouer.

Je lui rendis son sourire.

— Ça ne me gêne pas qu'elle m'ait espionné pour vous.

Son sourire disparut.

— Pourquoi ? Que mijotez-vous ?

— Rien du tout.

Je me levai.

— Mais il faut vraiment vous reposer si vous voulez être en forme pour votre dîner de ce soir avec les Rycroft. C'est dommage que Miss Haviland ne soit pas invitée. J'ai dit à votre tante qu'elle était tout à fait votre genre : douce, obéissante et pourvue de toutes les qualités. Je crois que Miss Glass prévoit d'organiser une réception ici pour lui permettre de vous montrer l'étendue de ses talents.

Il poussa un soupir exaspéré.

— Vous êtes diabolique.

— Je préfère dire « brillante ».

Je me dirigeai vers la porte d'un pas assuré et jetai machinalement un coup d'œil vers le dessus de la cheminée, oubliant que l'horloge avait été retournée.

— Je vous ai vue, me lança-t-il. Vous craquerez avant la fin de la journée.

Quand je refermai la porte derrière moi, il riait encore.

* * *

Les deux amis de Daniel logeaient ensemble dans une maison à Hammersmith, non loin de chez Daniel. Leur salon n'était pas totalement dépourvu de touches féminines, pour un logement d'hommes célibataires. Les fauteuils en cuir, le bureau et les tables étaient des meubles sobres et tout simples, mais de jolis rideaux et coussins à fleurs égayaient la pièce. Je devinai que les deux hommes, bien que plus jeunes que moi, devaient avoir trois ou quatre ans de plus que Daniel. Mr Connor, celui qui était blond et mince, était employé de bureau, et Mr Henshaw, brun et plus trapu, travaillait dans une fabrique de chaussures. Comme c'était un samedi, aucun des deux n'était à son travail.

— Nous ferons tout notre possible pour vous aider à retrouver Daniel, dit Mr Connor, qui semblait être le plus extraverti des deux.

Il répondit à nos questions le premier, et s'exprimait avec assurance. Mr Henshaw, plus réservé, ne parla qu'après un peu d'insistance.

— Nous sommes très inquiets pour lui, n'est-ce pas, Thomas ?

Mr Henshaw confirma d'un signe de tête.

— Mais comme nous l'avons dit à la police, nous ne savons pas où il est. Il n'est pas passé ici en rentrant chez lui. Ça lui arrive, mais pas ce jour-là.

D'un mouvement de tête, Mr Connor rejeta en arrière les mèches blondes qui lui tombaient sur le front.

— Vous ne savez peut-être pas où il est allé, dit Matt, mais vous devez avoir d'autres informations. Vous a-t-il déjà parlé de choses qu'il cachait à sa famille ?

— Quel genre de choses ?

— N'importe quoi.

— Une femme, peut-être, précisai-je en voyant que Matt n'arrivait à rien.

Les deux jeunes gens échangèrent un regard. Mr Henshaw haussa le sourcil gauche et Mr Connor prit un air perplexe. On aurait dit qu'une communication silencieuse venait de s'établir entre eux, mais je n'avais aucune idée de ce que voulaient dire ces signes.

— Avait-il une bonne amie ? demandai-je. Une femme qu'il rencontrait en secret sans rien dire à sa famille ?

— Non, dit Mr Connor. Rien de ce genre.

— Mais il y a bien quelque chose, insista Matt. Vous devez nous le dire. Nous avons besoin de tout savoir si nous voulons avoir une chance de le retrouver.

Les deux hommes échangèrent un nouveau regard, et Mr Henshaw hocha la tête.

— Promettez-nous de ne rien dire à sa famille, dit Mr Connor. Le grand-père de Daniel serait furieux s'il apprenait qu'il vendait ses cartes. Daniel ne savait pas pourquoi le vieux y était si farouchement opposé. Il est très strict.

— C'est un fou, intervint Mr Henshaw en se tapotant la tempe.

— Tout cela restera entre nous, dit Matt. Nous ne dirons rien à Mr Gibbons.

Mr Connor eut l'air soulagé.

— Daniel ne comprenait pas que sa famille veuille lui interdire de dessiner des cartes. Daniel ne pouvait pas arrêter. C'était comme une obsession. Il ne pouvait pas s'en empêcher.

— Quand il essayait d'arrêter, il devenait irritable, ajouta Mr Henshaw. Mieux valait l'éviter, dans ces moments-là.

Il regarda Mr Connor, qui l'encouragea d'un signe de tête.

— Alors nous lui avons suggéré de les dessiner en cachette, et de faire ça ici.

Il ouvrit le premier tiroir du bureau.

— C'est ici qu'il rangeait ses crayons, ses règles, ses feuilles, et d'autres instruments. Il dessinait ses cartes sur ce bureau.

Il passa la main sur la surface comme s'il y voyait encore les cartes de Daniel.

Mr Henshaw posa la main sur l'épaule de Mr Connor.

— Mais Daniel ne voulait pas se contenter de les dessiner, poursuivit Mr Connor. Il voulait gagner de l'argent. Ses cartes étaient épatantes, nom de Dieu... sauf votre respect, Miss Steele. Je n'ai jamais rien vu de pareil. Ses cartes étaient de magnifiques œuvres d'art, et incroyablement précises, en plus.

— Alors il s'est procuré une petite charrette à bras et il s'est mis à vendre ses cartes.

— Dans la rue ? demanda Matt.

Mr Connor opina.

— Au début, il arpentait juste les grandes artères commerçantes pendant ses jours de congé, et puis il a découvert qu'il y avait plus d'argent à se faire sur Oxford Street. Vous comprenez, tout le monde n'a pas les moyens d'acheter des cartes. Daniel a réalisé qu'il avait intérêt à aller là où les gens de la haute société faisaient leurs achats, là où on pourrait le retrouver facilement. Il y a même un client qui s'est mis à sa recherche après avoir entendu parler de sa réputation.

Il y avait fort à parier que ça n'avait pas plu à la guilde.

— Est-ce que son maître, Mr Duffield, savait qu'il vendait des cartes sans autorisation ? demandai-je.

— Pas à ma connaissance, dit Mr Connor en s'asseyant sur le coin du bureau. Avec sa charrette, Daniel ne vendait que des cartes qu'il avait déjà, et qu'il avait dessinées ici. Il n'acceptait pas les commandes pour en dessiner de nouvelles. Chaque fois qu'un client voulait lui passer une commande, il insistait pour qu'il s'adresse à Duffield et passe par les voies régulières. Il ne voulait pas s'attirer la colère de son maître ou de la guilde.

Mais le simple fait de vendre ses cartes à la sauvette aurait suffi pour ça. J'étais bien placée pour savoir que les guildes mettaient un point d'honneur à contrôler la vente des produits qui relevaient de leur juridiction.

— Daniel vous a peut-être fait croire qu'il n'acceptait pas de commandes sans en informer Duffield, dit Matt, mais il est possible qu'il vous ait caché des choses.

— Non.

Les yeux de Mr Henshaw transpercèrent ceux de Matt en lançant des éclairs. Matt ne sourcilla pas.

— Il n'avait aucun secret pour nous.

Matt tira de la poche intérieure de sa veste la carte de Daniel.

— Dans ce cas, il a dû vous dire qui lui a commandé cette carte, et pourquoi.

Mr Henshaw en resta éberlué. Il regarda Mr Connor d'un air indécis, mais le jeune homme blond gardait les yeux fermement fixés sur la carte.

— Où avez-vous trouvé ça ? demanda-t-il.

— Peu importe, dit Matt. Mais le fait que vous n'ayez pas la réponse prouve que Daniel ne vous disait pas tout. Que savez-vous de cette carte, Messieurs ?

Mr Connor haussa les épaules.

— Pas grand-chose. Il nous a parlé d'un monsieur qui l'a abordé sur Oxford Street après avoir entendu parler de sa réputation. Il a demandé à Daniel de lui dessiner une carte spéciale du centre de Londres. Ça pourrait bien être celle-là.

— Spéciale ? répétai-je.

— Il n'a rien dit de plus, et j'avoue que ça ne m'intéressait pas assez pour lui poser la question. Je ne pensais pas que c'était important. Est-ce que c'est important, Mr Glass ?

— Je ne sais pas encore, lui répondit Matt. Daniel lui a-t-il dit de s'adresser à Duffield à sa boutique ?

— À ma connaissance, oui. Est-ce que c'est celle-ci, la fameuse carte ?

— Je n'en suis pas sûr, dit Matt. Ce que je sais, c'est que, plus tard, Daniel s'est querellé avec l'homme qui avait commandé cette carte spéciale dont vous parlez. Vous a-t-il parlé d'une dispute ?

Mr Connor fit non de la tête et regarda Mr Henshaw, qui haussa les épaules.

— Un jour, en arrivant ici, il était d'une humeur de chien, et il n'a pas voulu nous dire pourquoi. C'était peut-être ça.

— Possible, confirma Mr Connor. Maintenant, je regrette de ne pas avoir insisté. Vous pensez que l'homme avec qui il s'est disputé, ce client, est celui qui l'a obligé à prendre la fuite... ou qui l'a enlevé ?

— C'est encore trop tôt pour le savoir, dit Matt.

— Il y a encore une chose, dit Mr Henshaw de sa voix douce et hésitante.

Il regarda son ami qui, d'un signe de tête, l'encouragea à poursuivre.

— Tu te souviens quand Daniel a dit qu'il allait se faire de l'argent ?

— Ça pourrait avoir un lien avec la carte spéciale, fit Mr Connor, pensif. Daniel nous a dit qu'il allait gagner plus d'argent qu'il n'en avait jamais vu de toute sa vie. Assez pour quitter Londres tous les trois et partir vivre ensemble quelque part à la campagne, loin de nos familles.

— Avec une seule commande ? demandai-je.

Je n'avais aucun mal à croire qu'un homme qui savait combien les cartes magiques étaient rares soit prêt à payer une fortune pour une de celles de Daniel, mais il me paraissait peu probable que Daniel soit conscient de sa propre valeur. Son grand-père pensait qu'il ne savait pas qu'il avait des pouvoirs magiques, mais *quelqu'un* avait bien dû le lui dire et l'aider à apprendre les sorts nécessaires à la création d'une carte magique.

— Oxford Street est une longue rue, fit remarquer Matt. Daniel en fréquentait-il une section en particulier ?

— La plupart des commerçants n'aimaient pas le voir traîner devant leur boutique, dit Mr Connor. Ils l'obligeaient souvent à partir quand il s'attardait un peu trop. Le seul à être bienveillant, c'était le vieux fabricant de jouets près de Baker Street. Il l'autorisait à rester devant sa boutique aussi longtemps qu'il le voulait.

— Merci, dit Matt en se levant. Vous nous avez beaucoup aidés.

— Prévenez-nous dès que vous l'aurez retrouvé, dit Mr Connor en serrant la main de Matt. Nous sommes très inquiets. Ce n'est pas le genre de Daniel.

— Non, renchérit Mr Henshaw. Il ne serait pas parti sans nous avertir. Il lui est arrivé quelque chose.

— Au moins, il y a quelqu'un qui prend les choses en main. Je croyais que son père avait renoncé, mais vous êtes là.

— Et nous suivrons toutes les pistes jusqu'à ce que nous le retrouvions, leur assurai-je.

* * *

Quelques-unes des boutiques d'Oxford Street étaient déjà fermées pour la journée, mais la plupart, dont celle du marchand de jouets, étaient encore ouvertes. « Abercrombie, montres et horloges de qualité » n'avait pas encore fermé non plus. Avec sa position d'angle bien en vue de l'autre côté de la rue, elle se démarquait sans peine des échoppes tout autour, les faisant paraître toutes petites, tout comme les autres membres moins influents de la guilde se sentaient tout petits devant Abercrombie.

— Vous n'êtes pas obligée de sortir de la voiture, dit Matt.

— Je n'ai pas peur d'Abercrombie. Il n'essayera pas de me faire arrêter maintenant qu'il sait que vous êtes ami avec le commissaire de police.

— Si Abercrombie tente quoi que ce soit, il aura bien plus à craindre qu'une intervention de Munro, dit-il d'un air sombre en descendant de la voiture.

Il déplia le marchepied et me tendit la main.

Je n'osai pas lui demander ce qu'il entendait par-là : je craignais de ne pas apprécier la réponse. Matt avait eu un passé mouvementé, c'était le moins qu'on puisse dire. Après le décès de ses parents, il avait vécu dans la famille de sa mère, composée principalement de hors-la-loi. Leurs méthodes de criminels avaient dû déteindre un peu sur lui avant qu'il ne les trahisse. Je n'étais pas naïve, je savais bien qu'il n'avait rien d'un saint qui ne cherchait jamais à se venger de quiconque aurait fait du mal à ceux qui lui étaient chers. En revanche, l'idée que je sois l'une de ces personnes qui lui étaient chères était aussi enivrante qu'un verre de brandy. Non, deux verres.

— Venez, Mrs Prescott, dit Matt avec un sourire aimable. Allons acheter des jouets anglais pour notre nièce et notre neveu qui sont restés chez nous, en Californie.

— Excellente idée, Mr Prescott.

Je posai ma main sur son bras et le laissai m'entraîner dans une petite boutique avec une porte peinte du même rouge vif que les liserés qui ornaient la vitrine. J'aurais adoré visiter cette boutique lorsque j'étais enfant, mais en général, une fille d'horloger n'achetait pas ses jouets sur Oxford Street. Son père était assez malin pour lui en fabriquer à partir des pièces qui lui restaient sur les bras.

— Oh, regardez, dis-je à Matt en lui montrant un automate représentant une mère qui prenait le thé avec ses enfants.

— Mon père m'avait fabriqué le même. On tourne la manivelle qui entraîne les rouages sous le plancher, et chaque élément fonctionne à une cadence différente.

— J'avais des petits soldats comme ceux-là, dit Matt en prenant dans sa main l'une des figurines vêtues d'une veste rouge. Je passais des heures à jouer avec.

Ces jouets étaient clairement destinés aux enfants de parents aisés. Il y avait des chevaux à bascule rutilants avec de longues crinières, des maisons de poupées contenant des meubles miniature parfaitement détaillés, et même un petit train mécanique Bing.

— J'en avais entendu parler, mais je n'en avais jamais vu, dis-je en m'accroupissant pour le voir de plus près. Savez-vous qu'ils fonctionnent sur le même principe que les horloges ?

Je pris la locomotive dans mes mains pour l'examiner, mais comme le patron de la boutique avait l'air inquiet, je la reposai.

— Bonjour, dit-il avec un grand sourire.

Il avait tout à fait l'allure d'un fabricant de jouets : des joues rougeaudes, des cheveux blancs comme neige et des yeux bienveillants. Ravie qu'il soit si conforme à mes attentes, je lui souris chaleureusement.

— Bonjour, répondis-je. Mon époux et moi-même cherchons quelque chose pour notre nièce et notre neveu. Que nous conseillez-vous ?

Il nous fit visiter sa boutique, remontant certains des automates pour nous montrer comment ils marchaient. C'était tout à fait fascinant, et je le lui fis savoir.

— Votre boutique est un vrai paradis, dis-je. Vous ne trouvez pas, Mr Prescott ?

— Absolument, très chère, dit Matt avec une étincelle de bonne humeur dans les yeux. La boutique semblait lui avoir remonté le moral, à lui aussi.

— Voyez-vous quelque chose qui plairait à votre nièce et à votre neveu ? demanda le fabricant de jouets.

— Tout, m'esclaffai-je.

— Le petit train, dit Matt.

Je m'apprêtais à protester qu'il coûtait trop cher, dans la mesure où nous n'avions pas vraiment besoin de jouets, mais nous étions censés être riches, et les gens riches ne regardent pas à la dépense.

— Votre neveu le chérira pendant des années, dit le fabricant en prenant la locomotive sur la table où elle était exposée.

— Notre nièce aussi, ajouta Matt. Nous prendrons aussi le zootrope.

Nous rejoignîmes le fabricant de jouets à son comptoir, où il était en train d'emballer soigneusement les cadeaux.

— Savez-vous où nous pourrions acheter de bonnes cartes dans les environs ? demanda Matt d'un ton détaché. On m'avait parlé d'un jeune homme qui vendait ses cartes dans la rue, juste devant, mais on dirait qu'il n'est pas là aujourd'hui.

— Il s'appelle Daniel, dit le fabricant de jouets sans lever les yeux. D'habitude, il vient le samedi, mais je ne l'ai pas vu aujourd'hui. Il a dû trouver mieux à faire de son temps libre, pas vrai ?

— Savez-vous où je peux le trouver ?

— Non, désolé.

— Avez-vous déjà vu les cartes de ce Daniel ? Sont-elles d'aussi bonne qualité que le prétend mon ami McArdle ?

— Elles sont excellentes. Votre ami n'a pas exagéré. Les cartes de Daniel sont de véritables œuvres d'art. Je suis surpris qu'il soit le seul à être venu ici pour demander tout spécialement après lui. Avec vous, cela fait deux, bien sûr.

Un seul ?

— C'est lui, c'est notre ami, dis-je. Mr McArdle.

— L'archéologue ?

Matt hésita un court instant avant de dire :

— C'est ce qu'il vous a dit quand il s'est présenté ?

Il ponctua sa réponse d'un petit rire.

— McArdle aime se donner l'air plus intéressant qu'il ne l'est vraiment.

Le fabricant de jouets me donna le paquet contenant la loco-motive et ses wagons, et se mit à emballer le zootrope.

— Sa passion explique pourquoi Daniel et lui se sont mis à parler de trésors romains enfouis.

Matt se figea. Je me penchai en avant. Un trésor romain enfoui valait une fortune, et Daniel avait dit à ses amis qu'il aurait bientôt beaucoup d'argent.

— McArdle passe son temps à parler de trésors enfouis, dit Matt en riant et en secouant la tête. Il ne pense qu'à ça. Avait-il demandé à Daniel de faire une carte d'une zone où se trouve un trésor ?

— Je ne sais pas, Monsieur. Je n'ai pas entendu toute leur conversation, juste quelques bribes alors que j'étais sorti nettoyer ma vitrine.

Il me tendit le paquet avec un sourire.

— Ça fera une livre et huit shillings, Monsieur.

Matt le paya et nous remportâmes nos paquets à la voiture. Dès que la voiture se remit à rouler, nous échangeâmes un regard et un sourire.

— La carte de Daniel devait indiquer à McArdle où trouver le trésor enfoui, dit Matt. Cela dit, je ne vois pas trop comment. S'il a chargé Daniel de dessiner une carte de l'emplacement du trésor, est-ce que ça ne signifie pas qu'il sait déjà où il se trouve ?

— Il le sait peut-être. Il n'essaye peut-être pas de trouver le trésor, mais de le cacher après l'avoir trouvé.

— Mais alors pourquoi cette carte, s'il le sait déjà ?

Je poussai un soupir.

— Ce n'est pas très logique, n'est-ce pas ?

— Ne vous découragez pas. Je pense que nous tenons une piste. Il y a une chose dont je suis sûr, c'est que nous devons trouver tout ce que nous pourrons sur les vestiges d'époque romaine à Londres, et tout particulièrement les trésors susceptibles d'être enterrés sous la ville moderne.

— Avez-vous des connaissances en matière de fouilles ?

— L'archéologie est très à la mode en Italie, et ma mère se passionnait pour le sujet. Elle m'a emmené sur un site quand j'avais douze ans. Nous n'avons pas trouvé de trésor, mais l'archéologue a dit qu'il avait un jour trouvé une grande coupe remplie de pièces, enterrée dans ce qui avait dû être le jardin de la villa d'un riche marchand.

— Qu'avez-vous trouvé sur votre site de fouilles ?

— Des murs et quelques pièces, mais aucun trésor.

Des trésors. Des pièces. Je sortis le bouton de mon réticule et l'examinai une nouvelle fois.

— Et si ce n'était pas un bouton, mais une pièce ? demandai-je en le montrant à Matt. La tige est certainement un rajout moderne.

Il le prit dans la paume de ma main et l'examina.

— Je crois bien que vous avez raison. C'est peut-être une pièce romaine provenant du trésor enfoui de McArdle.

— Une pièce romaine magique.

CHAPITRE 8

*M*iss Glass regardait avec curiosité les paquets dans les mains de Matt.

— Qu'est-ce donc ?

— Des cadeaux, dit-il en posant l'un des deux sur la table et en gardant l'autre à la main.

— C'est pour moi ? Oh, Harry, je te reconnais bien là. Je savais que tu me rapporterais un souvenir de tes voyages.

Matt ne se laissait plus déconcerter par les crises de démence de sa tante. Il se contenta de lui tendre l'un des paquets.

— Celui-ci est pour vous, dit-il en lui déposant un baiser sur la joue. Et le train est pour India.

— Pour moi !

Je le dévisageai, stupéfaite.

— Pourquoi ?

— Parce que vous aviez l'air intéressée par ses mécanismes. J'ai pensé que ça vous ferait plaisir de le démonter pour voir comment il fonctionne.

— Oh. C'est très généreux de votre part.

J'acceptai le paquet et me laissai tomber lourdement sur le sofa. Qu'attendait-il en retour ?

— Ne vous en faites pas, dit-il avec un sourire espiègle. Disons que c'est pour avoir perdu mon pari. Vous n'avez pas regardé une montre ou une horloge de toute la journée.

— Je suppose.

— Un zootrope ! s'extasia Miss Glass en déballant son cadeau avec un petit rire enfantin. J'adore les zootropes. Que représente-t-il ?

Elle fit tourner le tambour et colla son œil contre les fentes pour voir tourner les images.

— Quel petit jouet adorable ! Merci, Matthew. Cela faisait des années qu'on ne m'avait pas offert un jouet.

— Ça me fait plaisir, ma Tante. Les autres sont-ils rentrés ?

— Pas encore.

Elle posa le zootrope.

— Et maintenant, avant de nous habiller pour le dîner, je voudrais te parler de la petite Haviland.

Matt me coula un regard oblique. Je haussai les épaules en prenant un air innocent.

— Pourquoi voulez-vous me parler d'elle ? demanda-t-il d'un air sombre.

— C'est une jeune fille charmante, dit Miss Glass. Très jolie.

— Oui, vous me l'avez déjà dit. Et qui possède de nombreux talents, aussi. Mais est-ce qu'elle a de la conversation ? Est-elle intelligente ?

Miss Glass pinça les lèvres en me fusillant du regard.

— Vous êtes-vous concertés, tous les deux ?

— Que voulez-vous dire ?

— C'est sans importance.

Elle se leva.

— Je vais m'habiller pour le dîner. Et je te conseille d'en faire autant.

— Le dîner est dans plusieurs heures, objecta-t-il.

— Ce n'est pas une raison.

Elle s'en alla en serrant contre elle son zootrope.

Il se laissa tomber dans un fauteuil en poussant un profond soupir.

— La soirée promet d'être longue.

— Vous devriez vous reposer un peu avant de partir, lui dis-je. Et utiliser votre montre.

— En parlant de montre...

Il tira ma montre de sa poche et me la rendit.

— Félicitations. Vous êtes une sacrée tête de mule, comme on dit chez moi.

— Je préfère dire que j'ai une volonté d'acier.

Il sourit.

— Qu'allez-vous faire ce soir ? Jouer au poker ? Lire ?

— Je vais jouer avec mon petit train.

* * *

Miss Glass étant absente, je ne pris pas la peine de m'habiller pour le dîner. Duc, Cyclope et Willie ne se changeaient que quand ça leur chantait, et ce soir, aucun n'avait fait l'effort. Ils avaient réussi à faire leur rapport à Matt avant qu'il ne parte dîner chez les Rycroft avec sa tante. D'après Willie et Duc, DuPont n'était pas revenu à la fabrique, et d'après Cyclope, ni Onslow ni son mystérieux interlocuteur ne s'étaient présentés au siège de la guilde. Nous congédiâmes Bristow lorsqu'il eut fini de servir le souper et je les informai de ce que nous avaient appris les amis de Daniel et le fabricant de jouets.

— Alors qu'est-ce qu'on fait, maintenant ? demanda Willie en posant ses pieds sur la chaise libre à côté d'elle sans retirer ses bottes.

— Nous voulons rendre visite à un expert en archéologie, dis-je en tenant mon verre de vin dans mes mains. Non seulement pour en savoir plus sur cette pièce et sur les trésors enfouis, mais aussi pour trouver McArdle. Je parie que le milieu des archéologues est un petit monde et qu'ils se connaissent tous.

— On dirait que ce McArdle pourrait bien être la clé, dit Cyclope. Je me demande comment il a pu découvrir l'existence de la magie s'il n'est pas lui-même magicien.

— Et comment a-t-il su pour Daniel en particulier ? demanda Duc.

C'était une bonne question. Il était assez inquiétant de penser que la réputation de Daniel s'était ébruitée assez vite pour éveiller l'intérêt d'un homme comme McArdle.

— La magie n'est peut-être pas un secret aussi bien gardé qu'on le croyait, suggéra Willie.

Elle sortit sa pipe d'une de ses poches et tâta l'autre à la recherche d'allumettes.

— Pas dans la salle à manger, grommela Duc.

Elle lui fit un geste obscène, mais remit sa pipe dans sa poche.

— Willie a peut-être raison, dit Cyclope. J'ai l'impression que la plupart des magiciens en ont entendu parler grâce à des histoires de famille. Combien sont-ils ? Des dizaines ? Des centaines ? Des milliers ?

— Sans compter les gens comme McArdle, ajoutai-je, qui ne maîtrisent pas la magie mais sont prêts à payer pour.

— Et n'oublie pas les vermines comme Abercrombie, dit Willie. Ces gens qui savent que la magie existe, mais qui font semblant de rien.

— À en juger par la crainte avec laquelle la plupart des membres de la Guilde des Horlogers me regardaient ces dernières semaines, ils doivent tous savoir que j'ai...

Je gardai les yeux fixés sur mon verre, en faisant tournoyer lentement le contenu.

— Que je suis...

— Une magicienne, India, acheva Willie. Tu peux le dire, ce n'est pas un gros mot.

— Mais c'est un mot honni dans certains cercles.

— Honni ou redouté ? demanda Cyclope.

— Si seulement Matt obligeait Abercrombie à s'expliquer sur ce qu'il a dit à Mr Mason, dis-je. Il a l'air de savoir quelque chose à propos de Daniel, et nous devrions découvrir de quoi il s'agit.

— Oui, dit Cyclope.

— Matt prend trop de précautions. Ça ne lui ressemble pas, opina Duc.

— Il veut empêcher India d'approcher Abercrombie.

— Mais pourquoi ? demanda Willie. Quel mal Abercrombie peut-il lui faire maintenant que Matt l'a intimidé ? Il ne va pas se risquer à lui refaire le coup de l'arrestation. Et d'ailleurs, on veut juste lui parler.

J'échangeai un regard avec Willie et haussai les sourcils. Elle hocha la tête. Avec un sourire entendu, nous nous tournâmes vers les deux hommes.

— Nous partons ce soir voir Abercrombie, tous les quatre, dis-je en reposant mon verre.

— Non, fit Duc en secouant la tête. Ça ne va pas plaire à Matt.

— Matt n'est pas notre maître, dit Willie. Cyclope ? Tu viens ?

Le colosse hocha la tête.

— Vous deux, vous irez quoi qu'il arrive, et je n'ai pas l'intention de dire à Matt droit dans les yeux que je vous ai laissées y aller toutes seules. Et puis vous aurez besoin d'un homme fort.

— Alors on n'a pas besoin de toi, Duc.

Duc se leva et boutonna son gilet.

— Je viens avec vous, pour vous empêcher de faire des bêtises.

— Je ne ferai pas de bêtises, lui assurai-je en me levant à mon tour.

— Pas vous. Willie.

Puis, s'adressant à elle, il ajouta :

— Tu ferais peut-être mieux de ne pas prendre ton Colt.

— Essaye un peu de me le prendre, pour voir.

Elle recula sa chaise avec un geste qui trahissait son impatience.

— Ce sera toujours plus intéressant que de jouer au poker pour des allumettes.

* * *

Cyclope nous emmena en voiture à Warwick Lane, où se situait le siège de la Guilde des Horlogers, dans l'espoir d'y trouver Abercrombie. Je savais que c'était là qu'il passait le plus clair de son temps libre au lieu de rentrer chez lui. Mon père avait un jour dit sur le ton de la plaisanterie que Mr Abercrombie faisait tout ce qui était en son pouvoir pour éviter les deux Mrs Abercrombie qui vivaient sous son toit : sa femme et sa mère. Père disait que les deux femmes se chamaillaient continuellement, au point qu'il avait presque de la peine pour lui.

Duc leva les yeux vers le blason avec un sifflement admiratif.

— Il est presque aussi grand que la porte. Qu'est-ce que ça veut dire, cette inscription ?

— *Le temps est maître de toutes choses*, dis-je en contemplant le vieillard, allégorie du temps, et l'empereur. C'est du latin.

— Ça, c'est bien vrai... murmura Duc, qui pensait peut-être à la triste situation de Matt.

— Oui, dit Cyclope avec le même air lugubre.

Nous levâmes tous la tête pour admirer le blason vivement éclairé par deux lampes fixées de part et d'autre. Le cours du temps nous accablait tous, de même que l'inquiétude que nous causaient nos difficultés à trouver Chronos.

— À la Guilde des Cartographes aussi, leur blason a un vieux qui soulève un globe, fit remarquer Willie, les mains sur les hanches. Pourquoi c'est toujours des vieux ? Ils auraient pu prendre un jeune gaillard musclé pour soutenir leur globe, ou pour porter ce pagne autour de la taille. Ce serait plus agréable à regarder.

— Parce que les guildes sont dirigées par des vieillards, dis-je en frappant à la porte. Et les vieillards n'aiment pas qu'on leur rappelle ce qu'ils avaient jadis et qu'ils n'ont plus.

— Leurs muscles ?

— Leur jeunesse.

Elle pouffa d'un rire moqueur.

— Leurs cheveux et leurs dents, aussi. Leur peau lisse.

— Un souvenir, ajouta Duc. Les femmes qui se jettent à leurs pieds.

— On parle de la vraie vie, pas de tes fantasmes.

La porte fut ouverte par le valet de pied qui m'avait fait entrer la dernière fois que j'étais venue m'expliquer avec Abercrombie au siège de la guilde. Je lui passai devant sans lui laisser le temps de me reconnaître et de me claquer la porte au nez. Il protesta en bafouillant, mais ne fit aucun effort pour essayer d'empêcher les autres d'entrer.

— Vous ! s'écria-t-il. Vous n'êtes pas la bienvenue ici.

— Mr Abercrombie est-il là ?

— Sortez !

Il me montra la porte.

Cyclope la referma et se campa sur ses jambes, les pieds légèrement écartés et les mains tranquillement croisées devant lui. Il ressemblait à un pirate qui sent venir la bagarre.

— Mr Abercrombie est-il là ? répétai-je.

— Je suis là.

Je fis volte-face et vis approcher la haute silhouette d'Abercrombie. Il tenait son binocle dans une main et un chandelier dans l'autre.

— Bonsoir, Mr Abercrombie, dis-je. Pouvons-nous aller quelque part pour parler en privé ?

— Ici, c'est très bien.

Il n'avança pas plus loin que l'extrémité du hall, à deux mètres environ.

— Je ne vois pas ce que vous auriez à dire qui puisse m'intéresser.

Le valet de pied s'approcha vivement de son maître et lui glissa quelques mots à l'oreille. Abercrombie hocha la tête et le valet de pied disparut dans les ténèbres derrière lui. Je devinai que nous n'avions que quelques minutes avant l'arrivée des agents.

— Vous n'avez rien à craindre de moi, lui dis-je. Personne ici ne vous veut de mal.

— Dans ce cas, pourquoi votre amie a-t-elle la main posée sur son pistolet ?

Willie baissa la main, et le Colt qu'elle avait glissé dans la ceinture de son pantalon disparut sous le pan de sa veste. J'essayai d'attirer son attention pour l'avertir de ne pas dégainer son arme, mais elle était trop occupée à fixer Abercrombie d'un air menaçant pour s'en apercevoir.

— Que voulez-vous, Miss Steele ? demanda-t-il. Je suis un homme très occupé et je n'ai pas le temps de jouer à vos petits jeux.

— Que savez-vous de Daniel Gibbons ?

La flamme de la bougie qu'il tenait vacilla sous l'effet de son souffle.

— Qui ?

— Ne me prenez pas pour une idiote. Vous êtes au courant pour l'apprenti cartographe. Vous savez qu'il est... spécial.

— Je n'ai jamais entendu ce nom de ma vie.

— Avez-vous quelque chose à voir dans sa disparition ?

— Je vous demande pardon ? Seriez-vous en train de m'accuser de quelque chose, Miss Steele ?

Je m'avançai lentement vers lui, Duc et Willie à mes côtés. Abercrombie recula.

— C'est une simple question, Mr Abercrombie. Avez-vous quelque chose à voir dans la disparition de Daniel ?

— Comment le pourrais-je, puisque je ne le connais pas ?

— Vous mentez.

Il recula jusqu'à heurter l'horloge sur pied, déréglant le mouvement de son balancier. Il sonna un coup.

— Attention, Miss Steele, ou je vous fais poursuivre par mon avocat pour diffamation.

— Vos menaces ne me font pas peur.

Sa moustache huilée tressaillit.

— Elles devraient. Je vois que votre employeur, Mr Glass, n'est pas là. Est-ce parce que vous savez qu'il ne pourra pas toujours vous sauver la mise ? Il a peut-être des amis et de l'influence pour l'instant, mais ce ne sera pas toujours le cas. Il ne sera pas toujours là pour vous aider.

— Qu'est-ce que vous voulez dire ? s'offusqua Willie.

Je tendis une main vers elle pour retenir son bras au cas où elle déciderait que la seule façon de le faire parler était de lui tirer dessus.

— Si vous êtes mêlé à la disparition de Daniel Gibbons de quelque manière que ce soit, votre avocat ne pourra rien pour vous, dis-je. Pas contre la fureur de son père.

— Il n'a pas de...

Il se tut brusquement.

Je souris.

— Entrez là.

Le valet de pied était revenu accompagné de six gaillards à l'air patibulaire. Ils avaient l'air tout droit sortis des docks ou d'une taverne de l'East End. Ce qui était sûr, c'est qu'ils n'étaient pas de la police.

Je serrai plus fort le bras de Willie en le sentant se contracter. Duc vint se placer devant nous, les bras le long du corps. Cyclope l'imita.

— Il est temps pour vous de partir, Miss Steele.

L'air satisfait sur le visage d'Abercrombie me mit plus hors de moi que la présence de ses sbires.

— Lâche, cracha Willie. Ordure. Fils de putain.

La tirant fermement par le bras, je reculai en direction de la porte.

— Laisse-moi me servir de mon Colt, siffla-t-elle en essayant de se dégager.

Je n'eus pas à lui ordonner de partir car Duc et Cyclope reculèrent tous les deux, nous forçant à battre en retraite. J'ouvris la porte et sortis à toutes jambes en traînant Willie derrière moi.

Cyclope détacha précipitamment les rênes de la borne où il les avait attachées et les lança à Duc, qui venait de s'asseoir sur le siège du cocher. Cyclope le rejoignit tandis que Willie et moi montions dans la voiture. Elle baissa la vitre et, alors que les chevaux s'élançaient, elle hurla des obscénités en direction du siège de la guilde, refusant de s'arrêter même après un virage qui nous cacha l'édifice.

— Willie ! Ça suffit ! m'écriai-je en me massant les tempes.

Elle referma la vitre d'un geste brusque, souffla bruyamment et se cala dans le coin, les bras croisés sur sa poitrine. Nous étions presque rentrés quand elle cessa de bouder et sortit de son mutisme. J'avais apprécié ce silence, qui m'avait permis de réfléchir.

— Pourquoi a-t-il dit que Matt ne serait pas toujours là ? Est-ce qu'il est au courant, pour sa maladie ?

— Je l'ignore. Même s'il sait que la magie existe, comment pourrait-il savoir que la magie d'un horloger et celle d'un médecin ont été combinées dans la montre de Matt pour le maintenir en vie ?

Du bout de sa botte, elle donna un coup dans le siège à côté de moi.

— De quoi parle-t-il, alors ?

— Je ne sais pas, répétai-je.

Mais une pensée m'était venue : Matt avait poussé Abercrombie à retirer son accusation de vol à mon encontre en lui parlant de ses liens avec le Commissaire Munro. Abercrombie insinuait peut-être que ces liens seraient mis en péril si Matt ne parvenait pas à retrouver son fils.

Mais non, ça ne collait pas. Abercrombie ignorait qui était le père de Daniel.

Willie mit un nouveau coup de pied dans le siège.

— On n'est pas plus avancés, maugréa-t-elle.

— Bien sûr que si. Maintenant, nous savons qu'Abercrombie connaît Daniel. Quand j'ai évoqué la fureur de son père, il a failli rétorquer que Daniel n'avait pas de père.

— Mais ça ne suffit pas.

— Tu ne croyais tout de même pas qu'Abercrombie allait nous avouer tout simplement qu'il avait joué un rôle dans l'enlèvement de Daniel ?

— Il aurait parlé, si tu m'avais laissé dégainer.

— Et s'il n'avait rien dit ? Tu lui aurais tiré dessus ? Non. Et même si tu avais tiré, ç'aurait été une grave erreur étant donné que le valet de pied nous avait vus entrer. Nous aurions tous fini pendus.

— Je ne comptais pas le tuer, juste viser son petit orteil, ou une autre partie de son corps dont il n'a pas vraiment besoin, mais qui lui aurait fait un mal de chien.

Je fermai les yeux et renversai la tête en arrière. J'avais un respect infini pour la façon dont Matt arrivait à contrôler Willie. C'était un miracle qu'elle n'ait pas encore atterri derrière les barreaux, et c'était grâce à lui.

— Il nous tuera quand il l'apprendra, tu sais.

J'ouvris les yeux.

— Abercrombie ?

— Matt. Quand il saura qu'on est allés à la guilde sans lui.

— Ne lui dis rien, alors.

* * *

— C'ÉTAIT EXACTEMENT ce à quoi je m'attendais, nous dit Matt au petit déjeuner. Un vrai supplice. Il était évident que mon oncle ne voulait pas de moi, et ma tante Beatrice n'a pas cessé de parler des charmes et des qualités de ses filles. Tante Letitia a oublié deux fois où elle était et qui j'étais, ce qui a fait rire

Charity. On m'a fait asseoir entre Hope et Patience, mais Tante Letitia me faisait les gros yeux chaque fois que je parlais avec Hope. J'ai essayé d'engager la conversation avec Patience, mais elle est si timide qu'elle n'a pas levé les yeux de son assiette. J'ai passé toute la soirée à parler à son oreille gauche.

— Voilà qui n'a pas dû plaire à Hope, commentai-je.

— Si c'est le cas, elle a eu la délicatesse de ne pas le mentionner. En fin de compte, nous avons réussi à discuter quand les hommes ont rejoint les dames au salon. Hope voulait savoir pourquoi ma tante Letitia avait si peu d'estime pour elle. Ne sachant pas quoi répondre, j'ai joué les innocents. Maintenant, elle pense que je suis un benêt qui ne voit même pas ce qui est sous son nez.

Willie gloussa.

— Si elle connaît bien les hommes, elle doit te trouver normal.

Pourquoi se souciait-il de ce que Hope pensait de lui ?

— Et le repas ? demanda Cyclope. Tu as dîné comme un lord ?

— Toujours en train de penser avec ton ventre, dit Willie en secouant la tête.

Cyclope se fourra deux tranches de bacon entières dans la bouche et opina.

— Le repas était bon, mais la cuisine de Mrs Potter est meilleure, dit Matt.

— Je suis bien content qu'on n'ait pas été invités, alors, dit Duc, qui était en train de se servir des saucisses sur le buffet. Nous, on a passé une soirée tranquille ici, on a joué au poker et on s'est couchés tôt. Pas vrai ? dit-il en se retournant avec son assiette pleine.

Willie lui lança un regard assassin par-dessus sa tasse de thé. Cyclope, très concentré sur son petit déjeuner, continuait d'engloutir son bacon. Matt fronça les sourcils.

— Avez-vous parlé longtemps avec Hope ? m'empressai-je de lui demander pour rediriger la conversation sur le premier sujet qui me venait à l'esprit. Je le regrettai aussitôt : je n'avais aucune envie de continuer à l'écouter parler de la jolie Hope, qui était si gracieuse.

— Une bonne demi-heure. Tante Letitia nous a interrompus deux ou trois fois, mais Tante Beatrice trouvait systématiquement un prétexte pour l'éloigner afin de me permettre de passer du temps en tête à tête avec Hope et de *faire plus ample connaissance*, dit-il en imitant ses manières. Cela nous a bien fait rire, Hope et moi.

Tout en buvant mon thé à petites gorgées, je lui jetai un coup d'œil par-dessus le bord de ma tasse et m'aperçus qu'il me regardait déjà avec un froncement de sourcils énigmatique.

Willie reposa sa tasse sur sa soucoupe avec un fracas qui attira l'attention de tout le monde.

— Oublie-la, dit-elle. Letty dit que cette fille est rusée, et je la crois.

— Tu ne l'as jamais rencontrée, objecta Matt.

— Je me fie au jugement de Letty. Elle connaît ses nièces depuis qu'elles sont toutes petites.

— Elle croit aussi qu'un chevalier l'a sauvée d'un dragon, une fois.

— Hope refusera d'aller vivre aux États-Unis, Matt.

— C'est donc ça ? Tu penses que je risque de rester ici à cause d'une femme ?

— Disons que ça m'a traversé l'esprit, oui, répliqua Willie en déchirant un coin de son toast. On y a tous pensé, pas vrai ?

Duc et Cyclope gardaient le nez résolument plongé dans leur assiette.

— Bande de lâches, marmonna Willie.

Matt reposa sa fourchette et son couteau et posa ses mains à plat sur la table.

— Je vais vous rassurer tous les trois. Je n'envisage pas d'épouser Hope, ni aucune de ses sœurs. Je n'envisage pas d'épouser la fille des Haviland, ni aucune autre qu'irait dénicher ma tante. Je n'ai pas l'intention de me marier. Pas avant d'être certain d'avoir un avenir. Est-ce clair ?

Ils hochèrent tous les trois la tête. Je me sentais comme une intruse, à écouter une conversation qui ne m'était pas destinée. Jusqu'au moment où Matt tourna directement son regard vers moi.

— India ? fit-il d'un ton un peu radouci.

Je m'empressai de hocher la tête.

Il reprit sa fourchette et son couteau.

— Bien. Alors, qu'avons-nous de prévu aujourd'hui ?

Tout le monde poussa un soupir de soulagement. Il était rare que Matt se fâche contre ses amis, et je voyais aux regards hésitants qu'ils échangeaient qu'ils ne savaient pas vraiment comment réagir.

— Nous devons trouver quelqu'un qui s'intéresse à l'archéologie, dis-je. Le problème, c'est que j'ignore comment. C'est dimanche. Les sociétés d'archéologie sont fermées.

— Allons à l'église, décréta Matt.

— Vous allez demander à Dieu de nous guider vers un archéologue ?

— Je vais demander aux fréquentations de ma tante. L'archéologie est un loisir d'aristocrate. L'un de ses amis connaît peut-être quelqu'un à qui nous adresser.

* * *

Il y avait un nombre considérable de nouveaux venus à l'église, qui se retournèrent presque tous sur notre passage. Ou, plus exactement, sur le passage de Matt. Ils le suivirent des yeux tandis qu'il s'avançait vers son siège, puis se rapprochèrent les uns des autres pour échanger quelques mots à voix basse. Je n'en fus pas le moins du monde surprise, en particulier lorsque je remarquai que, dans chacun de ces petits groupes, il y avait une fille en âge d'être mariée.

— Qu'est-ce que c'est que ce cirque ? grommela Matt à mi-voix. Pourquoi est-ce qu'ils nous dévisagent tous ?

— On dirait que votre arrivée a fait sensation.

— Mais cela fait déjà presque trois semaines que je suis là. Pourquoi maintenant ?

— Votre tante vient seulement de commencer à répandre la nouvelle. Cela ne vous plaît pas, d'être le centre d'attention ? le taquinai-je.

— Je me sens comme un tigre en cage.

— Alors rentrez vos griffes un moment et souriez pour faire plaisir à votre tante.

Son visage se fit plus furieux encore.

— Ça vous amuse.

Prenais-je plaisir à voir toutes les femmes de cette église admirer son beau visage et tâcher de déterminer s'il ferait un bon mari ? Prenais-je plaisir à voir que pas une seule de ses admiratrices n'avait remarqué ma présence, alors même que j'étais assise à côté de lui ? Non, pas du tout. Je voyais bien qu'on ne prêtait pas attention à moi, la dame de compagnie d'ores et déjà reléguée dans la catégorie des vieilles filles ; à leurs yeux, j'étais quelqu'un d'invisible que personne ne voyait comme une menace. Cette pensée me laissait un goût amer dans la bouche et une douleur sourde dans la poitrine.

— Les Haviland sont là, chuchota Miss Glass, qui était assise de l'autre côté de Matt. Là-bas, regarde. C'est Oriel Haviland, en bleu et blanc. Elle a de merveilleux talents d'artiste, elle sait chanter, elle...

— Oui, oui, elle est parfaite, elle sait tout faire, gronda-t-il. Je sais, vous me l'avez déjà dit. À maintes reprises.

— Regarde ses yeux, dit Miss Glass sans se laisser désarçonner le moins du monde. Ils brillent d'intelligence et d'esprit, n'est-ce pas, India ? Regarde, Matthew.

— Mais oui, je regarde, siffla-t-il en suivant la direction indiquée par sa tante.

Mrs et Miss Haviland lui adressèrent un signe de tête et un sourire. Le gentleman qui flanquait la jeune fille sur son autre côté, sans doute son père, hocha lui aussi la tête à l'intention de Matt. Mrs Haviland agita la main, et Miss Glass lui rendit son salut. La jeune fille rougit et baissa pudiquement les yeux sur son livre de prières.

— Quelle jeune fille charmante et délicieuse, insista Miss Glass. Elle vient d'une famille très respectable. Elle est apparentée aux comtes de Quinley du côté de sa mère.

— Dieu merci, marmonna Matt.

Je trouvai que c'était une réponse bien étrange à la description de la famille Haviland par Miss Glass, jusqu'à ce que je voie le vicaire qui venait d'entrer.

Après le service, la tante de Matt fut aux anges quand celui-ci lui demanda de le présenter à Mr Haviland.

— Je savais bien que tu tomberais amoureux d'Oriel à la seconde où tu poserais les yeux sur elle.

Elle salua d'un signe de tête les connaissances qui passaient devant elle et leur sourit, mais sans engager la conversation avec aucune d'entre elles. Plusieurs mères eurent l'air de s'en offusquer, et leurs filles aussi.

— Je ne suis pas tombé amoureux d'elle, murmura Matt tout en adressant un sourire poli à deux jeunes femmes qui venaient de le saluer d'un signe de tête au passage. Elles s'éloignèrent d'un pas leste en gloussant dans leur éventail.

— Pas encore, mais ça viendra, répondit gaiement sa tante.

Elle aperçut les Haviland et les salua en agitant la main.

Mrs Haviland lui rendit son salut et poussa sa fille dans notre direction. Celle-ci trébucha légèrement avant de retrouver l'équilibre. Elle sourit et fit une brève révérence devant Matt. Miss Glass se chargea de faire les présentations.

— C'est un plaisir de vous rencontrer, dit Matt en serrant la main de Mr Haviland. Je ne vous avais encore jamais vu ici.

— Habituellement, nous allons à la messe à Christ Church, dit Mr Haviland. Mais aujourd'hui, nous avons eu envie de marcher un peu. C'est une belle journée pour une promenade.

Matt leva les yeux vers le ciel : il était gris et la pluie menaçait. Mr Haviland se mit à rire.

— Ma femme voulait vous voir, dit-il avec un sourire entendu. Savoir quel genre d'homme vous étiez.

— Mr Haviland ! s'indigna sa femme. Vraiment, vous exagérez. Ce n'est pas du tout le cas. Mais je dois dire que je suis ravie de voir avoir rencontré, Mr Glass. Vous êtes sans conteste à la hauteur du portrait que votre tante a dressé de vous.

— Ah bon, vraiment ? fit Matt en forçant son accent américain.

— Ma femme sait très vite reconnaître les qualités des gens, dit Mr Haviland avec un bon rire franc.

Souriant toujours, il se tourna vers moi et me tendit la main.

— Et vous êtes... ?

— Miss Steele, répondit Matt tout en lançant un regard réprobateur à sa tante, qui aurait dû me présenter puisque c'était elle qui connaissait les Haviland.

— Enchanté, dit Mr Haviland. Êtes-vous de la famille de Mr et Miss Glass ?

— C'est la dame de compagnie, dit Mrs Haviland sans même me lancer un regard.

Elle donna un léger coup de coude à sa fille qui, s'animant aussitôt comme un automate dont on aurait actionné le mécanisme, se redressa et sourit.

— Quel beau service nous avons eu ! Ne trouvez-vous pas, Mr Glass ?

Miss Glass passa son bras dans le mien.

— India, venez faire un tour avec moi, voulez-vous ?

Elle m'entraîna un peu plus loin pendant que Matt répondait poliment à Miss Haviland avant d'engager la conversation avec son père. Il ne tarderait sans doute pas à obtenir les informations dont il avait besoin sur les archéologues.

— Nous devons le laisser tranquille pour qu'il puisse déployer tout le charme de sa personnalité avec les demoiselles.

La main de Miss Glass me serra un peu plus fort. Elle s'arrêta et m'obligea à la regarder en face. Je m'attendais à ce qu'elle ait un regard menaçant, mais ce que je vis dans ses yeux me fit bien plus de peine. C'était de la pitié. Cette femme, qui était restée célibataire toute sa vie, savait que je n'avais pas plus de chances qu'elle de me trouver un mari.

— Vous comprenez, n'est-ce pas, India ? me demanda-t-elle avec douceur.

J'acquiesçai. Oh oui, je comprenais qu'il ne fallait pas que je m'approche de Matt en société, autrement, on pourrait s'imaginer des choses. Ma présence continuelle devait la gêner aux entournures. C'était déjà inespéré qu'elle me laisse les accompagner, elle et Matt, et m'asseoir avec eux.

C'était injuste de ma part, de penser ça. Je savais qu'elle m'appréciait, je le voyais dans ses yeux en cet instant, ainsi qu'à la façon dont elle se comportait avec moi quand ses amis n'étaient pas là. Mais elle était née dans une société où nous ne pourrions jamais être égales, et où Matt et moi ne pourrions jamais être plus l'un pour l'autre qu'un patron et son employée. Je ne pouvais pas vraiment lui en vouloir.

— Alors ? demanda Willie, qui venait de nous rejoindre,

accompagnée de Cyclope et Duc. Est-ce que Matt est en train de demander à cet homme s'il connaît des archéologues ?

— Pourquoi ferait-il une chose pareille ? s'étonna Miss Glass tout en regardant par-dessus son épaule.

Elle soupira en voyant que Matt avait repris sa discussion avec Mr Haviland et que Mrs et Miss Haviland se tenaient à côté avec, sur le visage, le même air d'agacement.

— C'est la fille des Haviland, leur expliquai-je.

— Ah oui, celle qui a tellement de qualités que c'est un miracle qu'on ne l'ait pas déjà collée dans les pattes d'un prince ?

Le sarcasme de Willie ne fit pas réagir Miss Glass, qui n'avait même pas eu l'air de l'entendre.

Matt s'éloigna de Mr Haviland et revint vers nous d'un pas déterminé, l'air furibond. Qu'avait-il bien pu se passer entre eux, pour qu'il soit si contrarié ?

— India.

Cyclope s'approcha de moi et posa sa main sur mon dos.

— C'est Hardacre. Vous voulez que je l'envoie promener ?

— Eddie ?

Je jetai un coup d'œil derrière Cyclope et mon cœur se serra. Mon ancien fiancé m'avait déjà repérée et il se dirigeait vers nous.

Matt arriva à notre hauteur en même temps qu'Eddie. Entre lui et Cyclope, je me sentais en sécurité. Non pas que je me sois jamais sentie en danger avec Eddie ; ses paroles étaient blessantes, mais ce n'était pas un homme violent.

— Vous voilà, India, dit Eddie avec un sourire hésitant en jaugeant du regard les deux hommes qui m'entouraient. Mr Glass, quelle bonne surprise de vous revoir.

— Vous trouvez ? dit Matt d'un ton acerbe.

— Que voulez-vous, Eddie ? demandai-je.

— Je voulais vous voir.

Il redoubla d'efforts pour sourire, mais ses yeux le trahissaient et, voyant que je restais de marbre, il abandonna rapidement.

— Vous avez bonne mine. Cette robe vous va très bien.

— Gardez vos flatteries pour une femme qui s'y laissera prendre. Ce n'est plus mon cas.

Il s'éclaircit la gorge.

— Ah, oui. J'en viens au fait, alors. Lors de notre dernière entrevue, vous avez parlé de notes que vous aviez prises au sujet de certaines des montres et horloges de la boutique. Étant donné que vous n'en avez pas besoin, je me suis dit que vous voudriez peut-être me les donner.

— Auriez-vous du mal à les réparer ? demandai-je.

Willie ricana. Duc et elle, postés derrière Eddie, suivaient l'échange. À nous cinq, nous avions réussi à le cerner, et Eddie venait tout juste de s'en apercevoir. Il pâlit et passa l'index entre son cou et sa cravate comme pour la desserrer. Miss Glass s'était éloignée pour bavarder avec ses amis, ce qui m'arrangeait bien.

— Certaines des montres et horloges de votre père sont uniques, se justifia Eddie. Ses méthodes n'étaient pas toujours conventionnelles. Les notes que vous avez prises sur la façon de les réparer me seraient très utiles.

— Ce sont *mes* notes, Eddie, et elles ne sont pas incluses dans l'héritage. Vous ne les aurez pas.

— Quel dommage de gâcher de si beaux modèles, soupira-t-il. Si je n'arrive pas à les faire fonctionner, je vais être obligé de les jeter ou de les vendre au rabais. C'est trop bête.

— India a été claire, dit Matt. Elle ne vous donnera pas ses notes.

Eddie s'éloigna insensiblement de Matt.

— India ?

— Vous perdez votre temps, lui dis-je. Bonne journée.

J'allais partir, quand il avança brusquement la main et m'attrapa le bras. Matt et Cyclope firent un pas en avant et Eddie me lâcha. Il déglutit bruyamment.

— J'ai aussi un avertissement pour vous, India. Du fait de notre passé, j'estime qu'il est de mon devoir de vous conseiller de ne plus approcher Mr Abercrombie.

Du coin de l'œil, je vis Matt se tourner vers moi. Je ne distinguais pas tout à fait son expression, mais je savais qu'il attendait que je démente.

— India n'est pas retournée lui parler dernièrement.

— Elle y est allée hier soir, rétorqua Eddie d'un ton si suffisant qu'on aurait pu croire qu'il faisait un discours après avoir remporté un prix.

— C'est tout le problème avec India, Mr Glass. Il faut la garder à l'œil, sans quoi elle fait et dit des choses qui ne sont pas dignes d'une femme bien élevée. Il n'y a rien de plus terrible qu'une femme qui n'en fait qu'à sa tête, pas vrai ?

Il commença à ricaner, mais s'arrêta net en voyant Matt tourner vers lui son regard glacial.

— Allez-vous-en.

Eddie recula en levant les mains en l'air. Willie et Duc se séparèrent et il se glissa dans l'interstice entre eux deux. Il tourna les talons et fila sans demander son reste.

— India, gronda Matt en me saisissant fermement le bras. Qu'est-ce qui vous a pris, d'aller parler à Abercrombie sans moi ?

Je me dégageai vivement de son étreinte et lui fis face d'un air résolu. J'en avais assez qu'Eddie me donne des ordres, et cela valait aussi pour Matt.

— On l'a accompagnée, intervint Cyclope.

— Parce que c'est censé me rassurer ?

— Arrêtez, Matt, dis-je sans élever la voix. Ne me dites pas ce que j'ai à faire. Je suis capable de prendre mes propres décisions, et j'ai décidé qu'Abercrombie n'était pas un danger pour moi. Il nous fallait bien découvrir ce qu'il savait à propos de Daniel.

— Vous avez tort de penser que cet homme n'est pas dangereux. Il a essayé de vous faire arrêter, tout de même ! Ne refaites jamais une chose pareille sans moi.

Je m'éloignai sans me retourner. Je n'étais pas d'humeur à l'écouter. La rencontre avec Eddie m'avait laissée à fleur de peau, et profondément furieuse d'avoir été assez sotte pour croire qu'il m'aimait. Quant à l'attitude tyrannique de Matt, elle ne faisait qu'attiser ma colère.

Je me frayai un chemin au milieu des membres de la congrégation qui restaient encore à discuter sur le trottoir, mais je m'arrêtai en me trouvant face à un homme qui me barrait le passage.

— Excusez-moi, dis-je.

Il s'approcha encore plus et m'empoigna par les coudes, qu'il tint serrés le long de mon corps. Je poussai un cri d'effroi et levai les yeux, mais son visage était presque entièrement dissimulé sous la capuche de son manteau. Il sentait la bière et la sueur, et la barbe de trois jours qui couvrait sa mâchoire était traversée d'une balafre blanche incurvée. Il était gigantesque, plus grand que Matt, et plus massif.

Je frémis.

— Que... Que voulez-vous ?

<h1 style="text-align:center">CHAPITRE 9</h1>

— Lâchez-moi, lui intimai-je en me débattant.

Mais il ne fit qu'enfoncer ses doigts plus profondément, me coupant la circulation au niveau des coudes.

— Arrêtez de chercher Daniel Gibbons, cracha-t-il, ou il vous arrivera malheur, à vous et à ceux qui vous sont chers.

Il me lâcha et s'enfuit. En quelques secondes à peine, ses longues enjambées l'avaient fait disparaître au coin de la rue. Je croisai les bras et, avec précaution, je tâtai mes coudes à l'endroit où il m'avait empoignée. Je ne tarderais pas à avoir des bleus. J'avais de la chance de m'en tirer à si bon compte. Il aurait pu faire bien pire. Et à en croire ses menaces, il le ferait certainement si nous ne mettions pas fin à nos recherches. J'eus beau faire de mon mieux pour calmer les battements de mon cœur, ils résonnaient violemment et se répercutaient dans tout mon corps.

— India ? Que se passe-t-il ?

Matt suivit mon regard, toujours fixé sur le bout de la rue.

— Est-ce que cet homme vous a importunée ?

— Il... il m'a menacée.

— *Quoi* ?

— Il m'a dit d'arrêter de chercher Daniel, ou sinon... sinon, il arriverait malheur à quelqu'un.

— Willie, reste ici avec India. Duc, Cyclope, avec moi.

Et il s'élança avant même d'avoir fini de parler. Duc et Cyclope le suivirent, mais sans parvenir à le rattraper.

— Que fait-il ?

Miss Glass secoua la tête avec un claquement de langue désapprobateur.

— C'est affreusement vulgaire, de courir comme ça dans tous les sens. Tout le monde le regarde.

— Il t'a fait du mal ? me demanda Willie à voix basse pour que Miss Glass ne l'entende pas.

Je baissai les bras. J'avais les coudes endoloris, mais je fis non de la tête.

— Tu crois qu'il était envoyé par Abercrombie, lui aussi ?

— Je ne sais pas, lui répondis-je. Ce serait tout de même une drôle de coïncidence. D'abord Eddie, et ensuite celui-là.

— Matt a peut-être raison. On a peut-être eu tort d'y aller hier soir.

— C'est ce que tu penses, Willie, mais je ne suis pas d'accord. Nous devons faire tout ce qui est en notre pouvoir pour retrouver Daniel, même si nous nous mettons en danger. Ce n'est qu'un jeune garçon.

Elle laissa son regard errer dans le vague, là où avaient disparu Matt, Cyclope et Duc.

— Je ne suis pas sûre que Matt te donnera raison sur ce point. Il faut que tu comprennes une chose, India : quand c'est sa vie à lui qui est en jeu, il n'y a pas plus vaillant que lui. Mais quand on menace les personnes qui comptent pour lui, il cède.

— Seulement, je crois que la disparition de Daniel a un lien avec la magie, et c'est la magie qui sauvera la vie de Matt. Retrouver Daniel nous aidera peut-être à retrouver Chronos. Alors non, je n'abandonnerai pas.

Elle pesta dans sa barbe. Un instant plus tard, elle lâcha un nouveau juron.

— Bon, d'accord. Je pense que tu as raison pour le lien.

Elle écarta légèrement les pieds.

— Et puis moi, je ne suis pas du genre à éviter un combat. Je n'abandonne pas non plus.

Je passai mon bras à travers le sien.

— Dans ce cas, nous allons devoir batailler ferme pour persuader Matt de poursuivre les recherches.

— À nous deux, on devrait bien finir par le convaincre.

— Soit il continue les recherches, soit nous le ferons sans lui. Il a le choix.

Elle pouffa légèrement.

— Il ne verra pas ça comme un choix. Quoi qu'il dise, India, reste forte, tu m'entends ? Il faut qu'on y arrive, c'est pour son bien.

Les hommes revinrent au bout de quelques minutes, haletants et en colère, leur chapeau à la main. À leur mine, il était clair qu'ils n'avaient pas rattrapé l'homme à la capuche ; c'est pourquoi ni Willie ni moi ne posâmes la moindre question. Nous nous contentâmes de rentrer avec eux en silence. Ou plutôt, aussi silencieusement que possible en compagnie de Miss Glass.

— Pourquoi es-tu parti si précipitamment, Matthew ? demanda-t-elle. Tu t'es donné en spectacle. Heureusement, la plupart des gens étaient déjà partis, mais si quelqu'un t'avait vu en train de gesticuler ainsi, je ne sais pas ce que je lui aurais dit.

— J'avais cru voir une de mes connaissances, dit-il.

Après plusieurs minutes d'un silence pesant, elle dit :

— Tu as bien fait de parler avec son père.

— Comment ? Matt avait l'air distrait, distant.

— Haviland. Tu avais l'air de bien t'entendre avec lui. C'était très habile. Si le père est de notre côté, ce n'est plus la peine de courtiser la fille.

Matt ne prit pas la peine de répondre.

— Cela dit, je regrette que tu n'aies pas passé un peu de temps à rencontrer d'autres jeunes filles. Au cas où Oriel ne te plairait pas, en fin de compte. Il n'y a pas de mal à se garder une solution de repli.

— Ma tante...

Il poussa un long soupir et leva les yeux au ciel au lieu d'achever sa phrase.

Lorsque nous fûmes arrivés à la maison, Miss Glass demanda à Bristow d'apporter du thé au salon.

— Nous devrions recevoir de la visite, dit-elle en caressant la joue de Matt. Enfile une tenue présentable et viens me rejoindre.

Il inclina la tête en signe d'acquiescement, mais je le soupçonnais de ne l'avoir même pas entendue. Il avait encore l'air perdu dans ses pensées.

Je m'apprêtais à suivre Miss Glass au salon, mais il saisit mon bras à l'endroit où l'homme à la capuche m'avait attrapée. J'inspirai très fort entre mes dents et tressaillis. Il ouvrit aussitôt les doigts, l'air inquiet.

— India ?

— Ce n'est rien, dis-je en recroisant les bras.

J'avais retiré ma veste en entrant. Les volants en dentelle des manches de ma robe m'arrivaient un peu en dessous des coudes, et je ne savais pas si les ecchymoses en dépassaient ou non. Je ne voulais pas attirer l'attention de Matt en vérifiant.

Mais peu importait. Il m'écarta délicatement les bras et fit remonter la dentelle avant que je puisse résister. L'intérieur de chacun de mes coudes était marqué d'un bleu.

Ses épaules s'arrondirent et ses yeux se radoucirent.

— India, murmura-t-il.

Il passa ses mains autour de mes coudes et frôla doucement mes hématomes avec ses pouces.

— Vous m'aviez dit qu'il ne vous avait pas fait de mal.

— C'est vrai, dit Willie, les lèvres étirées en une ligne droite. C'est ce que tu avais dit.

Je me dégageai et rabattis la dentelle sur mes bras.

— J'ai la peau qui marque facilement.

Le regard de Matt se fit dur comme de la pierre. Je préférais quand il se montrait doux, mais je ne voulais pas de sa pitié.

— Dans mon bureau. Tout le monde. Tout de suite.

Je me hérissai.

— Je croyais que nous venions de parler de votre fâcheuse tendance à me donner des ordres.

— India, me reprocha Willie. C'est pas le moment.

Matt me fit signe de le précéder, sans doute pour garder un œil sur moi et s'assurer que je ne risquais pas de m'éclipser au salon, où il ne pourrait pas aborder le sujet devant sa tante. Je suppose qu'il était nécessaire d'en parler, mais j'avais l'impression de prendre part à une procession funèbre.

Le bureau de Matt n'était pas très grand, et à nous cinq, nous occupions tout l'espace. Duc et Cyclope restèrent debout tandis que Matt s'assit derrière son bureau, et Willie et moi prîmes place sur les autres sièges. Je me préparai à essuyer une avalanche de questions.

— Avez-vous vu son visage ? demanda Matt.

— Pas vraiment, répondis-je. Il était grand, mal rasé, et une petite cicatrice lui barrait la joue.

Je leur montrai l'emplacement.

— Je ne l'ai pas reconnu.

— Et il a explicitement mentionné le nom de Daniel et notre enquête ?

J'acquiesçai.

— Je suppose que c'est Abercrombie qui l'a envoyé, après votre petite expédition d'hier soir.

Duc se mit à se balancer d'un pied sur l'autre.

— Je ne voulais pas y aller, moi, marmonna-t-il.

— Ferme-la, s'énerva Willie. Il fallait y aller, on n'avait pas le choix.

Matt tourna vers elle son regard glacial.

— Je ne suis pas de cet avis. Est-ce que vous vous rendez compte que maintenant, Abercrombie sait que nous enquêtons sur la disparition de Daniel, alors que jusqu'à présent, il l'ignorait ?

— Oui, dis-je. Et alors, qu'est-ce que ça change ?

— Il risque d'alerter Duffield.

— Peut-être, mais il ignore que nous utilisons de faux noms. S'il lui dit qu'un homme du nom de Glass cherche Daniel, cela n'évoquera rien à Duffield.

J'appuyai mes mains sur les accoudoirs du fauteuil et enfonçai mes doigts dans le cuir.

— Si nous n'étions pas allés nous expliquer avec lui, nous n'aurions encore aucun moyen de savoir si Abercrombie connaissait Daniel ou non. Maintenant, nous en avons la certitude. Nous avons aussi appris qu'il ne rechigne pas à engager des sbires pour parvenir à ses fins. L'homme de ce matin était peut-être payé par lui, ou par le ravisseur de Daniel. Toutefois, je pense que la deuxième possibilité est la plus probable.

— Qu'est-ce qui vous permet de l'affirmer ?

— La logique. Abercrombie a déjà envoyé Eddie. Pourquoi enverrait-il quelqu'un d'autre ?

— Parce qu'Eddie n'est pas efficace, ou parce qu'il n'est pas venu sur ordre d'Abercrombie, mais de son propre chef.

Un muscle dans la mâchoire de Matt se contractait.

— India, je prends les menaces très au sérieux. Dans ma profession, elles sont souvent mises à exécution. Je ne peux pas prendre ce risque. Je *refuse* de prendre ce risque.

— Vous n'avez pas le choix, Matt. Willie et moi, nous allons continuer à chercher Daniel, que ça vous plaise ou non.

Il se renversa contre son dossier et me regarda droit dans les yeux comme pour me jauger. C'était déstabilisant, mais je soutins son regard.

— Willie ? se fâcha-t-il.

— Cette enquête pourrait nous aider à en savoir plus sur la magie, dit-elle. Et peut-être même nous mener à Chronos.

— À moins que tu te trompes.

Elle fit le tour du bureau et se baissa pour placer son visage devant le sien.

— Abercrombie est au courant pour Daniel.

Ce ton calme et sérieux ne lui ressemblait pas du tout.

— Les deux guildes ont l'air de se partager des informations sur la magie. S'il y a un lien, nous devons le suivre coûte que coûte.

Il secoua la tête. Tout son corps semblait tendu à l'extrême, comme s'il avait toutes les peines du monde à empêcher sa colère d'éclater. Cela devait être horriblement frustrant pour lui non seulement d'avoir laissé échapper l'homme à la capuche, mais aussi de nous voir nous opposer à lui.

— Aidez-nous, Matt, plaidai-je. Ensemble, nous pouvons y arriver.

Il me lança un bref coup d'œil avant de détourner le regard. Derrière sa colère qui couvait, je devinais de la fatigue. L'effort physique l'avait épuisé.

— Je suis d'accord avec Willie et India, dit Cyclope. Il faut continuer.

Tous les regards se tournèrent vers Duc. Il poussa un lourd soupir et finit par opiner.

— Tu sais bien qu'il m'en faut beaucoup pour aller contre ta volonté, Matt, mais cette fois, elles ont raison. S'il y a une chance que ça nous mène à Chronos...

Matt abattit violemment son poing sur le bureau, faisant trembler le porte-plume sur son support. Je sursautai, puis étouffai un cri de surprise. J'avais les nerfs plus à vif que je ne l'aurais cru.

— Allez au diable, gronda-t-il. Vous finirez par me tuer, tous autant que vous êtes, avant que ma montre ne tombe en panne pour de bon.

Je poussai un long soupir de soulagement. Les lèvres de Willie esquissèrent un sourire et elle se leva.

— Alors maintenant, que fait-on ? demandai-je. Mr Haviland connaissait-il des archéologues ?

Il inclina la tête.

— Il y a une société. Le président travaille au British Museum. Nous irons le voir demain. En attendant, personne ne quitte la maison. Je donnerai pour consigne à Bristow de ne laisser entrer que les personnes connues de Tante Letitia.

Il se leva brusquement et nous désigna la porte d'un geste du menton.

— Et maintenant, sortez d'ici avant que je ne dise des choses que je pourrais regretter.

— Va te reposer, Matt, dit Cyclope. On s'en sortira tous très bien sans toi pendant une heure.

Pour toute réponse, Matt le fusilla du regard en plissant les yeux, ce qui n'intimida pas le moins du monde le géant.

Hélas pour moi, je fus la dernière à sortir. Matt me prit la main et me retint après le départ des autres. Mon estomac se mit à faire des pirouettes. Son regard assassin ne laissait place à aucun doute : son attitude ne s'était pas radoucie. Il était toujours absolument hors de lui.

Il se pencha, approchant sa tête de la mienne, et son souffle effleura mes cheveux au niveau de ma tempe. Sa respiration était quelque peu forcée et haletante.

— Je n'aime pas qu'on me force la main, India. Surtout pas mes propres amis.

Je reculai d'un pas pour sortir de sa proximité immédiate. Sa puissance était un peu moins impressionnante avec une certaine distance entre nous.

— Et moi, je n'aime pas qu'on me dise ce que j'ai à faire. Il semblerait donc que nous soyons dans une impasse, comme on dit chez vous, en Amérique.

Et je sortis sans me retourner.

Plus tard, alors que j'étais assise dans mes appartements, Polly, la femme de chambre de Miss Glass, m'apporta un flacon de teinture d'arnica.

— À la demande de Mr Glass, précisa-t-elle.

J'en restai pantoise.

— Oh. Merci, Polly.

Je m'assis devant ma coiffeuse et versai un peu de teinture sur mon mouchoir pour en tamponner mes hématomes. C'était gentil de sa part de penser à moi. Il était si furieux que je m'attendais à ce qu'il ait oublié ces bleus. La bouteille semblait être le signe d'une trêve, mais il n'était pas venu s'excuser en personne, ni même en me faisant parvenir un mot.

C'était perturbant. Je n'aimais pas cette tension entre nous. Bien que nous soyons dans deux parties différentes de la maison, je la percevais très nettement. Je m'apprêtais à rejoindre Miss Glass dans l'espoir de voir aussi Matt, quand des visiteurs arrivèrent. Depuis le palier de l'étage, je regardai discrètement Bristow qui ouvrait la porte d'entrée à une dame accompagnée de ses deux filles. Avec un soupir, je regagnai ma chambre.

Je vis Matt au dîner, mais c'est à peine si nous échangeâmes quelques mots. Les autres gardèrent le silence aussi. Miss Glass se chargea de l'essentiel de la conversation, passant en revue chacun de ses visiteurs en détail et énumérant les charmes des toutes les jeunes filles qui leur avait rendu visite. Oriel Haviland restait son premier choix. Matt s'était plié à toutes ces visites de mauvaise grâce, à en croire les reproches que lui fit sa tante. Au dîner, il fut d'une humeur tout aussi massacrante, et cela n'avait pas changé lorsqu'il se leva de table sans attendre et partit se coucher tôt. Je décidai de ne pas toquer à sa porte et lui demander de parler pour dissiper la tension entre nous. Ce serait mieux demain, quand il aurait eu le temps de se calmer.

* * *

IL N'ÉTAIT TOUJOURS PAS CALMÉ le lendemain matin quand la voiture nous emmena au musée. Il avait ordonné aux autres de rester à la maison, ce qui avait fortement contrarié Willie. Comme il ne m'avait pas adressé cet ordre, j'en avais conclu que je devais l'accompagner. Lorsque j'apparus à la porte avec mon chapeau et mes gants, Matt me fit simplement signe de passer devant lui.

— Combien de temps allez-vous rester fâché contre tout le monde ? lui demandai-je alors que la voiture se mettait en marche.

— Je ne suis pas fâché, dit-il en enfilant son gant d'un geste rageur. Je n'ai pas très envie de bavarder ce matin, voilà tout.

Je me penchai en avant et scrutai son visage de près. Les petits plis autour de ses yeux étaient indéniablement plus prononcés que d'habitude à cette heure-ci.

— Vous n'avez pas très bien dormi.

Il garda les yeux fixés sur la fenêtre.

— Matt, je sais que vous êtes inquiet...

— Non, India. Cela ne ferait que ranimer notre querelle.

Je refermai la bouche et consultai ma montre. Je la consultai à nouveau six minutes plus tard.

— C'est un vrai supplice. Je crois que j'aime mieux me disputer avec vous que rester assise en silence.

Il se détourna lentement de la vitre pour me regarder.

— Il faut reconnaître que vous avez le chic pour tirer la queue des dragons.

— Vous n'avez rien d'un dragon.

— En êtes-vous sûre ?

Il ferma les yeux en serrant les paupières de toutes ses forces et se pinça l'arête du nez.

J'avançai ma main pour lui toucher le genou et le réconforter, mais tout bien réfléchi, je me ravisai.

— J'en suis sûre, répliquai-je simplement.

— Je suis désolé, India.

Il rouvrit les yeux.

— Moi non plus, je n'ai plus envie de me disputer avec vous.

Il me semble qu'aucun de nous deux n'a l'intention de revenir sur sa position, alors nous devons nous résigner à accepter cette différence d'opinions. Ou tout du moins, je dois me résigner, moi, à cette situation dans laquelle vous m'avez mis malgré moi.

— Avec une telle attitude, vous ferez un jour un époux merveilleux.

Devant son air furieux, je levai les mains comme pour me défendre.

— Je plaisantais.

— Je suis content de voir qu'il y a au moins une personne que mon calvaire amuse, grommela-t-il, mais avec un peu moins de férocité. Ma tante Letitia ne renoncera pas à essayer de me trouver une femme, et je n'ai pas le cœur à lui exprimer franchement mon refus.

— Vous êtes un bon neveu. Ça doit être affreux, de devoir se laisser exhiber devant un cortège de jolies jeunes femmes. Aucun homme ne voudrait être à votre place, contraint de subir d'interminables tasses de thé avec des femmes qui le dévorent des yeux et sont pendues au moindre mot qui franchit ses lèvres.

Il esquissa malgré lui un demi-sourire.

— C'est vrai qu'elles sont jolies, dit-il avec un soupir volontairement exagéré. Et pas seulement jolies, mais aussi pleines de qualité, bien éduquées, de bonne famille, et ennuyeuses comme la pluie.

— Vous les apprécierez peut-être plus quand vous les connaîtrez mieux.

Cela me faisait un peu de peine de l'admettre, mais c'était vrai : Miss Glass avait présenté à Matt des jeunes filles, et non des femmes ; mais les jeunes filles, en grandissant, devenaient des femmes et développaient leur propre personnalité. Dès que ces jeunes filles auraient quitté leurs parents, j'étais certaine qu'elles s'épanouiraient et deviendraient des adultes avec qui il aurait envie de faire connaissance.

— Nous sommes arrivés, annonça Matt.

La structure massive du British Museum me réconfortait toujours quand je montais les marches et passais entre les larges colonnades de son portique. N'ayant pas accès à beaucoup de loisirs dans ma jeunesse, j'avais souvent visité le musée, qui était gratuit. Ce qui me fascinait le plus à l'époque, ce n'étaient pas les pièces, mais les manuscrits médiévaux et les objets anciens.

Nous demandâmes où nous pouvions trouver Mr Rosemont, le directeur du département des antiquités romaines, et on nous indiqua son bureau. Nous le trouvâmes niché derrière les salles consacrées à la présence des Romains en Grande-Bretagne. Un monsieur aux cheveux d'une blancheur de neige ne leva pas les yeux de la pierre de la taille de sa main qu'il était occupé à inspecter à travers un monocle.

— Posez-le là, ordonna-t-il en montrant d'un geste de la main le coin de la pièce encombrée.

Des artefacts de toutes formes et de toutes tailles recouvraient toutes les surfaces de la pièce, y compris une bonne partie du sol. Il devait être très rare que des femmes entrent dans l'antre de Mr Rosemont ; mes jupes frôlèrent des statues, de grandes amphores et les pieds de la table. Je dus rattraper *in extremis* une mince statue représentant un jeune Romain nu que mes jupes avaient failli faire tomber. Je rougis en m'apercevant par quelle partie de son anatomie j'avais saisi la statue.

Mr Rosemont releva la tête en entendant le petit rire amusé de Matt.

— Oh. Je vous demande pardon, je vous ai pris pour le garçon qui fait les livraisons.

Il se leva, ses joues rougeaudes et son nez cramoisi s'empourprant encore davantage.

— Mon nom est Matthew Glass, dit Matt, et voici Miss Steele, mon assistante. Êtes-vous Mr Rosemont ?

— Oui, c'est moi.

Mr Rosemont serra la main de Matt puis la mienne, d'un geste un peu mou.

— Que puis-je pour vous ?

— Nous avons une pièce que nous voudrions vous faire examiner. Du moins, nous pensons que c'est une pièce, même si elle a servi de bouton.

J'ouvris mon réticule et en sortis la pièce. Elle tomba dans la paume poussiéreuse de Mr Rosemont. Il se rua dessus comme un chien affamé sur un os. Il la retourna, fit entendre un claquement de langue désapprobateur en voyant la tige, et la retourna encore.

— Grands dieux !

— Qu'y a-t-il ? demanda Matt en même temps que moi.

— C'est bien une pièce. Un solidus d'or, pour être exact, qui date de la fin du quatrième siècle.

Il nous montra le contour de l'image du bout de son petit doigt.

— Elle est un peu usée, mais on arrive à distinguer deux empereurs sur leur trône, qui tiennent entre eux un globe terrestre. Derrière eux se trouve la Victoire, avec ses ailes déployées. Au revers, il devait y avoir la tête de Magnus Maximus, commandant de l'île de Bretagne, qui fut plus tard proclamé Empereur d'Occident, mais elle est masquée par la tige. Un vrai sacrilège, bon sang ! Excusez mon langage, Miss Steele.

— Je vous en prie, répondis-je. Je comprends votre frustration. Merci pour vos explications.

Je tendis la main pour récupérer la pièce, mais il ne me la rendit pas.

— Savez-vous seulement ce que vous avez là ? demanda-t-il.

— Vous venez de nous le dire, dit Matt. Un solidus d'or datant du règne de Magnus Maximus.

— Oh, oui, mais cette pièce est bien plus que cela. Mr Rosemont sortit le bout de sa langue pour se lécher les lèvres.

Je retins mon souffle. Sentait-il lui aussi la magie qui en émanait ?

— C'est une pièce rarissime. Elle a été frappée ici même, à Londres, au cours d'une brève période durant laquelle la ville portait le nom d'Augusta. Le court règne de Maximus ne fut qu'une succession de troubles. La presse à monnaie a fermé peu après sa mort. Quelle merveilleuse trouvaille !

— A-t-elle de la valeur ? demanda Matt.

Rosemont soupira.

— Elle en aurait si elle n'avait pas été dégradée de la sorte. Elle pourrait peut-être encore valoir quelque chose si l'on arrivait à retirer la tige sans endommager la pièce. Vous devez absolument me dire où vous l'avez trouvée. Il y en a peut-être d'autres.

— C'est un ami qui me l'a donnée ; il m'a demandé d'en prendre soin jusqu'à ce qu'il puisse la récupérer.

— Savez-vous où il l'a trouvée ? Dans un champ ? Sous les fondations d'un bâtiment ?

— Je n'en sais rien.

La déception se peignit sur le visage de Rosemont.

— Dommage. Pourriez-vous demander à votre ami de venir ici pour m'en parler ? Ses origines m'intéressent énormément.

— Si je le retrouve. Voyez-vous, mon ami McArdle a disparu. Je n'ai plus aucun moyen de le contacter. Il a dû partir à la recherche d'un trésor enfoui, ou quelque chose de ce genre. Il est archéologue.

— Ah oui, je le connais, mais il n'est pas membre de la Société Londonienne d'Archéologie, fit Rosemont avec une moue pincée.

Il retira son monocle et me rendit la pièce.

— Le qualifier d'archéologue ou d'antiquaire, ce serait très exagéré.

Il le connaissait ! Ayant du mal à m'empêcher de sourire, je fis mine de concentrer toute mon attention sur la pièce que je tâchais de ranger dans mon réticule.

— Je ne veux pas vous offenser, Monsieur, ajouta Rosemont. C'est votre ami, après tout.

— C'est plutôt une connaissance. Entre nous, dit Matt en se penchant vers Rosemont, McArdle est un vantard sur le chapitre de l'archéologie. C'est pourquoi je m'arrange pour éviter d'en parler avec lui.

— Un vantard. Ce mot lui va assez bien ; on pourrait aussi dire que c'est un chasseur de trésors, ou tout simplement un illuminé. Il ne s'intéresse pas à la véritable archéologie, qui a pour but de résoudre les énigmes de notre histoire. Il va sur les sites de fouilles et s'empare de tout ce qui peut avoir de la valeur pour le vendre au plus offrant. Et puis il y a l'autre histoire, selon qui l'on choisit de croire.

— L'autre histoire ?

— Non, rien. Je n'aurais pas dû en parler. D'aucuns, parmi

ceux qui ont rencontré McArdle, disent qu'il est fou à lier. J'ignore si c'est vrai, mais ce qui est certain, c'est qu'il n'a aucune morale. Il est corrompu jusqu'à la moelle.

Il se tut brusquement, comme embarrassé. Il tira sur son gilet, laissant des empreintes de doigts poussiéreuses sur le coton noir.

— Toutes mes excuses, Mr Glass. Vous voyez bien, j'ai fini par vous offenser.

— Pas le moins du monde. Dites-moi, savez-vous où je peux le trouver ? Je voudrais lui rendre son bouton. Enfin, sa pièce. Il n'est pas à son adresse de Chelsea.

— Je n'en ai pas la moindre idée.

— Savez-vous où il travaille ? demandai-je. Un homme comme lui est toujours sur la piste d'un nouveau trésor.

Rosemont regagna sa chaise et replaça son monocle sur son œil.

— Il pourrait être à la recherche de bien des trésors. Je ne le connais pas assez bien pour deviner où il peut être.

— Qu'en est-il des pièces enterrées ? demanda Matt. Y a-t-il à Londres des sites où il pourrait chercher des pièces ?

Rosemont en laissa tomber son monocle, qui se balança au bout de sa chaîne avant de s'immobiliser contre sa poitrine.

— Un trésor romain enterré ici, à Londres ? Ce serait étonnant. Personne n'en a jamais trouvé aucun dans la capitale.

— Et les chantiers de fouilles archéologiques ? Y en a-t-il actuellement qui sont menés par des membres de votre société ?

— Deux, tous les deux supervisés par Mr Young, étant donné qu'ils sont tous les deux dans la même rue. L'un des deux est fini, d'ailleurs, on est en train de le reboucher en ce moment même. L'autre est encore en activité, et il occupe toute l'attention de Mr Young. Mais McArdle n'est pas membre de la société, il n'est sans doute pas impliqué.

Cela ne nous laissait plus beaucoup d'options. Si nous ne trouvions pas McArdle, que faire ensuite ? Où aller ?

Mais Matt ne se laissait pas décourager.

— Quoi qu'il en soit, il s'est peut-être présenté sur l'un des sites à titre d'observateur extérieur. Votre archéologue l'aura peut-être vu. Pouvez-vous me dire où trouver les sites de Mr Young ?

— Si vous insistez. Mais le plus simple est que je vous montre.

Rosemont feuilleta une liasse de papiers posée sur l'un des bureaux, jusqu'à trouver ce qu'il cherchait.

— Cette carte montre l'emplacement des sites, ici.

Je ne remarquai presque pas l'endroit qu'il tapotait à l'aide de son monocle. C'était la carte en elle-même qui m'intriguait. Elle couvrait exactement la même zone de la ville que la carte de Daniel. J'échangeai un regard avec Matt. Lui aussi, il avait remarqué.

— Pourquoi seulement cette partie de Londres ? demanda-t-il.

— Il s'agit de la ville romaine délimitée par ses remparts d'origine, à ce que nous savons. La muraille a entièrement disparu, bien sûr, mais il existe des preuves qui laissent penser que c'était bien là. Il y avait de l'activité en dehors des murs, mais c'est cette partie qui nous intrigue le plus. C'était le cœur de la ville romaine de Londinium.

— Merci, dit Matt. Nous nous rendrons sur les sites cet après-midi.

— Je doute que vous y trouviez McArdle, mais je vous conseille de visiter. Ils ont mis au jour sur le site en activité un sol en mosaïque de toute beauté. Même si je doute que McArdle y soit sensible. Il n'y a que l'objet de ses propres recherches qui l'intéresse.

— Un trésor ? demandai-je.

— Il ne cherche pas qu'un trésor, Miss Steele. Il cherche de la magie.

CHAPITRE 10

— $\mathcal{D}$e la magie ? murmurai-je.

À côté de moi, Matt s'était figé.

Mr Rosemont se rassit devant son établi en secouant la tête.

— Je vous l'ai dit, cet homme est fou à lier. Un jour, il a dit à l'un de mes confrères antiquaires qu'il cherchait des preuves d'une magie ancienne dans des vestiges romains enfouis sous les rues de Londres. L'autre lui a ri au nez, et il n'en a plus jamais parlé.

Une lueur amusée brillait dans l'œil que couvrait son monocle.

— Méfiez-vous de cette pièce, Miss Steele. Elle pourrait bien prendre vie et se mettre à danser la gigue.

Matt s'esclaffa et je l'imitai. Son rire semblait sincère, mais le mien sonnait faux à mes oreilles.

— J'ignorais que McArdle croyait à de telles inepties, dit-il en secouant la tête.

Nous remerciâmes Rosemont et prîmes congé. Je serrai mon réticule contre moi en passant avec Matt devant des bustes d'hommes morts depuis bien longtemps ; je le suivis dans le grand escalier qui redescendait vers l'imposante entrée et vers la sortie, au soleil. Comme c'était un lundi, il n'y avait pas grand-monde dans le musée, mais cela ne m'empêcha pas de me cogner dans un monsieur qui gravissait l'escalier à grandes enjambées au moment où nous le descendions.

Il s'excusa et je lui souris presque sans en avoir conscience. La main de Matt contre le bas de mon dos me rappela de continuer ma route. Il me poussa devant lui sur le chemin d'un pas vif et héla notre voiture.

— India ?

Le visage de Matt apparut soudain devant le mien, sillonné de rides soucieuses et les yeux remplis d'inquiétude.

— Vous avez l'air troublée.

— Je vais très bien.

Bryce arrêta la voiture devant moi et Matt m'aida à monter.

— Vous êtes toute pâle, dit-il. Je vous ramène immédiatement chez nous.

— Passons d'abord devant la fabrique de Worthey.

— D'accord.

Il transmit l'ordre à Bryce, puis il s'installa à côté de moi sur la banquette. Il me tapota la main.

— India, êtes-vous certaine que tout va bien ?

— Oui, bien sûr.

Je portai la main à ma tempe.

— Je me suis sentie un peu chamboulée pendant un court instant quand Rosemont a dit que McArdle savait que la magie existait. Pensez-vous que cela signifie qu'il est lui-même magicien, en fin de compte ?

— C'est possible.

— Doux Jésus ! C'est à croire que Londres grouille de magiciens. D'abord Daniel et son grand-père, et maintenant McArdle.

— Pour l'instant, nous ne savons pas si McArdle maîtrise la magie ou s'il est simplement au courant de son existence. Mais vous avez raison. Il n'y a encore que quelques jours, nous ne connaissions que vous et Chronos, ainsi que le Dr Parsons, qui est mort. Maintenant, il y a aussi Daniel, son grand-père, et peut-être McArdle. Il n'y a pas que de la magie propre à la médecine et à l'horlogerie, mais aussi une magie des cartes et une magie des pièces.

— Et qui sait quoi d'autre. Votre Dr Parsons a laissé entendre qu'il y en avait encore bien d'autres, qu'elle était présente dans tout l'univers.

Je sortis ma montre de mon réticule et la serrai dans mon poing fermé comme le faisait Matt plusieurs fois par jour avec sa montre. Elle n'émit pas de lueur comme la sienne, mais elle se réchauffa sous mon toucher.

Je la retournai et sortis la pièce. Elle n'était pas aussi chaude que la montre, mais je sentais tout de même sa magie fourmiller au bout de mes doigts.

— J'aimerais tant savoir comment faire pour manipuler la magie et la rendre utile.

Et pour réparer la montre de Matt.

— Vous apprendrez, dit-il. Nous trouverons Chronos, et il vous enseignera son art.

Et si c'est un autre magicien qui m'instruit ? Peut-être McArdle ou Mr Gibbons.

Il ferma les poings, crispant ses doigts sur ses genoux.

— Je n'aime pas l'idée que vous puissiez confier votre secret à plus de monde. C'est déjà bien assez dangereux maintenant que la guilde a des soupçons.

— Un autre magicien n'a aucune raison de me faire du mal ou de me trahir. Quant à Mr Gibbons, il a l'air d'être du genre à ne pas en parler du tout.

— Je doute que ce soit prudent tant que nous ne saurons pas si nous pouvons lui faire confiance ou non.

Il me lança un regard en coin.

— Allez-vous écouter ma mise en garde, ou l'ignorer complètement ?

Je poussai un soupir.

— L'écouter. Pour le moment.

Jusqu'à ce que le problème de la montre de Matt devienne si désespéré que je serai contrainte de me raccrocher à la moindre piste.

— Cela dit, si vous refusez de faire confiance à Mr Gibbons, qu'est-ce qui vous permet d'affirmer que Chronos sera plus honorable ?

— Au moins, Chronos est un magicien du temps, il pourra

certainement vous aider. Alors qu'avec Gibbons, nous ne sommes sûrs de rien. Moins il y aura de gens dans le secret, mieux ce sera, tant que nous ne comprendrons pas le monde de la magie.

Je savais qu'il avait raison, mais il n'était pas question que je le lui dise. Il risquait de s'en servir contre moi plus tard, quand j'aurais changé d'avis.

* * *

Pierre DuPont n'étant pas revenu à la fabrique de Worthey, nous nous rendîmes à Bucklersbury Street. En quittant le quartier ouvrier de Cheapside pour emprunter cette rue tortueuse, nous eûmes l'impression d'avoir passé la porte d'un autre monde sur le point d'entrer dans une ère nouvelle. Elle ne pouvait échapper à ses proportions étroites, vestige de l'époque médiévale, mais des deux côtés de la rue commençaient à s'élever des bâtiments neufs. Certains tenaient debout moins grâce aux briques que grâce à leurs échafaudages. À l'intérieur de l'un de ces édifices encore en construction, nous rencontrâmes un gentleman qui se tenait debout au bord d'une fosse peu profonde creusée dans la terre. Deux ouvriers étaient accroupis dans la fosse et, avec des truelles, grattaient délicatement les carreaux de mosaïque bleus, blancs et rouges au fond de la fosse pour en retirer la terre.

Le gentleman ne leva les yeux que quand Matt s'éclaircit la gorge.

— C'est très beau, dit Matt. Vous avez bien de la chance de diriger ces fouilles.

Il lui tendit la main.

— Bonjour, Mr Young. Je me nomme Matthew Glass, et voici Miss Steele, mon assistante. Mr Rosemont nous a dit que nous vous trouverions ici.

Mr Young serra brièvement la main de Matt et me jeta à peine un regard.

— Vous devez être le particulier qui envisage de financer notre chantier.

— Oui, c'est bien moi.

Matt avait répondu si vite et avec une telle assurance que personne n'aurait pu remarquer qu'il mentait.

Mr Young sourit et prit Matt par le coude.

— Dans ce cas, vous voulez sans doute visiter le chantier. Permettez-moi de vous guider.

— Les couleurs de la mosaïque sont plus vives que je ne l'aurais cru, fit remarquer Matt tout en emboîtant le pas à Mr Young. Qu'en pensez-vous, Miss Steele ?

On m'avait laissée quelques pas en arrière : il était clair que je comptais bien peu aux yeux de Mr Young.

— C'est très joli, dis-je. De quelle époque date-t-elle ?

Voyant que Matt m'impliquait, Mr Young changea d'approche. Il voulut soudain à tout prix se concilier mes bonnes grâces.

— Elle remonte à au moins mille-cinq-cents ans, mais nous n'obtiendrons une date exacte qu'en faisant des analyses plus poussées, et pour cela, il nous faut mettre au jour une plus grande surface. Attention, Dyer, dit-il à l'un des ouvriers. Il est parfois un peu balourd, nous souffla Young. Rendez-vous compte : vous êtes parmi les premiers à voir ce sol depuis plus de mille ans.

— C'est remarquable, acquiesça Matt.

— La rivière Walbrook coulait près d'ici autrefois.

Mr Young indiqua la rue à l'extérieur.

— Nous pensons que c'était un élément essentiel de Londinium et, en tant que tel, ce sol pourrait avoir appartenu à un bâtiment officiel ou à la villa d'un homme important – peut-être le gouverneur lui-même. Dans toute cette zone, on trouve sous les édifices existants des traces de bâtiments de l'époque romaine.

Young avait pour son travail une passion insatiable que je trouvai fort communicative.

— Hélas, nous ne les verrons peut-être jamais. Les autorités ne s'intéressent guère aux ruines. Elles sont comme les maçons : elles privilégient le progrès au détriment de l'Histoire.

Il poussa un soupir.

— Quand je pense que tous ces vestiges risquent d'être

perdus si nous ne nous hâtons pas de les préserver avant que les nouveaux bâtiments ne soient construits. On nous a donné des délais serrés, vous comprenez.

— Comment comptez-vous procéder pour préserver cette mosaïque ? demandai-je.

— En la transférant dans un musée, un carreau après l'autre.

— Voilà qui a l'air laborieux.

— Extrêmement laborieux, même. Nous travaillons aussi vite que nous le pouvons, mais cela reste lent. Deux ou trois ouvriers de plus nous seraient d'une aide considérable.

— Et pour cela, il vous faut des fonds.

— En effet.

Mr Young sauta au fond de la fosse, qui était environ un pied plus bas que le sol, et me tendit les mains.

— Venez, descendez voir par vous-même.

Je le laissai m'aider à descendre et Matt nous suivit. Mr Young nous donna des carreaux à examiner, et insista même pour que Matt prenne une truelle et participe, mais ce dernier déclina poliment. Nous demandâmes le genre de détails qui étaient susceptibles d'intéresser un investisseur potentiel et, d'une manière générale, nous nous montrâmes plutôt accommodants. Toutefois, Matt ne mentionna pas une seule fois McArdle. J'essayai de croiser son regard, mais il était en grande conversation avec Mr Young. Je regardai même ma montre, fréquemment, mais il ne remarqua pas mes signaux subtils.

Ce n'est que lorsque Mr Young lui demanda pourquoi nous avions décidé d'investir dans l'archéologie que Matt finit par se lancer.

— J'ai une connaissance qui se passionne pour la recherche de trésors archéologiques. C'est lui qui m'a conseillé de m'adresser à Rosemont pour en savoir plus sur votre société et sur d'éventuels chantiers en cours.

— La recherche de trésors ? répéta Mr Young en haussant les sourcils. Comme c'est intrigant. Comment s'appelle-t-il ? Je le connais peut-être.

Son empressement était aux antipodes de la réaction de Mr Rosemont.

— McArdle.

Mr Young entrouvrit la bouche. Sa moustache frémit.

— Je vois.

— Vous le connaissez ? demanda Matt d'un ton détaché.

Mr Young agita vaguement la main.

— Comme ça, en passant.

Il dit aux hommes qui travaillaient dans la fosse de prendre dix minutes de pause. Ils se regardèrent d'un air perplexe, puis posèrent leurs truelles et sortirent de la fosse. Une fois qu'ils furent assez loin pour ne pas nous entendre, Mr Young se tourna vers Matt avec un sourire.

— Dites-moi, où travaille votre ami en ce moment ?

— McArdle ? C'est ce que j'espérais apprendre en venant ici. Rosemont a laissé entendre que vous le sauriez peut-être. L'avez-vous vu récemment ?

Le sourire de Mr Young s'évanouit.

— Pas depuis un bon moment. Il est passé, il a jeté un bref coup d'œil et il est reparti. Il faut croire que mon sol en mosaïque ne l'intéresse pas.

— Pourquoi pas ?

— J'imagine qu'il s'est dit qu'il ne trouverait rien ici qui ait de la valeur à ses yeux. Cependant, je ne perds pas espoir. Sur le site des vestiges d'édifices, on trouve souvent de petits objets, dont certains ont de la valeur.

— Vous voulez dire par là qu'ils peuvent servir à combler les lacunes de nos connaissances en matière d'histoire, n'est-ce pas ? demanda Matt.

Mr Young se lissa les moustaches à l'aide du pouce et de l'index.

— Allons, Mr Glass, inutile de tourner autour du pot avec moi. Je sais bien que Mr Rosemont prétend que notre seul intérêt dans tout cela, c'est le bien de l'humanité, et peut-être que c'est *son* cas, mais nous autres, nous sommes plus terre-à-terre. Bien sûr que je suis toujours heureux quand je découvre un mur ou un sol ancien, mais je suis bien plus enthousiaste lorsque je déterre une grande quantité de pièces ou un bijou. Puisque McArdle fait partie de vos connaissances, quelque chose me dit que sur ce point, nous nous comprenons.

— Je vous comprends très bien, Mr Young. Merci pour votre franchise. Il semblerait que vous, McArdle et moi-même ayons la même vision des choses.

— C'est dommage qu'aucun de nous ne sache où il est en train de creuser en ce moment. Je suis toujours impressionné par sa capacité à ne jamais révéler où il est. Vous êtes le premier à oser venir me demander franchement si je l'ai vu.

Matt esquissa l'ombre d'un sourire entendu en réponse à celui de Mr Young.

— Vous pensez qu'il a fait une trouvaille intéressante, et que c'est pour cela qu'il se cache ?

— Étant donné son talent phénoménal pour trouver des objets en or, je n'en serais pas surpris.

Des objets en or ! Tiens tiens... Je m'efforçai de garder un air impassible, mais mon cœur venait de faire un bond. Si McArdle s'intéressait à l'or et à la magie, c'est que sa magie n'était peut-être pas liée aux objets anciens, mais à l'orfèvrerie.

— Peut-être ressent-il une connexion avec les objets en or empreints de magie.

Matt venait de laisser tomber ces paroles comme des enclumes. Il n'aurait pas pu faire une déclaration plus spectaculaire. Mr Young s'immobilisa complètement, à l'exception de la veine qui palpitait sur sa gorge, juste au-dessus de son col.

— La magie l'aide peut-être à trouver l'or d'une façon ou d'une autre.

Je retins mon souffle, attendant de voir si le risque que Matt venait de prendre allait s'avérer payant.

— Je vois que vous et McArdle avez encore plus de choses en commun.

Le ton condescendant de Mr Young me dit exactement ce qu'il pensait de la théorie de Matt.

— Je ne sais pas trop quoi penser, dit Matt. Il est vrai que McArdle sait se montrer très convaincant, mais je demande à voir des preuves. Et vous, Mr Young ? Que croyez-vous ?

— Voilà ce en quoi je crois, moi, répondit Mr Young en écartant les mains comme pour embrasser tout le sol en mosaïque autour de nous, les outils et les amas de terre.

— Je crois en ce que je peux déterrer du sol, qu'il s'agisse de céramique ou de pièces. La chance de McArdle quand il s'agit de mettre au jour des trésors anciens n'est rien d'autre que cela : de la chance. C'est tout. Je vous conseille de ne pas vous faire trop d'idées.

— Alors je suivrai votre conseil, dit Matt, reprenant son rôle de gentleman sympathique. Merci pour votre aide, mais nous devons partir.

— Et pour ce qui est de votre soutien financier ? demanda Mr Young en sortant de la fosse.

Il me tendit la main mais, avant que je ne puisse la saisir, Matt m'attrapa par la taille et me souleva. Je réprimai un cri aigu de surprise et marmonnai quelques remerciements, mais si bas que je doutai qu'il m'ait entendue.

— Le travail que vous faites ici est remarquable, dit-il en se plaçant à côté de moi. Nous n'avons rien de comparable chez nous. Ce serait dommage que tout cela soit détruit et remplacé par de nouveaux bâtiments.

— Un vrai scandale.

Nous prîmes congé et Matt lui promit de réfléchir à investir dans ce chantier.

— Miss Steele vous tiendra informé.

Oh ? J'allais donc faire le travail d'une vraie assistante dans cette affaire ? Ou cela faisait-il partie de son plan ?

Matt me prit par la main et m'aida à me frayer un chemin parmi les équipements sur le sol inégal pour regagner la voiture qui nous attendait. Je n'avais pas besoin de son aide, mais je jugeai bon de jouer le jeu jusqu'à ce que nous soyons bien à l'abri des regards dans le carrosse.

— Vous êtes très doué, dis-je en arrangeant mes jupes autour de moi sur mon siège.

— Pour quelque chose en particulier, ou simplement en tout ?

Je ris de bon cœur.

— Ne soyez pas présomptueux. Vous êtes doué pour jouer un rôle, et pour modifier votre personnalité et votre histoire quand la situation l'exige.

— C'est comme bluffer au poker, dit-il en haussant les épaules.

— C'est sûrement pour ça que je ne suis pas douée pour le poker. Je perds à chaque fois.

— Vous manquez d'expérience, c'est tout.

— À moins que je ne sois trop honnête.

— Ce n'est pas si terrible, comme défaut.

Puis il fronça les sourcils.

— Venez-vous d'insinuer que je suis malhonnête ?

Mon visage vira au rouge brique.

— Euh, je...

Il sourit et j'aurais payé cher pour avoir quelque chose de plus dur que mon réticule à lui lancer.

— Vous devez être fatigué d'avoir couru aux quatre coins de la ville, dis-je pour détourner son attention de mon visage cramoisi.

— Un peu, reconnut-il. Dommage que nos efforts n'aient pas été plus payants.

— Mais nous avons beaucoup appris, au contraire. Nous savons que la disparition de Daniel a un rapport avec un trésor enfoui, avec McArdle et avec la carte qu'il a dessinée pour lui.

Il me lança un regard plein de tendresse qui ne fit rien pour calmer la chaleur brûlante qui me montait aux joues.

— Merci, India.

— Merci de quoi ?

— D'être aussi optimiste. Vous avez un don pour me remonter le moral. Et Dieu sait combien je peux être morose ces jours-ci.

Il avait de bonnes raisons de l'être. J'étais surprise qu'il parvienne encore à sourire alors qu'au-dessus de sa tête s'amassaient les nuages noirs de sa santé fragile.

— Nous retrouverons Chronos, lui dis-je. J'en suis certaine. Mirth nous conduira à lui quand nous lui aurons parlé mercredi. J'ai un bon pressentiment.

— Moi aussi, India. Moi aussi.

En arrivant à la maison, nous trouvâmes Miss Glass seule dans le salon avec un invité. Bristow nous l'annonça avec une moue désapprobatrice, et je supposai qu'il n'aimait pas l'idée qu'une dame, même de l'âge de Miss Glass, soit seule avec un homme.

— Je me demande qui ça peut bien être, dit Matt avec un frémissement du coin de la bouche. Un admirateur de longue date qui tente enfin sa chance, maintenant qu'elle est libérée des griffes de son frère ?

— Un Américain, Monsieur. Un homme du nom de Payne. Le shérif Payne.

CHAPITRE 11

Matt laissa tomber le chapeau qu'il était en train de tendre à Bristow et se précipita dans l'escalier en grimpant les marches quatre à quatre. Je lui courus après en relevant mes jupes très haut au-dessus de mes chevilles. Cependant, j'étais assez loin derrière lui, et j'arrivai au salon juste à temps pour voir Matt face à face avec l'intrus, qu'il tenait par le col dans son poing serré. C'était donc lui, ce shérif corrompu qui avait suivi Matt depuis l'Amérique, l'avait accusé de crimes épouvantables dans plusieurs États et voulait le voir derrière les barreaux – ou mort.

Et dire qu'il était là, à boire du thé et à manger du gâteau tranquillement avec la tante de Matt sous son propre toit, et à sourire à Matt d'un air satisfait. Je comprenais que Matt ait envie de l'étrangler.

— Matthew !

Le cri horrifié de Miss Glass retentit dans l'air, mais cela n'empêcha pas Matt de hurler sur son adversaire, dont il malmenait la chemise.

Il se mit à secouer Payne brutalement.

— Comment oses-tu mettre les pieds ici ?

Payne garda simplement les mains levées. Sous sa moustache se cachait un sourire doucereux, et une lueur amusée dansait dans ses yeux noisette. Il était plus jeune que je ne l'aurais imaginé, dans la trentaine, peut-être ; il était grand et svelte, avec un visage étroit et un front haut. Ses cheveux lissés en arrière et son costume rayé sur mesure lui donnaient davantage l'allure d'un dandy londonien que d'un shérif du Far West, mais le costume avait l'air neuf ; peut-être l'avait-il commandé dès son arrivée à Londres.

— Mais enfin, Glass, nous sommes pourtant dans un pays libre, non ? ironisa Payne avec un fort accent américain. C'est interdit, de boire le thé avec une dame ravissante ?

Il adressa son sourire mielleux à Miss Glass, puis à moi. Aucune femme saine d'esprit ne pourrait le trouver charmant, en dépit de son compliment. Même Miss Glass n'avait pas l'air flattée. Elle paraissait choquée jusqu'au bout de ses orteils parfaitement distingués.

Matt le poussa vers la porte.

— Dehors ! Tu n'es pas le bienvenu ici.

— Matthew ! s'écria Miss Glass en plaquant ses doigts contre ses lèvres.

Je lui passai un bras autour des épaules et elle se recroquevilla contre moi.

— India, murmura-t-elle. Que fait-il ? Pourquoi Matthew s'en prend-il à cet homme ?

— Ce n'est pas quelqu'un de bien, lui dis-je. Matt va le faire sortir, et nous vous expliquerons tout.

Payne eut un sourire mauvais.

— À ta morue aussi, tu as réussi à faire avaler tes histoires à dormir debout, Glass ?

Le coup de poing de Matt effaça le sourire du visage de Payne.

Miss Glass poussa un cri et se couvrit le visage.

— Arrêtez, Matt ! m'écriai-je. Vous faites peur à votre tante.

Avec un rugissement de fureur, Matt traîna Payne jusqu'à la porte, le poussant plus qu'il ne le raccompagnait. Par-dessus le bruit de leurs pas qui s'éloignaient, on entendait encore Payne qui ricanait tout bas. Il avait surpris Matt et il le savait. Il se félicitait de cette certitude, allant peut-être même jusqu'à s'en délecter. J'avais rencontré cet homme depuis à peine une minute, et il m'était déjà antipathique.

— Miss Glass, demandai-je, vous allez bien ?

— Je crois, oui.

Elle se tamponna les yeux et se tapota les cheveux.

— Quelle mouche a donc piqué Matthew ? Ce monsieur disait être un de ses amis d'Amérique.

— Ce n'est pas son ami, dis-je pour toute réponse.

Ce n'était pas à moi de lui expliquer, et il ne me paraissait guère prudent de tout lui raconter.

— S'il revient, dites à Bristow de le jeter dehors.

La porte se referma avec un claquement et Matt revint quelques instants plus tard. Il remit en place quelques mèches de ses cheveux tout décoiffés et rajusta ses manchettes.

— Ma Tante, cet homme s'appelle Payne. Il... il ne m'aime pas beaucoup.

D'un regard, il m'avertit de ne pas en dire plus.

J'acquiesçai d'un discret signe de tête.

— J'ai donné comme consigne à Bristow de ne pas le laisser entrer la prochaine fois, dit Matt. Mais je doute qu'il revienne.

Miss Glass se frotta les bras.

— Si j'avais su qu'il était mal intentionné, je n'aurais pas pris le thé avec lui. S'il n'est pas ton ami, Matthew, alors il n'est pas le mien non plus.

Elle avait parlé d'un ton déterminé, mais je la sentais encore trembler.

Matt poussa un soupir de lassitude.

— Ce n'est pas votre faute, ma Tante. Je suis désolé de vous avoir fait peur.

Polly arriva et s'occupa de sa maîtresse. Matt avait dû lui demander de venir chercher sa tante et de l'emmener se remettre de ses émotions dans ses appartements. C'était admirable de sa part de penser au bien-être de sa tante alors qu'il était en train de jeter dehors un intrus.

— Vous n'avez rien ? demandai-je à Matt lorsque Polly et Miss Glass furent trop loin pour nous entendre.

— Ce serait à moi de vous poser cette question, dit-il en remontant les jambes de son pantalon avant de s'asseoir.

— Je ne suis pas aussi fragile que votre tante, et ce n'est pas moi qu'il essaye d'envoyer en prison.

Il se pencha en avant, les coudes sur les genoux, et se passa une main dans les cheveux, les ébouriffant sans cesse. Je faillis me lever mais, au dernier moment, je me ravisai et me rassis.

Non, il fallait que je me lève. Matt était mon ami et il avait besoin de réconfort. Au diable les convenances !

Je m'approchai de sa chaise sans trop savoir où poser ma main. Malgré mon envie de lui toucher la tête ou de lui masser le cou, j'optai finalement pour son épaule, où mon geste ne serait pas aussi intime. Du moins, c'était ce que je croyais. Cet endroit se révéla bien plus dangereux que je ne l'aurais cru.

Il leva sur moi ses yeux voilés. Toute trace de colère en avait disparu, mais ils étaient emplis de tension et d'épuisement. Il avait besoin de sa montre. Presque sans prendre conscience de ce que je faisais, je déboutonnai sa veste et glissai ma main à l'intérieur. La chaleur de son corps m'enveloppa et son parfum aux notes exotiques d'épices emplit mes narines. C'était électrisant, d'être si près de lui, mais ma réaction me terrifiait. C'était comme si je n'étais plus moi-même. Mon esprit s'obscurcit, plongé dans une sorte de brouillard qui m'empêchait de penser clairement, et mon cœur se mit à palpiter frénétiquement dans ma poitrine.

Il me dévisagea à travers ses cils baissés. Sa gorge se contractait chaque fois qu'il avalait sa salive.

— India, murmura-t-il, et je sentis son souffle effleurer mes lèvres.

Mes doigts trouvèrent la chaîne rattachée à son gilet. Je tirai la montre de sa poche et la lui pressai au creux de la main. La lueur magique illumina ses doigts, traversa sa paume et remonta dans sa manche. Elle ressortit quelques secondes plus tard au niveau de sa gorge pour finir par se répandre sur son visage et disparaître sous ses cheveux. Il ferma les yeux et inspira profondément.

Je retournai m'asseoir sur le sofa pour l'observer avec autant de fascination que de peur. J'avais peur *pour lui*. Et si la magie cessait un jour d'opérer ?

Un instant plus tard, il rouvrit les yeux et remit sa montre dans sa poche. Aucun de nous ne brisa le silence pendant une minute entière, et il ne croisa pas non plus mon regard. Je n'avais pas la moindre idée de ce qu'il pouvait bien avoir à l'esprit. Ses pensées étaient probablement occupées par Payne et non par moi, ce qui était normal pour un homme qui avait de si lourdes responsabilités et de si graves problèmes.

— Il est venu ici pour vous faire peur, dis-je au bout d'un moment. Je pense qu'il voulait vous faire savoir qu'il connaît votre adresse.

— Je crois que vous avez raison. C'est tout à fait son genre. Il est trop intelligent pour essayer de me faire arrêter dans une ville qu'il ne connaît pas, et où j'ai de la famille influente.

— Vous appelez ça de l'intelligence, moi j'appelle ça de la lâcheté.

— Il est venu ici, juste sous mon nez, en sachant que je finirais tôt ou tard par arriver. Il n'a rien d'un lâche, India. Il est d'une audace sans pareille.

— Peut-être.

Il me lança un regard en coin.

— Merci de m'avoir arrêté quand vous l'avez fait. Si vous n'étiez pas intervenue...

— C'était l'influence de votre tante, pas la mienne. Si elle n'avait pas été là, je vous aurais peut-être laissé étrangler cet homme.

Il me sourit sans grande conviction.

— Vous ne le connaissez même pas.

— Vous me l'avez décrit comme un homme cruel et corrompu. Ça me suffit.

— Vous êtes étonnamment loyale, pour quelqu'un qui me connaît à peine.

Cette remarque me froissa quelque peu. Je pensais le connaître, au contraire – et même plutôt bien, d'ailleurs.

— Vous êtes mon employeur, après tout, répondis-je d'un ton cassant.

Il cligna des yeux comme si ma pique avait atteint sa cible.

— Votre ami, rectifia-t-il. Nous sommes amis, India.

— Alors que je vous connais à peine ?

Son sourire devint plus franc.

— Considérez que je me repens.

Il baissa pesamment la tête et étouffa un bâillement.

— Reposez-vous, Matt. Vous en avez besoin.

Comme il protestait, j'ajoutai :

— Payne ne reviendra pas ; pas aujourd'hui, en tout cas. Vous l'avez dit vous-même. Il a fait passer son message. Cessez de vous inquiéter et reposez-vous.

— À vos ordres, Patronne.

— Oh, une dernière chose, dis-je alors qu'il se relevait. Qu'est-ce que c'est, une morue ?

— Pardon ?

— Payne m'a traitée de morue. Enfin, je pense que c'est de moi qu'il parlait.

Son regard quitta mon visage pour s'attarder sur mon épaule.

— C'est un poisson.

— Oui, ça je le sais bien, mais cela n'a pas un autre sens ?

— Pas que je sache.

Il bâilla et s'étira.

— Il faut vraiment que j'aille me reposer, maintenant.

Je le regardai s'éloigner, désormais convaincue que le mot *morue* désignait tout autre chose qu'une variété de poisson.

* * *

CYCLOPE, Duc et Willie rentrèrent tous à l'heure du dîner. Miss Glass mangea dans ses appartements et Matt congédia Bristow une fois qu'il eut apporté les plats dans la salle à manger. Je me préparai à leur réaction quand il leur dit que Payne était passé.

— Quoi ! explosa Willie en se levant si brusquement que les couverts en vibrèrent. Cette raclure de caniveau ! Où est-ce qu'il habite ? Je vais le crever, ce sale porc.

— Willie ! se fâcha Duc. Assieds-toi. Tu n'arranges rien.

— J'ignore où il loge, lui assura Matt. Et si je le savais, ça ne nous avancerait pas plus. Nous ne pouvons rien faire tant qu'il n'a pas commis de crime.

— Mais il en a commis, des crimes !

— Nous n'avons pas de preuves contre lui.

Elle poussa une bordée de jurons et donna un coup de pied dans sa chaise, puis un autre, jusqu'à la faire basculer en arrière. Sans même prendre le temps de s'arrêter pour reprendre son souffle, elle se mit à faire lourdement les cent pas dans la salle à manger tout en continuant de débiter un chapelet de grossièretés.

— Willie ! aboya Matt. Je te conseille de te calmer si tu ne veux pas que ma tante arrive ici, complètement paniquée.

Elle s'arrêta devant le buffet, les bras le long du corps et les poings serrés, secouée d'une respiration haletante.

— Je le hais, gronda-t-elle.

— Nous aussi, dit Duc. Seulement...

Matt leva la main et secoua la tête. Duc lui obéit et laissa sa phrase en suspens.

— Tout ce qu'on peut faire, c'est rester vigilants, lui dit Matt. Il finira bien par abattre ses cartes.

Elle fit volte-face pour nous regarder.

— Mais à ce moment-là, il sera trop tard. Il ne faut pas rester là à attendre qu'il joue le premier coup. Quand il nous dévoilera ses intentions, ce sera trop tard. Tu finiras par regretter d'être resté les bras croisés, Matt, c'est moi qui te le dis.

Matt baissa les yeux sur la table. Cyclope prit alors la parole de sa voix sonore et apaisante.

— On ne peut pas être partout à la fois. Dans deux jours, Matt doit aller à la banque pour voir s'il reconnaît Mirth. En attendant, Duc et toi, vous surveillez la fabrique de Worthey et Matt, India et moi, nous sommes à la recherche de Daniel.

— On s'en fiche, de Daniel, maugréa-t-elle, toute fanfaronnade oubliée.

Elle ramassa sa chaise et s'assit pesamment.

— Je ne crois pas que sa piste nous mène à Chronos, en fin de compte.

— On ne peut pas renoncer à le retrouver, dit Matt. Je ne veux plus en entendre parler. C'est compris ?

Elle planta violemment sa fourchette dans sa tranche de rosbif et se la fourra dans la bouche. Elle répondit par un hochement de tête que démentait l'insoumission dans son regard.

— Est-ce que vous avez appris quelque chose aujourd'hui ? demanda Cyclope à Matt.

Nous leur racontâmes notre visite au musée et au chantier de fouilles de Bucklersbury, et leur exposâmes notre théorie selon laquelle McArdle pourrait être un magicien orfèvre à la recherche d'un trésor enfoui constitué de pièces de l'époque romaine.

— Le bouton qu'il a perdu chez sa logeuse est bien une pièce, dit Matt, et elle est imprégnée de magie.

— Nous pensons qu'il a commandé à Daniel une carte menant à ces pièces romaines, qui sont enfouies quelque part à Londres, dis-je.

— Mais si Daniel a dessiné la carte de la zone à partir des indications de McArdle, est-ce que ça ne veut pas dire que McArdle sait où est le trésor ? demanda Duc.

— Nous ne savons pas vraiment pourquoi il a fait faire cette carte.

— Je me demande si toutes les pièces du trésor sont magiques, dit Cyclope, ou seulement celle-là.

— Ça a *quels pouvoirs*, un magicien orfèvre ? demanda Willie.

Elle avait l'air de s'être calmée, Dieu merci.

— C'est quoi l'intérêt d'une pièce d'or magique, à part si elle se multiplie ? Parce que *là*, je comprendrais qu'on l'ait enlevé.

Devant nos regards réprobateurs, elle se contenta de hausser les épaules.

— C'était une blague.

— Nous n'en saurons rien tant que nous n'aurons pas parlé à McArdle, dis-je. Ou à Daniel.

— Et maintenant, la question, c'est : qu'est-ce qu'on fait ? dit Matt, réfléchissant tout haut. On dirait bien que nous sommes dans une impasse.

— J'ai des informations sur Onslow qui pourraient nous aider, annonça Cyclope tout en se reservant une tranche de viande.

— Il est allé quelque part ? demanda Willie. Un endroit où il pourrait détenir Daniel ?

Cyclope secoua la tête.

— Onslow n'a fait aucun déplacement louche. Si c'est lui qui détient Daniel, il doit avoir quelqu'un d'autre pour lui apporter ce dont il a besoin. Onslow est allé chez lui, à sa boutique et au siège de la guilde, c'est tout.

— Tu as jeté un coup d'œil chez lui et dans sa boutique ? demanda Matt.

— Comment aurait-il pu entrer ? demandai-je.

Comme personne ne répondait, je regardai Cyclope.

— Eh bien ?

Cyclope répondit, l'air mal à l'aise :

— Son intendante m'a laissé entrer en pensant que j'étais l'inspecteur du gaz.

— Ça n'existe pas, les inspecteurs du gaz.

— Heureusement que tout le monde n'est pas aussi dégourdi que vous, India, sinon on n'arriverait jamais à rien.

Matt eut un petit rire.

— Alors ? Qu'est-ce que tu as vu ?

— Rien, dit Cyclope. Pas de portes dérobées, pas de faux murs... rien. Si Onslow a enlevé Daniel, il ne le garde ni chez lui, ni dans sa boutique.

— Alors tu n'as rien appris aujourd'hui, conclut Willie en repoussant son assiette et en croisant les bras.

— Je n'ai pas fini, rétorqua Cyclope. J'ai découvert qu'Onslow doit revoir ce type mystérieux demain, à la guilde. Il s'appelle Hallam, et c'est le chargé d'affaires de quelqu'un. Mais je ne sais pas de qui, ajouta-t-il en voyant Willie ouvrir la bouche. Tu veux que j'écoute à la porte pendant leur entrevue ?

— Je m'en charge, dit Matt. Je n'ai rien de mieux à faire pour le moment.

— Comment allez-vous faire ? demandai-je. Onslow pense que vous êtes Prescott.

— Alors je serai Prescott, un empoté un peu naïf qui fera accidentellement irruption au milieu de la discussion entre Onslow et Hallam.

— Et ensuite ?

— Ensuite, j'improviserai.

Je le regardai en plissant les yeux.

— Votre plan comporte quelques failles.

Matt se leva et retira le couvercle du plateau d'argent au centre de la table. Son visage s'éclaira.

— Oh, du pudding ! Un de mes desserts anglais préférés !

— Vous faites exprès de changer de sujet.

Avec une cuillère, il mit un peu de pudding dans un bol qu'il me tendit.

— Finement observé, India. Quelqu'un d'autre veut du pudding ?

Duc lui tendit son bol vide.

— Duffield était à la guilde aussi, aujourd'hui. Je ne lui ai pas parlé, mais son nouvel apprenti était très bavard.

Ronald Hogarth ? Matt remplit son bol d'une quantité généreuse de pudding jaune.

— Est-ce qu'il a dit quelque chose de notable ?

— Pas vraiment. Il nous a dit, à nous, les domestiques, qu'il était bien content de travailler pour Duffield, maintenant. Il aimait bien Onslow, mais il n'avait aucune ambition ; il préférait un employeur capable de lui apprendre à devenir un jour maître de la guilde.

— Quel manque d'empathie ! m'indignai-je. Si le poste était vacant, c'est parce que Daniel a disparu. Est-ce qu'il a parlé de lui, au moins ?

— Oui. Il a dit que c'était un prodige et un pingre.

— Sacré vocabulaire, pour un apprenti, fit remarquer Duc.

— Pour toi aussi, cracha Willie.

— Hogarth est drôlement futé, dit Cyclope. Je parie qu'il deviendra maître de la guilde, un jour.

— Donc il n'aime pas Daniel, fit Matt tout en touillant son pudding dans son bol avec une cuillère d'un air pensif. Il voulait peut-être se débarrasser de lui pour prendre sa place comme apprenti auprès de Duffield.

— Possible, dit Cyclope. Mais il n'était pas le seul à ne pas aimer Daniel. Les domestiques ne l'appréciaient pas beaucoup. Ils ont dit qu'il les regardait de haut comme s'il avait quelque chose de spécial.

— C'était pourtant le cas, dit Matt. Enfin, c'est le cas. C'est un magicien.

— C'est pas une raison pour se croire meilleur que tout le monde, répliqua Duc. India n'est pas comme ça, elle.

— Je serais peut-être comme ça si j'étais un jeune homme de dix-neuf ans qui sait utiliser sa magie, dis-je. Et de toute évidence, il sait comment faire, puisque McArdle lui a commandé une carte. Pourtant, ce n'est pas la famille de Daniel qui lui a appris.

Cyclope termina son pudding et inspecta ce qui restait dans le plat.

— D'après l'un des valets de pied de la guilde, Daniel ne s'entendait avec personne, pas même avec son propre maître. Il traitait Duffield d'imbécile, et prétendait être meilleur cartographe que lui, et que tous les autres.

— Il n'a pas dû bien le prendre, dit Duc. Et puis ce n'est pas très malin, vu la crainte qu'inspirent les magiciens.

— C'est comme s'il n'avait pas conscience des conséquences de ses vantardises, dis-je en secouant la tête. Si seulement son grand-père lui avait expliqué les dangers qu'il y a à dévoiler ses pouvoirs magiques. Au lieu de cela, c'est quelqu'un comme McArdle qui annonce la vérité à Daniel, avant de se servir de lui pour créer une carte magique, sans l'avertir des risques qu'il court.

Cyclope secoua la tête tout en attaquant sa deuxième portion de dessert.

— Daniel fanfaronnait déjà *avant* de rencontrer McArdle. C'était déjà un vantard au début de son apprentissage, mais il a rencontré McArdle il y a seulement quelques semaines.

— Donc c'est un petit blanc-bec, soupira Willie. Est-ce qu'on est sûrs de vouloir...

Un regard de Matt la fit taire.

— Et Hogarth, qu'a-t-il dit d'autre ? demandai-je.

— Pas grand-chose, dit Cyclope. Je lui ai demandé ce qu'il comptait faire quand Daniel reviendrait. Il dit qu'il verra bien, et que Daniel n'aura peut-être pas envie de redevenir l'apprenti de Duffield.

Nous finîmes de dîner et nous retirâmes au salon, qui était plus petit et plus douillet que l'autre salle de réception. Matt appela Polly et lui demanda comment allait sa tante. Polly répondit qu'elle était assise dans son lit, trop fatiguée pour se joindre à nous, mais qu'elle ne dormait pas encore.

— Je vais passer un petit moment avec elle.

Il sortit deux jeux de cartes du tiroir de la table de jeu, en lança un à Duc et garda l'autre.

Après son départ, je m'assis à la table avec Duc et Cyclope. Willie refusa de se joindre à nous et ferma les yeux, installée dans le fauteuil au coin du feu.

— Tu préfères dormir plutôt que de jouer ? s'étonna Duc tout en battant les cartes.

— Je joue pas pour des allumettes, moi, rétorqua-t-elle sans ouvrir les yeux. J'ai ma dignité.

Duc distribua les cartes et je regardai mon jeu. J'avais deux têtes, mais pas de quoi constituer une bonne main au poker. Je jetai mes cartes sur la table.

— Vous abandonnez déjà ? demanda Cyclope.

— J'ai une question, dis-je, les yeux fixés sur la porte. Qu'est-ce que c'est, une morue ?

— Un poisson, dit Cyclope.

— Est-ce que ça a une autre signification, en Amérique ?

Dans son fauteuil, Willie gloussa discrètement.

— Vas-y. Dis-lui.

Cyclope restait intensément concentré sur ses cartes.

— Je ne me rappelle plus.

Je regardai Duc, mais il semblait absorbé par ses cartes, lui aussi.

— Willie ? demandai-je. Je sais que tu vas me le dire, toi.

Elle ouvrit les yeux et prit le verre de brandy sur la table à côté d'elle.

— Pourquoi tu veux savoir ça ?

— Payne a dit que j'étais la morue de Matt.

Le visage de Duc vira au rouge brique, mais il ne quitta toujours pas ses cartes des yeux.

— Et tu ne devines pas ? demanda Willie en sirotant son brandy.

Je la regardai droit dans les yeux.

— Payne pense que je suis la maîtresse de Matt, c'est bien ça ?

— C'est une façon polie de le dire. Il y a d'autres mots pour ça, pas autant polis, qui feraient rougir une Anglaise collet-monté comme toi.

— Pas *aussi* polis, rectifia Duc.

— Je ne suis pas collet-monté, protestai-je tout en sentant mon dos se raidir malgré moi.

Le sourire narquois de Willie s'élargit.

— T'es plus bégueule qu'une fille de pasteur.

— En parlant de Payne, intervint Duc avant que je ne trouve une répartie cinglante, Willie, ne tente rien contre lui.

Le visage de Willie se durcit et ses sourcils se rejoignirent presque. Elle avait l'air sur le point de lui lancer son verre au visage.

— Qu'est-ce que tu veux dire par là ?

— Matt a déjà bien assez de soucis, il n'a pas besoin qu'en plus, tu te lances à la poursuite de Payne.

— Je suis au courant des problèmes de Matt, alors tu peux fermer ton grand clapet, Duc.

Matt entra et se dirigea droit sur le buffet.

— Il suffit que je vous laisse un seul instant pour que vous commenciez à vous chamailler.

Il jeta le jeu de cartes sur la table et se servit un brandy.

— Tante Letitia dort, et je n'ai pas encore envie d'aller me coucher. Qui veut faire une partie de poker ? Vous ne voulez pas vous rabibocher au lieu de vous quereller comme des amoureux, tous les deux ?

Willie se détourna et vida son verre d'un trait. Duc tenait ses cartes très bas, presque sous la table, à un angle qui l'obligeait à coller le menton contre son torse pour les voir. Ni Willie ni Duc ne parvinrent à cacher qu'ils rougissaient.

* * *

MATT VOULAIT que je le rejoigne au siège de la Guilde des Cartographes pour épier l'entrevue entre Onslow et Hallam. Au début, je trouvai cela étrange. Est-ce que je ne risquais pas plutôt de le gêner ? Mais il m'expliqua que pour jouer un rôle, deux personnes étaient plus crédibles, surtout quand l'une des deux était une femme.

— Les hommes croient les femmes, dit-il. Ils ne s'attendent pas à ce qu'elles leur mentent sans scrupules. Certains hommes sont naïfs dès qu'ils se retrouvent face à une femme bien éduquée. Ils s'imaginent qu'elles sont toutes pures et innocentes.

— Et vous, êtes-vous naïf lorsque vous êtes face à une femme bien éduquée ? lui demandai-je en enfilant mes gants dans le vestibule.

— Absolument, dit-il avec ce sourire de guingois qui me plaisait tant. C'est ma plus grande faiblesse.

— Je dirais plutôt que c'est votre principal atout... en ce qui concerne les dames, j'entends.

Son sourire se fit machiavélique.

Bristow ouvrit la porte d'entrée au moment précis où un homme approchait sur le trottoir. Il s'arrêta, un pied sur la première marche. Il était habillé comme un homme distingué, malgré son absence de chapeau, mais il avait une barbe hirsute et les cheveux en bataille.

— Bonjour Monsieur, et vous, Madame, dit-il.

— Bonjour, dit Matt. Puis-je vous aider ?

— Tout dépend.

L'homme lança un coup d'œil vers la rue où Bryce nous attendait avec la voiture, puis vers Bristow, qui se tenait derrière nous dans l'encadrement de la porte. Et enfin, son regard se posa sur moi. Ou plutôt, sur mon réticule. Il sourit. Ça ne m'inspirait pas confiance.

Matt me fit reculer derrière lui.

— Qui êtes-vous, et que voulez-vous ?

— Je ne sais pas si vous êtes Mr Glass et Miss Steele ou Mr et Mrs Prescott, et à vrai dire, peu importe. Tout ce que je veux, c'est reprendre ce qui est à moi.

— Je n'ai rien qui vous appartienne.

— Mais si, Monsieur. Mrs Dawson m'a dit qu'elle avait donné mon bouton à Mr et Mrs Prescott, et Rosemont a dit que deux personnes du nom de Mr Glass et Miss Steele lui avaient apporté un bouton fabriqué à partir d'une pièce de l'époque romaine.

J'étouffai un cri de stupeur.

— McArdle.

Matt avait l'air aussi stupéfait que moi.

— Nous étions justement à votre recherche.

CHAPITRE 12

— Ma pièce, je vous prie, dit McArdle.

Matt descendit sur la première marche, mais McArdle l'arrêta d'un geste de la main. Derrière lui, le cheval s'agita, faisant tinter sa bride et tressauter la voiture. Bryce observait la scène, curieux.

— N'approchez pas.

McArdle me montra du doigt.

— Je veux que ce soit elle qui me la donne. Lentement.

— Vous n'avez rien à craindre de nous, dit Matt. Nous allons vous rendre votre pièce, mais d'abord, nous voulons quelques réponses.

Je m'avançai et défis le cordon de mon réticule, mais sans en sortir la pièce. Maintenant que j'étais plus près, je voyais que les vêtements de McArdle étaient fripés, et je devinais à son odeur qu'il ne s'était pas lavé depuis quelque temps. Ses cheveux blonds et gras pendaient en mèches emmêlées, et son col flasque était taché d'une auréole de crasse. Il dormait peut-être dehors, mais pourquoi ?

— Je ne répondrai pas à vos questions, dit-il.

— Pourquoi pas ? demanda Matt, sincèrement indigné. Nous cherchons simplement Daniel Gibbons.

McArdle n'eut pas l'air surpris.

— Qu'est-ce que vous lui voulez ?

— Sa famille m'a demandé de le retrouver. Ils s'inquiètent énormément pour lui. Vous ne savez pas où il est ?

— Non.

Matt fit mine de s'approcher, mais McArdle leva à nouveau la main.

— Pas un pas de plus. Juste elle.

Matt inspira d'un air agacé.

— Si nous collaborons, nous pourrons le retrouver. J'en suis sûr. Parlez-nous de la carte que Daniel a dessinée pour vous.

— C'est juste une carte, dit McArdle en observant Matt prudemment. J'ai payé, elle est à moi. Vous savez où elle est ?

— Non, mentit Matt.

Il jeta un coup d'œil par-dessus son épaule.

— Ce sera tout, Bristow.

— Très bien, Monsieur.

Le majordome rentra avec le valet de pied, et tous deux fermèrent la porte.

— Rendez-moi ma fichue pièce, gronda McArdle. Je vous conseille de ne pas me pousser à bout. Je viens de passer plusieurs jours éprouvants à vous chercher, tous les deux, et je suis à court de patience. Si je n'avais pas abandonné et décidé de passer un peu de temps dans la salle des antiquités romaines au musée, je n'aurais pas parlé à Rosemont, et je n'aurais pas appris que je devais chercher un Américain du nom de Glass, et non pas Prescott.

— Je comprends votre frustration.

Quant à Matt, la sienne semblait avoir disparu, remplacée par un ton calme et apaisant dont j'avais entendu Cyclope user avec les chevaux.

— Et nous sommes désolés pour les ennuis que nous vous avons causés, mais nous devons absolument vous parler de Daniel avant de vous donner la pièce. Il n'a que dix-neuf ans. Nous devons le retrouver.

— Je n'ai aucune compassion pour ce petit merdeux. Il n'a que dix-neuf ans, peut-être, mais il est plus roué qu'un escroc qui aurait le double de son âge. Il m'a dessiné une carte, et il a refusé de me la donner. J'ai passé des années à chercher quelqu'un pour me créer cette carte. Des années ! Et quand j'en trouve enfin un, il refuse de me la donner, et il disparaît. Quand je le trouverai, je le tuerai.

Deux taches de couleur apparurent sur ses joues et ses yeux se mirent à lancer des éclairs.

— Vous voulez le retrouver autant que nous, dit Matt. Si nous collaborons...

— Je travaille seul.

— Nous ne voulons pas de votre trésor, Mr McArdle, dis-je.

Il me dévisagea, interloqué. Était-il surpris que j'en sache autant ?

— Tout ce que nous voulons, c'est trouver Daniel.

— Moi aussi, gronda-t-il. Mais je le trouverai tout seul. Je ne partage pas. Et maintenant, donnez-moi ma pièce, ou je la prends moi-même.

Matt leva les mains en signe de capitulation.

— Nous savons que c'est une carte magique, dit-il en descendant lentement l'escalier.

Le regard de McArdle se porta aussitôt sur les cinq marches qui les séparaient. Il se passa la langue sur la lèvre supérieure.

— Je ne sais pas de quoi vous parlez, dit-il d'un air qui n'avait rien de convaincant.

— Indique-t-elle l'emplacement de toutes ces pièces magiques ?

Les narines de McArdle se dilatèrent.

Matt fit lentement un pas de plus. J'espérais qu'il était prêt à se battre, parce que McArdle ne reculait pas. Il avait l'air déterminé à récupérer sa pièce.

— Nous savons que Daniel est un magicien cartographe, poursuivit Matt en voyant qu'il n'obtenait aucune réponse, de même que nous savons que vous êtes un magicien orfèvre...

Faisant voleter le pan de sa veste, McArdle tira un petit pistolet de la ceinture de son pantalon.

— Je vous ai prévenu. Rendez-moi ma pièce. *Tout de suite* !

Il se servait de sa veste pour recouvrir son pistolet, qu'il tenait pointé sur moi.

— Ne tirez pas.

Matt leva une main pour retenir McArdle, mais aussi Bryce, le cocher, qui s'était levé de son siège.

— India va vous la donner.

Je plongeai la main dans mon réticule et en sortis la pièce. Je la tendis à McArdle, mais il allait devoir s'approcher pour la prendre.

— Apportez-la-moi, Miss Steele, dit-il.

— Non, dit Matt en m'arrêtant d'un geste. C'est moi qui vais vous l'apporter.

— Pas vous. Elle.

Les muscles de la mâchoire de Matt se contractèrent. Je passai devant lui et tendis la pièce à McArdle. Il recula jusqu'au bas des marches.

Je rejoignis Matt. Sa main se referma autour de la mienne, me tenant fermement à ses côtés, un peu en retrait.

— Bougre d'imbécile, grommela-t-il à l'intention de la silhouette qui s'éloignait. Dites-moi ce que vous savez, et nous pourrons retrouver Daniel ensemble.

— Je ne sais rien, c'est bien ça le problème. Et je parie que vous non plus.

Il leva en l'air la pièce d'or, qui se mit à scintiller au soleil.

— Au moins, maintenant, je peux recommencer.

Il empocha la pièce et rangea son arme dans la ceinture de son pantalon. Il tourna les talons et prit la fuite.

L'instant d'après, il tourna l'angle et disparut. Matt descendit l'escalier à sa suite, secoua la tête et finit par revenir vers moi.

— Vous n'avez rien, India ?

Je me sentais remarquablement calme pour quelqu'un qui venait d'être menacé avec un pistolet. Peut-être parce que je ne pensais pas que McArdle soit capable de tuer. Il était cupide, oui, mais ce n'était pas un assassin.

Matt, en revanche, avait l'air furieux. Il devait être ulcéré de ne pas avoir réussi à empêcher McArdle de dégainer son arme. À moins qu'il ne soit fâché d'avoir perdu la pièce.

— Je vais bien, Matt. Vraiment. Il n'y a pas lieu de vous inquiéter.

Il me lâcha et m'indiqua la porte d'entrée d'un signe de tête.

— Voulez-vous rentrer ?

— Certainement pas. Je ne vais pas baisser les bras parce qu'il y a eu un peu de danger.

— Je dirais un peu plus qu'un peu. Mais si vous insistez.

— Oui, j'insiste.

— Dans ce cas, nous retournerons à la guilde dès que j'aurai dit à Bristow de ne pas laisser entrer McArdle.

— Notre liste d'indésirables s'allonge à vue d'œil.

Lorsqu'il me rejoignit peu après dans la voiture, il avait l'air de regretter de ne pas avoir envoyé son poing dans la figure de McArdle quand il en avait eu l'occasion.

— Au moins, nous avons toujours la carte, dis-je pour le réconforter.

— J'ai peut-être eu tort de ne pas la lui donner. Nous ne pouvons pas nous en servir, mais peut-être qu'il peut, lui.

— Mais s'en servirait-il pour trouver Daniel ? Il se serait plus probablement enfui avec comme il l'a fait avec la pièce, et nous nous serions retrouvés les mains vides.

Son visage s'éclaira légèrement.

— Vous trouvez toujours les mots justes.

— Pas toujours. Par exemple, si je vous dis que McArdle n'a pas l'air de savoir où est Daniel, vous n'allez pas vous sentir mieux.

— Je ne me sens pas plus mal.

Il soupira.

— Si McArdle ne sait rien, cela nous ramène à notre point de départ ; avec un suspect en moins, bien sûr.

— En parlant de départ, qu'a voulu dire McArdle, à votre avis, quand il a dit que maintenant, il pouvait recommencer ?

Il haussa les épaules.

— Il peut se faire faire une autre carte, peut-être.

— Avec la pièce ?

— C'est tout à fait possible. Ça expliquerait pourquoi il tenait tant à la récupérer : s'il arrivait à retirer la tige de la pièce, il pourrait en tirer un certain prix, mais si elle le menait au reste du trésor, elle serait d'une valeur inestimable.

* * *

SANS SURPRISE, le valet de pied de la guilde nous informa que Mr Onslow était en rendez-vous. Ce qui nous surprit, en revanche, ce fut la présence de Mr Duffield et de Ronald Hogarth, son apprenti.

— Mr Prescott, dit Mr Duffield en serrant la main de Matt. Et Mrs Prescott, également. Quelle étrange coïncidence, de vous croiser ici tous les deux.

Matt le salua sans la moindre hésitation et sans laisser paraître le moins du monde que la présence de Duffield contrariait ses plans. Pourtant, il savait que tout allait devoir changer maintenant. Il lui serait impossible de fouiner dans les environs tant que Duffield ne serait pas parti.

— Quelle bonne surprise de vous voir, dit Matt. Étiez-vous sur le point de partir ?

— Bientôt. Voici mon nouvel apprenti, Hogarth.

Le jeune homme fit un pas en avant.

— Nous nous sommes déjà rencontrés. Ravi de vous revoir, Monsieur, et vous, Madame. Êtes-vous venus pour parler à Mr Onslow ?

— Oui, mais on me dit qu'il est en rendez-vous.

— Puis-je faire quelque chose pour vous ? demanda Mr Duffield. Est-ce une affaire en lien avec la guilde ou avec les cartes ?

— Mr Duffield est un cartographe hors pair, dit Hogarth en bombant fièrement le torse. Bien meilleur que Mr Onslow.

— Merci, Ronald, dit Mr Duffield d'un air pincé. Tu pourrais peut-être retourner à la boutique avant moi. Je vais parler à Mr Prescott et je rentrerai bientôt.

— Si vous devez partir, ça ne me gêne pas. En attendant Onslow, j'admirerai votre magnifique globe terrestre, dit-il en indiquant l'impressionnant globe en bronze que soutenait la statue du vieillard.

— Vous serez peut-être plus à l'aise dans le salon. Je vais vous tenir compagnie jusqu'à ce que Mr Onslow soit libre.

— Ce n'est pas nécessaire.

— J'insiste. Ronald, en sortant, demande qu'on nous apporte du thé.

L'apprenti eut l'air sur le point de protester, mais il finit sans doute par se raviser. Il nous salua d'un bref signe de tête et s'en alla.

Duffield expira bruyamment et nous désigna la porte qui menait au salon.

— Par ici, je vous prie. Une collation vous sera servie dans un instant.

Il était clair qu'il ne voulait pas nous laisser attendre seuls. Se pouvait-il qu'il soupçonne la véritable raison de notre visite ? Pour lui, nous étions Mr et Mrs Prescott, deux aventuriers en route pour l'Inde. Du moins, c'était ce que j'espérais.

— Et maintenant, dit-il en s'asseyant avec nous, racontez-moi tout. Êtes-vous venus commander une autre carte ? À Onslow ?

Matt confirma d'un signe de tête.

— Comme nous ne savions pas où était sa boutique, nous sommes venus ici.

— Eh bien...

Duffield lança un rapide coup d'œil vers la porte avant de se pencher vers nous.

— Je ne veux pas dire du mal de mon confrère, mais *moi*, mes cartes ont remporté des prix.

Il nous montra les murs recouverts de cartes encadrées de toutes les tailles et de toutes les couleurs.

— Parmi celles-ci, beaucoup sont de moi. Et très peu sont de lui.

— Je connais votre travail, dit Matt avec un sourire affable. J'étais simplement curieux de voir celui de quelqu'un d'autre. Savez-vous pour combien de temps en a Mr Onslow ?

— Ça risque de prendre un bon moment.

— Pourquoi cela ? A-t-il rendez-vous avec l'agent de la reine ? plaisanta Matt.

Duffield rit à son tour.

— Ça m'étonnerait. Si c'était quelqu'un d'important, je le reconnaîtrais.

Ainsi donc, il ignorait avec qui Onslow avait rendez-vous, et il n'avait pas l'air pressé de s'en aller. Je tâchai d'attirer l'attention de Matt, mais il ne me regardait pas.

— Mr Duffield, dis-je, pourriez-vous m'indiquer où se trouvent les commodités pour les dames ?

Matt se tourna lentement vers moi et me fusilla du regard, les yeux plissés. Il avait deviné ce que je m'apprêtais à faire, et ça ne lui plaisait pas.

— Euh, oui, bien sûr. C'est au premier étage, sur votre droite.

Je me hâtai de quitter le salon avant de changer d'avis, ou avant que Matt ne puisse suggérer de nous en aller. Je ne voulais pas m'en aller. Je voulais des réponses, et surtout, éviter de rentrer bredouille. Comme l'avait dit Matt, les hommes avaient tendance à croire les femmes, la plupart du temps. Si je croisais quelqu'un, je ferais semblant de m'être perdue.

Je traversai le corridor du premier étage, collant mon oreille aux portes closes dans l'espoir de distinguer des voix. N'entendant que le silence, je regagnai l'escalier. Des pas approchaient, comme si quelqu'un montait les marches quatre à quatre. Je retins mon souffle, tapotai mes jupes et préparai un prétexte.

Je soupirai, soulagée, en apercevant Cyclope vêtu de sa livrée de valet.

— Ah, vous voilà, murmura-t-il, l'air aussi soulagé que moi. J'ai apporté le thé, et j'ai vu que vous n'étiez pas avec Matt. Il m'a fait comprendre d'aller vous aider.

— Comment a-t-il fait ?

— D'un mouvement de sourcil. Suivez-moi. Je sais où est Onslow.

Nous montâmes à l'étage du dessus et avançâmes à pas de loup vers une porte fermée. Il y colla son oreille, et je l'imitai. Je distinguais des voix d'hommes, mais pas ce qu'ils disaient. Il fallait que je me rapproche.

Je saisis la poignée de la porte, mais Cyclope m'attrapa la main. Il secoua la tête. J'insistai et ôtai sa main de sur la mienne. Il se recula, l'air réticent.

J'ouvris la porte en faisant le moins de bruit possible et j'entendis Onslow qui disait :

— Je peux en obtenir d'autres.

— Comment ? demanda l'autre homme, sans doute Hallam. Connaissez-vous le fabricant ?

Onslow ne répondit pas.

— Il y a quelqu'un ?

J'ouvris la porte en entier et poussai un cri d'effroi.

— Oh, je suis navrée. Veuillez m'excuser, Messieurs, je cherchais...

Je portais la main à ma joue. Si seulement j'étais capable de rougir sur commande !

— Je vous laisse.

— Mrs Prescott, c'est bien cela ?

Onslow fit le tour du bureau en me dévisageant comme s'il n'en croyait pas ses yeux.

— Je me souviens de vous. Que faites-vous ici ?

— Mon mari et moi sommes venus pour vous voir, mais Mr Duffield a dit que vous étiez en rendez-vous. J'ai eu un léger vertige, et j'étais à la recherche des commodités. On dirait bien que je me suis trompée.

— C'est à l'étage du dessous.

— Merci. Je suis vraiment désolée de vous avoir interrompus.

Je portai la main à ma tempe avec une grimace de douleur.

— Vous allez bien ?

— Je crois que j'ai besoin de m'asseoir. Mais je ne veux pas vous déranger.

Hallam se leva et boutonna sa veste.

— J'allais partir, de toute façon. Notre affaire est conclue.

L'homme, qui avait une silhouette élancée et portait des lunettes, salua Onslow d'un signe de tête.

Onslow lui rendit son salut, puis il me prit le bras et me guida vers la chaise que Hallam venait de quitter. Le registre bleu qu'il serrait d'habitude contre son cœur était ouvert sur le bureau.

— Un verre d'eau, Mrs Prescott ?

— Volontiers, merci.

Il prit la carafe posée sur l'étagère et me servit un verre. Je le pris, mais ma main tremblait si fort que je renversai un peu d'eau. Je ne jouais pas entièrement la comédie. J'étais nerveuse d'être seule avec un suspect. Cyclope avait disparu.

— Vous disiez que Duffield était avec votre époux ? demanda Onslow.

— Oui, dis-je d'une petite voix. Ils sont au salon. Mr Duffield tente de convaincre Mr Prescott qu'il est meilleur cartographe que vous.

Le coin intérieur de la paupière tombante d'Onslow tressaillit.

— Je vais chercher votre époux, Madame. En attendant, reposez-vous ici.

Il regarda le registre posé de l'autre côté du bureau.

Je geignis très fort et m'affaissai sur ma chaise, faisant de mon mieux pour feindre d'avoir des vapeurs.

— Mrs Prescott !

Il me prit la main et la tapota.

— Est-ce que tout va bien ?

— Faites vite, soufflai-je.

Il sortit de son bureau en courant. Dès qu'il fut parti, je fis le tour du bureau et balayai des yeux la page du registre. C'était un livre de comptes, rempli de chiffres que je ne comprenais pas. Flûte. Il devait forcément y avoir une information utile quelque part là-dedans. Je tournai les pages, mais apparemment, ce n'était qu'une liste de dépenses et de recettes. Aucune des dépenses ne paraissait inhabituelle pour une guilde, et toutes les recettes semblaient être consignées en tant que SOMMES DUES, avec le nom d'un membre de la guilde à côté.

— Vous avez trouvé quelque chose ?

Je sursautai si fort que je faillis pousser un cri ; j'avais pourtant reconnu la voix de Cyclope. Il passa la tête dans l'entrebâillement de la porte, une lueur dansant au fond de son œil unique. Cette aventure l'amusait.

— Pas encore.

— Je donnerai un petit coup sur le mur si quelqu'un arrive.

Il disparut à nouveau.

Je passai le doigt sur la liste de noms dans la colonne des recettes, faisant une tache sur le dernier : l'encre était encore fraîche. Il était écrit Lord Coyle, pas Mr Hallam. La somme de quinze livres notée en regard de ce nom venait d'être inscrite, elle aussi. J'inspectai les autres entrées en remontant dans le registre. Il y en avait deux autres portant le nom de Lord Coyle ; une de vingt livres, et l'autre pour un autre versement de quinze livres. Se pouvait-il que Hallam soit le chargé d'affaires de Lord Coyle ?

Je remis le registre sur le bureau dans la position exacte où je l'avais trouvé, et fouillai rapidement la pile de papiers. Rien. J'ouvris le premier tiroir et souris : sur le dessus se trouvait une liasse de billets attachée avec une ficelle. Je comptai quinze livres. Onslow n'avait pas encore eu l'occasion de les mettre en lieu sûr.

Je remis l'argent dans le tiroir pile au moment où Cyclope cogna contre le mur. J'eus largement le temps de regagner ma chaise et de reprendre mon rôle de pauvre créature évanouie.

— Très chère, dit Matt en entrant dans la pièce, comment vous sentez-vous ? Mr Onslow a dit que vous aviez eu un étourdissement.

Il s'accroupit près de ma chaise et prit mes mains dans les siennes. Son regard n'avait aucune trace de malice et semblait empli d'une inquiétude sincère.

— Je... j'ai été prise d'un léger malaise, dis-je d'une voix faible.

— J'ai envoyé le valet de pied chercher un linge frais, dit Mr Duffield, qui se tenait derrière Matt.

Mr Onslow se faufila entre eux et ouvrit le premier tiroir de son bureau. Il y glissa la main et le referma un instant plus tard en souriant, soulagé. Il avait dû regretter d'être sorti si précipitamment en me laissant seule avec son argent.

— Merci, dis-je, mais je me sens un peu mieux. Mr Prescott, pouvons-nous rentrer tout de suite ?

— Naturellement, très chère. Nos affaires peuvent attendre.

— Oh, dirent Mr Duffield et Mr Onslow, l'air aussi déçu l'un que l'autre.

— Ce n'était pas urgent, leur assura Matt. Je reviendrai une autre fois.

— Pour me voir, dit Mr Onslow.

Mr Duffield s'intercala entre Matt et Mr Onslow.

— Ou moi.

Il tendit la main à Matt, qui la serra. Il lança à Onslow un regard de triomphe.

Avec une moue pincée, Onslow s'approcha de moi et m'aida à me relever.

— Chère Mrs Prescott, j'espère que vous vous remettrez vite. Vous m'avez fait une belle frayeur.

— Oui, gronda Matt. Ça, on peut le dire.

Il me prit le coude et, de son autre main posée au bas de mon dos, il me guida vers la porte et dans les escaliers.

Il ne me lâcha que lorsque je fus installée dans la voiture, et son expression sérieuse ne l'avait toujours pas quitté.

— N'allez plus à l'encontre de nos plans.

Je chassai ses inquiétudes d'un revers de main.

— Ils n'avaient rien de très défini, vos plans.

— Il n'empêche...

— Il n'empêche que je suis arrivée à quelque chose, alors vous ne pouvez pas me réprimander.

Son visage se fit plus furieux encore.

Je m'éclaircis la gorge.

— Et si je vous disais ce que j'ai découvert ?

Comme il ne répondait pas, je continuai.

— Je pense que Hallam travaille pour Lord Coyle.

— Qui est-ce ?

— Je ne sais pas. Il y avait trois entrées portant son nom dans le registre d'Onslow.

Je lui parlai des sommes versées et des quinze livres en billets de banque que j'avais trouvées dans le tiroir.

— Hallam venait de payer Onslow de la part de Coyle.

— De le payer pour quoi ?

— L'entrée mentionnait simplement « Sommes dues », mais le montant versé était bien plus conséquent que tous les autres versements. J'ai entendu Onslow dire à Hallam qu'il pouvait en obtenir d'autres. D'autres cartes, peut-être. Hallam lui a alors demandé comment. Il a dit, très exactement : « Connaissez-vous le fabricant ? » C'est ce qu'il a dit *mot pour mot*, Matt. Je pense qu'il parlait d'un cartographe, et je me dis qu'il parlait peut-être de cartes magiques et d'un magicien cartographe. Dans ce cas, c'est sûrement Onslow qui a enlevé Daniel. Il l'exploite pour créer des cartes magiques sur demande, puis il vend les cartes à des clients de la haute société.

Matt gardait les sourcils froncés. Il n'avait pas du tout l'air de croire à ma théorie. Doutait-il de ce que j'avais entendu ? Ne croyait-il que ce qu'il voyait et entendait lui-même ?

— Vous n'allez pas me féliciter ? demandai-je d'un ton sec. Me remercier ?

— Estimez-vous déjà heureuse si je vous emmène avec moi la prochaine fois.

Seigneur, il était encore bouleversé parce que j'avais pris un risque !

— J'ai fait un excellent travail, et vous le savez. Vous êtes juste jaloux parce que je me suis amusée pendant que vous avez dû exécuter la partie ennuyeuse du plan.

— Rien de tout cela ne faisait partie de mon plan, maugréa-t-il. Et vous trouvez que c'était amusant ?

— Non, pas vraiment.

Je lui montrai mes mains gantées. Elles tremblaient encore.

— L'espace d'un instant, j'avais les nerfs à fleur de peau. Je suis toujours un peu tendue, mais maintenant que tout est fini, je me sens électrisée.

Il leva les yeux vers le toit de la voiture.

— J'ai créé un monstre !

Je souris.

— Ne vous inquiétez pas, je n'en ferai pas une habitude.

— J'espère bien.

— À moins que ce ne soit nécessaire.

Il soupira.

— Le problème, dis-je, c'est que Cyclope n'a vu Onslow faire aucun déplacement suspect, et qu'il n'a trouvé aucune pièce cachée où Daniel pourrait être retenu prisonnier. Notre théorie comporte encore plusieurs zones d'ombre.

— C'est vrai. Cyclope continuera de le suivre, mais nous devrions peut-être vérifier si Onslow vend effectivement des cartes magiques, ou s'il s'agit de tout autre chose.

— Nous pourrions suivre la piste de Lord Coyle. Il acceptera peut-être de nous dire ce qu'il a acheté à Onslow. Je me demande si votre tante sait qui c'est.

* * *

ET EN EFFET, Miss Glass savait qui était Lord Coyle, même si elle ne l'avait jamais rencontré.

— Oh oui, dit-elle en acceptant la tasse de thé que je lui tendais après le déjeuner.

Matt étant monté dans sa chambre pour se reposer à notre retour, j'avais attendu qu'il nous rejoigne au salon avant de lui demander si elle connaissait Coyle.

— Un homme bien mystérieux, à ce qu'on raconte.

— Où habite-t-il ? demanda Matt.

— Il a des terres dans l'Oxfordshire. Pourquoi ?

— J'ai une affaire à voir avec lui.

Elle s'interrompit, la tasse de thé au bord des lèvres.

— Rien d'illicite, j'espère ?

Matt et moi fronçâmes tous deux les sourcils.

— Qu'est-ce qui vous fait penser cela ? demanda-t-il. Mes affaires sont toutes parfaitement légales.

— *Les tiennes*, je sais bien, Matthew. Mais celles de Lord Coyle...

Elle reposa sa tasse de thé sur sa soucoupe sans en boire.

— Je me suis dit que tu t'étais peut-être retrouvé mêlé avec lui à une affaire dont tu n'arrivais plus à te dépêtrer. Je suis heureuse d'apprendre que ce n'est pas le cas.

— Dans quel genre d'affaires trempe Coyle ?

— Je n'aime guère colporter les ragots. C'est une histoire sordide.

Elle reprit sa tasse à la main et se mit à boire à petites gorgées.

— Ma tante, dit-il, les dents serrées.

— Vous ne voudriez tout de même pas que Matt fasse confiance à ce Lord Coyle alors que vous auriez pu l'empêcher de commettre une erreur, n'est-ce pas ? demandai-je.

— Présenté sous ce jour...

Miss Glass me tendit sa tasse et sa soucoupe, que je posai sur la table.

— Je ne l'ai jamais rencontré. Il ne fait pas partie de mon cercle de fréquentations, ni de celui de ton oncle Richard. Il est un tout petit peu plus jeune que moi, riche comme Crésus, et il est comte, en plus. Pourtant, il n'est pas marié.

J'échangeai un regard avec Matt.

— Est-ce donc là son crime ? demanda Matt.

— Oh, mon Dieu non ! C'est curieux, mais cela n'a rien d'illégal ; c'est bien dommage, d'ailleurs. Je te donnais quelques détails sur lui pour que tu aies une idée du genre d'homme à qui tu auras affaire. Il faut comprendre son ennemi pour le battre.

— Ce n'est pas mon ennemi, et je n'ai pas prévu de le battre à quoi que ce soit.

— Mais nous apprécions ce supplément d'informations, ajoutai-je en l'encourageant d'un sourire.

Matt tapota ses genoux du bout des doigts.

— Oui, c'est vrai. Continuez, ma Tante.

— Lord Coyle est un collectionneur, et l'on raconte que certains objets de sa collection sont volés, dit-elle.

— Volés ! m'indignai-je. À qui ?

— À leurs propriétaires d'origine, je suppose. J'ai entendu dire qu'il possédait une vaste collection, mais qu'il la gardait secrète.

— Mais alors, à quoi bon collectionner des objets si personne ne peut les voir ?

— J'ai cru comprendre qu'il autorisait certaines personnes importantes à les voir.

— Quel genre d'objets collectionne-t-il ? demanda Matt.

— Je ne suis pas sûre. D'aucuns disent qu'il collectionne les œuvres d'art, d'autres les livres rares, mais d'autres encore racontent qu'il collectionne tout ce qui capture son intérêt.

Des objets magiques, peut-être.

Matt se radossa dans son fauteuil et étendit ses jambes en croisant les chevilles. C'était une posture qu'il adoptait sans s'en rendre compte quand il était perdu dans ses pensées.

— Merci, ma Tante. Mais êtes-vous certaine qu'il les vole et qu'il ne les achète pas ?

Elle croisa les mains sur ses genoux et releva le menton.

— Je n'en ai pas la certitude absolue, non. Comme je te l'ai dit, ce sont des rumeurs, et on ne peut jamais se fier totalement à des rumeurs. Quoi qu'il en soit, je suis heureuse de t'avoir averti.

Elle me fit signe de découper la génoise.

— Tu pourras éviter Lord Coyle, dorénavant.

Matt secoua la tête.

— Je tiens toujours à lui parler. Où est-ce, l'Oxfordshire ?

— C'est très loin. Et si tu allais d'abord le demander à son adresse londonienne pour savoir s'il y est ?

— Il a une adresse à Londres ?

— Mon cher petit, toutes les bonnes familles ont une adresse à Londres.

Je tendis une part de gâteau à Matt.

— S'il a des affaires à mener à la capitale en ce moment, il est sûrement plus facile pour lui d'être sur place.

Il hocha lentement la tête et accepta l'assiette.

— C'est possible, en effet. Ma Tante, connaissez-vous son adresse londonienne ?

Elle se hérissa.

— Bien sûr que non.

— Pensez-vous que Richard ou Beatrice pourraient la connaître ?

— J'en doute. Et si tu demandais à ton avocat ? S'il ne l'a pas déjà, il pourra te la trouver. Écris-lui aujourd'hui et tu auras une réponse d'ici demain.

Matt sourit.

— Excellente idée.

Miss Glass reposa son assiette avec son gâteau auquel elle avait à peine touché. Elle picorait comme un moineau, et elle en avait la fragilité aussi. Il fallait que je l'incite à manger davantage. Polly pourrait peut-être demander à Mrs Potter de préparer quelques-uns des plats préférés de Miss Glass.

— Je suis heureuse que tu sois rentré, dit-elle à Matt. Nous avons de la visite cet après-midi. Mrs Mortimer et sa fille.

Matt se mit à mâcher plus lentement.

— Je dois ressortir.

Je le regardai en plissant les yeux. C'était cruel de sa part.

— Es-tu pris ce soir ? demanda sa tante, imperturbable.

— Avons-nous du monde à dîner ?

— Non.

— Alors nous y serons, répondit-il. Ça me fera plaisir de passer un peu de temps avec vous. J'ai l'impression de vous avoir délaissée, ces derniers temps.

— C'est vrai, mais tu te rattraperas ce soir. Nous allons à l'opéra.

Je serrai les lèvres sans parvenir à réprimer un sourire. Il était rare que Matt ne sache pas quoi dire, mais sa bouche s'ouvrit et se referma sans qu'aucun son n'en sorte.

— Quelle merveilleuse idée, m'extasiai-je.

— Je n'aime pas l'opéra, marmonna-t-il.

Sa tante balaya son objection d'un revers de main.

— On ne va pas à l'opéra pour regarder le spectacle. On va à l'opéra pour *se montrer*, et pour rencontrer des amis. Je me suis renseignée, et il y aura des gens très intéressants ce soir. Je te les présenterai.

— Je suis prêt à parier qu'ils ont des filles à marier.

— Cela va de soi. Ça ne vaudrait pas la peine d'y aller s'il n'y avait pas quelques jeunes filles à te présenter. Ce sera charmant, et tu passeras un bon moment à condition d'être ouvert à cette idée. India, vous viendrez aussi, vous êtes ma dame de compagnie.

— J'en serais ravie, répondis-je. Merci, Miss Glass. Je ne suis jamais allée à l'opéra.

— Si vous n'êtes pas obligée d'accompagner Matthew cet après-midi, vous devriez rester rencontrer mes invitées.

— Oh, dis-je. Euh, merci, mais Matt a sûrement besoin de moi.

Je ne savais pas vraiment ce qu'il comptait faire ni où il voulait aller, mais même faire le tour de la ville en voiture serait moins pénible que d'échanger des politesses avec des inconnues et écouter Miss Glass énumérer les qualités de son neveu.

— J'insiste, India. Elles sont d'une classe sociale un peu inférieure à celle des Glass, mais c'est une famille sympathique, et j'apprécierais que vous soyez présente.

— D'une classe sociale inférieure ?

Matt posa son assiette sur la table, l'air perplexe, et, se tournant vers sa tante, il dit :

— Vous n'avez jamais eu l'intention de me présenter aux Mortimer, n'est-ce pas ?

Elle tendit la main vers son assiette et planta sa fourchette dans le gâteau.

— Je raffole de la génoise de Mrs Potter.

Un petit gloussement m'échappa par le nez. Matt me lança un regard assassin.

— Heureusement pour India, je n'ai pas besoin de son aide cet après-midi ; elle aura donc tout le loisir de rencontrer vos invitées. Il appuya ses mots d'un sourire triomphant.

Quelle cruauté...

* * *

Mrs Mortimer et sa fille étaient en effet des personnes charmantes, et je ne regrettais pas d'être restée. Elles étaient instruites, intéressantes, et n'aimaient pas les ragots. Et elles ne s'aplatissaient pas devant Miss Glass, qui était pourtant d'un rang social supérieur. Au contraire, celle-ci avait l'air d'apprécier autant que moi leur compagnie, à en juger par ses éclats de rire spontanés.

Lorsqu'il fut pour elles l'heure de partir, je les raccompagnai jusqu'en haut des marches de perron, et je les regardai s'éloigner à pied dans la rue. Il est vrai que je voulais aussi voir si la voiture de Matt arrivait. Ne voyant aucun signe de lui, je m'apprêtais à rentrer quand j'aperçus un homme appuyé contre la grille en fer, quatre maisons plus loin. Il avait la tête baissée, de sorte que je ne voyais pas son visage, mais sa haute silhouette élancée était reconnaissable entre toutes : c'était le shérif Payne.

Je fus tentée d'aller l'aborder et lui intimer l'ordre de s'en aller, mais mieux valait me retenir. Cela n'avancerait à rien. Sans compter qu'alors, il se rendrait compte qu'il m'avait fait peur. En revanche, je comptais bien avertir Matt dès son retour.

— Prévenez-moi quand Mr Glass sera rentré, dis-je à Bristow. Avant qu'il ne descende de voiture, si possible.

— Naturellement, Madame.

Cependant, je ne parvins pas à rester tranquille. Je regardais par la fenêtre toutes les deux ou trois minutes, et chaque fois, Payne était toujours là. Il levait les yeux au passage de toutes les voitures, comme moi, mais aucune n'était celle qui ramenait Matt chez lui.

Il commençait à se faire tard. La lumière du jour baissait à mesure que le soir tombait, et bientôt, le lampiste arriva avec sa perche pour allumer le premier lampadaire au bout de la rue. Matt n'était allé au siège de la Guilde des Orfèvres que pour prendre des informations sur McArdle, alors pourquoi n'était-il toujours pas rentré ? Il allait avoir besoin de se reposer et d'utiliser sa montre. Il l'avait sur lui, mais en général, il attendait quand même d'être chez lui pour s'en servir.

Enfin, un fracas de roues s'arrêta devant la maison. Bristow entra dans le salon où j'étais assise pour m'annoncer le retour de Matt, mais je passai en trombe devant lui et ouvris la porte d'entrée sans lui laisser le temps d'ouvrir la bouche. La porte de la voiture s'ouvrit avant que je puisse l'atteindre. Willie en sortit, suivie de Duc. Matt avait dû passer les prendre à la fabrique de Worthey. Ils me saluèrent et je poussai un profond soupir, soulagée que Payne soit resté à distance.

Derrière eux, l'intérieur de la cabine luisait d'un doux halo violet. Matt était assis les yeux fermés, la montre serrée dans son poing, les veines illuminées. C'était un spectacle d'une beauté surnaturelle dans la pénombre, et j'en eus littéralement le souffle coupé.

Du coin de l'œil, je vis quelque chose bouger. Payne !

— Matt ! m'écriai-je. Arrêtez !

Il ouvrit les yeux et lâcha la montre. Elle tomba sur le sol et sa lumière s'éteignit.

— Qu'y a-t-il ?

— Payne est ici.

Je regardai un peu plus loin dans la rue. La silhouette tourna les talons et s'enfuit.

— Est-ce qu'il m'a vu avec la montre ?

Depuis l'endroit où il tenait ?

— C'est difficile à dire.

— La voiture est passée juste devant lui, et les rideaux étaient ouverts, dit Matt en ramassant sa montre. Il a tout vu.

CHAPITRE 13

ous ne pouvions absolument rien faire contre Payne. Il avait certainement vu la lueur violette dans la voiture, et peut-être même sur la peau de Matt, mais il était peu probable qu'il ait compris ce que cela signifiait. Avec un peu de chance, il s'était simplement dit que c'était une illusion d'optique créée par le jour qui déclinait.

— Vous allez bien ? lui demandai-je quand il descendit de voiture.

— Ça va, grommela-t-il. Vous aurez beau me poser la question cent fois, India, je vais toujours bien.

Je joignis les mains devant moi et me mis à me tordre les doigts.

— C'est que vous êtes resté absent si longtemps...

Il baissa la tête et ses épaules s'affaissèrent.

— Je suis désolé.

Il me toucha les mains jusqu'à ce que je les décroise, puis il prit mes doigts entre les siens. Aucun de nous ne portait de gants, et mon pouls s'emballa au contact intime de sa peau contre la mienne.

— Je n'aurais pas dû me fâcher. Vous me pardonnez ?

Comment pouvais-je lui en vouloir quand il me regardait en battant de ses longs cils épais et me souriait d'un air hésitant, comme s'il craignait que je *refuse* de lui pardonner ?

— Il n'y a rien à pardonner. Cela doit être épuisant, d'être en permanence entouré de gens qui vous interrogent sans cesse sur votre santé. Je ferai de mon mieux pour m'abstenir à l'avenir.

— Ça ne me gêne pas que vous vous inquiétiez pour moi de temps à autre.

Son éternel sourire en coin reprit un peu d'assurance. Puis, comme s'il se rappelait où nous étions et ce qui venait de se passer, il me lâcha et regarda un peu plus loin dans la rue.

— Payne vous a-t-il importunée ?

— Non. Il est resté posté là un bon moment. Je pensais qu'il vous aborderait, et je voulais vous prévenir.

— On dirait qu'il avait d'autres intentions.

— Oui, mais lesquelles ? Pourquoi rester là à vous attendre sans s'approcher de vous ?

— Pour en savoir plus sur mes déplacements, peut-être.

Il me fit signe de monter les marches devant lui.

Je relevai légèrement mes jupes pour ne pas marcher dessus.

— Avez-vous appris quelque chose à la Guilde des Orfèvres ?

— Le valet de pied m'a dit où trouver la boutique du maître de la guilde, alors je suis allé lui rendre visite. Il m'a appris que McArdle n'était plus membre. Il a cessé de payer ce qu'il devait lorsqu'il a fermé sa boutique il y a quelques années et a disparu à l'étranger. Le maître de la guilde a entendu dire que McArdle était obsédé par la chasse aux trésors anciens.

— C'est conforme à ce que nous savons de lui.

— Le maître ne savait pas que McArdle était rentré à Londres, et il a eu l'air un peu inquiet lorsque j'ai mentionné ce détail. Quand je lui ai demandé ce qui n'allait pas, il a éludé ma question et m'a dit que McArdle était fou, et qu'il ne fallait pas le croire.

Je m'arrêtai sur la dernière marche et attendis que Matt me rejoigne.

— Pensez-vous qu'il faisait allusion au fait que McArdle croie en la magie ? murmurai-je, sachant que Bristow n'était pas loin.

— Peut-être.

— Avez-vous mentionné clairement la magie ?

— Non !

— Pourquoi êtes-vous si horrifié ? Sa réaction aurait pu vous en apprendre beaucoup.

— Je suis horrifié parce que vous suggérez d'attirer l'attention sur nous – sur *vous* – en parlant de magie à de parfaits inconnus. Et à un maître de guilde, par-dessus le marché.

Il me prit le bras et me fit entrer dans le vestibule, où la présence de Bristow mit un terme à toute évocation de magie.

— Ces lettres sont arrivées pour vous cet après-midi, Monsieur, dit le majordome en tendant à Matt deux minces enveloppes.

— Merci, Bristow. Dans combien de temps est le dîner ?

— Dans environ trente minutes, Monsieur. Le dîner de ce soir aura lieu tôt et sera informel, puisque vous allez à l'opéra.

Je jetai un coup d'œil à l'horloge en ébène et laiton sur la table de l'entrée.

— Mrs Bristow a dit que Mrs Potter ferait servir le dîner à six heures trente, c'est-à-dire dans seulement vingt-quatre minutes.

Voyant le sourire en coin de Matt, j'ajoutai :

— À peu de choses près.

— Si l'on a besoin de moi, je serai dans mon bureau jusqu'à ce moment-là, annonça-t-il. India, voulez-vous me rejoindre lorsque j'aurai parlé à ma tante ?

Il agita les lettres.

— Nous avons du travail.

Il salua sa tante dans le salon et l'écouta respectueusement lui détailler son après-midi avec les Mortimer.

— Étaient-elles vraiment si sympathiques ? me demanda-t-il en entrant avec moi dans son bureau, neuf minutes plus tard.

— Oui. J'ai apprécié leur compagnie.

— Tant mieux.

Il m'invita à m'asseoir et me tendit un calepin et un crayon.

— Je suis content que votre vie ici ne soit pas faite que de travail ennuyeux.

— Vivre ici n'a rien d'ennuyeux, bien au contraire. Voulez-vous que j'ouvre vos lettres ? Est-ce bien ce que fait une assistante ?

— Je ne sais pas. Je n'en ai jamais eu avant vous.

Il me tendit l'une des deux lettres.

— Celle-ci est de Munro.

— Et l'autre ?

Il retourna l'enveloppe. Elle ne portait aucune inscription.

— Je ne sais pas.

Il l'ouvrit tandis que j'ouvrais et lisais celle de Munro.

— Il nous ordonne de travailler plus vite, dis-je sans lever les yeux. Il dit qu'il sait bien qu'une enquête peut prendre du temps, mais que la famille de Daniel ne comprend pas cela. Le grand-père de Daniel, Mr Gibbons, exige des réponses.

Je repliai la feuille de papier.

— Et celle-ci, que dit-elle ?

Matt était devenu blanc comme un linge. Je m'apprêtais à lui demander s'il se sentait bien, mais je me ravisai. Comme il ne disait mot, j'allai me placer derrière lui pour lire par-dessus son épaule.

J'ai l'horloger que vous cherchez. Rendez-vous à Lemon Court, dans le quartier de Bethnal Green, avec mille livres, à six heures du matin.

J'ÉTOUFFAI un cri de stupeur.

— Matt...

— Je sais.

Il se caressa la lèvre inférieure, pensif.

Mes jambes se dérobèrent sous moi et je dus me rasseoir. J'appuyai la main sur mon cœur qui battait la chamade.

— C'est...

— Je sais.

— ... merveilleux !

Il leva brusquement les yeux.

— Vous y croyez ?

Ma colonne vertébrale s'affaissa. J'avais l'impression que tout mon corps venait de s'effondrer.

— Pas vous ?

— C'est un piège.

— Tendu par Payne ?

— Peut-être. Lemon Court est au fond d'une impasse, n'est-ce pas ?

— Il me semble.

— Et Bethnal Green est un quartier dangereux ?

Je fronçai le nez.

— Bethnal Green a une réputation épouvantable. C'est tout près de l'endroit où a sévi Jack l'Éventreur il y a deux ans. À en croire les journaux, tout le quartier va être rasé et reconstruit, mais je doute que cela suffise à effacer le souvenir des atrocités qui y ont été commises. Si vous allez là-bas, vous devriez demander une escorte policière à Munro.

— Ce serait imprudent. Le maître-chanteur ne tiendra pas sa part du marché s'il aperçoit le moindre policier. Quoi qu'il en soit, c'est sans importance. Je n'irai pas.

— Oh. Matt, si c'est une question d'argent, prenez les quatre-cents livres que j'ai gagnées pour la capture du Cavalier Noir.

Il sourit sans aucune trace d'humour.

— Merci, mais ce n'est pas un manque d'argent qui m'empêche d'y aller. C'est un piège, India. Ce serait de la folie d'y aller.

— Mais si ce n'était pas un piège ?

— C'en est un.

— Vous n'en savez rien.

La porte s'ouvrit et Willie et Duc entrèrent.

— Qu'est-ce que vous avez, à vous disputer, tous les deux ? demanda Duc.

— Ce n'est pas une dispute, c'est une conversation, dit Matt.

— À propos de quoi ? demanda Willie.

— À propos de rien.

— À propos de ça.

Je lui pris la lettre des mains et la tendis à Willie. Il me fit les gros yeux. Je croisai les bras et lui rendis son regard. Je voulais l'avis de quelqu'un d'autre.

Duc lut la lettre par-dessus l'épaule de Willie. Étant celui qui se tenait le plus près d'elle, il fut presque renversé quand elle se jeta dans ses bras et le cri de joie qu'elle poussa faillit le rendre sourd.

— Dieu soit loué ! s'exclama-t-elle. C'est un miracle !

— Ça, c'est sûr, dit Duc en lui rendant son étreinte, une main plongée dans ses cheveux.

Matt lui arracha la lettre des mains, la déchira et laissa les morceaux s'éparpiller sur son bureau.

— Ça suffit, tous les trois ! C'est un piège, je le sens.

Willie repoussa Duc brutalement. Il tituba jusqu'au fauteuil, mais sans protester. Il se contenta de revenir vers nous comme si c'était un événement banal.

— Tu veux dire que tu ne vas pas y aller ? demanda Willie. Tu es un crétin, ou quoi ? Tu as de la laine entre les oreilles ?

— Willie, la réprimanda Duc. Matt a peut-être raison. C'est peut-être un piège.

— Et alors ? Il n'a qu'à y aller, mais en s'attendant à une embuscade.

— Je suis d'accord, dis-je.

Matt tambourina sur le bureau du bout des doigts et pinça les lèvres.

— Si celui qui a écrit cette lettre savait réellement où était Chronos, il viendrait me trouver. Pourquoi me cacher son identité ? Il n'a rien fait de mal. La seule raison qu'il puisse avoir de me donner rendez-vous dans un cul-de-sac des bas quartiers, c'est s'il compte m'attaquer. Si vous preniez tous le temps d'y réfléchir, vous verriez que j'ai raison.

Duc s'assit sur le bord du bureau, la tête baissée.

— C'est sûrement un piège.

Matt n'avait pas tort. Je finis par l'admettre, quoiqu'avec quelques réticences.

— Willie ? demanda Matt à sa cousine.

Elle haussa une épaule.

— On dirait bien que je suis en minorité, marmonna-t-elle.

La cloche du dîner sonna. Avant de quitter le bureau, je jetai un regard vers les morceaux de papier déchirés sur le bureau. Matt les regarda aussi. Quoi qu'il en dise, il devait bien être ne serait-ce qu'un peu tenté d'aller à Lemon Court pour voir qui avait envoyé la lettre. Moi, en tout cas, je l'étais.

* * *

LA SOIRÉE à l'opéra de Covent Garden ne ressemblait pas à ce que je m'étais imaginé. Pour commencer, il me semblait que j'étais la seule à me concentrer sur ce qui se passait sur scène. La plupart des gens dans le public conversaient à voix basse derrière leurs éventails – bien qu'ils ne soient pas tous aussi discrets – ou jaugeaient les autres spectateurs comme pour décider ce qu'ils allaient manger à l'occasion d'un banquet. C'était assez déroutant étant donné que presque tous les regards avaient fini par s'arrêter sur nous.

Dans notre loge du troisième étage, nous reçûmes la visite de pas moins de quatre groupes différents. Tous les visiteurs saluaient avec enthousiasme Lady Rycroft, ses filles et Miss Glass, puis tournaient toute leur attention sur Matt dès qu'il leur avait été présenté. Lui ou Miss Glass me présentait également, mais on se contentait de m'adresser un vague signe de tête avant de m'ignorer. Le frère de Miss Glass, le Baron de Rycroft, avait loué cette loge pour la saison. Pour en profiter l'espace d'une soirée, il fallait supporter la compagnie de sa femme et de leurs trois filles, mais pas celle de Rycroft lui-même. Matt était le seul homme, entouré de femmes. Même les personnes qui venaient nous voir étaient toutes des dames.

À voir l'aisance avec laquelle il riait et conversait, tenant salon, il n'était pas étonnant qu'elles se bousculent pour l'inviter. Avant la fin de la soirée, sa poche était déjà pleine de cartes de visite qui sentaient la rose, la lavande et une dizaine d'autres parfums qui se mêlaient et me faisaient éternuer dès que je m'approchais trop.

— Il est tout à fait charmant, me souffla Hope Glass à l'oreille en regardant Matt qui souriait à quelque chose que venait de dire la jeune fille à côté de lui.

— Et d'une beauté extraordinaire.

Je me détournai.

— C'est vrai.

— Nous devrions lui en vouloir de nous ignorer.

Elle poussa un soupir exagéré.

— Mais c'est si dur d'être fâchée contre lui. Vous ne trouvez pas ?

— Je suis souvent fâchée contre lui. Mais pas ce soir.

Je tâchai de me concentrer sur la soprano qui, sur la scène, était en train d'atteindre une note particulièrement aiguë, mais même cette prouesse ne suffisait pas à détourner mon attention de Hope ou de Matt.

— Vous avez beaucoup de chance.

La fraîche clarté de sa voix me tapait sur les nerfs. Tout chez Hope Glass me tapait sur les nerfs, de ses boucles parfaitement coiffées à ses lèvres roses et boudeuses, en passant par ses yeux sournois.

— Pourquoi ?

Je m'attendais à ce qu'elle dise que j'avais de la chance de pouvoir contempler chaque jour la beauté de Matt, mais sa réponse me surprit.

— Parce que Tante Letitia vous a prise sous son aile et vous a acheté de si jolies robes.

Elle prit délicatement entre ses doigts l'étoffe de ma robe en soie ivoire et sauge.

— Elle a un goût remarquable, pour une femme de son âge.

— Oh. Ce n'est pas elle qui me l'a offerte. Je l'ai achetée moi-même.

Son visage se décomposa, et je dus bien admettre que je pris un malin plaisir à voir ses yeux briller d'étonnement plutôt que de malice.

— J'ai choisi le tissu, mais c'est Madame Lisle qui l'a créée.

La robe était arrivée dans l'après-midi, et j'avais réglé la totalité de la somme. J'avais hésité devant son prix exorbitant – elle coûtait aussi cher que l'horloge sur pied en acajou à cadran d'argent qui trônait dans la boutique de mon père – mais Miss Glass m'avait convaincue que je ne regretterais pas cet achat. D'ailleurs, il était trop tard pour changer d'avis, et de toute façon, je pouvais utiliser l'argent de la récompense. Savourant la stupéfaction de Hope, je ne regrettais pas le moindre sou dépensé.

Hope ne m'adressa plus la parole de tout le reste de la soirée et je parvins à profiter de ce qu'il restait de l'opéra après avoir surpris le regard de Matt errer sur mon décolleté que couvrait à peine la fine mousseline de soie fixée au corsage de ma robe. Décidément, cette robe s'avérait être un excellent investissement.

Je me sentais vraiment élégante dedans. Seuls ceux qui me connaissaient auraient pu deviner que je n'étais qu'une modeste fille d'horloger – eux, et tous ceux à qui ils le disaient. Je me doutais que Lady Rycroft et ses filles en avaient informé un bon nombre de leurs amies qui étaient entrées dans notre loge.

Après la représentation, Miss Glass et moi allâmes pour chercher nos manteaux et rejoindre Matt dans le hall, sous le lustre qui scintillait au milieu de la pièce. Nous avions déjà pris congé de Lady Rycroft et des demoiselles Glass, et j'avais hâte de m'en aller avant de croiser une autre de leurs connaissances. Nous nous étions déjà arrêtées pour parler à au moins trois groupes dans la salle.

Matt nous offrit chacune un bras, à sa tante et moi, et nous allâmes chercher notre voiture au milieu du flot des véhicules qui défilaient lentement devant l'entrée du théâtre.

— Avez-vous passé une bonne soirée ? me demanda Matt alors que sa tante entamait la conversation avec une énième connaissance, une femme d'un certain âge coiffée d'un diadème. Jusqu'à ce soir, je croyais que seules les reines et les princesses portaient des diadèmes, mais il semblait que la moitié des dames présentes à l'opéra avaient jugé bon d'en porter un. À côté, le chapelet de perles nacrées tressé dans mes cheveux paraissait très sobre. Mais cela ne me gênait pas : j'avais une robe ravissante.

— Oui, répondis-je à ma propre surprise. Oui, j'ai passé une excellente soirée. Et je vois que vous aussi.

Mais pour d'autres raisons. C'était à peine s'il avait jeté un regard en direction de la scène.

Il partit d'un léger rire.

— Pas particulièrement, non.

— Balivernes. Vous étiez ravi de toute cette attention.

— Quelle attention ?

Je levai les yeux au ciel.

— Ne faites pas l'innocent avec moi, Matt. Je vois clair dans votre jeu.

— Je ne joue pas lorsque je suis avec vous, India.

Il approcha son visage du mien. J'éternuai.

— À vos souhaits. Je ne pensais pas avoir besoin de jouer.

— Oh ? Alors ces minauderies, ces éclats de rire, ces yeux doux... vous ne faisiez que jouer la comédie ?

Il me tendit son mouchoir, mais il était imprégné de tous les parfums des cartes de visite, et j'éternuai à nouveau.

— À vos souhaits. Je ne minaude pas, et je ne fais pas les yeux doux. Cela dit, il est vrai que j'ai joué la comédie pour faire plaisir à ma tante. Elle veut que je sois poli avec ses amies, alors je serai poli.

Il tourna à moitié la tête en direction de sa tante et salua son amie. Celle-ci sourit et baissa aussitôt la tête comme pour qu'on ne la voie pas rougir. Si c'était le cas, il faisait trop sombre pour que cela se remarque, malgré les réverbères tout autour.

— Je crois que ça fonctionne, poursuivit Matt à mi-voix. Ses amies sont venues nous voir toute la soirée. Même Beatrice avait l'air jalouse de voir ses amies saluer d'abord ma tante Letitia.

Je me sentais un peu idiote à présent d'avoir pu croire qu'il se complaisait au milieu de toute cette attention. S'il s'était montré aimable, c'était pour faire plaisir à sa tante, et non parce qu'il prenait plaisir à être l'objet des regards, des murmures et des sourires niais. Lorsque nous arrivâmes à la maison, je m'en voulais encore plus de l'avoir si mal jugé. Les petites rides qu'il avait au coin des yeux s'étaient multipliées lorsque l'épuisement s'était brusquement fait sentir. Cela ne lui faisait pas du bien, de rentrer si tard.

Une fois arrivé, il porta la main à sa poitrine, là où il gardait sa montre dans sa poche intérieure. Il surprit mon regard et laissa retomber sa main.

Bristow nous accueillit et informa Miss Glass que Polly l'attendait dans ses appartements pour l'aider.

— Mr Duc, Mr Cyclope et Miss Johnson sont sortis tous les trois pour la soirée, Monsieur.

Matt se figea.

— Ont-ils dit où ils allaient ?

— Non, Monsieur.

Matt devait avoir peur que Willie ne se soit remise aux jeux d'argent. Je voulais le rassurer : les deux autres la garderaient à l'œil ; mais devant Bristow, je préférai me retenir.

— Je vous accompagne jusqu'à votre chambre, ma Tante, dit Matt en prenant un bougeoir que lui tendait Bristow.

— Merci, Matthew.

Miss Glass s'agrippa à son bras.

— Mon Dieu, je suis épuisée.

Bristow me tendit un autre bougeoir.

— Mrs Bristow a proposé de vous servir de femme de chambre, Miss Steele.

— C'est très aimable à elle, mais je peux me débrouiller seule. J'espère qu'elle et les autres sont déjà partis se coucher.

Je jetai un regard à l'horloge.

— Il est presque minuit.

— Ils sont couchés depuis un moment, mais Mrs Bristow tenait à vous proposer son assistance.

— Je vous prie de la remercier de ma part.

Il inclina la tête.

— Je vais fermer, Monsieur. Mr Cyclope a pris une clé de la porte de service au cas où ils rentreraient tard.

Matt emmena sa tante à l'étage et je les suivis avec mon bougeoir, jusqu'à ce qu'ils bifurquent vers les appartements de Miss Glass, et moi vers ma chambre.

J'ouvris la porte et restai comme pétrifiée. J'eus un sursaut de stupeur. Quelqu'un était en train de fouiller dans les tiroirs de ma commode. Il fit volte-face, mais le capuchon de son manteau dissimulait la moitié supérieure de son visage.

J'ouvris la bouche pour crier, mais il fut plus rapide. Il me plaqua sa main sur la bouche si fort que je chancelai sous sa force. L'odeur de cuir de son gant emplit mes narines. Je tentai de le repousser, mais il était trop robuste.

— Où est-elle, Miss Steele ?

Je reconnus cette voix, mais elle était nettement plus farouche, plus désespérée. Les désespérés sont parfois prêts à faire des choses désespérées pour obtenir ce qu'ils veulent. Des choses dangereuses.

— Où est la carte ?

CHAPITRE 14

J'essayai encore de le repousser, mais Mr Gibbons ne bougea pas. Je me sentais faible et pathétique. Vulnérable.

— Si je vous lâche, dit le grand-père de Daniel, allez-vous crier ?

Ma montre se mit à sonner. Elle n'était pas conçue pour ça, mais la magie qui l'imprégnait devait percevoir le danger. Ma magie. Je tentai d'atteindre mon réticule accroché par un ruban autour de mon poignet, mais Mr Gibbons était trop près de moi pour que je puisse bouger les mains. Ma montre se remit à sonner plus fort.

Je fis de mon mieux pour faire non de la tête.

Lentement, très lentement, Mr Gibbons me lâcha.

— Je ne vais pas vous faire de mal, dit-il. Du moment que vous me dites où est la carte de Daniel.

— Quelle carte ?

— Ne jouez pas à ça avec moi, Miss Steele. Munro m'a dit qu'il l'avait donnée à votre employeur. J'ai fouillé les appartements de Glass, et elle n'y est pas.

— Je ne l'ai pas.

C'était la vérité. C'était Matt qui l'avait. Il la gardait généralement dans la poche intérieure de sa veste, avec sa montre, mais j'ignorais s'il l'avait emportée à l'opéra ce soir.

— Vous savez forcément où elle est.

— Si vous vouliez voir la carte, il suffisait de demander à Mr Glass. Vous n'aviez pas besoin de vous introduire ici et de me causer une peur bleue. Et d'ailleurs, comment êtes-vous entré à l'insu des domestiques ?

Ayant perdu la volonté de se battre, il se laissa tomber sur le lit et releva sa capuche. Il avait l'air d'un vieillard inoffensif.

— L'entrée de service était ouverte et il y avait seulement une femme dans la cuisine, qui tournait le dos au couloir. Elle ne m'a pas vue.

— Et Bristow était ailleurs, j'imagine.

Je pinçai les doigts de mes longs gants et les fis glisser pour les retirer. Mes mains tremblaient un peu, mais pas trop. Je posai mes gants sur la commode et rougis en réalisant que Mr Gibbons avait fouillé dans mes dessous.

— Toutes mes excuses, bredouilla-t-il sans la moindre apparence de sincérité. Je n'ai rien pris.

— Mais tout de même...

— Oui, tout de même...

Il se racla la gorge.

— Il semblerait que nous soyons dans une impasse, Miss Steele. Je veux cette carte, et visiblement, vous ne l'avez pas.

— Pourquoi la voulez-vous ?

La porte s'ouvrit avec fracas, mettant à nouveau mes nerfs à rude épreuve. Matt se précipita dans la chambre.

— India !

Il s'arrêta net en me voyant debout près de la commode. Il me regarda, puis dévisagea Mr Gibbons. L'inquiétude dans ses yeux se mua en fureur.

— Que faites-vous ici ?

Mr Gibbons fit mine de se lever mais Matt vint se planter devant lui, le forçant à se rasseoir. Mr Gibbons n'avait rien d'un homme chétif, mais Matt était plus grand, plus large et plus jeune. Tout signe d'épuisement avait disparu de son visage, à moins que ce ne soit la lumière de la lampe de Mr Gibbons qui soit trop faible pour le révéler. Le vieillard déglutit péniblement. J'avais de la peine pour lui. Presque. Après tout, il venait de me causer une belle frayeur.

— Je... je veux seulement la carte de mon petit-fils, bafouilla Mr Gibbons. Munro m'a dit qu'il vous l'avait donnée.

— Vous vous êtes introduit chez moi – dans la chambre de mon amie, qui plus est – pour une carte ! Vous mériteriez une bonne correction.

Mr Gibbons ouvrit de grands yeux terrifiés et il recula, mais Matt ne leva pas la main. Il croisa les bras, les serrant si fort qu'il en avait les phalanges toutes blanches. Peut-être se retenait-il ?

— Mr Gibbons ne m'a pas fait de mal, dis-je pour atténuer la tension électrique qui emplissait la pièce.

— Là n'est pas la question.

Matt baissa les bras et s'approcha de moi.

— Êtes-vous certaine que vous n'avez rien, India ?

— Ça va mieux, maintenant. Cela m'a tout de même fait un choc de trouver un homme dans ma chambre.

Matt lança un regard intraitable à Mr Gibbons.

— J'imagine. Je reviens à l'instant de mon bureau, où certains papiers ont été déplacés. Bristow sait qu'il ne doit toucher à rien dans cette pièce. Craignant que l'intrus soit toujours dans la maison, je suis venu ici sans tarder...

Il inspira une brusque bouffée d'air et expira lentement.

— Je ne comptais faire de mal à personne, marmonna Mr Gibbons.

— N'essayez pas de minimiser la gravité de votre acte, gronda Matt.

— Mr Gibbons s'apprêtait à me dire pourquoi il tenait tant à cette carte, m'empressai-je de déclarer. Allez-y, Mr Gibbons.

Matt et moi nous adossâmes à la commode pour écouter ce qu'il avait à dire.

— J'espérais qu'elle me mènerait à Daniel, expliqua Mr Gibbons.

— Comment ? demanda Matt.

— Grâce à la magie ? suggérai-je.

Mr Gibbons s'essuya la bouche et le menton du dos de la main.

— Ma théorie, c'est que Daniel se cache quelque part dans la zone représentée sur cette carte.

— Il se cache ? répéta Matt, sa colère faisant place à de la curiosité. Il n'aurait donc pas été enlevé ?

— Je pense qu'il se cache, qu'il a peur de se montrer. Après avoir dévoilé sa magie, il a dû finir par comprendre qu'il était en danger, alors il s'est caché, mais sans quitter les limites de la carte, pour laisser un indice.

— Je ne vous suis pas, dis-je après un bref coup d'œil à Matt.

Il secoua la tête.

— Daniel a dû avoir une idée qui m'est venue à moi aussi, dit Mr Gibbons. L'idée qu'un autre magicien cartographe puisse localiser Daniel à l'aide de sa carte. La magie révélerait alors où il se trouve.

— Mais ce n'est qu'une théorie ? insista Matt.

Mr Gibbons haussa les épaules.

— Je n'ai pas beaucoup utilisé ma magie au fil des ans. Je n'ai jamais fait ce genre d'expérience.

Je trouvais sa théorie tirée par les cheveux ; pour moi, ce n'était que le fruit de l'imagination d'un grand-père rongé par l'inquiétude.

— S'il voulait que vous le protégiez, dis-je, pourquoi ne serait-il pas simplement venu vous trouver ? Pourquoi se cache-rait-il de vous et de sa mère ?

Mr Gibbons secoua la tête d'un air triste. Je m'assis à côté de lui et posai une main sur son épaule.

— Votre théorie a un autre défaut, dit Matt : c'est à son père, Munro, que Daniel a demandé de garder la carte en lieu sûr. Munro n'est pas magicien. Il serait incapable de se servir de la carte pour retrouver Daniel.

Mr Gibbons se leva brusquement.

— Je dois essayer.

— L'avez-vous sur vous ? demandai-je à Matt.

Matt parut sur le point de protester, mais il plongea finale-ment la main dans la poche intérieure de sa veste. Il tendit la carte pliée à Gibbons, qui la déploya sur le lit. Matt approcha la lanterne.

— Si vous n'avez pas souvent utilisé votre magie, comment savez-vous quoi faire ? demandai-je.

Mr Gibbons retira ses gants et passa ses mains sur la carte.

— Je sens sa chaleur, sa magie. Elle me révélera peut-être une information.

J'étais toujours assise sur le lit, à côté de la carte. Je regardai Mr Gibbons la parcourir d'un bout à l'autre du plat de ses deux mains. Il suivit de ses doigts le tracé des rues et effleura les bâtiments et les noms de rues en relief. Il murmura des mots que je n'avais encore jamais entendus. Je cherchai le regard de Matt pour savoir s'il identifiait cette langue, mais son attention était concentrée sur la carte.

C'est alors que je la sentis, moi aussi. Une douce chaleur. Pas brûlante, mais impossible à ne pas remarquer. C'était comme une lanterne dont on aurait réglé le gaz plus fort. Elle émanait de la carte, réchauffant tout mon côté droit.

Puis elle se mit à pulser.

Mr Gibbons retira ses mains et recula d'une démarche incertaine. Je m'écartai. Matt ramassa la carte et l'inspecta.

— Rien, conclut-il au bout d'un moment. Voyez-vous quelque chose, Mr Gibbons ? India ?

Il la reposa sur le lit et je l'examinai.

— Non, répondis-je. Je ne vois aucune différence. Mr Gibbons ?

Mais le grand-père de Daniel ne regardait pas la carte. Il me fixait de ses yeux écarquillés.

— Vous... vous êtes... magicienne.

— Non, dit Matt aussitôt. C'est faux. Vous vous trompez.

Il ramassa brusquement la carte et la replia.

— Vous devriez partir, maintenant.

— Miss Steele ? J'ai senti une autre magie se combiner avec la mienne. Une magie puissante.

Sa respiration s'accéléra et une lueur s'alluma dans ses yeux.

— Elle est forcément puissante... vous n'avez pas prononcé de paroles. Vous n'avez pas eu besoin de le faire. Ma magie s'est simplement... nourrie de votre présence. Peut-être. Je ne sais pas... mais...

— Je vous l'ai dit : elle n'est pas magicienne.

Matt empoigna Gibbons par le bras et le traîna vers la porte.

Je me levai d'un bond.

— Matt, arrêtez. Lâchez-le.

Il fallait que je parle à Gibbons ; j'avais besoin de réponses aux questions qui tournoyaient dans ma tête.

— Non, India, m'avertit Matt.

Je l'ignorai. Je savais qu'il s'inquiétait, mais je ne pouvais pas toujours dissiper ses craintes. J'étais grisée par la perspective d'en apprendre enfin un peu plus sur moi-même. J'étais si près d'obtenir des réponses que je refusais de perdre un instant de plus pour quoi que ce soit d'autre.

— Vous avez *senti* ma magie ? Que voulez-vous dire ?

Mr Gibbons se dégagea le bras, ou peut-être est-ce Matt qui accepta simplement de le lâcher.

— Eh bien, oui. J'ai senti comme une pulsation qui émanait de vous. Une vague invisible, si vous préférez, qui est retombée aussi vite qu'elle s'était soulevée. Elle a renforcé ma propre magie, ou plutôt...

Il scruta mon visage comme pour y trouver le mot juste.

— Ou plutôt, elle a fusionné avec la mienne.

Il écarta les doigts de ses deux mains et les entrelaça ensemble.

— Comment avez-vous fait cela sans prononcer le moindre mot ?

— Je ne sais pas. J'ignore tout de ma magie. Tout cela est très nouveau pour moi.

Matt se passa les mains dans les cheveux, en serrant quelques mèches dans son poing avant de les lâcher.

— Quel est votre type de magie ? demanda Mr Gibbons.

— La magie des horloges.

— Et personne ne vous a expliqué votre magie ? Votre famille ?

— Non. Je crois que mes parents n'avaient pas de pouvoirs.

— C'est dommage.

— Oui, intervint sèchement Matt. Les parents devraient expliquer la magie à leurs enfants quand ils le peuvent, s'ils le peuvent. Sinon, comment une jeune magicienne pourrait-elle savoir à quels dangers elle s'expose ? Ou un jeune magicien ?

Mr Gibbons perdit toute contenance devant le ton accusateur de Matt.

— Je pensais que c'était mieux pour Daniel. Je sais aujourd'hui que j'ai eu tort, et je regrette de ne lui avoir rien dit.

— Que pouvez-vous me dire de ma magie, Mr Gibbons ? demandai-je. Ces mots que vous prononcez pour insuffler votre magie dans une carte sont-ils les mêmes que pour moi et les montres ? Pourriez-vous me les apprendre ? Pourrais-je réparer la montre d'un autre magicien, ou doit-il le faire lui-même ?

Il haussa une de ses épaules voûtées.

— Je crains de ne pas pouvoir vous aider, Miss Steele. Toutes les disciplines magiques se sont développées séparément et, de ce fait, ont recours à des incantations différentes. Les mots ne sont pas les mêmes, il me semble ; cela dit, je n'ai jamais entendu pratiquer aucun autre type de magie.

Des incantations. Cela paraissait si puéril et si ridicule que je faillis pouffer de rire.

— Connaissez-vous d'autres magiciens horlogers ?

— Hélas non. J'aimerais pouvoir vous aider. J'aimerais que nous puissions nous entraider, tous les deux.

Il lança en direction de la carte que Matt tenait dans sa main un regard si triste que j'eus presque envie de la lui offrir en souvenir de Daniel.

— Mais cela me paraît impossible.

— En effet, fis-je, découragée.

— Suivez-moi.

Matt tendait sa lanterne et ses gants à Mr Gibbons avant de ranger la carte dans la poche de sa veste.

— Je la garde pour le moment. Si vous vous introduisez à nouveau ici, vous aurez le choix : première option, je vous roue de coups, ou deuxième option, je vous livre à la police. Votre lien avec Munro vous évitera peut-être une arrestation, mais peut-être pas.

— Matt, tentai-je d'intervenir, mais je ravalai la suite de ma phrase.

Je m'apprêtais à lui faire remarquer que ses menaces étaient excessives, mais son regard me stoppa net. Il était toujours inquiet et furieux que quelqu'un ait réussi à s'introduire dans la maison. Et ces deux émotions étaient elles-mêmes surpassées par l'épuisement qui le tenait entre ses griffes.

Je retirai le chapelet de perles qui ornait mes cheveux et défis mes tresses en attendant le retour de Matt. Je savais qu'il reviendrait, même s'il n'avait pas promis de le faire. À peine trois minutes plus tard, il toqua doucement à ma porte.

En ouvrant la porte, je le vis appuyé sur le mur d'en face, la tête renversée en arrière et les yeux clos. Il avait enlevé son habit à queue-de-pie et ses gants.

— Vous devriez aller dormir, lui dis-je.

Il rouvrit les yeux.

— Il faut que je vous parle. Je peux ?

Je vérifiai qu'il n'y avait personne dans le couloir avant de le laisser entrer. La présence d'un homme dans ma chambre était parfaitement scandaleuse, et je voulais éviter que l'un des domestiques ne le voie et ne se mette à jaser. S'ils allaient raconter aux domestiques des autres maisons que Matt entrait dans ma chambre en pleine nuit, notre réputation à tous les deux serait détruite. À mon âge, ma réputation n'importait plus guère, mais Matt ne méritait pas qu'on le prenne pour un débauché qui abusait des femmes qui vivaient sous son toit.

Il referma la porte derrière lui.

— Vous allez bien ?

— Oui, merci. J'ai eu une sacrée peur en trouvant Gibbons ici, mais il ne m'a pas fait de mal.

Il me fit signe de m'asseoir sur la chaise qui était près de la coiffeuse. Je m'exécutai, et il regarda autour de lui, à la recherche d'un autre siège. N'en trouvant aucun, il s'assit sur le lit. Il avait l'air gauche, comme s'il savait qu'il n'était pas à sa place et qu'il aurait dû partir, mais il tenait à dire ce qu'il avait à me dire.

Je pris les devants.

— Je vous prierai de ne plus parler en mon nom.

Il se hérissa.

— Je ne voulais pas qu'il sache que vous avez des pouvoirs magiques.

— Je comprends vos motivations, mais je vous demande de ne pas recommencer. Je suis capable de peser les conséquences de mes réponses et de décider ce que je souhaite révéler sur moi-même.

Il s'installa sur le lit et s'adossa contre les oreillers, les pieds dans le vide. Il leva le menton et défit sa cravate.

— Je le sais bien, et je suis désolé. Seulement...

Il soupira.

— Je n'ai aucune excuse. Vous me pardonnez ?

— Bien sûr.

Il posa sa cravate sur la table de chevet et déboutonna le col de sa chemise.

— De la part de n'importe qui d'autre, j'aurais pensé que vous lui avez répondu parce que vous étiez fâchée contre moi et que vous vouliez faire exactement le contraire de ce que je voulais. Mais ce n'est pas votre genre.

Je me détournai parce qu'il avait l'air si à l'aise sur mon lit, et si désirable avec ses cheveux qu'il avait peignés avec ses doigts et ses habits de soirée qu'il avait à moitié enlevés. Mes nerfs ne s'étaient pas encore remis de la rencontre avec Mr Gibbons, et ils n'avaient pas besoin d'une épreuve de plus.

— Je suis contente que vous compreniez.

— Bien sûr que je comprends. Je n'aurais jamais dû faire cette erreur. Si j'avais répondu à la place de Willie, elle m'aurait passé un savon.

La fin de sa phrase se fondit en un bâillement.

— Heureusement pour moi, vous n'êtes qu'un chaton, alors qu'elle, c'est un vrai lynx.

J'étudiai mon reflet dans le miroir ; je n'étais pas vraiment convaincue d'y voir un chaton, mais ce qui était sûr, c'est que j'étais tout sauf un lynx.

— Pauvre Mr Gibbons. Tout ce qu'il veut, c'est retrouver Daniel.

— Hmm.

— J'ai bien aimé son idée d'utiliser la carte de Daniel pour le localiser. Dommage que cela n'ait pas marché.

J'ôtai les épingles de mes cheveux une à une.

— Je me demande si c'est parce que Mr Gibbons ne connaissait pas la bonne formule magique – la bonne incantation – ou si c'est parce que Daniel n'est pas dans la zone délimitée par la carte.

Si Mr Gibbons ne connaissait pas la bonne incantation, qui

pourrait la connaître ? Et la question qui s'imposait alors était la suivante : si les magiciens avaient peur de se dévoiler et même de parler ensemble de leur magie, les incantations étaient-elles vouées à disparaître ? À tomber dans l'oubli ? Et la magie elle-même finirait-elle par n'être rien d'autre que des contes que les parents racontent à leurs enfants ?

— C'est si étrange d'utiliser le mot *incantation*. Cela donne un côté beaucoup plus... fantastique. Vous ne trouvez pas ?

Comme il ne me répondait pas, je me retournai.

Il était étendu sur le lit, les yeux fermés, et sa poitrine se soulevait et s'abaissait au rythme de sa respiration profonde et régulière. Il dormait.

Je posai la dernière épingle et m'approchai du lit. J'avais envie de m'asseoir sur le bord et de caresser ses rides d'épuisement jusqu'à les faire disparaître, mais je restai debout et retins mon geste. Une femme raisonnable le réveillerait et lui ordonne-rait de regagner sa propre chambre.

Mais je ne me sentais pas raisonnable. C'était peut-être le charme de l'opéra qui faisait encore effet, ou la présence aber-rante de Mr Gibbons dans ma chambre un peu plus tôt, ou le fait d'avoir découvert que je possédais une magie puissante... mais je ne voyais pas pour Matt de meilleur endroit que celui où il était en cet instant précis. Je restai encore quelques minutes à le regar-der, admirant le pli que faisait sa bouche dans son sommeil et m'émerveillant de voir ses rides soucieuses disparaître totale-ment. Ses paupières étaient marbrées d'un réseau de veines rouges, mais avec une bonne nuit de sommeil, elles devraient disparaître aussi. Et je comptais bien le laisser profiter d'une bonne nuit de sommeil.

Je rabattis la couverture sur lui, retenant mon souffle quand il en attrapa le coin pour l'enrouler plus étroitement autour de lui. Mais il ne se réveilla pas. J'allai prendre une couverture dans la malle près de la fenêtre, m'installai sur le fauteuil et soufflai la bougie.

* * *

JE FUS RÉVEILLÉE par le bruissement de la couverture. J'étirai mes jambes, mes orteils, mes bras et mes doigts, mais ma nuque était toujours contractée. J'étais restée plusieurs heures sans trouver le sommeil, en partie parce que le fauteuil était inconfortable, et en partie parce que je n'arrêtais pas de repenser à ce qu'avait dit Mr Gibbons. Mais surtout, parce que j'avais du mal à ne pas penser à l'homme qui dormait sur mon lit.

— India ? murmura Matt. Quelle heure est-il ?

Je jetai un coup d'œil à l'horloge, mais il faisait trop sombre. Une pâle lueur filtrait autour des rideaux, mais elle ne suffisait pas à voir correctement.

— Je ne sais pas trop. Je crois que le jour se lève.

— Nom de Dieu !

Je distinguais tout juste sa silhouette qui envoyait voler la couverture et se levait.

— Que se passe-t-il ?

— Que se passe-t-il ?

Il avait l'air fâché.

— Les domestiques vont bientôt se lever, s'ils ne sont pas déjà debout. S'ils me voient ici, c'en est fini de votre réputation. Je n'en reviens pas d'avoir été assez faible pour m'endormir. Et sur votre lit, en plus.

Je ne pus m'empêcher de rire, quelque peu soulagée de voir qu'il était en colère contre lui-même et non contre moi.

— Ça ne fait rien, Matt. Ma réputation ne vaut pas la peine qu'on s'inquiète pour elle.

Il marqua une pause.

— Ne dites pas ça.

— Mais c'est vrai.

Non seulement j'avais passé l'âge que des rumeurs de ma conduite légère dissuadent un homme de me courtiser, mais de plus, les prétendants ne se bousculaient pas de toute façon.

— Mais j'apprécie votre inquiétude, elle prouve que vous êtes un gentleman.

— Je n'ai rien d'un gentleman. Un gentleman ne perd pas sa cravate sur le lit de son assistante, et il n'y aurait certainement pas dormi.

— Votre cravate est sur la table.

Il tourna son attention vers la table, mais ne réussit qu'à faire tomber la photographie de mes parents le jour de leur mariage. Il jura dans sa barbe, mais la rattrapa avant qu'elle n'atteigne le sol.

Pourquoi était-il si troublé ? Matthew Glass, d'habitude si imperturbable, semblait plus tendu qu'un ressort. C'était peut-être pour sa propre réputation qu'il se faisait du souci. C'était plus logique ; je m'inquiétais, moi aussi.

— Matt ? Y a-t-il quelque chose qui ne va pas ?

— Je dois partir.

— Avez-vous trouvé votre cravate ?

Sa silhouette brandit un morceau de tissu.

— Je crois, oui.

— Je vérifierai à la lumière du jour, par précaution, lui dis-je.

— Avant l'arrivée de la femme de chambre. Mon Dieu, imaginez qu'elle la trouve et qu'elle le raconte aux autres domestiques, et qu'ils aillent le répéter aux domestiques des autres maisons... Je ne me le pardonnerais jamais si vos nouveaux amis vous prenaient pour une... enfin, vous savez.

C'était donc bien pour ma réputation qu'il s'inquiétait, et non la sienne.

— Avant l'arrivée de la femme de chambre, répétai-je sans parvenir à réprimer un sourire.

Il avait dû l'entendre au son de ma voix, car il protesta :

— Ce n'est pas drôle, India.

Ça l'était un peu, mais il était clair qu'il n'était pas d'humeur à apprécier le comique de la situation.

— Bonne nuit, Matt.

Je lui ouvris la porte.

— Ou devrais-je déjà dire bonne journée ?

— Je ne vois pas ce qu'il y a de bon dans notre situation. Si on me voit sortir, on pensera que j'ai profité de vous.

— Ou que c'est moi qui ai profité de vous.

— Je vous répète que ça n'a rien de drôle, India.

Il passa la tête dans l'entrebâillement de la porte, jeta un coup d'œil à gauche, puis à droite, et s'éloigna sur la pointe des pieds.

Je le regardai marcher jusqu'à sa porte, devant laquelle il s'arrêta, se retourna et leva une main pour me dire au revoir. Du moins il me semblait que c'était pour me dire au revoir. C'était peut-être pour me dire de m'en aller.

* * *

LE PETIT DÉJEUNER fut anormalement silencieux. Willie et Duc, qui faisaient la grasse matinée, n'étaient pas descendus, Cyclope était déjà parti espionner Onslow et Miss Glass s'était fait monter un plateau dans sa chambre. Nous étions seuls tous les deux, et Matt était étrangement pensif.

— Êtes-vous en train de repenser à la soirée d'hier ? lui demandai-je étant donné que nous étions seuls, puisque Bristow était parti refaire du thé.

— À l'opéra, oui, dit-il sèchement en lançant un regard vers la porte. Et à cet après-midi.

— Bien sûr. La banque.

Aujourd'hui, c'était le jour où Mirth retirait de l'argent de son compte en banque. Aujourd'hui, nous allions découvrir si Mirth était Chronos.

— Voulez-vous que je vous accompagne ?

— Ce n'est pas nécessaire, mais j'apprécierais d'avoir votre compagnie. Si vous préférez rester à la maison avec ma tante Letitia...

— Je viens avec vous.

Bristow revint avec la théière.

— Toujours pas de lettres ? lui demanda Matt.

— Non, Monsieur, rien pour l'instant.

— Mince, marmonna Matt. Nous n'avons rien à faire ce matin, India. J'espérais que mon avocat me ferait parvenir des informations sur Lord Coyle, mais on dirait bien que nous allons devoir attendre.

La patience n'était pas le fort de Matt. Moins d'une heure après notre petit déjeuner, il avait fait les cent pas dans son bureau, dans le salon, le parloir et le vestibule. Je renonçai à essayer de le calmer et me retirai au salon avec un livre.

Duc vint se joindre à moi. N'ayant rien de mieux à faire, il décida d'aller surveiller la fabrique de Worthey avec Willie, bien que notre espoir de votre DuPont réapparaître sur son lieu de travail ait presque entièrement disparu. Toutefois, à dix heures, comme Willie n'était toujours pas levée, il partit sans elle. À onze heures, commençant à m'inquiéter, j'allai frapper à sa porte. Pas de réponse.

Comme Willie, d'après Duc, avait bu un bon nombre de verres de whisky à la taverne, il n'était pas étonnant qu'elle dorme tard. Mais peut-être était-elle malade ? J'avais déjà vu Willie vider les verres de whisky les uns après les autres, et à part une élocution traînante, elle n'avait jamais subi d'effets négatifs le lendemain, et c'était bien la première qu'elle dormait si tard.

En ouvrant la porte, je n'eus pas besoin d'attendre que mes yeux s'accoutument à la faible luminosité pour comprendre immédiatement que la chambre était vide. Ce qui ne m'empêcha pas d'inspecter le lit. Quelqu'un y avait dormi récemment, mais il était froid.

— Willie ?

C'était idiot de l'appeler : cette chambre ne contenait aucune pièce annexe.

— Willie ? répétai-je un peu plus fort.

Toujours pas de réponse. Et soudain, je compris où elle était partie.

Je sortis de la chambre en courant et dévalai les escaliers en faisant claquer les chaussons que j'avais aux pieds. Je ne trouvai aucune trace de Bristow ni des autres domestique, et je ne voulais pas les appeler en sonnant la cloche. Ce serait trop long. Je me précipitai à l'arrière de la maison et descendis les marches de l'escalier de service.

J'y croisai Mrs Bristow qui sortait de la cuisine. Elle sursauta en me voyant mais je ne savais pas si elle était choquée par mon irruption à l'étage des domestiques ou par l'éclat de mes yeux.

— Mrs Bristow, avez-vous vu Willie ce matin ?

— Elle est sortie tôt, Madame, je venais à peine de me lever moi-même.

— Merci ! lançai-je par-dessus mon épaule en reprenant ma course.

Je revins sur mes pas jusqu'à arriver devant le bureau de Matt. Je tambourinai à la porte puis me ruai à l'intérieur sans attendre qu'il m'ouvre.

Assis à son bureau, il se leva immédiatement de sa chaise.

— India ? Qu'est-ce que...

— Willie est partie, haletai-je. Elle est partie aux aurores. Je pense qu'elle est allée trouver celui qui vous a écrit cette lettre de chantage.

Matt blêmit.

— Et elle n'est pas rentrée.

Ce n'était pas une question. Il tapota le gousset de sa veste et passa devant moi d'un pas décidé.

— Bristow ! appela-t-il depuis le couloir. Bristow, faites atteler la voiture, *tout de suite* !

Je pressai une main sur mon cœur qui battait à tout rompre et le suivis.

— Est-ce bien prudent de partir à sa recherche ? Je me trompe peut-être. Elle est peut-être partie à la fabrique de Worthey avant Duc ?

— Vous ne vous trompez pas.

Il ne courait pas, mais ses longues enjambées déterminées m'obligeaient à me démener pour ne pas me laisser distancer, même si je trottinais.

— Bristow ! s'écria-t-il à nouveau. La voiture !

— Oui, Monsieur, répondit la voix du majordome, quelque part à l'étage du dessous.

Miss Glass émergea de sa chambre au moment où je passais devant.

— Matthew ? Que signifie ce vacarme ?

— Je dois sortir, lui dit-il sans s'arrêter. India vous tiendra compagnie jusqu'à mon retour.

Apparemment satisfaite par sa réponse, elle retourna dans sa chambre.

— Matt, dis-je en me hâtant quelques pas derrière lui. Et si c'était un piège ? Et si...

— Je dois y aller, se contenta-t-il de répondre. Vous savez bien que je n'ai pas le choix.

Maudite Willie ! Pourquoi fallait-il qu'elle soit toujours si impétueuse ?

— Mais vous devez bientôt aller à la banque. Je ne peux pas le faire à votre place, j'ignore à quoi ressemble Chronos.

— J'irai à Lemon Street, puis directement à la banque.

— Et si vous êtes retenu là-bas ? Et si vous ne la trouvez pas ?

Il arriva au bas des escaliers et attrapa son chapeau sur la patère.

— J'aviserai à ce moment-là.

Autrement dit, il risquait de rater Mirth. Nous savions l'un comme l'autre qu'il ne quitterait pas Lemon Street sans un indice qui l'aiderait à savoir où était Willie. Je priais pour qu'elle soit encore là-bas, à attendre, ou qu'elle soit partie à la fabrique de Worthey si le maître-chanteur ne s'était pas montré pour elle.

Pendant une heure, j'attendis des nouvelles de Matt, mais je n'en eus aucune. Toutes les horloges de la maison me mettaient au supplice, surtout celles qui sonnaient. J'aurais juré pouvoir entendre le moindre tic-tac de chaque pendule, et la maison du numéro seize de la rue Park Street en comptait plus d'une douzaine. Cette heure me parut durer une éternité. Quand midi sonna, chaque parcelle de mon être était si rongée par l'inquiétude que je ne pouvais plus rester assise à ne rien faire.

— Je sors, annonçai-je à Miss Glass, qui était assise au soleil devant la fenêtre. Je dois aller à la banque.

Cet indice devrait suffire à Matt quand il rentrerait.

Mais je doutais qu'il revienne. S'il avait trouvé Willie, que ce soit dans la rue Lemon Street ou à la fabrique de Worthey, il me l'aurait fait savoir avant de se rendre à la banque. Or, je n'avais pas reçu de nouvelles. Mon sang se glaça d'effroi.

Il était déjà midi. Si seulement je pouvais aller chercher Duc ou Cyclope, qui avaient vu Chronos et connaissaient son visage ! Mais cela m'aurait fait perdre trop de temps. Je rassemblai les dix livres que je gardais dans la maison pour les situations d'urgence et demandai à Bristow de me trouver un fiacre. J'attendis en serrant ma montre au creux de mon poing. Sa forme familière et sa douce chaleur m'aidèrent à calmer les palpitations de mon cœur et à mettre de l'ordre dans mes idées.

Mais parmi ces idées, il y en avait une qui s'imposait plus nettement que toutes les autres. Matt était-il tombé dans le piège du maître chanteur ? En allant à la banque, ne risquais-je pas de perdre un temps précieux que je pourrais employer à le sauver ?

Et si, tout simplement, il m'était impossible de le sauver ?

CHAPITRE 15

Mon tempérament extrêmement prudent m'avait poussée à porter un chapeau à larges bords doté d'une voilette et à demander au cocher de s'arrêter sur Prince Street, à l'angle qui se trouvait avant la Banque d'Angleterre. Mais toutes ces précautions n'empêchèrent pas mon cœur de faire un bond lorsque j'aperçus Abercrombie, debout près de l'une des colonnes de l'entrée. Mon pas se fit hésitant et je m'arrêtai devant la grille en fer. Si Abercrombie rôdait par ici, il était probable qu'il attende Mirth, lui aussi – et peut-être même Matt.

C'était Abercrombie qui m'avait dit que Mirth touchait chaque semaine sa pension à la Banque d'Angleterre. S'était-il rendu compte trop tard qu'il m'avait fourni un indice crucial pour nous aider à retrouver Mirth ? C'était peut-être pour cela qu'il était là, à attendre à l'ombre de l'imposant édifice tel un félin à l'affût.

Il se tenait au centre des marches, et il était impossible de l'éviter complètement. Son regard balayait les alentours, sans cesse en mouvement, remarquant chaque personne qui montait l'escalier. Mon chapeau et ma voilette ne suffiraient pas à me déguiser efficacement.

Fallait-il que je le laisse me voir ? Il ne pourrait pas m'interdire d'entrer, mais il m'empêcherait peut-être de soudoyer l'employé au guichet. Je devais passer devant lui sans me faire repérer. Ce qu'il me fallait, c'était une diversion, quelque chose qui détourne son attention de moi.

C'est alors que je vis un monsieur qui traversait la rue, et j'eus une meilleure idée.

— Excusez-moi, Monsieur, dis-je à l'homme ventripotent qui se dirigeait vers la banque d'un pas flegmatique.

Il s'arrêta, regarda par-dessus son épaule comme s'il était surpris d'être ainsi abordé, puis il me sourit.

— Oui, Madame ? Puis-je vous aider ?

Il n'était pas particulièrement grand, mais il était d'une telle corpulence que le bas de ma robe devait faire à peu près la même circonférence que sa taille.

— Je ne me sens pas très bien, mais il faut absolument que j'aille jusqu'à la banque. Pourriez-vous m'escorter ?

Il jeta un nouveau coup d'œil par-dessus son épaule comme s'il n'en revenait pas que je lui adresse la parole. Quand il réalisa que c'était bel et bien le cas, son sourire se fit plus timide et ses joues, déjà bien roses, s'empourprèrent.

— Naturellement. Je ne vais tout de même pas laisser une dame s'évanouir en pleine rue, n'est-ce pas ?

Il me présenta son bras droit, ce qui voulait dire que j'allais devoir marcher du côté le plus proche d'Abercrombie.

Je le contournai et, avec un petit rire nerveux, il m'offrit son autre bras.

— Merci, c'est très aimable à vous.

— Mais je vous en prie, dit-il en m'accompagnant d'un pas sûr, mais lent, vers les marches de la banque, et vers Abercrombie.

— J'espère que ce n'est rien de grave.

— Non, j'ai seulement besoin de me mettre quelques minutes à l'abri du soleil.

Je me présentai et nous conversâmes à mi-voix. Avec la voilette qui me cachait les yeux, mon visage n'était pas immédiatement reconnaissable, mais si Abercrombie me regardait, il me reconnaîtrait.

Cependant, il ne me regarda pas. Pas vraiment. Ne connaissant pas l'homme sur bras duquel je m'appuyais, il ne prit pas la peine d'observer la femme à la voilette. Ma ruse avait fonctionné.

— Je pense pouvoir me débrouiller seule, maintenant, dis-je une fois à l'intérieur de la banque.

— Souhaitez-vous vous asseoir ? Voulez-vous un peu d'eau ?

— Vous êtes très galant, Monsieur, mais je me sens déjà mieux. Merci pour votre assistance.

Il porta la main au rebord de son chapeau.

— C'était un plaisir.

Aucun des employés n'était celui de la semaine passée, aussi me rendis-je au premier guichet disponible, tenu par un jeune homme à l'air affable.

— Mon nom est Miss Jane Markham, dis-je, reprenant l'identité dont je m'étais servie une semaine plus tôt. Je suis la petite-fille de Mr Oliver Warwick Mirth. Il vient ici tous les mercredis après-midis pour toucher sa pension. Savez-vous s'il est déjà passé aujourd'hui ?

Le jeune homme s'excusa avec un sourire.

— Je suis navré, Miss Markham, mais cette information est confidentielle.

Je tirai une pièce d'or de mon réticule.

— Je dois absolument savoir, c'est important. Mon grand-père n'a plus toute sa tête, et nous avons remarqué qu'il nous fallait garder un œil sur lui.

L'employé repoussa ses lunettes plus haut sur l'arête de son nez. Elles donnaient l'impression que ses yeux étaient encore plus ronds.

— Je... euh...

Il jeta un coup d'œil vers le guichetier sur sa gauche, un homme d'un certain âge avec un nez et un menton pointus.

Je sortis une deuxième pièce et plaçai ma main sur les deux pièces de façon à les cacher et à ne les montrer qu'au jeune employé. Il hocha rapidement la tête et je fis glisser les pièces sur le comptoir en bois poli.

— Attendez ici un instant.

Il nota quelques instructions sur une feuille de papier qu'il passa à un autre jeune homme qui se tenait un peu en arrière. Ce dernier sortit par une porte et ne tarda pas à revenir avec un dossier.

— Je vois ici, dit l'employé en tapotant la dernière page du bout du doigt, que votre grand-père n'est pas encore passé. Il referma le dossier avec un claquement et le rendit au jeune homme qui repartit en direction des archives. L'employé regarda l'homme au guichet voisin, puis me congédia d'un geste du menton.

Je le remerciai et allai m'asseoir sur l'une des chaises disposées le long du mur. D'autres dames attendaient que leurs maris terminent ce qu'ils avaient à faire pour s'en aller ensemble. Je gardai les yeux fixés sur l'entrée, sans trop savoir pourquoi j'attendais. J'ignorais à quoi ressemblait Mirth ou Chronos, mais j'attendis tout de même, au cas où Matt arriverait.

Une heure s'écoula, et j'étouffais un bâillement lorsqu'Abercrombie entra d'un pas vif. Je touchai le bord de mon chapeau pour dissimuler mon visage, mais il ne regarda pas dans ma direction. Son attention était concentrée sur un homme voûté aux cheveux blancs qui venait d'entrer en clopinant. L'homme boitilla jusqu'à un employé tandis qu'Abercrombie restait en retrait. Quelques minutes plu tard, l'homme glissa ses pièces neuves dans sa poche et s'éloigna en traînant la jambe. Il passa devant Abercrombie sans qu'aucun des deux ne semble reconnaître l'autre. Au contraire, Abercrombie lui tourna même le dos un bref instant. Il ne voulait pas que le vieil homme le voie.

C'était certainement Mirth.

Mirth sortit dans la rue ensoleillée et Abercrombie lui emboîta le pas. Je les suivis. Le claquement de mes talons sur le sol carrelé était assez fort pour signaler ma présence au monde entier, mais Abercrombie ne se retourna pas. Il avait dû décider que, puisqu'il n'avait vu passer devant lui aucun des amis de Matt lorsqu'il attendait dehors, il était impossible qu'il y en ait un à l'intérieur.

Je n'avais pas la moindre idée de ce que je devais faire à présent. Je ne pouvais pas aborder le vieil homme sans qu'Abercrombie me remarque. Tout ce que je savais, c'était que je devais prendre mon mal en patience ; je devais faire tout mon possible pour aider Matt. Je me contentai donc de les suivre dans l'escalier qui descendait vers le trottoir. Mirth partit en boitant vers la droite avec une lenteur interminable, la tête baissée comme s'il cherchait des pièces tombées sur le pavé.

Une voiture passa dans un fracas de roues et Mirth leva la tête. S'animant soudain, il héla un omnibus qui approchait dangereusement vite. Le passager installé sur le siège au bord de l'impériale s'accrocha des deux mains à la rambarde en fer quand l'omnibus fit une embardée vers le trottoir. Le poinçonneur aida Mirth à grimper à bord.

Oh, non ! J'allais perdre sa trace !

Si je voulais monter à mon tour dans l'omnibus, j'allais devoir crier au conducteur de m'attendre le temps que je le rattrape. Mon cri avertirait également Abercrombie qui, resté sur le trottoir, observait toujours la scène.

L'omnibus repartit et mon cœur se serra. Au moins, je pourrais décrire précisément l'inconnu à Matt. J'espérais que ce serait suffisant.

Abercrombie traversa la rue en hâte sans plus faire attention à l'omnibus, qui n'avait pas encore tout à fait disparu..

Un fiacre me dépassa en ralentissant l'allure. Il s'arrêta derrière moi pour déposer un passager à l'entrée de la banque. Je rassemblai mes jupes et me mis à courir. L'homme s'en aperçut et demanda au cocher d'attendre.

Je le remerciai et il m'aida à monter avant de refermer la portière.

— Voyez-vous cet omnibus qui tourne à l'angle, là-bas ? demandai-je au cocher à travers la trappe du toit. Suivez-le. Vite, mon brave.

Je lui tendis une somme que j'espérais suffisante pour le trajet.

— Quand il s'arrêtera, je voudrais y monter.

Le cocher réussit la prouesse de faire faire demi-tour à son véhicule au milieu de la circulation, ce qui lui valut quelques poings levés et protestations indignées de la part des autres cochers. Le cheval accéléra de toutes ses jambes, dépassant les autres voitures plus lentes. La portière, qui montait jusqu'à la hauteur de ma taille, protégeait mes jupes du plus gros de la boue projetée par les sabots du cheval, mais ma veste fut un peu éclaboussée. Je n'osai pas m'épousseter de peur de perdre de vue l'omnibus devant moi. Nous l'avions rattrapé, et dès qu'il s'arrêta près du trottoir pour laisser monter un passager, mon fiacre s'arrêta juste derrière.

— Attendez la dame, lança mon cocher tandis que je descendais.

Le poinçonneur me tendit la main en me voyant approcher.

— Bonjour, Mademoiselle.

— Merci, et bonjour à vous, dis-je en dévisageant un à un les passagers de l'omnibus. Mirth était assis vers le centre.

— Excusez-moi, puis-je m'asseoir ici ? demandai-je à son voisin. L'omnibus fit un bond en avant et il dut me retenir tout en se décalant sur le siège pour me faire de la place.

Je me laissai tomber à côté de Mirth, essoufflée par cet effort ainsi que par l'atmosphère étouffante de la cabine. L'anticipation y était pour quelque chose, elle aussi. Je n'arrivais pas à croire que j'étais sur le point de parler à l'homme qui était peut-être capable de réparer la montre de Matt.

Cependant, Mirth ne remarqua pas mon exaltation. Il somnolait, le menton appuyé contre sa poitrine, les mains croisées sur son ventre. Je m'éclaircis la gorge, puis, comme il ne réagissait pas, je lui donnai un violent coup de coude.

Il se réveilla et promena tout autour de lui son regard morne.

— Bonjour, Mr Mirth, dis-je.

Il me dévisagea, interloqué.

— Est-ce que je vous connais ?

— Mon nom est India Steele. Je suis la fille d'Elliot Steele, un horloger qui tenait une boutique sur Saint Martin's Lane avant sa mort.

— Elliot Steele ? Je le connais. Un brave type. J'ai été triste d'apprendre qu'il était décédé.

Il porta la main au rebord de son chapeau.

— Enchanté, Miss Steele. Je suis surpris que vous m'ayez reconnu. Est-ce que nous nous sommes déjà rencontrés ?

— Maintenant, oui, lui répondis-je avec un sourire.

Je ne pouvais m'en empêcher. Je me sentais si euphorique.

— J'ai entendu dire que vous étiez dans un hospice, dis-je. Vivez-vous toujours là-bas ?

Il prit un air méfiant et les rides de son front vinrent presque toucher l'arête de son nez. J'avais eu une heure à la banque pour réfléchir à ce que je devrais dire si je parlais à Mirth, mais je n'avais pas pensé que mes questions lui paraîtraient aussi incongrues.

— Non, répondit-il prudemment. J'ai déménagé. Pourquoi ?

Et s'il ne voulait pas me répondre ? Et s'il préférait rester à tout jamais dans l'anonymat ? C'était tout à fait possible, mais je devais tout de même prendre le risque et lui dire ce que j'avais vraiment besoin de savoir. Le temps jouait contre moi, et en posant des questions évasives, je n'obtiendrais que des réponses évasives.

L'homme assis à côté de moi descendit, nous laissant seuls, Mirth et moi, du côté droit de l'omnibus. J'approchai tout de même ma bouche de son oreille tout en remerciant le ciel qu'il ne soit pas sourd.

— Mr Mirth, j'ai un ami en possession d'une montre magique qui lui a été donnée il y a cinq ans en Amérique par un homme d'un certain âge surnommé Chronos.

Les lèvres de Mirth s'entrouvrirent, laissant échapper un hoquet de surprise. Il lança un regard oblique aux autres passagers et leva une main pour attirer l'attention du poinçonneur.

— Arrêtez-vous, dit-il.

— Mais on vient juste de s'arrêter, maugréa le poinçonneur en cognant contre la paroi de la cabine.

— Mr Mirth, *je vous en prie*, l'implorai-je au moment où l'omnibus pilait brutalement. J'ai besoin de votre aide.

— Chut, Miss Steele. Allons faire un tour à pied, nous serons plus tranquilles.

Oh. D'accord. Je l'aidai à descendre sur le trottoir. Nous étions dans la rue Cheapside, pas très loin de notre point de départ grâce à la circulation dense au milieu de laquelle l'omnibus essayait à présent de se frayer un chemin. Je jetai un regard derrière nous, redoutant à moitié d'apercevoir Abercrombie. Mais il était parti dans la direction opposée. En outre, avec cette foule qui grouillait tout autour de nous, nous devrions être en sécurité.

Mr Mirth se mit en route, progressant lentement à cause de sa boiterie, tandis que j'avançais à ses côtés. N'importe qui nous aurait pris pour un père et sa fille sortis faire des emplettes. C'était un petit homme au visage buriné et fatigué, mais au regard pénétrant, et qui ne le paraissait que davantage tant il se montrait vigilant.

— Est-ce Abercrombie que vous cherchez ? demandai-je.

— Vous l'avez vu ?

J'acquiesçai.

— Il voulait m'empêcher de vous parler.

— Ah bon, vraiment ? Je crois qu'il va falloir que vous commenciez par le début.

Je lui parlai de la montre de Matt, de ses dysfonctionnements, et du besoin qu'il avait de trouver l'horloger qui se faisait appeler Chronos. Il n'eut pas même l'ombre d'une réaction de surprise quand je mentionnai la magie – jusqu'à ce que je parle de l'association entre la magie du médecin et celle de l'horloger pour maintenir Matt en vie.

— Et ça a marché ? souffla-t-il, époustouflé.

Je confirmai d'un hochement de tête.

— Comme on raconte que vous étiez à l'étranger en même temps que Chronos, on m'a conseillé de venir vous trouver. Eh bien ? insistai-je, incapable d'attendre plus longtemps. Est-ce vous qui avez enchanté la montre de Matt avec le Dr Parsons ?

Il secoua la tête et mon cœur sombra lourdement tout au fond de mon ventre comme une enclume. Les larmes me montèrent aux yeux. Tous ces efforts, toute cette attente... pour rien.

— Je ne suis jamais allé en Amérique, Miss Steele. Je ne suis pas le Chronos de votre employeur.

— Mais alors pourquoi ne me l'avez-vous pas dit dans l'omnibus ?

Ma frustration s'entendait à mon ton sec, mais je ne m'excusai pas. J'étais trop dévastée pour me sentir coupable.

— J'ai perdu mon temps.

— Je ne suis pas Chronos, c'est vrai, mais je sais peut-être où il est.

J'en eus le souffle coupé.

— Je vous écoute.

— Avant de vous donner de faux espoirs, permettez-moi de préciser d'abord que je ne suis pas magicien. Je ne suis qu'un simple horloger qui, depuis longtemps, connaît leur existence et admire leur travail. Saviez-vous que les magiciens créaient des œuvres uniques d'une qualité extraordinaire ? Qu'ils ont un talent remarquable que personne au monde n'est capable d'égaler à moins de maîtriser la magie ?

J'acquiesçai.

— Dans ce cas, vous devez savoir qu'il est facile de les identifier si l'on sait ce qu'on cherche et si le magicien n'est pas très doué pour se cacher. Certains magiciens ne réalisent leur talent que trop tard – lorsqu'ils créent une œuvre si merveilleuse qu'elle a déjà attiré l'attention du monde entier. Ou du moins, dans le cas présent, le monde des montres et des horloges. Il y a un horloger, ici même à Londres, qui crée des montres extraordinaires. À mon avis, il est sûrement magicien. C'est peut-être lui, l'homme que vous cherchez.

— Il habite actuellement à Londres ?

— C'était le cas la dernière fois que je l'ai croisé. La première fois que j'ai vu son travail, c'était il y a de nombreuses années, puis à nouveau tout récemment. Seul un magicien pourrait créer quelque chose d'aussi beau, d'aussi précis. La première fois, j'en savais très peu sur la magie, et je n'ai pas osé aborder le sujet avec lui. La deuxième fois, j'ai réussi à le coincer dans la salle d'exposition où il travaillait, mais il m'a échappé au bout de quelques minutes à peine. Il était agile pour son âge, et cette satanée patte folle me ralentit, ajouta-t-il en se donnant une petite tape sur la cuisse.

— Où puis-je le trouver ? Comment s'appelle-t-il ?

— DuPont. Il se cache à Clerkenwell, dans une petite fabrique relativement insignifiante.

Je poussai un profond soupir de lassitude.

— Je suis déjà au courant. Nous ne lui avons pas parlé parce qu'il s'est enfui en nous voyant. Il ne veut pas nous parler.

— Oh. C'est dommage.

Je continuai de marcher en calant mon pas sur le sien. J'avais l'impression qu'on venait de m'ôter toute substance. Je me sentais vide et comme hébétée. Toute cette attente, tous ces efforts... pour rien.

— C'est sans doute pour cela qu'Abercrombie voulait vous empêcher de me parler, dit Mr Mirth.

— Je vous demande pardon ?

— Abercrombie ne voulait pas que je vous rencontre parce que j'avais deviné que DuPont était un magicien, et il savait que je pourrais vous indiquer où le trouver.

— Je suppose.

— Miss Steele, vous ne comprenez pas. Je suis *le seul* qui vous aurait aidée. C'est *pour ça* qu'il voulait que je quitte l'hospice pour un endroit plus privé, ajouta-t-il sans me laisser le temps de lui demander ce qu'il voulait dire. Il est venu me chercher un beau jour et m'a emmené dans un nouveau logement. Sans un mot d'explication. C'était très étrange. Personne n'est venu me voir depuis que j'ai déménagé, et maintenant, je sais pourquoi. Abercrombie a gardé secrète ma nouvelle adresse.

— En effet, c'est très étrange. Vous devez avoir raison.

Comme nous passions devant la boutique d'un horloger, je tirai sur ma voilette pour m'assurer qu'elle tenait bien en place.

— Vous êtes le seul qui m'aurait aidée ? Que voulez-vous dire ?

— Contrairement à eux, je n'ai pas peur des magiciens, dit Mirth. Je suis tout à fait disposé à parler d'eux et de leur travail. Je vous l'ai dit : j'ai parlé à DuPont tout récemment.

— Lui avez-vous demandé s'il était magicien ?

— Oui, mais il n'a pas voulu l'admettre – par peur de représailles, peut-être. Mais j'en étais sûr.

Il pouffa légèrement.

— DuPont.

— Pardon ?

— Je ne crois pas que ce soit son vrai nom, ni même qu'il soit français.

Je me tournai vers lui.

— Que voulez-vous dire ?

La principale raison pour laquelle nous n'étions pas convaincus que DuPont était Chronos, c'était parce que Chronos n'était pas français mais anglais, et que Worthey avait dit que DuPont venait de France.

— Il n'a pas tout à fait le bon accent. Je suis allé en France, Miss Steele, et DuPont arrondit trop ses voyelles, comme un Anglais. Je ne sais pas de quel pays il vient, mais il n'est pas français.

— Se pourrait-il qu'il soit anglais ?

— C'est possible.

Mirth se tut, comme perdu dans ses pensées. Quant à moi, au contraire, je n'avais jamais été aussi consciente de mon environnement. J'étais en train de parler de magie avec un inconnu, chose qui inquiéterait Matt s'il était là. J'ouvrais l'œil au cas où Abercrombie se montrerait, mais je ne vis aucun signe de lui parmi les clients et les apprentis des commerçants de Cheapside qui, sur les seuils des boutiques, faisaient l'article de leurs marchandises « de qualité ». Je pris Mirth par le bras et l'entraînai pour contourner un marchand ambulant dont la charrette bloquait une bonne partie du trottoir.

— Ce n'est pas seulement que j'étais le seul à pouvoir vous dire que DuPont est un magicien et qu'il n'est pas français, Miss Steele, dit-il avec un tel enthousiasme qu'il butait sur les mots. C'est que je suis le seul qui aurait *accepté* de vous aider. Voilà pourquoi Abercrombie a tout fait pour empêcher notre rencontre.

— Pourquoi êtes-vous prêt à m'aider ? Personne d'autre ne veut le faire, dans la guilde.

— De tous les horlogers de cette ville qui savent encore que la magie existe, je crois bien que je suis le seul qui n'ait rien à craindre. Je n'ai rien à craindre parce que je n'ai rien à perdre. Je n'ai plus de boutique ni de métier. Plus de famille non plus.

Son regard se concentra sur la foule devant nous et il reprit sa marche lente et claudicante.

— Je n'ai pas peur de la magie, parce que je la vois comme quelque chose de beau, de merveilleux. La magie m'intrigue et me fascine un peu. Peut-être que si j'étais comme Abercrombie, avec une boutique et une réputation à préserver, j'aurais peur qu'un horloger doué de pouvoirs magiques m'enlève tout cela. Quant à combiner différents types de magie... c'est une idée à laquelle je n'avais pas réfléchi jusqu'à maintenant. Je ne savais pas que c'était possible.

— Rares sont les magiciens qui ont tenté l'expérience, il me semble.

— Et c'est tant mieux.

— Que voulez-vous dire ?

Il s'arrêta devant une marchande de fleurs qui criait :

— Elles sont belles, elles sont fraîches !

Elle nous tendit son panier pour nous montrer ses marchandises.

— J'ai des marguerites, des violettes, des œillets ! De première qualité.

Il acheta un petit assortiment de fleurs, paya la vendeuse et me tendit le bouquet.

— Combiner différents types de magie, ça a l'air dangereux, Miss Steele, dit-il lorsque la marchande de fleurs se fut éloignée. Tout particulièrement quand il s'agit de ramener à la vie un homme qui devrait être mort. Personne n'a le droit d'aller à l'encontre de la volonté de Dieu. Pas même un magicien.

— Tuer un être vivant d'un coup de feu, ce n'est pas la volonté de Dieu non plus, Mr Mirth. C'est un acte violent commis par quelqu'un qui n'a aucun respect pour la vie. Il n'y a pas de mal à ramener à la vie un honnête homme qui ne mérite pas de mourir pour avoir voulu faire du monde un endroit meilleur. Je ne vois aucun mal à cela.

— Je vois bien que je vous ai fait de la peine. Je vous présente mes excuses. J'espère que nous pourrons rester amis malgré tout.

Je tentai de sourire, mais cela me demandait un effort.

— Bien entendu. Je suis contente que nous ayons parlé, Mr Mirth. Puis-je vous raccompagner jusqu'à votre nouveau domicile ?

— Ce n'est pas loin d'ici, et j'ai quelques courses à faire avant de rentrer.

Il porta la main au rebord de son chapeau.

— Je souhaite bonne chance à votre ami. Mais soyez prudente, Miss Steele. N'allez pas risquer votre vie pour tenter de sauver la sienne.

Je le regardai s'éloigner en boitillant jusqu'à ce qu'il disparaisse au milieu de la foule, puis je pris un fiacre pour rentrer à Park Street. Je demandai au cocher de m'attendre le temps que je demande à Bristow si Matt était rentré. Il me dit que non, mais que Bryce était revenu seul en ne voyant pas Matt réapparaître. J'avais la nausée.

Il s'était jeté dans la gueule du loup. Et Willie aussi.

Mais Matt était intelligent, et il avait conscience des dangers. Il ne se serait pas aventuré dans Lemon Street sans un plan, et éventuellement une arme. Willie non plus. Cette pensée ne me rassurait guère.

Bryce me conduisit à Clerkenwell, où je trouvai Duc adossé contre un mur en face de la fabrique de Worthey, son chapeau rabattu sur ses yeux. Sitôt que je lui eus expliqué la situation, il s'empressa de quitter son poste pour m'accompagner. Nous allâmes chercher Cyclope au siège de la guilde, même si la police avait failli refuser de le laisser partir. Apparemment, il y avait eu une effraction au cours de la nuit, et les inspecteurs interrogeaient le personnel.

— Qu'ont pris les voleurs ? lui demandai-je alors que notre voiture s'éloignait.

— Rien, dit-il.

— Alors pourquoi avoir appelé la police ?

— Parce que le valet de pied trouve qu'il se passe de drôles de choses. Un carreau a été cassé. Il pense que les voleurs ont été interrompus et ont déguerpi, mais je ne suis pas d'accord. Le verre cassé était à l'extérieur, dans la cour.

— Et alors ? demanda Duc en haussant les épaules.

— Alors, si quelqu'un s'était introduit par effraction, le verre cassé serait tombé à l'intérieur.

— Pas faux.

— Ils sont certains que rien n'a été volé ? demandai-je.

Cyclope haussa une épaule.

— Ils s'apercevront peut-être plus tard qu'il manque quelque chose.

Nous roulâmes en silence jusqu'à Lemon Street, dans le quartier de Bethnal Green. La peur qui m'avait hantée toute la journée m'étreignait le cœur, à présent ; elle avait dû affecter les hommes aussi. La vue de notre lourde berline en plein Bethnal

Green nous valut des regards soupçonneux de la part des habitants au teint blafard. Même s'il était censé être évacué en vue de sa démolition, le quartier fourmillait encore d'habitants qui n'avaient aucun autre endroit où aller. Des enfants faméliques et pieds nus vêtus de guenilles rapiécées se cachaient derrière leurs cheveux gras comme derrière des rideaux, les yeux emplis d'un mélange de méfiance et d'émerveillement. Le désespoir suintait dans l'ombre des perrons, où des femmes au visage morne et au dos voûté nous mettaient au défi de quitter la sécurité de notre véhicule pour pénétrer sur leur domaine. Je serrai plus fort mon réticule contre moi.

— Restez là, me dit Duc lorsque Bryce arrêta la voiture. Lemon Street, c'est ici ? demanda-t-il par la fenêtre.

Un enfant lui montra du doigt une arche en briques rouges trop étroite pour y faire passer la voiture. De l'autre côté, je ne voyais qu'une ruelle sordide entourée sur trois côtés par des bâtiments à moitié effondrés. Du linge pendait, immobile, sur des cordes tendues entre les fenêtres des étages supérieurs. Aucun souffle de vent ni aucun rayon de soleil ne parvenait jusqu'à cette rue pour sécher même le tissu le plus mince.

— Prêt ? demanda Duc à Cyclope.

Cyclope opina.

— Tu as une arme sur toi ?

Duc lui montra un couteau fixé à son avant-bras, et un autre à sa jambe.

— Et toi ?

Cyclope ferma les poings.

— Allons-y.

Ils s'engagèrent sous l'arche, entraînant sur leurs talons une petite grappe d'enfants, jusqu'à ce qu'une femme les rappelle d'un ton sec. Je tendis le cou, mais je ne voyais plus ni Cyclope ni Duc.

Les chevaux se mirent à piaffer.

— Mieux vaut ne pas s'attarder ici, me dit Bryce du haut de son siège.

Je consultai ma montre. Deux minutes s'étaient écoulées. Trois. L'argent était chaud et palpitait doucement dans ma main, à moins que ce ne soit le sang qui pulsait dans mes veines.

J'avais l'impression qu'ils étaient partis depuis une éternité, mais en regardant à nouveau ma montre, il s'avéra que ça ne faisait que cinq minutes.

Enfin, ils ressortirent. Seuls. Mon estomac se noua, même si je ne m'étais pas réellement attendue à ce qu'ils reviennent avec Matt ou Willie.

— Alors ? leur demandai-je tandis qu'ils s'approchaient.

— Rien, fit Duc, amer. Pas moyen d'en tirer un seul mot. La dernière fois que j'ai vu des lèvres aussi serrées, c'était...

Il me lança un regard.

— Bref, ils ne parlent pas.

— On aurait dû prévoir de l'argent, dit Cyclope.

— J'en ai, moi, de l'argent.

Pourquoi n'y avais-je pas pensé plus tôt ? J'avais pris dix livres pour soudoyer l'employé de la banque, mais je n'en avais utilisé que deux.

Cyclope me tendit la main à travers la fenêtre, mais je secouai la tête et ouvris la portière.

— Je n'en peux plus de rester ici à attendre.

Les deux hommes échangèrent un regard.

— Matt ne serait pas d'accord, dit Duc.

— Matt n'est pas là; leur rappelai-je. Si nous ne sommes pas de retour dans dix minutes, allez chercher la police, dis-je à Bryce.

Je m'engageai d'un pas décidé sous l'arche qui menait à Lemon Street, escortée par Duc et Cyclope. Leur présence me rassurait, jusqu'à ce que je remarque un groupe de cinq hommes qui se prélassaient sur un tas de cageots et de fûts à côté d'une porte qui avait sans doute dû être rouge autrefois, et qui était maintenant d'un rose sale et délavé. Ces hommes nous observèrent par-dessous leurs paupières lourdes qui se relevèrent imperceptiblement en m'apercevant. Un rictus fit frémir leurs barbes sales et hirsutes. L'un d'eux sortit le bout de sa langue comme un lézard pour se lécher les lèvres.

J'avais deux gardes du corps, et ils étaient cinq. Bien que j'aie une totale confiance en Duc et Cyclope, je n'étais pas entièrement sûre que l'équilibre des forces soit en ma faveur.

— Ils ont l'air de savoir tout ce qui se passe ici, dis-je.

— Ils ont l'air louches, répliqua Duc. On leur a déjà parlé. Ils ont dit que ni Willie ni Matt n'étaient passés par là.

— Mais nous savons que c'est faux.

— Donnez-moi votre argent, dit Cyclope. On va voir ce qu'on arrive à tirer d'eux avec quelques pièces.

Je faillis protester, mais je finis par me raviser. Il était inutile que je vienne avec lui. Cela risquerait d'empirer les choses. Il ouvrit ses deux mains et j'y versai tout ce que j'avais. Ainsi, ces malfrats verraient que je n'avais rien de plus à leur donner.

Cyclope s'approcha seul du groupe. Duc restait collé à moi comme un caramel sur un dentier, ses mains légèrement croisées devant lui. Cette position lui permettait d'attraper rapidement le poignard qu'il avait dans la manche en cas de besoin. Cyclope parla aux cinq hommes et leur distribua l'argent. Les pièces disparurent dans leurs poches trop vite pour que je voie leur geste. L'homme qui s'était léché les lèvres répondit à Cyclope, puis secoua la tête. Ils en firent tous autant.

Cyclope perdit patience et empoigna l'homme par le devant de sa chemise, le soulevant de sorte que ses pieds ne touchaient plus le sol.

— Parle !

Ses amis se levèrent d'un bond. Duc fit un mouvement et, en baissant les yeux, j'aperçus le poignard dans sa main.

— Tenez-vous prête à courir vers la voiture, me dit-il.

Je rassemblai mes jupes.

— Cyclope ! hurlai-je. Lâchez cet homme.

— Il sait quelque chose, India, me répondit-il sur le même ton. J'en suis sûr. Ils savent tous.

C'était vrai, mais il était clair qu'aucun d'eux n'avait envie de parler, et nous n'étions pas de taille à tous les affronter.

— Allons-nous-en, Cyclope.

— Il nous faudrait un flingue, marmonna Duc.

Puis, s'adressant à Cyclope :

— On reviendra plus tard.

Cyclope lâcha l'individu en le poussant un bon coup, ce qui obligea ses amis à le rattraper pour l'empêcher de tituber dans les cageots. Au milieu des huées et des menaces, Cyclope tourna simplement les talons et nous rejoignit, le visage impassible. Je ne l'avais jamais vu si terrifiant.

— Ils les ont vus, c'est sûr, dit-il en nous rattrapant sans s'arrêter.

Il continua de marcher vers l'arche. Je rassemblai mes jupes et le suivis, accompagnée de Duc.

— Ils ont dit qu'ils avaient vu des hommes les capturer et les emmener. D'abord Willie, tôt ce matin, et ensuite Matt un peu plus tard.

— Ils ont été capturés ? répétai-je au moment où nous arrivions à la voiture, juste à temps.

Bryce était sur le point de donner un coup de fouet à l'un des enfants qui s'approchait des chevaux en douce.

— Sans résister ?

— Oh que si, ils ont résisté.

Cyclope ouvrit la portière de la voiture et Duc m'aida à monter. Les hommes grimpèrent après moi une fois que Cyclope eut donné à Bryce la consigne de nous ramener à Park Street.

— Et ensuite ? insistai-je. Que s'est-il passé ?

— Ils ont été maîtrisés et emmenés.

— Par qui ?

— Combien ils étaient ? demanda Duc, l'air mauvais.

— Cinq hommes, répondit Cyclope tandis que la voiture s'éloignait.

— Cinq ? gronda Duc. Sacrée coïncidence. Ils étaient cinq à Lemon Street, justement.

La mâchoire de Cyclope se contracta.

— Oui, j'ai remarqué.

— Vous pensez que c'étaient eux ? demandai-je. Vous pensez que ces hommes ont eu raison de Willie et de Matt ? Mais qu'auraient-ils fait d'eux ensuite ?

— Ils ont été payés, affirma Cyclope. Embauchés par un lâche pour faire son sale boulot. Ils savent où sont Willie et Matt, mais ils ne diront rien. Ils n'ont aucun intérêt à nous dire la vérité.

— Dénonçons-les à la police, alors, dis-je. Comme ça, ils nous diront...

— Non, dirent Duc et Cyclope d'une même voix. Ça ne servira à rien.

— Que faire, alors ?

Ma voix devenait aiguë, stridente.

— Nous ne pouvons tout de même pas baisser les bras. Nous ne pouvons pas partir tant que nous ne savons pas où ils sont. Faites demi-tour. Je levai le bras pour cogner contre le toit, mais Cyclope m'attrapa la main.

— Il y a un autre moyen.

Son œil unique me transperçait comme un foret. Lui qui était d'ordinaire si doux, l'intensité de son regard m'alarma.

— On y retourne avec des armes à feu.

Je déglutis péniblement et me blottis dans le coin. Il me lâcha, mais sa forte poigne avait laissé une marque sur ma peau. Je me tournai vers la fenêtre, mais mes yeux brouillés de larmes ne distinguaient presque plus rien.

Quand tout cela allait-il donc finir ? Comment ? Avec des effusions de sang et des morts ?

Il devait forcément y avoir une autre solution. En réfléchissant bien, nous devrions bien finir par trouver qui les avait enlevés, et pourquoi. Il devait bien y avoir un moyen de les trouver sans violence.

C'est alors que j'eus une illumination. Je me redressai sur la banquette et cognai contre le toit de la cabine.

— Ouvrez la fenêtre, dis-je à Duc sans pouvoir masquer la note d'euphorie dans ma voix.

Cyclope et lui me regardèrent, perplexes, mais ils s'exécutèrent.

— Que voulez-vous que je dise au cocher ? demanda Duc, qui agrippait son chapeau pour empêcher le courant d'air de le lui arracher.

— Où voulez-vous aller ?

CHAPITRE 16

— Je vous en prie, Mr Gibbons, nous ne savons pas à qui d'autre nous adresser.

J'avais horreur de supplier, mais il s'agissait de circonstances exceptionnelles. Le grand-père de Daniel était la seule personne qui ait une chance de pouvoir nous aider à trouver Matt et Willie, même si ma théorie extravagante risquait de ne pas fonctionner en pratique. Il fallait bien l'admettre : les chances de succès étaient très faibles.

Mais je me devais d'essayer.

— Ne dites pas de bêtises.

La réponse abrupte de Mr Gibbons nous offrait une fin de non-recevoir aussi claire que le geste avec lequel il nous montrait la porte.

— Et maintenant, si vous n'avez rien à nous dire à propos de Daniel, veuillez partir. Vous faites de la peine à ma fille.

Miss Gibbons, la mère de Daniel, avait en effet l'air bouleversée, mais cela pouvait s'expliquer par le fait que je venais de lui apprendre que nous n'avions pas de nouvelles de Daniel, et que l'homme chargé de le retrouver avait disparu à son tour. Elle se mit à renifler en appuyant son mouchoir sur son nez.

— Vous nous devez bien cela, après la frayeur que vous nous avez faite hier soir, insistai-je.

Miss Gibbons baissa son mouchoir.

— Hier soir ?

Elle dévisagea son père en fronçant les sourcils.

— Tu m'avais dit que tu étais chez des amis, hier soir.

Mr Gibbons bomba le torse sans fournir aucune explication. Sa fille n'insista pas.

— Je ne peux pas retrouver Daniel toute seule, dis-je d'une voix affaiblie.

J'avais les nerfs à fleur de peau. Les obstacles se dressaient sur notre route les uns après les autres et, cette fois, du fait de quelqu'un qui aurait dû être de notre côté.

— J'ai besoin de Matt.

— Expliquez-nous ce qui vous fait penser que mon père peut vous aider à le retrouver, demanda Miss Gibbons. Je ne suis pas sûre de comprendre.

— Hier soir, votre père... est venu chez nous à la recherche de l'une des cartes de Daniel.

— Carte que cet imbécile de Munro leur avait donnée, grommela Mr Gibbons en lançant à sa fille un regard accusateur.

Elle baissa la tête et resta sagement assise, les mains croisées sur les genoux.

— Il pensait pouvoir utiliser sa magie et la carte pour trouver Daniel, puisqu'elle est imprégnée de sa magie.

Comme son regard s'éclairait d'une lueur d'espoir, j'ajoutai aussitôt :

— Ça n'a pas marché.

— Exactement, renchérit Mr Gibbons. Alors qu'est-ce qui vous fait croire que cela fonctionnerait pour vous et votre ami ?

J'ouvris la bouche pour répondre, mais il m'indiqua la porte.

— Je vous demande de vous en aller.

— *Écoutez-la.*

Cyclope franchit la distance qui les séparait et semblait prêt à soulever Gibbons par le collet comme il l'avait fait avec le malfrat de Lemon Street. Mais il se contenta de dominer Gibbons de toute sa hauteur, telle une tour faite de muscles et de fureur.

Mr Gibbons se ratatina dans son fauteuil et déglutit bruyamment.

— J'écoute, dit-il sans quitter Cyclope de ses yeux écarquillés.

Cyclope rejoignit Duc. Ils se tenaient tous les deux devant la porte, les bras croisés sur le torse, en tous points pareils à des guerriers montant la garde.

— Merci, dis-je. Mon idée ne marchera peut-être pas, mais je tiens tout de même à essayer. Je veux essayer de combiner ma magie et la vôtre pour trouver Matt.

Miss Gibbons laissa échapper un cri de surprise.

— Vous ? Vous êtes... ?

J'acquiesçai.

— Je... je n'ai pas été formée. Je ne connais pas d'incantations, mais toutes les montres ou horloges sur lesquelles j'ai travaillé réagissent à ma présence. J'ai travaillé sur la montre de Matt, et je sais qu'il l'a sur lui.

Je fermai les yeux un court instant et inspirai pour me donner du courage. Je savais bien – nous le savions tous les trois – qu'il était possible que Matt ait perdu sa montre dans la mêlée, ou que les cinq malfrats la lui aient dérobée. Cela faisait quatre heures et demie qu'il était parti de la maison. Le temps pressait.

— Et vous voulez que mon père utilise sa magie pour vous dessiner une carte indiquant sa localisation, conclut Miss Gibbons. Ou celle de sa montre, tout du moins.

Je confirmai d'un hochement de tête.

— Ça n'a pas marché hier soir, maugréa Mr Gibbons. Et ça ne marchera pas davantage aujourd'hui. C'est idiot.

— Vous devez quand même essayer, gronda Duc.

— Pourquoi pensez-vous que cela fonctionnera cette fois-ci, Miss Steele ? demanda Miss Gibbons. Pourquoi votre magie serait-elle différente, surtout si vous ne connaissez pas d'incantations ?

— Parce que ma magie est puissante. C'est votre père qui me l'a dit. Et j'espère que la montre magique que Matt a en sa possession fera toute la différence.

Et aussi, parce que j'avais une intuition. Je n'aurais pas su l'expliquer, mais c'était la chose à faire, je le *sentais*.

Le père et la fille échangèrent un regard. Miss Gibbons dit :

— Il faut les aider, Papa.

Il acquiesça.

— Venez, je vous emmène dans mon atelier.

Mr Gibbons nous guida le long d'un couloir faiblement

éclairé débouchant sur une petite cour intérieure à l'arrière de la maison.

Derrière l'extension qui accueillait la cuisine, un appentis semblait sur le point de s'envoler à la première bourrasque. Mr Gibbons déverrouilla la porte et écarta les rideaux. Des rayons de lumière entrèrent dans l'atelier, qui était à peine assez grand pour nous accueillir tous les cinq en plus du bureau incliné et du petit meuble à tiroirs de Mr Gibbons. Sur les murs avaient été fixées des cartes sans cadres, dont certaines étaient superbes. Des cartes magiques ? J'effleurai le coin de l'une d'entre elles et sentis une douce chaleur sous mes doigts.

Miss Gibbons m'observait.

— Venez vous placer là, Miss Steele, dit Mr Gibbons en me montrant le côté du bureau où il venait d'étaler une grande feuille de papier. Sans un mot, sa fille sortit de l'un des tiroirs des crayons, des règles et une autre carte de l'agglomération de Londres.

— La montre n'est peut-être pas à Londres, expliqua Gibbons tandis que sa fille étalait la carte sur le bureau.

— Je sais, dis-je en retirant mes gants. Mais il faut bien commencer quelque part.

Mr Gibbons se pencha au-dessus de la vaste page blanche et se mit à dessiner. Ses mains bougeaient à toute vitesse, de même que ses lèvres qui psalmodiaient d'étranges formules empreintes de musicalité. Si quelqu'un pouvait dessiner ses paroles, elles ressembleraient à une succession ininterrompue de boucles et de torsades. Je n'en reconnaissais aucune.

Ce qu'il dessinait, c'était une copie de la carte de Londres, mais une copie nettement supérieure. Elle devenait de plus en plus détaillée, avec des noms de rues et des points de repère identifiables. Les tuiles et les briques émergeaient de la page comme si elles étaient réelles, mais en noir, blanc et nuances de gris ; je m'émerveillai de voir que même les bâtiments en construction prenaient forme, avec leurs échafaudages semblables à une coquille squelettique qui avait l'air de crever la surface du papier. Sa nouvelle carte était à la même échelle que l'original, et sans que Mr Gibbons ait pris de mesures.

— Ce que c'est beau, souffla Duc derrière moi. Voilà Park Street, dit-il en montrant du doigt un point sur la carte.

Mr Gibbons chassa sa main d'une petite tape sans cesser de psalmodier. Quelques instants plus tard, il reposait son crayon.

Je posai ma main sur le coin de la carte le plus proche. Une onde de chaleur envahit mes doigts et remonta à travers ma main jusqu'à mon poignet, où elle se dissipa. Je me reculai avec un hoquet de surprise. Mr Gibbons et sa fille échangèrent un regard, et il reprit son incantation.

— India ? me demanda Cyclope.

— Ça va, je n'ai rien.

Je reposai ma main sur la carte, prête cette fois pour sa chaleur. Elle était brûlante, mais c'était supportable.

Je me sentais un peu bête, à rester plantée là tandis que Mr Gibbons faisait tout le travail. Je devrais psalmodier aussi. Ses mots m'enveloppaient et la chaleur de la carte remontait plus haut que mon poignet, le long de mon bras, jusqu'à mon épaule. Je fermai les yeux pour me concentrer sur cette sensation, l'accueillir en moi sans pour autant me laisser submerger. J'entendais presque Matt qui me conseillait d'être prudente et de ne rien faire qui puisse me mettre en danger. Pourtant, tout cela me paraissait tout naturel. Cela paraissait *réel*, comme si je pouvais tirer la magie à moi et m'en servir. L'exploiter.

Ma montre se mit à pulser dans mon réticule. J'ignorais si les vibrations et le bruit étaient perceptibles pour les autres, ou même pour moi. Je la ressentais peut-être simplement *en moi*.

— Là ! s'écria Duc.

L'incantation cessa.

— C'est ici, gronda Cyclope. Dans cette maison.

Mr Gibbons continua de psalmodier.

J'entrouvris les yeux et observai la puissante lumière violette qui nimbait la carte. Le dessin avait été tracé au crayon à papier, pas en couleur. Cette lumière... C'était moi. Ou plus précisément, ma montre. C'était pour cela qu'elle s'était animée. Elle avait senti ma magie.

J'appuyai mes deux mains à plat sur la carte. La chaleur ne me dérangeait plus, bien qu'elle soit devenue plus intense, plus forte. Elle me parcourait toute entière, et je me demandai si mes veines s'illuminaient comme celles de Matt lorsqu'il se servait de sa montre.

La carte était animée de la même pulsation que ma montre. Mr Gibbons avait dû la sentir aussi, parce qu'il avait cessé son incantation.

— Continuez, le pressai-je.

Concentre-toi sur la montre de Matt, me souffla une petite voix.

Je repensai à la façon dont elle faisait luire ses veines et effaçait ses rides de fatigue et l'ombre de son épuisement. Je me remémorai le boîtier de la montre, me rappelant chacun des ressorts et rouages que j'avais soigneusement nettoyés et remontés quelques semaines plus tôt à peine.

— Nom de Dieu, murmura Duc, penché par-dessus mon épaule. Cyclope ?

— Je vois, fit-il. Une rue de la ville, toute incurvée. Je n'arrive pas à lire l'inscription. C'est un nom drôlement long pour une si petite rue.

L'incantation cessa. Miss Gibbons inspira brusquement.

— Ça a marché !

— Bucklersbury Street, dit son père.

— Bucklersbury !

En ouvrant les yeux, j'aperçus une tache lumineuse au-dessus du centre de la ville. Si je ne me trompais pas, c'était l'emplacement exact du chantier de mise au jour de la mosaïque romaine.

— J'y étais il n'y a pas longtemps.

Je me redressai et ôtai mes mains de la carte. La lueur disparut. Cette carte était un chef-d'œuvre digne d'une galerie d'art. Mais ce n'était plus qu'une carte, à présent.

— India.

La voix de Cyclope me tira de mes pensées.

— Il faut y aller.

— Merci, dis-je à Mr Gibbons. Vous nous avez été d'une aide précieuse.

— Bonne chance, nous dit Miss Gibbons avec un sourire hésitant. J'espère que cela signifie que Mr Glass pourra se remettre à la recherche de Daniel.

— Dès qu'il le pourra, je vous le garantis.

Puis, me tournant vers Mr Gibbons, j'ajoutai :

— Nous faisons de notre mieux.

Il hocha la tête mais semblait à peine remarquer ma présence. Il contemplait la carte, mes mains, puis les siennes.

— Remarquable, murmura-t-il.

Ça l'était, en effet, mais je n'avais pas le temps de m'attarder sur ce qui venait de se passer ni sur le rôle que j'y avais joué. Matt et Willie avaient besoin qu'on vienne à leur secours.

* * *

Pour une fois, j'étais contente que Bryce aime conduire si vite. Il parvint à manœuvrer la lourde berline à travers la circulation à vive allure et à nous déposer à Bucklersbury Street en un rien de temps. Cependant, il ne s'arrêta pas devant le bâtiment recouvert d'échafaudages où nous avions vu le sol en mosaïque, et je m'apprêtais à le lui faire remarquer, quand je l'entendis crier :

— Monsieur !

Je me contorsionnai pour passer la tête par la fenêtre et mon cœur fit un bond dans ma poitrine. Matt ! Et à ses côtés, Willie. Ils étaient en vie et libres. *Dieu merci. Dieu merci.*

— Matt ! m'écriai-je en ouvrant la porte et en descendant d'un bond sans me soucier de mes jupes qui s'entortillaient autour de mes jambes et voletaient derrière moi tandis que je m'élançais.

Duc et Cyclope me dépassèrent tous les deux et arrivèrent les premiers. Duc serra Willie contre lui et parut vouloir faire de même avec Matt. Cyclope leur asséna à tous les deux de grandes claques sur les épaules.

— Matt ! Willie !

J'étais trop heureuse de les voir pour ne pas les prendre dans mes bras tour à tour. Ce fut Matt qui eut droit à l'étreinte la plus longue. Ses bras se serrèrent avant de me lâcher et de me tenir un peu à distance.

Il avait l'air fatigué, mais pas exténué, et les ecchymoses sur son visage et l'entaille sur sa lèvre racontaient en partie l'histoire de sa capture. Je levai une main pour lui toucher la joue, mais je me ravisai. Il ne voudrait pas de ma compassion.

Duc, Cyclope et Willie parlaient tous les trois en même temps. Matt et moi gardions le silence, nos regards plongés l'un dans l'autre. Je savais qu'il pouvait lire dans le mien tout le soulagement qui me submergeait. Je ne pouvais contenir le bonheur que je ressentais en les voyant sains et saufs, et je supposai que c'était la raison pour laquelle il me fit un petit sourire malgré toute sa rage.

— Je meurs de faim, dit Willie. Il y a un bistrot au coin de la rue. Et si on allait se manger un steak ? On pourra parler vengeance là-bas.

— Pour se venger, il faudrait déjà savoir qui nous a enlevés, maugréa Matt.

Mais il hocha la tête.

— Nous parlerons en mangeant.

— Vous êtes sûr ? demandai-je. Ne feriez-vous pas mieux de vous reposer ?

— Je me suis bien assez reposé, je n'ai fait que cela toute la journée, bon sang.

Et il s'éloigna à grandes enjambées. Je croisai le regard de Willie, qui me sourit sans conviction.

— La journée a été longue, dit-elle. Et Matt n'aime pas être ficelé comme un goret.

— Comment avez-vous fait pour vous échapper ?

Je me retournai pour regarder le bâtiment un peu plus loin.

 - Et pourquoi est-ce que personne ne vous poursuit ?

— On te racontera ça après manger. Je parle mieux le ventre plein.

Cyclope regagna la voiture en trottinant pour informer Bryce de notre projet et nous allâmes à pied jusqu'au bistrot. Il était trop tôt pour le dîner et trop tard pour le déjeuner, aussi la salle était-elle presque vide. Nous nous glissâmes sur les banquettes du coin le plus éloigné, là où le soleil n'entrait pas et où la lumière des lampes peinait à parvenir. Au-dessus de nous était suspendu le portrait d'une femme accoudée contre un bar, qui nous regardait avec une lueur curieuse au fond des yeux. Je me demandai si je lui ressemblais, attendant que Matt et Willie nous racontent leur histoire.

Un serveur portant une cravate blanche vint prendre notre

commande. Dès qu'il eut disparu, Duc se pencha en avant, les coudes sur la table, et dit :

— Alors ?

Matt regarda Willie en plissant les yeux. Elle déglutit et se mit à contempler ses ongles sales.

— Eh bien, commença-t-elle, j'ai fait une belle bourde.

Voyant qu'elle s'arrêtait là, Matt l'incita à poursuivre.

— Allez, vas-y. Ils méritent de savoir.

Willie s'éclaircit la gorge.

— Je t'ai dit que j'étais désolée, Matt. Sincèrement.

Il la fit taire d'un geste de la main.

— Ça suffit, dit-il d'un ton un peu radouci. Dis-leur.

— Je suis arrivée à Lemon Street à six heures, mais cinq hommes m'ont tendu une embuscade. Je n'avais aucune chance. Ils m'ont ligotée, bâillonnée et jetée à l'arrière d'une charrette.

— Ils t'ont fait du mal ? gronda Duc.

Elle grimaça.

— Quelques bleus, rien de plus.

— Tu n'avais pas pris ton arme ?

— Je n'ai pas eu le temps de m'en servir.

Elle porta la main à sa hanche où pendait généralement son revolver quand elle l'avait sur elle.

— Ils m'ont emmenée ici, dans ce bâtiment où les archéologues creusent dans le sol. Il était vide. Ils m'ont emmenée dans la cave et ils m'ont laissée là, toute saucissonnée.

Duc lui remonta la manche, révélant la chair à vif de ses poignets brûlés par la corde. Il poussa un juron dans sa barbe.

— Et personne n'a rien vu ? s'étonna Cyclope.

— Ils m'avaient enveloppée dans un manteau et poussée rapidement à l'intérieur, dit Willie. Mais il n'y avait personne, de toute façon.

— Et ensuite ?

— Ensuite, quelques heures plus tard, Matt est arrivé par le même chemin. Ils l'ont laissé avec moi dans la cave.

Je lançai un coup d'œil à Matt. Il avait l'air prêt à arracher la tête de quelqu'un plutôt que de parler de ce qui s'était passé.

Le serveur posa cinq bières bien fraîches sur la table. Willie se jeta sur la sienne et en vida la moitié en une seule gorgée. Matt but la sienne d'un trait.

— À vous aussi, ils vous ont tendu une embuscade ? lui demandai-je quand il eut reposé sa chope en étain. Ceux de la bande de Lemon Street ?

Il inclina la tête pour opiner.

— Ils m'attendaient ; il y en avait quatre derrière l'arche, là où je ne pouvais pas les voir, et un droit devant moi pour servir d'appât. Je n'ai pas eu le temps de dégainer.

Mais il avait dû se débattre. Les traces de la lutte se lisaient sur son visage.

— Où sont vos armes, maintenant ? demandai-je.

— Volées, cracha Willie.

— Mais pas votre montre ? demandai-je à Matt.

Il secoua la tête.

— Ils l'ont examinée, mais le chef a dit aux autres que c'était la montre qu'on leur avait ordonné de me laisser.

Je m'adossai sur ma chaise, le souffle coupé.

— Quelqu'un savait l'importance qu'elle a pour toi, dit Cyclope en frottant son menton mal rasé. Ça veut dire que celui qui les a payés sait qu'elle est magique et que tu en as besoin.

— Et ça veut dire qu'il voulait me garder en vie, dit Matt en inclinant la tête.

— Il voulait seulement vous tenir éloigné, murmurai-je. Je parie que c'était Abercrombie qui voulait vous empêcher de rencontrer Mirth. Ce qui signifie qu'il en sait plus qu'on ne le pensait : il sait que deux types de magie sont combinés dans votre montre.

— Ou il sait seulement qu'elle a de l'importance pour moi d'une manière ou d'une autre.

Willie posa lourdement ses coudes sur la table et enfouit ses mains dans ses cheveux. Ils s'étaient dénoués et lui tombaient sur les épaules en mèches désordonnées.

— Tu as raté le passage de Mirth, se lamenta-t-elle.

— Je l'ai rencontré, moi, leur dis-je.

Willie m'observa entre ses doigts.

— Ah bon ?

— Et donc ? demanda Matt.

— Ce n'est pas Chronos, dis-je.

Leurs épaules à tous deux s'affaissèrent.

— Je vous expliquerai tout quand vous m'aurez raconté comment vous vous êtes échappés.

— Willie et moi, nous étions enfermés dans la cave, dit Matt, ligotés, mais pas bâillonnés. Nous avons appelé, mais personne n'est venu. Willie a réussi à dénouer mes liens et je l'ai libérée, mais nous n'avions aucun moyen de quitter la cave elle-même.

— On a même essayé de creuser, dit Willie. On a trouvé quelques outils des archéologues, mais dans le noir, ça ne servait à rien.

— Où était Mr Young ? demandai-je.

— On dirait bien qu'il ne travaillait pas aujourd'hui, dit Matt. Il range ses outils dans la cave, sous clés et cachés.

— Alors on a attendu.

Willie lança un coup d'œil à Matt.

— On s'est reposés. Et soudain, on a entendu quelqu'un ouvrir le loquet. On a dû avancer à tâtons jusqu'à la porte. Le temps de l'atteindre et de l'ouvrir, celui qui l'avait déverrouillée était parti. On a fouillé le bâtiment et cherché dans toute la rue, mais on n'a vu personne.

— Et c'est à ce moment-là que vous êtes arrivés, tous les trois, dit Matt. Avez-vous vu partir quelqu'un que vous reconnaissiez ?

Nous secouâmes la tête.

— Nous n'avons pas vraiment fait attention, dis-je.

— Ça n'a aucun sens, dit Duc en secouant la tête. Ils vous ont laissés partir comme ça ?

Matt acquiesça.

— J'ai eu toute la journée pour y réfléchir, et je pense qu'India a raison. Quelqu'un était prêt à tout pour s'assurer que je n'irais pas à la banque aujourd'hui. Quelqu'un qui savait qu'il y avait une cave dans ce bâtiment et que personne ne nous y trouverait par hasard. Quelqu'un qui ne voulait pas nous tuer, mais qui voulait me tenir occupé.

Duc poussa un juron à mi-voix.

— C'est forcément Abercrombie.

— Mais Willie, Duc et moi, on sait à quoi ressemble Chronos, objecta Cyclope. Tu n'étais pas le seul à pouvoir confirmer si Mirth était Chronos.

— Mais ça, mon ravisseur ne le savait pas, dit Matt. Il pensait que j'étais le seul à savoir.

— Ce qui veut dire que c'était pas Chronos lui-même, dit Willie. Sauf s'il a oublié qu'il nous a rencontrés, à l'époque.

— T'es pas le genre de femme qu'on oublie facilement, lui dit Duc avec un petit sourire en coin.

Elle le salua en levant sa chope.

— Il paraît.

— On dirait bien qu'Abercrombie est derrière tout ça, dis-je. J'ignore comment il connaissait l'existence de votre montre ou de la cave de ce bâtiment désaffecté, mais ce qui est sûr, c'est qu'il voulait vous empêcher d'aller à la banque aujourd'hui, Matt, et éviter que qui que ce soit d'autre ne voie Mirth.

Je leur racontai qu'Abercrombie rôdait devant l'entrée de la banque, et comment j'avais réussi à lui donner le change. Plus je parlais, plus l'expression de Matt passait d'une gravité sombre à un air d'espoir, mais tout aussi intense. Avec son visage tuméfié, il ressemblait tout à fait au terrible bandit du Far West pour qui je l'avais pris autrefois.

Je m'interrompis lorsqu'on nous apporta notre repas, et je repris une fois le serveur parti. Je leur dis que Mirth soupçonnait DuPont d'être Chronos, qu'il doutait que DuPont soit français, et que nous pensions tous les deux que c'était la raison pour laquelle Abercrombie avait tout fait pour nous empêcher de lui parler.

— Il ignore que nous sommes déjà au courant pour DuPont, dit Matt tout en attaquant une pomme de terre cuite à l'eau.

Willie prit sa côtelette avec les doigts et se mit à ronger l'os.

— Willie ! s'indigna Duc. Tu n'es plus dans ta cave. Sers-toi de ta fourchette et de ton couteau.

— Personne me voit, dit-elle en essuyant du dos de sa main la graisse qui lui coulait sur le menton.

— Mais alors, dis-je, si c'est Abercrombie qui a orchestré votre enlèvement, il a donc un lien avec le chantier de la mosaïque de Bucklersbury Street ? Dans ce cas, cela voudrait dire qu'il connaît l'archéologue, Mr Young, et peut-être même McArdle lui-même.

— Et qu'il est mêlé à la disparition de Daniel.

La phrase de Cyclope s'abattit dans le silence comme un sac de plomb.

Willie leva la main, mais elle avait la bouche trop pleine pour parler.

Ce fut Matt qui prit la parole.

— Je ne pense pas qu'Abercrombie serait aussi inconscient. Il n'aurait aucun intérêt à nous emmener à un endroit qui nous permettrait de faire le lien entre lui et la disparition de Daniel, surtout s'il avait l'intention de nous libérer.

Willie avala ce qu'elle avait dans la bouche.

— Ces salauds parlaient quand ils m'ont emmenée dans la cave. L'un d'eux a dit aux autres qu'il passait tous les jours par Bucklersbury et qu'il s'était dit que ce serait une bonne cachette, vu que le chantier a fermé et que les types qui creusent ne travaillent pas tous les jours.

— Il voulait sans doute dire les archéologues, dis-je.

— T'es drôlement futée, dis donc, dit Willie, qui s'attaquait maintenant à l'os qu'elle venait de prendre dans l'assiette de Duc.

— Donc en fin de compte, nous n'avons rien qui relie Abercrombie à la disparition de Daniel.

Je poussai un soupir.

— Nous ne sommes pas plus avancés pour le retrouver.

— En parlant de retrouver des gens, comment avez-vous su que nous étions là ? demanda Matt. Moi non plus, je ne crois pas aux coïncidences. Il est impossible que vous soyez passés sur Bucklersbury dans l'espoir de nous y trouver.

Duc sourit et tendit la pointe de son couteau vers Matt.

— Attends un peu, tu vas voir. Allez-y, India. Dites-leur.

Matt et Willie me donnèrent toute leur attention, bien que Matt fronce légèrement les sourcils. Je me penchai en avant et baissai la voix.

— J'ai combiné ma magie avec celle de Mr Gibbons.

— Bien joué, India, fit Willie avec un signe de tête admiratif.

— Non, ce n'est pas bien joué.

Matt repoussa son assiette sur le côté et se pencha en avant à son tour.

— Qu'est-ce qui vous a pris, d'utiliser votre...

— Il m'a pris que j'essayais de vous retrouver, rétorquai-je. Vous avez eu une journée éprouvante, Matt, et vous êtes fatigué et inquiet, alors je ne vais pas me quereller avec vous. Ce qui est fait est fait, et si c'était à refaire, je le referais sans hésiter. Et maintenant, je vous saurais gré de ne pas me faire la morale. Je ne veux rien entendre.

Pour la première fois de l'après-midi, ses yeux lancèrent des éclairs et la fatigue avait soudain disparu de son visage. C'était comme s'il se sentait plus en forme lorsqu'il se disputait avec moi. Non pas qu'il apprécie que je lui donne des leçons. Bien au contraire, à en juger par sa mine excédée.

Duc sembla s'intéresser de près à son assiette, qu'il sauçait à l'aide d'une tranche de pain. Cyclope vida le reste de sa chope de bière. Willie, en revanche, n'avait pas l'air perturbée par la mauvaise humeur de Matt et demanda comment fonctionnait la magie ; aussi, je lui racontai ce qui s'était passé dans l'atelier de Mr Gibbons.

— Dommage que Daniel n'ait jamais acheté de montre à ton père, dit-elle. Une que tu aurais bricolée. On pourrait utiliser ta méthode pour le trouver.

Je lançai un coup d'œil à Matt. Il m'observait toujours, et j'aurais pu jurer sentir sa colère bouillonner et faire vibrer l'espace qui nous séparait. Je tentai un sourire, mais il ne me le rendit pas.

Une fois notre repas terminé, nous sortîmes du bistrot. Willie inspira à fond, puis expira lentement.

— J'aurais jamais cru apprécier la puanteur de l'air londonien, mais maintenant si. Dans la cave, il faisait humide, ça sentait les rats et le renfermé.

— Tu veux qu'on aille demander des comptes à Abercrombie ? demanda Cyclope à Matt.

— Nous ne sommes pas sûrs que c'était lui, répondit Matt. En attendant d'en avoir la certitude, je ne veux pas qu'il sache que nous sommes au courant de ses manigances.

— Je ne suis pas de votre avis, dis-je, mais je refermai la

bouche en voyant le regard noir de Matt. Le moment était peut-être mal choisi. Il devait être fatigué et pressé de rentrer.

Mais une fois à la maison, il n'eut pas non plus l'occasion de se reposer. Matt dut se forcer à échanger quelques politesses avec les invités de sa tante, et je restai à ses côtés par solidarité. Après avoir répondu aux questions embarrassantes sur son visage tuméfié – il leur dit qu'il avait trébuché sur des pavés inégaux – il resta assis en silence, contribuant rarement à la conversation.

Même après le départ des visiteurs, il nous fut impossible de parler seul à seule. Sa tante se tourna vers lui dès qu'ils furent partis.

— Et maintenant, dis-moi la vérité. Qu'est-il arrivé à ton si beau visage ?

— Je vous l'ai dit : j'ai fait un faux-pas.

— Balivernes. Personne ne t'a cru.

— Ma Tante, soupira-t-il. Pas maintenant.

Elle resta assise sans rien dire, triturant ses doigts sur ses genoux pendant dix secondes tout au plus.

— Comment puis-je te présenter à mes amies si tu as une pareille mine ? Elles vont te prendre pour un homme querelleur.

Elles n'auraient pas complètement tort.

— Nous n'avons pas voulu vous alarmer, dis-je. C'est la raison pour laquelle il a inventé cette histoire de faux-pas.

Matt haussa les sourcils et ses lèvres esquissèrent l'ombre d'un sourire. Il semblait curieux de voir par quel mensonge j'allais m'en sortir.

— La vérité, c'est que Matt s'est battu.

Miss Glass porta la main à sa gorge, scandalisée.

— Matthew !

Matt me fusilla du regard, son sourire envolé.

— Ce n'était pas sa faute, m'empressai-je d'ajouter. Il y avait un homme obscène qui ne cessait d'importuner Willie. Matt n'a fait que défendre son honneur.

Cette excuse parut la satisfaire quelque peu. Elle n'avait plus l'air choquée, mais ulcérée.

— J'ignorais qu'elle avait un honneur.

— Moi aussi, dit Matt d'un ton appuyé.

— India, dites à Bristow d'aller chercher Picket.

Miss Glass porta la main à son front.

— J'ai eu une longue nuit suivie d'une journée plus longue encore.

— Matt pourrait peut-être vous accompagner jusqu'à votre chambre, suggérai-je. Il devrait se diriger par là, lui aussi.

— Non, dit-il, mais je vous escorterai volontiers, ma Tante.

Il se leva, docile, et aida Miss Glass à en faire autant.

— Tu es vraiment un bon frère.

Elle posa la main sur la joue violacée de Matt et émit un léger claquement de langue.

— Mon pauvre chéri. Tu ne devrais pas terrasser tant de dragons.

Je ne m'attendais pas à revoir Matt avant l'heure du dîner, voire le lendemain, mais il revint au bout de quelques minutes.

— Comment va-t-elle ? lui demandai-je.

— Elle est toujours en train de raconter ses histoires de dragons.

— Vous êtes son chevalier blanc.

Debout devant le buffet, il se servit un verre de brandy.

— Je ne suis le chevalier de personne. Je ne suis même pas capable de me sauver moi-même.

— Matt…

Je m'interrompis. La situation exigeait plus que des paroles réconfortantes. Je me levai et le rejoignis devant le buffet.

— Même un chevalier ne peut pas triompher de cinq hommes qui l'attaquent par surprise.

— J'aurais dû être mieux préparé. J'aurais dû m'attendre à une embuscade.

— Vous n'auriez pas dû y aller seul.

Il se tourna vers moi et appuya sa hanche contre le buffet. C'était une pose nonchalante, mais la colère qui l'habitait n'avait rien de nonchalant, elle. J'avais cru qu'il était fâché parce que j'avais utilisé ma magie, mais je comprenais à présent que ce n'était pas la seule raison.

— N'êtes-vous pas censée me remonter le moral ? demanda-t-il.

— C'est ce que je croyais faire.

— En me disant que je n'étais pas suffisamment préparé ?

— Oh. Je n'avais pas vu les choses comme ça.

Il poussa un grognement que j'interprétai comme une tentative de réprimer un rire, comme s'il était réticent à abandonner sa mauvaise humeur. Il me servit un brandy, mais en me tendant le verre, il ne le lâcha pas tout de suite.

— India, murmura-t-il, je ne vous ai pas remerciée d'être venue à notre secours.

— Nous ne vous avons pas secourus. Et je croyais que vous n'approuviez pas mes méthodes ?

— C'est vrai, mais je comprends pourquoi vous l'avez fait. Si la situation avait été inversée, j'en aurais fait autant.

— Merci, Matt. Je vous suis reconnaissante de l'admettre.

Il lâcha le verre, mais son pouce avait eu le temps d'effleurer le mien.

— Je sais aussi reconnaître ma défaite. Vous m'avez remis à ma place, aujourd'hui.

— Oui. Bon...

Je me mis à siroter mon brandy. La liqueur me réchauffait la gorge et me chatouillait le nez.

— Je n'ai pas l'habitude qu'on me dise ce que j'ai à faire. La dernière fois que Père m'a fait la leçon, c'était il y a plusieurs années. Et à vrai dire, il n'en avait pas vraiment besoin ; j'ai toujours été très disciplinée.

— Ici aussi, vous êtes disciplinée, globalement.

— Sauf quand vous dites des choses avec lesquelles il m'est impossible d'être d'accord.

Sa bouche se tordit en une grimace.

— Vous avez su trouver votre voix, India, et vous n'avez pas peur de l'utiliser.

Je n'arrivais pas à déterminer si c'était un reproche ou un compliment.

— J'espère que je n'en aurai pas souvent l'occasion. Je n'aime pas me disputer avec vous.

— Moi non plus, souffla-t-il avec un soupir appuyé. Moi non plus.

Ses doigts effleurèrent les miens, un frôlement léger qui se termina avant que je n'aie le temps de réagir. Il se recula et finit son brandy.

L'air du salon me paraissait dense, étouffant, et j'avais du mal à respirer. Je vidai d'un trait le reste de mon brandy. N'ayant pas l'habitude de cet arrière-goût de feu, je toussai.

Matt sourit. C'était si bon de le voir plus heureux que je lui rendis son sourire.

— Quelle journée nous avons eue ! dis-je.

— Est-ce une façon polie de me dire d'aller dans ma chambre pour me reposer ?

Je levai les mains.

— Je ne me permettrais pas de vous donner des ordres.

— Hmm.

Bristow entra avec un plateau sur lequel était posée une enveloppe.

— Une lettre pour vous, Monsieur.

Matt ouvrit l'enveloppe et lut la lettre.

— C'est mon avocat. Il a trouvé Lord Coyle.

Il replia la lettre et congédia Bristow.

— Il n'est pas trop tard. Je crois que je vais rendre visite au comte tout de suite. Voulez-vous m'accompagner, India ?

— Vous voulez que je vienne aussi ?

— Autrement, comment saurai-je si les objets de sa collection sont magiques ou non ?

CHAPITRE 17

La demeure de Lord Coyle à Belgravia était tout illuminée. De la lumière brillait aux fenêtres du rez-de-chaussée et des deux étages, et deux lanternes qui bordaient la porte d'entrée accueillaient les visiteurs de leur crachotement. Le majordome, lui, fut moins accueillant. La moue peu professionnelle qu'il fit en nous voyant sur le pas de la porte me mit mal à l'aise, mais Matt ne s'en formalisa guère.

— Mr Glass et Miss Steele ; nous venons pour voir Lord Coyle, dit-il de sa voix la plus onctueuse. Dites-lui que c'est au sujet de la pièce qu'il vient d'ajouter à sa collection.

Le majordome nous fit patienter le temps d'envoyer un valet de pied chercher Coyle. Il consulta sa montre, puis régla l'aiguille des minutes de l'horloge sur pied en noyer, avant de la reculer à nouveau. Elle était parfaitement à l'heure, selon mon estimation, mais il était clair que le majordome cherchait à avoir l'air occupé à faire autre chose que nous surveiller.

Un homme bedonnant avec une moustache blanche tombante qui lui pendait sur le menton descendit l'escalier d'un pas lourd, libérant le majordome de son poste.

— Qui êtes-vous ? demanda le comte à Matt d'un ton sec. Mes invités vont arriver d'une minute à l'autre, je n'ai pas le temps pour cela.

— Toutes nos excuses, Monsieur. Nous n'en avons pas pour longtemps, dit Matt. Mon nom est Matthew Glass, et voici...

— Vous êtes de la famille de Rycroft ?

Coyle s'avança vers Matt et scruta son visage, les yeux plissés. Les rides qu'il avait au coin des yeux s'atténuaient à chacun de ses clignements d'yeux. Était-ce la vue des ecchymoses qui le troublait tant ?

— C'est mon oncle, dit Matt.

L'ombre d'un sourire souleva légèrement la moustache de Coyle.

— Ah, c'est vous, l'héritier américain. Un peu bagarreur, on dirait ? commenta-t-il avec un petit rire. Ça ne doit pas faire plaisir à Rycroft.

— Puisque vous avez des invités qui vont bientôt arriver, venons-en au fait : j'ai entendu parler de votre collection...

— Quelle collection ?

Le nez de Coyle, déjà passablement rouge, vira au carmin, de même que ses joues.

— Ne faites pas l'innocent, Monsieur. Je ne suis pas d'humeur à tourner autour du pot.

Coyle bafouilla une protestation peu convaincante jusqu'à ce que Matt lui coupe la parole.

— Un jeune cartographe plein d'avenir a disparu, et votre chargé d'affaires s'est entretenu avec Onslow, le trésorier de la Guilde des Cartographes. C'est une coïncidence bien étrange.

Ses yeux s'écarquillèrent encore plus. Était-il surpris que nous en sachions autant ?

— Quel rapport y a-t-il entre mes affaires et cette disparition ?

— Nous avons lieu de croire qu'il avait dessiné une carte... spéciale qu'Onslow vous a vendue pour votre collection.

— Dans ce cas, c'est à Onslow que vous devriez parler, pas à moi.

— Vous admettez donc avoir acheté cette carte ?

— Je n'ai acheté aucune carte à personne, dit Coyle d'un ton suffisant.

— Un globe terrestre, peut-être ? suggérai-je.

Coyle me regarda pour la première fois.

— Qui êtes-vous ?

— Mon assistante, Miss Steele, dit Matt. Répondez à sa question.

— Ne me dites pas ce que j'ai à faire sous mon propre toit !

Le majordome, qui ne s'était pas trop éloigné, sortit de l'ombre. Matt se tendit.

— Monsieur le comte, me hâtai-je d'intervenir avant qu'il ne nous fasse mettre à la porte, y a-t-il un endroit où nous pourrions parler de tout cela en privé ? Ce que nous avons à vous dire est confidentiel.

— Je crois que je n'aime pas beaucoup votre ton, Mademoiselle.

— Et moi, je n'aime pas votre attitude fuyante, gronda Matt. Très bien, puisque ça ne vous dérange pas que les autres soient au courant de vos affaires, je vais envoyer chercher le Commissaire Munro, et vous pourrez lui parler de votre collection au poste de police.

— Ne dites pas de sottises, Glass. Ici, c'est l'Angleterre ; les personnes de ma qualité sont traitées avec respect. Nous ne sommes pas dans le patelin arriéré d'où vous venez. Munro n'oserait pas s'en prendre à moi.

— Il pourrait bien oser, s'il pense que vous trempez dans la disparition de son fils.

Coyle frémit. Il se passa sa large main potelée sur le visage.

— Suivez-moi.

Il nous emmena dans une petite pièce où deux des murs étaient couverts de livres. Un unique fauteuil en cuir marron faisait face à la cheminée, et un paysage était accroché au-dessus du manteau, avec ses collines verdoyantes qui apportaient la seule note de couleur dans cet environnement masculin.

Matt referma la porte derrière nous.

— Parlez-nous de vos affaires avec Onslow.

Debout devant la cheminée éteinte, Coyle croisa les mains dans son dos.

— Votre assistante a vu juste : Onslow m'a vendu un globe terrestre. C'est une transaction tout ce qu'il y a de plus légal, et elle n'a rien à voir avec votre cartographe disparu.

— Comment pouvez-vous en être sûr ? demanda Matt.

La pomme d'Adam de Coyle se mit à tressauter furieusement.

— Demandez donc à Onslow.

— Nous en avons bien l'intention.

— Qui a fabriqué ce globe ? demandai-je.

— Je n'en sais rien, et ça m'est bien égal, dit Coyle.

— Pouvons-nous le voir ? demanda Matt.

— Il n'en est pas question.

— Pourquoi pas ?

Coyle ouvrit et referma la bouche, mais pas un son n'en sortit pendant plusieurs secondes.

— Parce que ma collection est privée.

Matt avança avec assurance sur Coyle, qui se fit tout petit devant lui, comme s'il essayait de s'aplatir contre le manteau de la cheminée. La haute taille de Matt combinée à son visage tuméfié et à son humeur féroce formait un mélange alarmant.

— Montrez-nous ce globe tout de suite, Monsieur, ou je vous ferai une démonstration de la manière dont j'ai reçu ces blessures.

— Est-ce une menace ?

Le comte prononça ces mots déterminés d'une voix très affaiblie.

— Oui.

Coyle déglutit bruyamment.

— Vous êtes fou.

— C'est de famille.

Coyle me lança un regard comme s'il espérait que je vienne à son secours. Je me contentai de hausser les épaules.

— Très bien, mais vous devez me promettre de ne révéler à personne les objets qui composent ma collection.

— Pourquoi ? demanda Matt.

— Parce que c'est ce qui contribue à son mystère. Ma collection est célèbre dans certains cercles de par son caractère unique, mais aussi son exclusivité. Moins il y a de gens qui savent ce qu'elle contient, plus elle fascine.

Était-il en train de dire qu'elle n'avait aucun intérêt en soi ?

— Montrez-nous juste cette satanée collection, gronda Matt.

Coyle passa sa main le long d'une rangée de livres jusqu'à

atteindre un volume à la reliure rouge sombre. Il l'abaissa et tout un pan de la bibliothèque coulissa pour révéler une pièce cachée derrière. J'inspirai, médusée, en sentant l'odeur de tabac froid des cigares que couvrait celle de la fumée de bois.

Coyle alluma une lanterne suspendue juste à l'entrée du passage et la tint à bout de bras.

— Par ici.

J'échangeai un regard avec Matt et il opina, partageant clairement mes réserves : c'était peut-être un piège, il valait mieux que l'un de nous deux reste dans la bibliothèque. Comme il était plus fort que moi, je me dis qu'il valait mieux que ce soit lui.

En définitive, c'était sans importance. La pièce secrète n'était guère plus grande qu'un placard et Matt pouvait en voir le contenu depuis le seuil. Ou du moins une partie. Dans la pièce s'entassaient toutes sortes d'objets. J'aperçus des sculptures de différentes tailles et matières, plusieurs livres, des tableaux, des assiettes de porcelaine, des animaux empaillés, des boîtes ouvragées, des meubles, des bijoux, et même une horloge de cheminée en laiton sculpté avec un cadran en argent finement ciselé. Toutefois, l'horloge ne retint pas longtemps mon attention. Pas plus que l'énorme globe de bronze posé sur les épaules d'un vieillard courbé.

C'était la chaleur qui émanait de la pièce qui me prit au dépourvu. Non, pas de la pièce... des objets eux-mêmes. La chaleur de la magie. Je savais la reconnaître, désormais.

— Vous avez acheté le *globe* de la guilde ? s'étonna Matt, les yeux rivés sur le globe en bronze.

Coyle eut un petit reniflement satisfait.

— Onslow me l'a vendu. La transaction était parfaitement légale.

— Depuis quand est-il en votre possession ? demandai-je.

— Depuis hier soir.

Je me glissai dans la pièce en prenant soin de ne pas renverser le bol plein de pièces qui était à mes pieds. La chaleur m'envahit, m'enveloppant comme un linceul. J'inspirai profondément pour me calmer. Tant de magie dans un espace confiné ! Elle me picotait la peau et provoquait une certaine moiteur à des endroits que je n'oserais pas mentionner. N'y tenant plus, je posai la main sur l'horloge. Elle palpitait. Était-ce en réaction à mon toucher, bien que je ne l'aie jamais démontée ?

— Ne touchez pas à ça, fit Coyle en repoussant ma main d'une tape sèche. Vous en avez assez vu. Allez, dehors. Tous les deux.

Il fit un geste des deux mains pour nous chasser, mais aucun de nous ne bougea.

— Est-ce qu'elles datent de l'époque romaine ? demanda Matt en indiquant du menton le bol de pièces posé par terre.

Coyle se plaça devant le bol.

— Pourquoi cette question ?

— Où les avez-vous trouvées ?

— Sur un chantier de fouilles archéologiques dans le nord du pays.

— Qui vous les a vendues ?

— Ça ne vous regarde pas.

— McArdle ?

Les lèvres de Coyle remuèrent mais aucun son n'en sortit. Je pris cela comme une confirmation.

Les bras écartés, il nous fit sortir de la pièce et referma la porte dérobée. Maintenant que je savais où elle se trouvait, je distinguais le contour de la porte sur les rayonnages de l'étagère et les légères rayures sur le parquet.

— Satisfaits ? demanda Coyle avec un geste du menton.

— J'irai parler à Onslow, dit Matt. S'il ne confirme pas votre version des faits...

— Il la confirmera.

Il avait répondu avec une telle assurance que je savais qu'Onslow corroborerait son histoire. Coyle ne mentait pas.

— Pourquoi ces objets ? demandai-je. Ils n'ont pas l'air d'avoir de point commun, il n'y a rien qui les relie entre eux.

À part la magie.

— Ils me plaisaient, dit-il.

— Certains n'avaient même pas l'air d'avoir la moindre valeur, insista Matt.

— J'aimais bien leur aspect, voilà tout.

Il nous indiqua la porte, nous incitant à partir.

— Mais ils doivent bien avoir quelque chose qui rend votre

collection unique, poursuivis-je, bien décidée à lui faire admettre qu'il s'agissait d'objets magiques.

— Si ça ne vous ennuie pas, mes invités vont bientôt arriver pour le dîner.

Matt plaça une main sous mon coude et me guida hors de la pièce et jusqu'à la porte d'entrée.

— Merci pour...

Coyle nous claqua la porte au nez. Matt porta la main au rebord de son chapeau.

— Je crois qu'il veut que nous partions.

Il m'ouvrit la portière de la voiture et m'aida à monter.

— À la Guilde des Cartographes, à Ludgate Hill, ordonna-t-il à Bryce.

J'attendis que nous ayons quitté Belgravia avant de dire à Matt ce que j'avais ressenti. Il n'eut pas l'air le moins du monde surpris.

— Je m'en doutais, dit-il.

— Comment ?

— Le manque de cohérence de sa collection, et le fait que ces objets ne soient ni rares, ni précieux. Ainsi que votre réaction quand vous avez touché l'horloge.

— Je n'ai rien laissé paraître devant Coyle, j'espère ?

— Je ne pense pas qu'il l'ait remarqué.

Je lissai mes jupes, un peu démoralisée. Pourquoi Matt avait-il tenu à ce que je sois là puisqu'il n'avait pas besoin de moi pour deviner ?

— Je me demande pourquoi il collectionne tout ça, s'interrogea-t-il.

— Pourquoi les gens font-ils des collections ? Pour posséder quelque chose, ou peut-être par habitude. Il semblerait qu'elle lui ait valu une réputation dans certains cercles, comme il le dit lui-même ; cela peut constituer en soi une motivation suffisante.

— Je me demande si c'est Daniel qui a fabriqué ce globe.

J'étais partie du principe que le globe qui ornait la grande salle de la guilde y était depuis longtemps, mais je pouvais me tromper. En y repensant, il me semblait bien avoir senti de la chaleur en émaner lors de ma première visite au siège de la guilde. Je n'avais pas réalisé qu'elle venait de sa magie.

Matt se couvrit la bouche pour cacher son bâillement, mais je le vis. Je me mordis la langue pour me retenir de lui demander s'il avait besoin de se reposer. Nous irions parler brièvement à Onslow, puis nous rentrerions à Park Street. Nous ne devrions pas en avoir pour longtemps.

Notre arrivée coïncida avec celle d'une demi-douzaine de membres de la guilde, parmi lesquels Duffield et Onslow. Tous étaient accompagnés de leur apprenti, hormis Onslow, qui n'en avait peut-être pas encore trouvé un nouveau.

— Mr Prescott ! s'exclama Duffield quand le valet de pied nous fit entrer.

Ses lèvres s'étirèrent en un sourire contraint.

— Quelle surprise ! Et votre charmante épouse aussi. Je m'étonne de vous voir ici tous les deux à cette heure.

— Vous sentez-vous mieux, Mrs Prescott ? demanda Onslow, qui serrait son registre contre sa poitrine sous ses bras croisés.

— Beaucoup mieux, je vous remercie, répondis-je.

Matt inspecta le globe qui se trouvait au centre du hall : une réplique exacte de celui de la collection de Coyle. Il en fit le tour et frotta le bout de sa chaussure sur les dalles, mais je n'y vis aucune marque.

Duffield le regarda comme s'il était un excentrique, mais un excentrique qu'il lui fallait flatter pour s'assurer sa clientèle. Onslow, en revanche, gardait les yeux fixés droit devant lui, sans regarder rien ni personne en particulier.

— Puis-je faire quelque chose pour vous, Mr Prescott ? demanda Duffield.

— Nous avons à vous parler, Onslow, dit Matt. Immédiatement.

La paupière tombante d'Onslow se mit à tressaillir.

— Oh ?

— Je suis navré, dit Duffield, mais nous nous apprêtons à commencer une réunion extraordinaire. Quelqu'un s'est introduit ici, voyez-vous, et nous essayons de déterminer si quelque chose a été volé.

Les doigts d'Onslow agrippèrent plus fort son registre. Il gardait les yeux rivés au sol.

J'avais presque oublié cette histoire d'effraction, qui n'en était très probablement pas une. Le verre avait été trouvé à l'extérieur, pas à l'intérieur.

Je me rapprochai de Matt. Le globe en bronze paraissait lourd. Il faudrait trois ou quatre hommes pour le déplacer. Des hommes qui auraient sans doute eu du mal à le porter, et qui auraient peut-être perdu l'équilibre et cassé une fenêtre avant de partir. Je caressai l'Europe du bout de mes doigts. Le bronze était chaud, comme celui qui était dans la pièce secrète de Coyle.

— Mr Onslow, dit Matt au trésorier, j'aimerais vous parler dans votre bureau avant la réunion. C'est au sujet d'une commande pour Lord Coyle.

La paupière d'Onslow tressaillait frénétiquement. Il ne bougea pas, ne réagit pas du tout aux paroles de Matt.

— C'est par ici, n'est-ce pas ? demanda Matt en se dirigeant vers l'escalier.

— Coyle ? répéta Duffield. Vous connaissez Lord Coyle ?

— Vaguement. Mr Onslow ? Tout de suite, je vous prie.

Onslow le suivit prestement, le pas rapide et léger, les yeux baissés.

— Onslow ? appela Duffield. La réunion.

— Je n'en ai pas pour longtemps, dit Onslow en levant sur Matt un regard plein d'espoir.

Nous montâmes tous les trois l'escalier qui menait au bureau d'Onslow. Même à l'intérieur, avec la porte fermée, Onslow ne relâcha pas son étreinte sur le registre. Il le serrait contre lui plus fort que jamais.

— Que voulez-vous ? demanda-t-il.

Matt me tendit une chaise. En m'asseyant, je remarquai qu'il restait debout, de même qu'Onslow.

— Nous voulons savoir comment vous avez fabriqué le globe que vous avez vendu à Lord Coyle, dit Matt.

Onslow se laissa tomber sur la chaise derrière son bureau.

— Je ne vois pas de quoi vous voulez parler.

— Dans ce cas, je vais vous dire ce que nous savons. Je suis sûr que cela vous rafraîchira la mémoire. Nous savons que vous avez vendu en secret à Lord Coyle le globe en bronze qui se trouvait au rez-de-chaussée.

— Vous faites erreur, protesta Onslow avec un petit rire nerveux.

— Vous venez de le voir. Il est toujours là.

— C'est une copie que vous avez fait réaliser. L'échange a eu lieu cette nuit. Il n'y a pas eu d'effraction. Le verre a probablement été brisé par les hommes de Coyle en transportant le globe.

Il avait donc atteint les mêmes conclusions.

Le sourire d'Onslow disparut.

— Voulez-vous dire que Lord Coyle l'a volé ?

— Non, c'est *vous* que j'accuse. Vous l'avez vendu à Lord Coyle sans l'autorisation de la guilde, et vous avez gardé la somme pour vous.

— C'est faux !

— Vous ne l'avez pas gardée pour vous, dis-je soudain, réalisant notre erreur. Vous donnez cet argent à la guilde.

Matt me regarda, un léger pli entre les sourcils.

— Les entrées dans le registre, précisai-je avec un geste du menton en direction du volume. Les sommes en face du nom de Coyle étaient conséquentes. Mr Onslow ne les aurait pas inscrites dans le registre s'il gardait l'argent pour lui.

— C'est très astucieux.

Matt avait l'air réellement impressionné, mais j'ignorais s'il parlait du subterfuge d'Onslow ou de la façon dont je l'avais découvert.

— Nous nous moquons de savoir si vous avez volé le globe pour votre profit personnel, pour celui de la guilde, ou simplement pour vous concilier les faveurs de Lord Coyle, dis-je. Ce qui nous intéresse, c'est de retrouver Daniel.

— L'apprenti ? fit Onslow, perplexe. Quel rapport avec lui ?

— Qui a fabriqué ce globe, Mr Onslow ? demanda Matt.

— C'est moi.

— Non, rétorquai-je. Soyez honnête.

— Mais je le suis ! Ce globe est mon œuvre. Demandez à qui vous voudrez. C'est moi qui ai fait l'original et la copie que vous avez vue au rez-de-chaussée.

Il releva le menton et bomba le torse.

— J'étais donc en droit de le vendre. Plus ou moins.

Matt poussa un juron dans sa barbe. Je comprenais sa frustration. Si Onslow voulait nous duper, il allait falloir lui dire la vérité.

— Le cartographe qui a fait ce globe est un magicien, dis-je.

— India, m'avertit Matt.

Je le fis taire d'un signe de tête et il referma la bouche, mais je savais bien qu'il n'appréciait pas que j'aie pris l'initiative de parler.

Onslow me dévisagea.

— Comment... comment savez-vous que la magie existe ?

— Ça ne vous regarde pas, dit Matt. Nous savons que ce globe était magique ; il ne peut donc pas être votre œuvre, à moins que vous ne soyez un magicien.

Onslow ne confirma pas, mais ne démentit pas non plus. Il resta comme pétrifié, aussi parfaitement immobile que la statue en bronze qui soutenait le globe.

Matt se passa la main sur la mâchoire.

— Ah.

— Ne le dites à personne, s'écria soudain Onslow.

Il remonta le registre jusque sous son menton comme pour se cacher derrière.

— Ne le répétez pas. Personne ici n'est au courant, et personne ne doit le savoir. Vous comprenez ?

— Nous garderons votre secret, lui promis-je. Je suis une magicienne, moi aussi.

Il ouvrit de grands yeux ronds. Il me regarda, interdit, scrutant mon visage.

— Magie des cartes ?

— Des horloges.

Matt soupira. Au moins, il avait renoncé à m'empêcher de le lui dire.

— Rassurez-vous, nous ne dirons rien, lui répétai-je. Pas un mot.

Onslow hocha rapidement la tête, mais ses yeux gardèrent leur expression terrifiée.

— Saviez-vous que Daniel Gibbons était un magicien, lui aussi ? demanda Matt.

— Je le connaissais à peine, ce garçon.

Il eut l'air de vouloir mentir, puis de se raviser.

— Il a été assez bête pour me le dire. Il venait tout juste de découvrir l'existence de la magie. Apparemment, quelqu'un avait reconnu ce talent en lui et lui avait appris à identifier les objets magiques. Daniel a réalisé que mon globe avait des propriétés magiques. Il a demandé à Duffield qui l'avait fabriqué, et Duffield lui a dit que c'était mon œuvre, que j'avais fabriquée il y a plusieurs années. Daniel est venu me voir et a exigé que je lui apprenne des incantations. Sans quoi, il parlerait de ma magie à Duffield, et à tout le monde.

— Il vous a fait chanter, dit Matt.

Cela expliquait comment Daniel avait appris les incantations pour créer ses cartes magiques. C'était sans doute McArdle qui lui avait appris qu'il était magicien, après avoir trouvé la piste de ce talentueux cartographe qui vendait à la sauvette des cartes aussi belles qu'insolites sur Oxford Street.

— J'ai tenté d'avertir Daniel, poursuivit Onslow. Je l'ai supplié de cacher ses pouvoirs magiques, de dessiner des cartes plus simples, mais il a refusé de m'écouter. C'était un jeune prodige et un vantard. Il pensait être le meilleur, et il voulait que le monde entier le sache.

Quelques coups brefs frappés à la porte firent sursauter Onslow, et sa paupière tombante se remit à tressaillir.

— J'arrive, lança-t-il d'une voix aiguë. Je dois m'en aller, et vous aussi. Votre présence ici est des plus suspectes.

Il se dirigea vers la porte d'un pas pressé, mais Matt fut plus rapide et lui bloqua la route.

— Ce que je ne comprends pas, c'est pourquoi vous avez fabriqué ce globe, vous qui êtes si réticent à admettre que vous êtes un magicien.

— Je l'ai fabriqué à une époque où je n'avais pas encore pleinement conscience des dangers que je courais si on découvrait mes pouvoirs. Mon père m'a averti trop tard : le globe était déjà en compétition pour remporter le prix du meilleur globe de la guilde cette année-là. Mon père a dû dire aux représentants de la guilde que je ne l'avais pas fabriqué, mais trouvé, au cas où quelqu'un aurait deviné ses vertus magiques. Personne n'a rien soupçonné, heureusement, mais cette expérience m'a terrifié. Depuis lors, je n'ai plus parlé de ma magie. Jusqu'au jour où

Coyle est arrivé et a demandé à acheter le globe. Je n'avais jamais voulu qu'il soit exposé là dans l'entrée, à la vue de tous. J'aurais dû insister davantage pour le faire retirer.

— Comment Lord Coyle a-t-il su qu'il était magique ? demandai-je.

Onslow haussa les épaules.

— Il ne me l'a pas dit. Quand je lui ai répondu qu'il n'était pas à vendre, il a menacé de révéler mon secret. Je ne pouvais pas prendre un tel risque. J'ai entendu les histoires de ce qu'on a fait subir aux magiciens par le passé...

Il frémit.

— Gardez votre identité secrète, Mrs Prescott. Faites tout pour protéger le secret de votre épouse, Monsieur.

— Oui, fit Matt, l'air grave. J'essaye.

— Et Daniel ? demandai-je. Pensez-vous que quelqu'un d'autre, dans la guilde, savait qu'il était magicien ?

— Je n'en ai pas la moindre idée. Je ne sais pas où il est ni ce qui lui est arrivé.

Il jeta un coup d'œil vers la porte derrière Matt.

— Je dois y aller.

— Une dernière question, dis-je alors que Matt faisait un pas sur le côté. À quoi *sert* votre globe ? Il est magnifique, bien sûr, mais sa magie a-t-elle une quelconque utilité ?

— Il a été conçu pour indiquer l'emplacement du siège de la guilde. Avant, une minuscule lumière dorée apparaissait dessus à la longitude et à la latitude précises où nous nous trouvons. Jeune et naïf que j'étais, j'avais cru que ce serait une bonne façon de plaire aux juges chargés de décerner le prix.

Il eut un petit rire désabusé.

— Avant ?

— La magie n'a duré que quelques semaines. Vous le savez bien.

Devant mon air interloqué, il ajouta :

— La magie est temporaire. Elle disparaît toujours peu à peu, parfois au bout de quelques heures ou quelques jours, parfois quelques semaines. Vous avez dû remarquer la même chose avec votre magie.

— Oui, j'avais oublié.

Je préférais mentir : Onslow ne devait pas savoir que la magie des horloges pouvait être combinée avec les autres types de magie pour prolonger leur effet. Peu de gens avaient l'air d'être au courant.

McArdle était sûrement l'un d'eux. Voilà pourquoi il tenait tant à mettre la main sur la carte que Daniel avait créée pour lui. Sa magie pouvait se dissiper d'un jour à l'autre, et il se retrouverait alors avec une carte très jolie, mais inutile.

On frappa à nouveau brièvement à la porte. — Mr Onslow ! appela la voix d'un jeune homme. Ils vont commencer. On m'a envoyé vous chercher immédiatement.

Matt fit un pas de côté et Onslow marmonna un remerciement. Il ne partit qu'après s'être assuré que nous sortions les premiers, puis il cala le registre sous son bras et verrouilla la porte derrière nous.

Lorsque nous eûmes regagné le hall d'entrée, il se dépêcha de rejoindre la salle de réunion où l'attendait Duffield, qui tapait du pied sur les dalles devant la porte. Il nous salua d'un signe de tête quand Onslow passa devant lui. Cyclope sortit en portant un plateau d'argent vide, l'air impassible. Feignant de ne pas nous avoir vus, il retourna vers les quartiers des domestiques.

Le vieux valet de pied nous raccompagna à la porte.

— Eh bien, dis-je en clignant des yeux pour m'accoutumer à l'obscurité du dehors. Voilà qui était très instructif.

Matt avait posé sa main sur le bas de mon dos.

— Pensez-vous qu'il dise... Qui est là ? cria-t-il soudain vers les ombres derrière la voiture. Montrez-vous !

J'avais entendu des pas, moi aussi, mais j'avais supposé que ce n'était qu'un passant. C'était ce que je m'apprêtais à dire à Matt, quand un homme fit irruption devant nous.

J'étouffai un cri de stupeur.

— McArdle !

CHAPITRE 18

$\mathcal{M}$att me poussa derrière lui et tira un revolver de la ceinture de son pantalon. Il l'avait sur lui depuis tout ce temps !

McArdle leva les mains.

— Ne tirez pas ! Je veux vous parler.

— Montez dans la voiture, lui ordonna Matt.

— Non. Nous allons parler dehors, où nous sommes sur un pied d'égalité. Rangez votre arme, bon sang.

Matt resserra sa prise sur la crosse du revolver. D'autres pas résonnèrent sur les pavés, mais l'épais voile de la nuit ne laissa apparaître personne. Matt remit le revolver à sa ceinture et indiqua la voiture d'un signe de tête.

— De l'autre côté, où on ne nous verra pas.

Il empoigna McArdle par le bras et lui fit faire le tour de la voiture. Je les suivis en trottinant pour ne pas me laisser distancer.

— India, montez.

J'allais protester, mais je réalisai que je les entendrais tout aussi bien de l'intérieur, avec la vitre ouverte. Je m'installai et baissai la vitre juste à temps pour entendre Matt ordonner à Bryce de couvrir la lanterne de la voiture. L'instant d'après, nous étions plongés dans des ténèbres plus épaisses. Les lampadaires éclairaient la pénombre un peu plus loin dans la rue, mais très peu de lumière arrivait jusqu'à nous.

— J'ignore ce qui vous rend si méfiant, dit McArdle à Matt. Vous avez besoin de moi autant que j'ai besoin de vous.

— Puisque vous savez que vous avez besoin de nous, pourquoi vous êtes-vous enfui la dernière fois ? lui demanda Matt.

— Je croyais encore pouvoir trouver Daniel et ma carte tout seul.

— Et vous ne vouliez pas partager votre trésor avec nous.

— Nous ne voulons pas de vos pièces d'or, lui dis-je. Tout ce que nous voulons, c'est Daniel.

La silhouette de McArdle acquiesça.

— Alors vous pouvez compter sur moi pour vous aider dans vos recherches. Le temps nous est compté. Il faut *absolument* le retrouver.

Il parlait sans doute de la magie de la carte qui allait bientôt se dissiper, mais j'avais l'impression que pour Daniel aussi, le temps était compté. Cela faisait maintenant une semaine qu'il avait disparu.

— Comment saviez-vous que nous serions ici ? demanda Matt.

— Je n'en savais rien. Je suis allé chez vous, mais vous n'étiez pas là. J'ai décidé de venir ici pour les obliger à me donner la carte de Daniel. Elle est *à moi*, grinça-t-il. Je l'ai payée.

Obliger qui ?

— Les autres cartographes de la guilde, et en particulier ce Duffield. Il sait *forcément* où est ma carte. Il était l'employeur de Daniel.

— S'il l'avait en sa possession, ne vous l'aurait-il pas donnée, tout simplement ?

— Pas s'il savait qu'elle était magique. Lui et les profanes de son espèce veulent enterrer la magie, la garder secrète pour que les affaires des profanes soient plus florissantes.

— Les profanes ? répétai-je.

— C'est un mot qu'utilisait mon père pour décrire ceux qui n'ont pas de pouvoirs magiques. Ce terme va à Duffield comme un gant. Ce sale type refuse d'admettre qu'il a ma carte. S'il l'a détruite...

— Ce n'est pas lui qui l'a, dit Matt. C'est moi.

— Quoi ! s'étrangla McArdle. Pourquoi ne me l'avez-vous pas dit plus tôt ?

— La dernière fois, vous avez pris la fuite sans me laisser le temps de vous le dire.

Matt prononça ce mensonge le plus naturellement du monde. Nous avions délibérément caché cette information à McArdle lors de notre dernière rencontre, tout simplement parce que nous n'étions pas sûrs de pouvoir lui faire confiance.

Nous n'en étions toujours pas convaincus, mais s'il y avait une chance que la carte nous mène à Daniel, nous devions la saisir. La magie de Mr Gibbons n'avait pas réussi à se connecter à la carte pour le trouver, mais la carte n'était pas imprégnée de sa magie, et elle n'avait pas été dessinée pour lui. Elle avait été créée pour McArdle. Peut-être réagirait-elle à sa présence, comme elle était apparemment censée le faire.

Je lui expliquai tout cela. — Je sais que votre magie n'est pas celle des cartes, lui dis-je, mais vous êtes un magicien, et cette carte vous appartient, en substance. Elle ne révélera l'emplacement du trésor que pour vous ou pour Daniel.

— Si la magie ne s'est pas dissipée, grommela McArdle. Et de toute façon, pourquoi la découverte de l'emplacement du trésor vous mènerait-elle à lui ?

— Ce n'est pas certain, mais j'ai réfléchi.

Je me tournai vers Matt, dont je voyais les yeux briller dans les ténèbres, mais je ne distinguais pas son expression. Il me ferait peut-être taire une fois qu'il aurait réalisé ce que je m'apprêtais à dire.

— Nous avons récemment découvert un moyen de combiner ma magie avec la magie des cartes.

— Vous ? McArdle partit d'un rire rauque. Vous m'en direz tant.

— En les combinant, nous avons réussi à retrouver Mr Glass, qui avait disparu.

— Vraiment ? Alors allons-y, essayons. Où est la carte à présent ?

— India, je ne pense pas que ça fonctionnera, objecta Matt.

C'est une situation très différente. J'ai sur moi une montre que vous avez manipulée. C'est à ça qu'a réagi votre magie.

— Mais enfin, essayez, au moins, s'impatienta McArdle.

— Je sais, Matt, dis-je. Mais nous n'avons pas d'autre solution. Puisque McArdle est ici et que nous avons la carte, autant essayer.

— Vous avez la carte *sur vous* ?

McArdle se mit à cogner sur le bras de Matt.

— Qu'est-ce que vous attendez, alors ? Sortez-la.

Même sans voir l'expression de Matt, je savais qu'il se retenait d'envoyer un coup de poing à McArdle. Il plongea la main dans la poche intérieure de sa veste et en sortit la carte.

McArdle poussa un profond soupir de soulagement. Matt plaqua la carte contre la portière fermée de la voiture, juste sous la fenêtre, et McArdle posa ses deux mains dessus. Je retirai mes gants et, passant les bras par la fenêtre, je la touchai également.

Je sentis la chaleur du parchemin sous mes doigts, mais c'était à peine une légère sensation de fourmillement. Ça n'avait rien à voir avec la magie que j'avais ressentie dans l'atelier de Gibbons. La magie de cette carte s'était-elle déjà dissipée, ou était-ce simplement qu'elle ne réagissait pas parce qu'elle n'avait été créée ni par moi, ni par McArdle ?

— Qu'est-ce que ça donne ? demanda Matt.

— Rien, dis-je.

McArdle retira l'une de ses mains et, tout en continuant de tenir de l'autre la carte appuyée contre la portière de la voiture, il fouilla dans sa poche.

Matt lui attrapa le bras.

— Que faites-vous ?

— Je sors ceci.

McArdle tenait entre son pouce et son index quelque chose de petit et de rond.

— C'est la pièce... celle du trésor, celle que vous m'avez volée. Elle vient de se mettre à chauffer. Elle a réagi à la magie de la carte.

Il posa la pièce à plat sur la paume de sa main et baissa les yeux pour la regarder, comme s'il s'attendait à ce qu'elle s'envole et s'échappe.

— Comme c'est étrange, dis-je. Provient-elle du même trésor que cette carte est censée révéler ? J'examinai la carte, que je voyais à l'envers, mais elle ne montrait aucun signe d'un emplacement, ni sous forme de lumière, ni d'aucun autre type de signal.

— J'essaye de me concentrer, grogna McArdle.

— Répondez-lui, répondit Matt sur le même ton.

McArdle soupira.

— Je les ai achetées à un brocanteur il y a bien des années. Elles étaient dans sa collection de boutons. Elles ont réagi à ma présence, se mettant à chauffer sous mes doigts ; c'est comme ça que j'ai su qu'elles étaient magiques.

— Mais la magie ne devrait pas durer aussi longtemps, dis-je. Seulement quelques jours ou quelques semaines, pas plusieurs années. Cette pièce est une antiquité.

— La magie elle-même se dissipe, mais l'objet en conserve des traces pendant des siècles, peut-être même pour toujours. C'est de là que vient cette chaleur que nous sentons.

— À quoi sert la magie de l'or ? demanda Matt.

— La magie donne à un objet le pouvoir que les gens désirent le plus obtenir de cet objet. Avec les cartes, elle permet de guider jusqu'à un emplacement. Dans le cas de l'or, quel est le désir de n'importe qui ?

— En avoir plus, soufflai-je.

— Tout juste.

— Mais si vous êtes capable de multiplier l'or, vous devriez être un homme très riche, Mr McArdle. Sans vouloir vous offenser, vous n'en avez pas vraiment l'air.

Il soupira.

— Les incantations permettant de multiplier l'or sont perdues depuis bien longtemps. À ma connaissance, il ne reste plus personne qui maîtrise la magie de l'or à part moi, je suis le dernier. Je ne peux pas en créer plus, je ne connais pas la formule. Je peux seulement sentir les traces de la magie insufflée dans les objets en or par mes ancêtres qui connaissaient l'incantation.

Il reprit la pièce dans sa main.

— Les derniers à maîtriser la magie de l'or ont disparu dans l'Antiquité.

— Ce qui explique les trésors enfouis, murmurai-je. C'est vraiment extraordinaire.

— C'est surtout frustrant. J'ai ce pouvoir, mais je ne sais pas m'en servir.

Je comprenais sa frustration.

— Alors maintenant, vous gagnez votre vie en vendant des objets magiques en or à de riches collectionneurs. Des objets que vous trouvez grâce à l'archéologie, en vous aidant de votre sensibilité à la magie.

— Je ne fais rien d'illégal, protesta McArdle. J'ai bien le droit de gagner ma vie.

Il se remit à examiner la pièce.

— À l'instant, vous venez de parler de pièces au pluriel, remarqua Matt. En avez-vous acheté plusieurs à ce brocanteur ?

— Il y en avait deux identiques, toutes les deux fixées à une tige. J'ai donné l'autre à Daniel pour l'aider à me dessiner cette carte.

Matt me lança un regard à l'instant précis où je tournais les yeux vers lui.

— Mr McArdle, dis-je, est-il possible que Daniel ait eu cette pièce sur lui lorsqu'il a disparu ?

— Je n'en sais rien. Pourquoi ?

— Tout à l'heure, j'ai réussi à trouver Matt en combinant ma magie des montres avec celle d'un magicien cartographe, dis-je, si exaltée que j'en butais sur les mots. Si j'ai pu localiser sa montre, c'est parce que je l'avais déjà manipulée. J'avais travaillé dessus par le passé. Son emplacement s'est illuminé sur la carte. Si Daniel a toujours cette pièce sur lui, et si votre pièce *à vous* réagit au trésor, et que nous avons la carte qui indique où se trouve ce trésor...

— Cela pourrait nous aider à le trouver.

— La carte devrait indiquer deux emplacements, dit Matt. Un pour le trésor, et un pour la pièce de Daniel.

Je priai pour que Daniel ait gardé la pièce sur lui et que la carte ne nous mène pas chez lui ou dans le caniveau où il l'avait perdue.

— Remettez votre main sur la carte, Miss Steele, dit McArdle, impatient. Voyons si nous parvenons à reproduire l'expérience.

— Je ne crois pas que cela ait quoi que soit à voir avec moi, dis-je. Il n'y a aucune montre dans cette histoire. Essayez tout seul en tenant la pièce, et concentrez-vous de toutes vos forces.

— Très bien.

Il baissa la tête, plaquant la carte contre la portière du plat de sa main, comme s'il essayait de pousser la voiture pour la faire basculer. Il inspira profondément à deux reprises pour se donner du courage, puis expira lentement.

— La pièce recommence à chauffer ! Et regardez la carte !

Un minuscule point lumineux clignotait, perçant l'obscurité qui l'enveloppait et éclairant la partie de la carte où elle se trouvait. C'était difficile à voir en regardant la carte à l'envers, au milieu de l'enchevêtrement de rues de ce quartier de Londres, mais je parvins tout juste à déchiffrer le nom de la rue.

Seulement, il n'y avait qu'un point lumineux, pas deux.

McArdle rangea la pièce dans sa poche et la lumière s'éteignit, nous plongeant à nouveau dans une obscurité presque totale.

McArdle replia la carte dans un froissement de papier, puis il partit en courant.

Matt poussa un juron et fit mine de se lancer à sa poursuite.

— Laissez-le partir, dis-je en l'attrapant par la manche. Nous n'avons plus besoin de la carte, maintenant.

Nous regardâmes les ombres insondables de l'autre côté de la rue engloutir la silhouette de McArdle.

— Vous avez vu l'adresse ? demanda Matt. Je n'ai pas réussi à la déchiffrer.

— Oui, et je crois savoir pourquoi la carte n'indiquait qu'une seule lumière.

— Pourquoi ? demanda-t-il en ouvrant la portière de la voiture.

— Parce que Daniel et le trésor sont au même endroit. Bryce !

Une main sur mon chapeau, je sortis la tête par la portière.

— Bucklersbury Street, en vitesse.

— Bucklersbury ? répéta Matt en montant à mes côtés.

Bryce retira le cache de la lanterne et fit avancer les chevaux.

— Il est logique que le trésor et Daniel soient tous les deux là-bas, dis-je au moment où la voiture faisait un bond en avant. Quant au trésor, il est là parce qu'il se trouve que Bucklersbury était un élément central de la ville romaine de Londinium. C'est pour ça qu'il y a deux chantiers archéologiques dans cette rue en ce moment : l'un avec le sol en mosaïque où on vous a emmenés, vous et Willie, et l'autre juste à côté. En revanche, je n'ai pas bien pu voir sur la carte si le trésor était sur l'un de ces deux sites ou ailleurs dans cette rue.

— Mais pourquoi Daniel serait-il là-bas ? Ce serait tout de même une sacrée coïncidence, que ses ravisseurs l'emmènent justement à l'endroit où se trouve le trésor.

— Pas nécessairement. Willie et vous avez été emmenés sur un chantier de construction où les travaux avaient été inter-rompus pour réaliser des fouilles archéologiques. Pendant que le site n'était pas utilisé, c'était l'endroit parfait pour vous cacher. Personne ne risquait de tomber sur vous par hasard, et personne ne pouvait entendre vos cris. Les ravisseurs de Daniel ont dû en arriver à la même conclusion, et ils le détiennent sur l'un de ces sites.

— À moins que ce ne soit quelqu'un qui travaille avec Aber-crombie, si c'est bien Abercrombie qui a orchestré notre enlèvement.

— C'est tout à fait possible aussi, dis-je.

Matt tambourina des doigts sur le siège à côté de lui et son genou se mit à tressauter comme s'il ne tenait plus en place. Je tendis la main et la posai sur son genou, non pas en un geste intime, mais pour l'empêcher de bouger. Lorsque je réalisai comment cela pouvait être interprété, je voulus retirer ma main, mais il posa la sienne dessus, la retenant comme prise au piège.

— Je prie pour que la Guilde des Horlogers ne soit pas mêlée à la disparition de Daniel, déclara-t-il gravement. Cela voudrait dire que votre situation est liée à celle de Daniel. Qu'ils se méfient tous de vous, c'est une chose, mais il est bien plus inquiétant de penser qu'ils seraient prêts à... vous enlever.

Ou à m'assassiner. C'était une pensée qui s'était insinuée dans mon esprit aussi, ces derniers temps, et sur laquelle je préférais ne pas m'attarder.

— Inutile de tirer des conclusions avant d'en avoir le cœur net.

Matt se détourna et plongea son regard dans les ténèbres d'un noir d'encre, son silence créant un vide béant entre nous. Je cherchai quelque chose à dire pour détendre l'atmosphère, mais toutes les phrases sonnaient faux dans ma tête.

Ce n'est que lorsqu'il se pinça l'arête du nez que je réalisai que son silence était peut-être dû à la fatigue. Il avait peut-être dormi pendant qu'il était prisonnier dans la cave, mais c'était il y a plusieurs heures. Sans compter que cela faisait un moment qu'il n'avait pas utilisé sa montre.

Il ouvrit sa veste, et je crus qu'il allait la sortir, mais au lieu de cela, il prit le revolver qu'il avait à la ceinture.

— Savez-vous vous en servir ? me demanda-t-il.

— Non !

— Armez le chien, visez avec la lunette qui est ici, et appuyez sur la détente. Il est chargé, il contient six cartouches.

— Pourquoi me dites-vous cela ? Je ne m'en servirai pas.

— C'est juste au cas où.

— Matt ! Il ne vous arrivera rien. Ni à vous, ni à moi. Je suis sûre que nous n'aurons pas besoin de cette arme.

— C'est juste une précaution, insista-t-il en posant le revolver sur mes genoux.

Je le pris du bout des doigts et le déposai sur le siège à côté de moi.

Il se massa le front et baissa la tête.

— Tout va bien ? demandai-je.

Avec un soupir, il retira ses gants et plongea la main dans la poche de sa veste.

— Ça ira mieux dans un instant.

Il sortit sa montre, ouvrit le boîtier et renversa la tête en arrière, laissant la magie couler dans ses veines.

* * *

DES ÉCHAFAUDAGES se dressaient comme des doigts squelettiques dans le ciel noir au-dessus de Bucklersbury Street sur non pas un, mais trois chantiers. Bryce arrêta la voiture devant le bâtiment où se trouvait le sol en mosaïque pour nous laisser descendre, Matt et moi. Une silhouette était tapie dans le renfoncement d'un porche, les genoux ramenés contre sa poitrine, ses pieds nus dépassant des jambes de son pantalon.

— McArdle était à pied, dit Matt en balayant la rue du regard. Nous sommes arrivés avant lui.

— Pas forcément, répondis-je. S'il connaît les rues et ruelles de cette partie de Londres, il est peut-être déjà là. Nous avons emprunté des rues plus larges et mieux éclairées, ce qui a rallongé le trajet.

— Restez ici.

— Pourquoi ? McArdle est le seul à savoir que nous sommes ici, et il n'est pas une menace.

— Je vois des menaces partout. Parfois, il n'y en a pas et j'ai exagéré, mais parfois, ma prudence s'avère justifiée.

Je fis un petit bruit de gorge agacé.

— Vous faites rarement preuve de prudence, Matt. Et maintenant, vous allez vous précipiter la tête la première dans un bâtiment sombre, et sans arme, n'est-ce pas ?

— Je vous en prie, India, restez ici, c'est tout.

Il avait l'air si fatigué et si exaspéré que je hochai la tête pour le rassurer.

— Si vous n'êtes pas revenu dans dix minutes, j'entre aussi.

— Quinze. Bryce, passez-moi une lanterne.

Bryce décrocha l'une des lampes de la voiture et la donna à Matt.

— S'il arrive quoi que ce soit, lui dit Matt, partez au grand galop.

Il traversa la rue et disparut dans le bâtiment où se trouvait la mosaïque. Au moins, ce site-là, il le connaissait.

J'ouvris la fenêtre et posai mes mains sur le rebord, résistant à la tentation de regarder ma montre toutes les cinq secondes. Cette bonne résolution ne dura pas longtemps. N'y tenant plus, j'ouvris le boîtier. Il ne s'était même pas encore écoulé cinq minutes.

Une silhouette émergea au bout de la rue. Le vagabond dans son renfoncement leva la tête, puis la reposa presque immédiatement sur ses genoux, comme si elle était trop lourde à porter. La silhouette tenait une lanterne qui se balançait à chacun de ses pas, créant un arc de lumière sur les pavés. Mais ce n'est que lorsqu'il passa sous un lampadaire que je vis son visage.

McArdle. Il avait dû faire un détour pour aller chercher une lanterne. J'hésitais à l'avertir de ma présence ou de celle de Matt, et j'étais en train de peser le pour et le contre quand, se glissant derrière l'échafaudage, il entra dans l'un des bâtiments. Ce n'était pas le même que celui où était entré Matt.

J'attendis. Les cinq minutes qui suivirent furent interminables, et j'envisageai de suivre Matt à l'intérieur quoi qu'il en soit. Il avait dû avoir assez de temps pour fouiller le site.

Les chevaux se mirent à piaffer et le vagabond leva à nouveau la tête en entendant un autre homme approcher dans la rue. Celui-ci n'avait pas de lampe, et je ne parvins pas à distinguer son visage.

Il s'arrêta à l'entrée de la rue. Qu'attendait-il ? Au bout d'un moment, il continua et entra dans le même bâtiment que McArdle. Mais pourquoi ? Et sans éclairage, qui plus est ?

À moins qu'il ne soit là pour la même raison que nous : trouver Daniel ou le trésor. Se pouvait-il qu'il ait surpris notre conversation devant le siège de la guilde ? À coup sûr, il y avait eu quelqu'un quand McArdle nous avait révélé sa présence, mais j'avais supposé que ce n'était qu'un passant. Je m'étais peut-être trompée.

Peut-être s'agissait-il du ravisseur de Daniel, qui avait entendu tout ce que nous avions dit.

Il fallait que je prévienne Matt. Je ne pouvais pas rester là les bras ballants et le laisser se jeter dans la gueule du loup.

Je pris le revolver et sortis ma montre de mon réticule. Je passai la chaîne autour de mon cou et le boîtier rebondit contre ma poitrine.

— Restez ici, dis-je à Bryce. Je n'en ai pas pour longtemps.

— Mais Miss Steele ! protesta-t-il. Vous, restez. C'est à moi d'y aller.

— Vous comptez me laisser avec des chevaux que je ne sais pas contrôler ?

Il marmonna une réponse inintelligible. Du coin de l'œil, je vis Matt sortir de la structure de l'échafaudage. Je tentai de lui faire signe, mais il ne me vit pas dans le noir, et je ne voulais pas crier et trahir notre présence.

Le claquement d'un coup de feu déchira le silence de la nuit.

Mon cœur fit un bond jusque dans mon gosier et je me figeai en plein milieu de la rue. Cependant, le reste du monde s'anima brusquement. Les chevaux se cabrèrent et s'emballèrent malgré les ordres que leur criait Bryce. Il réussit à se cramponner aux rênes et à empêcher la voiture de se renverser bien qu'une des roues soit coincée dans une ornière. Il ne parvint toutefois pas à arrêter les chevaux, et l'attelage détala dans Bucklersbury Street pour finir par disparaître, replongeant la rue dans un silence presque complet. Le vagabond déguerpit et les petites griffes d'un rat ou d'un chat griffèrent le pavé, mais en dehors de ces quelques sons, on n'entendait plus rien.

Matt éteignit sa lampe et se coula sans un bruit dans l'obscurité. Il ne m'avait pas vue.

Le revolver que je tenais à la main me semblait lourd. La montre qui pendait contre la poitrine se mit à chauffer et à palpiter. Était-ce un avertissement ? Un encouragement ?

Tout ce que je savais, c'était que Matt n'avait pas d'arme, et qu'il allait au-devant d'un homme qui en avait une.

J'avançai à pas de loup vers le bâtiment où étaient entrés McArdle et le nouveau venu. La lumière était si faible dans cette partie de la rue que je dus progresser à tâtons le long de l'échafaudage. Je trébuchai sur la première marche. Avec le revolver dans ma main droite, je ne parvins pas à me rattraper et j'atterris lourdement sur mes genoux. Je me relevai en grimaçant.

Le bâtiment n'était pas encore entièrement détruit. La façade tenait toujours en place, soutenue par l'échafaudage, mais à l'intérieur, les murs, les sols et les plafonds avaient été démolis. Il y avait un escalier qui ne menait plus nulle part, et trois étages de fenêtres sans vitres qui surveillaient mon approche de haut comme des yeux fantomatiques. Plus haut encore, le toit ouvert laissait apercevoir le ciel sans étoiles de Londres.

Où étaient les hommes ? Je plissai les yeux dans les ténèbres et, tout au fond de la propriété, j'aperçus une lueur qui éclairait faiblement le sol. Je m'approchai sur la pointe des pieds, mais j'étais encore à une distance considérable quand je réalisai que sur le sol, près de la lumière, était étendue une silhouette.

Je n'osai pas appeler Matt. Ce n'était peut-être même pas lui.

Respirant à peine, je me frayai un chemin sur le sol en terre en prenant soin de ne pas me prendre les pieds dans les planches qui traînaient un peu partout et à ne pas trébucher sur les piles de gravats. Je cherchai les fosses qu'avaient laissées les excavations des archéologues, mais je n'en vis aucune.

À mesure que je m'en approchais, la lumière devenait plus vive, et je réalisai qu'elle provenait d'une cave au sous-sol. J'étais presque assez près du corps pour qu'il puisse m'entendre si je chuchotais, lorsqu'il se releva d'un geste rapide et silencieux pour s'accroupir. Je reconnus Matt à sa carrure et à la forme de ses épaules. Avant que je ne puisse murmurer son nom, il posa la paume de ses mains sur le sol avant de se laisser tomber dans la cave.

Je me précipitai vers la trappe et me laissai tomber à quatre pattes. Mon genou écorché me lançait. Je me mordis la lèvre jusqu'à ce que la douleur se dissipe et je jetai un coup d'œil prudent par la trappe.

Des marches en pierre lisse descendaient vers la cave. Une lampe projetait une douce lueur dans une fosse de plusieurs pieds de large et d'un pied de profondeur. C'était un site de fouilles archéologiques, mais pas pour trouver un sol en mosaïque. La fosse contenait simplement des murs bas en ruines et de petits tas de pierres soigneusement empilées qui atteignaient la hauteur des genoux. L'extrémité la plus lointaine de la fosse était remplie de terre fraîche, et il y en avait un peu plus entassée sur le côté, prête à être déversée à l'intérieur. C'était sans doute l'excavation terminée dont avait parlé Mr Rosemont au musée.

De là où je me trouvais, je ne voyais ni Matt, ni personne d'autre, mais j'entendais une respiration saccadée. Je vis arriver quelqu'un qui était plié en deux et avançait lentement à reculons. Il traînait... un corps !

J'eus soudain le goût âcre de la bile dans ma bouche. Un frisson me parcourut la colonne vertébrale. *Pas Matt. Pourvu que ce ne soit pas Matt.*

Je scrutai la pièce et l'aperçus dans un coin plongé dans l'ombre, accroupi derrière une brouette. *Dieu merci.*

Matt était aussi en train d'observer l'homme qui charriait le corps. Ce dernier s'était débarrassé de sa veste et son gilet était remonté, révélant un pistolet qu'il avait passé dans la ceinture de son pantalon. Il m'était impossible de déterminer l'identité de la victime comme celle de l'assassin, mais l'un des deux était forcément McArdle.

Victime. Assassin.

Ces mots venaient de s'insinuer dans mon esprit, avec leur signification si atroce, si inconcevable que je n'arrivais plus à penser à rien d'autre. Tout ce que je savais, c'était que Matt était là, dans la même pièce qu'un homme qui avait une arme, et qui venait de s'en servir pour tuer.

Je regardai le revolver que je tenais à la main, appuyé sur le sol. Je me répétai dans ma tête les instructions de Matt : *armer le chien, viser avec la lunette, appuyer sur la détente.* Ça n'avait pas l'air bien compliqué.

Je l'attrapai à deux mains et le pointai vers la cave en contrebas, sur l'homme qui traînait le corps. Et maintenant ? Devais-je avertir Matt de ma présence ? Mais comment faire sans attirer l'attention de l'assassin ?

Ma montre brûlait intensément contre ma poitrine, et elle palpitait si fort à présent que cela se voyait sans doute. Je n'osai pas baisser les yeux pour vérifier. Au moins, elle ne faisait pas de bruit.

L'assassin s'approcha de la fosse et, avec un cri guttural retentissant, il y fit rouler le corps près du tas de terre. Le cadavre atterrit sur le dos, calé entre les tas, les bras et les jambes formant un angle anormal. L'assassin se redressa et s'essuya le front avec le dos de la main. Il sauta dans la fosse et manipula le corps jusqu'à ce qu'il soit bien à plat. La lumière de sa lampe n'arrivait pas jusqu'au fond de la fosse, et je ne distinguais toujours pas le visage de la victime.

Je regardai l'assassin enfouir le corps en faisant tomber dessus des pelletées de terre. Personne ne le retrouverait une fois qu'il serait entièrement recouvert et que le sol aurait été remplacé pour le nouveau bâtiment. L'assassin comptait faire disparaître sa victime, laissant sa famille dans l'ignorance, condamnée à se demander à jamais ce qui lui était arrivé. Qui ferait une chose aussi monstrueuse ?

Matt ne se montrait toujours pas. Il devait attendre que l'homme passe à sa portée.

Mon front était moite de sueur malgré la fraîcheur de l'air, mais je n'osais pas lâcher mon arme pour l'essuyer. Je n'osais pas quitter des yeux la scène qui se déroulait devant moi. Comme Matt, j'attendais que l'assassin s'en aille.

Il finit d'enterrer le corps et jeta sa pelle de côté. Haletant bruyamment, il se hissa hors de la fosse et s'essuya les mains. Il inspecta son œuvre et, avec un hochement de tête satisfait, ramassa la lampe que j'avais vu McArdle tenir un peu plus tôt.

Il s'approcha de l'escalier et soudain, il leva les yeux et les posa droit sur moi.

Ronald Hogarth !

L'apprenti dégaina son pistolet.

— Jetez-moi votre arme, cria-t-il. Je sais que vous n'aurez pas le cran de tirer, alors ne faites pas semblant.

Je n'avais pas le temps de peser le pour et le contre. Matt se jeta sur lui, mais Hogarth l'entendit approcher et lui envoya un coup de pied au dernier moment. Sa botte frappa Matt en pleine poitrine, le projetant en arrière. Il se mit à tousser et à s'étouffer ; il essayait de reprendre son souffle, mais la violence du coup lui avait coupé la respiration. Il porta la main à sa poitrine, à l'endroit où il avait reçu le coup, et où était rangée sa montre.

Et si elle s'était brisée ? *Oh, mon Dieu.*

— Ne bougez pas.

Hogarth pointa son arme sur Matt.

— Plus un geste, tous les deux, ou je le tue.

$\mathcal{M}$a montre palpitait frénétiquement contre ma poitrine au rythme des battements de mon cœur.

— Descendez dans la fosse ! ordonna Hogarth à Matt. Et vous, me dit-il, je vous ai dit de jeter votre arme, ou je tue votre mari.

Je ne le détrompai pas. Il devait toujours penser que nous étions Mr et Mrs Prescott.

— Non, répondis-je d'une voix tremblante.

Tout mon corps tremblait, de mes mains qui tenaient le revolver à mes orteils.

— Vous me croyez incapable de tirer, mais je vous assure que je le ferai. Si vous pressez cette détente, je ferai de même.

— Vous raterez, rétorqua Hogarth avec un rictus supérieur. Vous tremblez comme une feuille.

— Êtes-vous prêt à prendre ce risque ?

Hogarth déglutit bruyamment. Il nous regardait tour à tour, Matt et moi, ne sachant pas lequel surveiller ni sur lequel braquer son arme. En cet instant, il avait l'air si jeune, si innocent et si terrifié. Pourtant, c'était l'homme qui avait assassiné McArdle, et peut-être aussi Daniel.

— Soit vous mourrez, soit vous irez en prison, Mr Hogarth. C'est à vous de choisir.

Je lançai un coup d'œil à Matt dans l'espoir de lire un conseil sur son visage. Mais il n'avait toujours pas repris son souffle. Chaque respiration lui demandait un réel effort, il inspirait de grandes bouffées d'air qui soulevaient à peine sa poitrine.

La montre... elle avait dû se briser sous la violence du coup. L'objet qui le maintenait en vie s'était arrêté, et cela signifiait que le cœur de Matt s'était arrêté, lui aussi. *Mon Dieu, non !*

— Matt ? appelai-je d'une petite voix craintive.

Mes mains tremblaient encore plus. Il fallait que je le rejoigne. Mais pour quoi faire ?

— Je descends. Ne tirez pas. Notre cocher est dehors, et si nous ne revenons pas, il ira chercher la police. Vous ne pourrez pas tuer tout le monde, Mr Hogarth.

— Ne bougez pas, India, fit Matt d'une voix rauque.

Puis il se plia en deux, les mains sur les genoux.

Je m'engageai à travers la trappe et descendis les marches étroites, mon pistolet braqué sur Hogarth. Il tourna sur lui-même et pointa son arme sur moi. De toute évidence, il estimait que je représentais une plus grande menace que Matt, avec sa respiration laborieuse.

— N'avancez pas, Mrs Prescott, ou je vous tue. Le monde a besoin d'être débarrassé des gens comme vous, de toute façon.

— Des magiciens, vous voulez dire.

Derrière lui, Matt continuait de haleter bruyamment, mais tout en se redressant. Son visage paraissait normal. Fatigué, mais sans pâleur. Faisait-il semblant d'être hors d'haleine ? Il fit un geste circulaire de sa main, peut-être le signe que je devais continuer de faire parler Hogarth.

— Vous avez entendu notre conversation avec McArdle, dis-je. Est-ce pour cette raison que vous l'avez tué ? Parce que c'était un magicien ?

— Je n'avais pas prévu de lui tirer dessus. C'était un accident. Je suis venu ici pour vous trouver, vous et lui, mais il m'a fait sursauter. Le coup est parti tout seul. Mais c'est sans importance. Vous l'avez dit : c'est toujours un magicien de moins.

Il leva un peu plus son arme, visant ma tête.

Matt s'avança vers lui sans un bruit.

— Et Daniel ? demandai-je, bien que j'aie déjà deviné la réponse.

— Je l'ai enterré dans la fosse là-bas, où il sera bientôt enseveli pour toujours sous le nouveau sol.

Oh non. Pauvre Daniel. Pauvres Miss et Mr Gibbons, et pauvre Commissaire Munro. Ils avaient perdu une chose que des parents ne devraient jamais perdre. Mon cœur se serra à cette idée. Si nous l'avions trouvé plus tôt, aurions-nous pu le sauver ?

Il fallait que j'en aie le cœur net.

— Quand l'avez-vous tué ?

— Le lendemain du jour où il a été enlevé et amené ici. Je lui ai mis une balle dans la tête.

Il mima un pistolet avec les doigts de sa main libre, qu'il porta à sa tempe.

— On ne le retrouvera jamais, et bon débarras.

Je fronçai les sourcils, perplexe.

— Ce n'est pas *vous* qui l'avez enlevé ?

— Non, c'est Duffield.

Mon cri de surprise emplit le silence de mort.

— Duffield ! Mais pourquoi ?

— Parce que Daniel était un danger pour nous. Il risquait de causer la ruine de tous les cartographes de la ville. Duffield l'avait compris. Il savait ce qui arriverait si on laissait un homme comme lui lancer son propre commerce. Nous serions tous ruinés, jusqu'au dernier membre légitime de la guilde. Il ne pouvait pas laisser faire ça.

— C'est Duffield qui vous a ordonné de le tuer ?

— Non, je l'ai fait parce que Duffield s'y refusait. Je l'ai entendu planifier l'enlèvement avec un autre homme.

— Qui ? Abercrombie ?

— Je ne sais pas comment il s'appelait. Je n'ai pas vu son visage. Il a conseillé à Duffield d'enlever Daniel et d'essayer de raisonner avec lui pour qu'il renonce à utiliser sa magie.

Il eut un rire cruel.

— On ne peut pas raisonner un pareil vantard. Alors j'ai suivi Duffield jusqu'ici et j'ai tué Daniel, puisqu'il n'avait pas le courage de le faire lui-même.

Je serrai plus fort la crosse du pistolet. La froideur avec laquelle ce jeune homme racontait son histoire acheva de me glacer le sang. Il n'avait aucun remords d'avoir tué Daniel, et il nous tuerait sans hésitation, Matt et moi.

— Daniel le méritait, poursuivit Hogarth.

— Pourquoi ?

Je n'osais pas regarder dans la direction de Matt, bien que je sache qu'il était encore trop loin de Hogarth pour le désarmer.

— C'était un magicien de la pire espèce. Présomptueux. Arrogant. Il se croyait meilleur que nous, mais il se trompait. Vous voulez savoir pourquoi ?

— Oui.

— Parce qu'il n'a jamais eu à faire d'effort pour avoir ce talent. Il lui était venu naturellement, c'était de naissance. Tandis que moi, et tous les autres cartographes méritants, les cartes que nous créons nous demandent du temps et des efforts.

Il secoua la tête et retroussa les lèvres.

— Mais toutes les récompenses, tout l'argent, c'était toujours pour lui. Au bout d'à peine un mois à travailler comme apprenti, on lui commandait déjà plus de cartes qu'il ne pouvait en dessiner. Il n'a jamais eu à faire quoi que ce soit pour mériter sa réputation.

— Il a créé des cartes extraordinaires.

— Ces abominations, vous trouvez ça extraordinaire ? Elles sont diaboliques. Les magiciens sont des créatures impies, des *monstres*.

Sa bouche projetait des postillons qui aspergeaient sa lèvre inférieure.

— Vous êtes des êtres dangereux et imprévisibles.

— Un magicien cartographe n'est pas une menace, Mr Hogarth. Quel mal peut vous faire une carte ou un globe ?

— J'ai entendu les histoires de ces cartes qui s'animaient, autrefois. Des rivières qui s'échappaient des limites de la carte pour noyer des villages entiers. Des tentacules des monstres marins dessinés sur les océans, qui sortaient de la feuille pour faire sombrer de véritables navires.

— Ce ne sont que des histoires.

— C'est mon père qui me les a racontées, comme son père les lui a racontées, et son grand-père avant lui. Toutes les histoires n'ont pas disparu dans les brumes du temps, Mrs Prescott. Et votre magie, à vous ? À quoi sert-elle ?

— Mr Duffield sait-il ce que vous avez fait ? lui demandai-je pour éviter de m'engager sur la voie qu'il voulait me faire prendre.

Si je le contrariais ou si je l'effrayais, il allait aussi vouloir débarrasser le monde de moi. Pour l'instant, il semblait un peu hésitant. Était-ce parce que j'étais une femme ? Ou parce que je n'étais pas cartographe ?

— Une fois que je le lui ai dit, oui. Il n'était pas reconnaissant de mes efforts pour les protéger, lui et les membres de la guilde.

Il haussa les épaules comme si tout cela importait peu.

— Et pourtant il a fait de vous son nouvel apprenti.

— Une conséquence providentielle. Mais j'ai dû batailler dur pour obtenir ce poste, en lui rappelant tous les ennuis qu'il aurait avec la police si je leur parlais. Après tout, il avait tout de même enlevé Daniel. Avez-vous d'autres questions à me poser pour gagner du temps ?

Sa lèvre se retroussa en un rictus qui exposait ses dents.

Matt était si près désormais que je m'attendais à ce qu'il franchisse d'un bond le reste de la distance. Il continuait de respirer péniblement, toussant et haletant pour faire croire à Hogarth qu'il était hors de combat.

— Encore une dernière, dis-je. Pourquoi ici ?

— Duffield a emmené Daniel ici sur les conseils de l'autre homme. Apparemment, il avait entendu des truands des bas quartiers dire que c'était un bon endroit pour y cacher des gens.

— Vous n'étiez donc pas mêlé à l'enlèvement de Matt... de Mr Prescott ce matin ?

— Eh bien, je vois que vous avez eu une journée drôlement remplie. Non, ce n'était pas moi.

Il me vint une autre idée.

— Est-ce vous qui avez engagé un homme de main pour m'avertir devant l'église dimanche dernier ?

— Comment saurais-je à quelle église vous allez ? Non, Mrs Prescott, ça non plus, ce n'était pas moi. On dirait que vous avez un bon paquet d'ennemis.

C'était donc Abercrombie aussi, parce que nous lui avions demandé ce qu'il savait de la disparition de Daniel.

Hogarth lança un coup d'œil vers Matt et, le voyant tout près, laissa échapper un juron en pointant le pistolet sur lui. Matt se jeta à terre. Un coup de feu retentit.

Mon cœur s'arrêta.

Mais Matt était indemne. Il plaqua Hogarth sur le sol pile au moment où je m'apprêtais à presser la détente. J'abaissai mon arme, craignant, si je tirais, de toucher Matt. Je les regardai rouler sur le sol, chacun tenant l'autre fermement. Hogarth enserra la taille de Matt entre ses jambes, mais Matt saisit le poignet de Hogarth, neutralisant son arme en le forçant à la pointer dans une autre direction.

Je me hâtai de descendre les dernières marches qui menaient jusqu'au sol de la cave, et je braquai mon revolver sur la tête de Hogarth.

— Rendez-vous, lui ordonnai-je. Et croyez-moi, je me sens nettement plus disposée à tirer après avoir entendu vos aveux. À cette distance, je ne vous raterai pas.

Il cessa de lutter et lâcha son arme.

— Éloignez-la d'un coup de pied, India, dit Matt.

Je m'exécutai et reculai pour laisser Matt se relever en hissant Hogarth avec lui. Il força Hogarth à tenir ses mains dans son dos et lui fit monter les marches en le poussant devant lui.

Je ramassai le pistolet de Hogarth et, remontant derrière eux, je les suivis jusqu'à la sortie.

Bryce était revenu, Dieu merci. Sortant une corde du coffre sous son siège, il la lança à Matt, qui s'en servit pour menotter Hogarth. Matt hissa l'apprenti dans la voiture, prit l'un des pistolets et le braqua sur lui.

— Au poste de police de Vine Street, dit-il à Bryce.

* * *

Le temps passé au poste de police fut interminable. Il fallut répondre à une foule de questions, puis attendre que l'inspecteur chef envoie chercher le Commissaire Munro, et que Munro arrive, accompagné de la famille Gibbons. Entretemps, Mr

Duffield avait été lui aussi arrêté et un agent était revenu pour confirmer ce que nous savions déjà : le corps de Daniel avait été retrouvé dans la cave de Bucklersbury Street.

Les lamentations déchirantes de Miss Gibbons me suivirent même une fois sortie du bâtiment et jusque dans la voiture.

— Pauvre femme, murmurai-je en contemplant le ciel d'un noir d'encre. Son unique enfant.

— Au moins, elle a le soutien de Munro, dit Matt. Pour être honnête, je n'en attendais pas tant de sa part.

— Daniel était son fils, à lui aussi. Il a peut-être même aimé Miss Gibbons à une époque.

— Ou peut-être qu'il l'aime toujours, mais que les circonstances l'ont empêché de l'épouser. Il y a des couples qui ne pourront jamais être ensemble, même s'ils désirent plus que tout se marier.

— Le fait d'être déjà marié doit constituer un obstacle certain.

Il s'accouda au rebord de la fenêtre et se massa la tempe.

— India...

Il poussa un profond soupir.

— Je sais.

Il interrompit son massage et me dévisagea, perplexe.

— Vous savez ?

— Bien sûr. Les événements de ce soir m'ont prouvé que vous aviez entièrement raison depuis le début. J'aurais dû vous écouter.

Il baissa la main et secoua à demi la tête.

— Même si j'apprécie que vous admettiez que j'avais raison, je crois qu'il y a un malentendu. J'avais raison, d'accord, mais à quel sujet ?

— Quand vous insistiez pour que je garde ma magie secrète. Je pensais que vos avertissements n'étaient qu'une prudence excessive de votre part, mais après avoir vu jusqu'où sont allés Duffield et Hogarth pour protéger leur profession et leur réputation... J'ai décidé de faire plus d'efforts pour cacher ma magie à l'avenir.

— Je suis heureux de vous l'entendre dire. Je n'aime pas vous voir obligée de réprimer cette partie de vous alors que vous venez à peine de la découvrir, mais ça vaut mieux.

Il se massa le front à l'endroit où ses rides s'étaient creusées au cours de la dernière heure.

— Malheureusement, il est trop tard pour la cacher à Abercrombie et aux autres membres de la Guilde des Horlogers. Et ce qui est encore plus troublant, c'est le rôle qu'il semble avoir joué dans le drame qui vient de se dérouler.

— Espérons que Munro parviendra à convaincre Duffield de lui révéler qui l'a poussé à enlever Daniel.

Je frémis à l'idée qu'Abercrombie puisse en arriver aux mêmes extrémités que Duffield et Hogarth. Pourrait-il me réserver le même sort ?

Matt retira sa veste.

— Vous avez froid.

Je me penchai en avant et il m'enveloppa les épaules de sa veste. Elle avait son odeur, un mélange d'épices que je n'aurais su identifier, et qui n'appartenait qu'à lui. Il releva le col, effleurant de ses pouces le dessous de ma mâchoire à travers ses gants. Puis il se radossa sur son siège, tout à l'autre bout de la cabine.

Je pris une profonde inspiration pour me donner du courage, mais j'avais toujours les nerfs à fleur de peau.

— Un malentendu, bredouillai-je. De quoi parliez-vous donc ?

Il garda les yeux fixés sur ses mains, écartant les doigts.

— Je me suis trompé. C'est bien de magie que je voulais parler avec vous. Il s'éclaircit la gorge.

— Oh.

Il leva les yeux. Les cernes autour de ses yeux s'étaient assombris et les rides qui partaient des coins s'étaient multipliées. Il était presque minuit, il devait être exténué.

— McArdle a dit que la magie procurait ce que l'on désirait le plus d'un objet. Ainsi, l'or se multiplie, un cartographe veut indiquer un emplacement, et un horloger veut mesurer le temps avec précision. La fusion de deux types de magie signifie que l'on désire deux choses.

— Vous ramener à la vie pour plus longtemps, dis-je à mi-voix. Ce n'est pas tout à fait ce que la magie des horloges est censée accomplir.

— Et ça n'explique pas non plus comment votre montre vous a sauvée du Cavalier Noir.

J'avais toujours cette montre autour de mon cou. Je la retirai et en frottai le boîtier d'argent avec mon pouce. Elle se mit à chauffer doucement.

— Non, en effet.

— Et ça ne se limite pas à votre montre : l'horloge du tripot clandestin de Jermyn Street a assommé Dennison.

Je rangeai ma montre dans mon réticule et en serrai soigneusement le cordon.

— Tout cela n'a aucun sens.

— Sauf si votre magie est puissante, comme l'a suggéré Mr Gibbons. Plus puissante qu'aucune autre que nous ayons rencontrée jusqu'ici.

Je pouffai, incrédule.

— Comment est-ce possible ? Jusqu'à très récemment, je ne savais même pas que j'étais une magicienne. Comment aurais-je pu passer vingt-sept ans sans avoir connaissance d'un tel don ?

Il haussa les épaules.

— Vous venez à peine de commencer à vous en servir. Elle gagne peut-être en puissance à force de pratique. Plus vous vous entraînez, plus votre magie se développe.

C'était une théorie intéressante, mais je ne pensais pas avoir tant utilisé ma magie. Certainement pas plus que Mr Gibbons ou Mr Onslow, et aucun d'eux n'avait jamais dit qu'une carte leur avait sauvé la vie. Leurs cartes ne faisaient qu'une chose : elles révélaient des emplacements.

J'ouvris la bouche pour l'expliquer à Matt, mais je la refermai aussitôt. Il avait fermé les yeux et renversé sa tête en arrière. La tension qui crispait ses épaules s'était en partie dissipée aussi, et son corps se balançait au rythme des mouvements de la voiture. J'étais heureuse de le voir se reposer un peu : il en avait bien besoin !

Je fermai les yeux, mais je les rouvris en l'entendant marmonner :

— Vous avez été admirable ce soir, India.

— Oh. Merci.

Il me regarda en clignant des yeux, à moitié endormi.

— Vous êtes la femme la plus courageuse que j'aie jamais rencontrée.

— N'exagérons rien. *Willie* est une femme courageuse. Elle aurait tenu le revolver sans hésiter, tandis qu'il tremblait dans ma main comme une feuille d'automne par un jour de grand vent. J'étais absolument terrifiée.

Je voulais lui dire que j'avais eu peur de ne pas réussir à empêcher Hogarth de lui tirer dessus, mais je décidai de garder ce détail pour moi. Je me sentais déjà à vif, vulnérable, et je n'avais pas besoin, par un tel aveu, de jeter de l'huile sur le feu qui me consumait de l'intérieur.

— Et pourtant, vous n'avez pas fui. C'est ce qui fait de vous une femme courageuse.

Il referma les yeux, la commissure de ses lèvres relevée en un demi-sourire.

— Nous formons une sacrée bonne équipe.

— Est-ce que ça veut dire que vous ne m'ordonnerez plus de rester à vous attendre pendant que vous partez risquer votre vie comme vous l'avez fait ce soir ?

Il répondit par un grognement.

— Ça veut dire que je devrais arrêter de vous présenter comme mon assistante, et commencer à vous appeler mon associée.

— Ce serait une belle promotion, mais personne ne croira jamais que je suis votre égale.

Il sourit de plus belle, sans pour autant ouvrir les yeux.

— Ils le croiront une fois qu'ils vous connaîtront.

* * *

MATT DORMIT TARD, ou du moins, c'est ce que crut Miss Glass, et moi aussi. Ses premières invitées, Mrs et Miss Haviland, durent repartir sans l'avoir vu, à leur grande déception. Ce n'est que lorsqu'il descendit vers midi avec une mine féroce où se lisait encore de la fatigue que je me demandai s'il avait vraiment dormi pendant tout ce temps.

— Ah, te voilà ! s'écria sa tante. Pas question que tu quittes la maison aujourd'hui. Je te garde pour moi.

Elle sortit du salon et lui tapota la joue en passant.

— Pourquoi ? demanda-t-il d'un air sombre.

— Tu as de nouvelles visites cet après-midi, notamment Lady Abbington.

— Accompagnée de sa fille à marier, j'imagine. À moins qu'elle n'en ait plusieurs ?

Il se laissa tomber dans le fauteuil et défit sa cravate.

Sa tante fit un bruit de langue désapprobateur.

— Tu as l'air d'un vagabond.

— Ma Tante...

Il soupira.

— C'est sans importance.

Il étendit ses jambes et croisa les chevilles.

— Il se trouve que Lady Abbington n'a pas de filles, et qu'elle viendra seule.

— Alors pourquoi voulez-vous que je la rencontre ? Ne suis-je déjà plus bon à marier ? Ou peut-être a-t-elle des nièces ?

— Tu as tort de te moquer, Matt.

— Vous avez raison. Je suis désolé. Parlez-moi de cette Mrs Abbington, et dites-moi pourquoi vous voulez que je sois là pour la recevoir.

— C'est *Lady* Abbington. C'est la veuve de Lord Abbington...

— Aha. C'est donc bien qu'elle cherche à se marier.

Willie, Duc et Cyclope entrèrent. Ils avaient renoncé à attendre que DuPont réapparaisse à la fabrique de Worthey. Je les avais tenus au courant des progrès de l'enquête sur la disparition de Daniel un peu plus tôt, mais j'ignorais où ils étaient allés ensuite. Ce qui était sûr, c'est qu'ils n'étaient pas restés à la maison pour saluer les invitées de Miss Glass.

— Lady Abbington a vingt-six ans et elle est veuve depuis bientôt un an, dit Miss Glass en toisant son neveu. Elle est raisonnable, intelligente, jolie, et tout le contraire des autres jeunes filles que je t'ai présentées. Je me suis dit qu'elle aurait plus de chances de te plaire, étant donné...

Elle baissa les yeux au sol.

— Il me semble que c'est le genre de femme qui pourrait éveiller ton intérêt.

Il replia ses jambes et se leva. Il la prit délicatement par les épaules.

— Tante Letitia, je sais que vous croyez bien faire, lui dit-il d'une voix douce. Mais je vous l'ai déjà dit : je ne peux pas me marier, et je dirai la même chose à chacune des femmes que vous amènerez ici. Je ne cherche pas de fiancée. Ce n'est pas dans mes projets. Je ne me marierai pas, quand bien même la dame en question serait une pure merveille.

— Pas même si tu tombes amoureux de l'une d'entre elles ?

Sa voix pleine d'emphase était soudain devenue faible et fragile. Elle leva les yeux pour regarder le visage de Matt, qui était si loin au-dessus du sien.

— Surtout si je tombe amoureux. Vous comprenez, ma Tante, je suis malade. Il n'y a pas de quoi vous alarmer, mais ma maladie m'épuise constamment. Je ne voudrais pas imposer à une femme que j'aime de vivre avec un homme malade.

Elle lui toucha la joue à l'endroit où sa barbe mal rasée accentuait le creux de ses joues. Elle eut un petit sourire triste qui me serra le cœur.

— Quand tu seras guéri, alors.

J'eus l'impression qu'elle avait déjà deviné qu'il n'allait pas bien.

Il l'embrassa sur le front.

— Oui, quand je serai guéri.

Elle lui posa les mains à plat sur le torse comme pour se rassurer en sentant les battements réguliers de son cœur.

— Que Bristow fasse monter mon déjeuner dans mes appartements. Et tu devrais en faire autant, Matthew. Tu as l'air d'avoir besoin de te reposer.

Elle avait raison, mais je voulais attendre, pour le lui faire remarquer, qu'il m'ait dit où il était allé. Je lui posai la question dès que sa tante fut partie.

Il croisa les bras sur sa poitrine et se tint debout près du feu, les pieds légèrement écartés. Cette posture défensive piqua ma curiosité, et je haussai les sourcils.

— Nous sommes allés parler à Abercrombie, dit-il.

J'en restai bouche bée. Je regardai les autres, mais ils évitaient tous de croiser mon regard.

— Vous y êtes allés sans moi !

— Je vous rappelle que vous avez promis de ne plus vous mettre en danger.

— Et moi, je vous rappelle que vous avez promis de me traiter comme votre égale.

— On ne peut pas faire confiance à Abercrombie.

— Je ne vois pas quel mal il pourrait me faire si vous êtes tous avec moi.

Willie s'avança vers moi d'un pas déterminé et me pressa l'épaule. Je la regardai avec des yeux ronds, interloquée.

— Matt a fait ce qu'il jugeait nécessaire, alors arrête de discuter avec lui.

Pourquoi fallait-il qu'elle soit toujours aussi logique ! Je me tus, mais cela me coûtait de garder le silence.

— Tais-toi, Willie, se fâcha Duc. C'est pas tes affaires.

— Bien sûr que si, rétorqua Willie sur le même ton, les mains sur les hanches. C'est mon cousin.

— Je suis capable de me défendre tout seul, Willie, merci.

Matt la saisit par les coudes et l'emmena vers le sofa.

— Et maintenant, écoutez-moi. Il s'adressait sans doute à tout le monde, mais c'était moi qu'il regardait droit dans les yeux.

Je me hérissai.

— J'attends toujours de savoir ce que vous a appris Abercrombie, puisque personne ne m'a encore rien dit.

— Rien, dit-il. C'est justement ça, le problème. Abercrombie a nié avoir quoi que ce soit à voir avec la disparition de Daniel ou avec notre enlèvement.

— Et ce n'est pas lui non plus qui a envoyé Eddie m'avertir de ne pas chercher à en savoir plus ? Et cet autre individu, avec la capuche ?

— Il prétend qu'Eddie vous a parlé de son propre chef, et qu'il ne sait rien de l'autre homme. D'après lui, Duffield et Hogarth ont agi de leur propre initiative, eux aussi. Je crois volontiers que Hogarth a tué Daniel sans que personne ne l'y incite, mais je suis certain qu'Abercrombie était au courant de son enlèvement, et qu'il l'a peut-être même orchestré. Quant à Duffield, il ne parle pas.

— Mais je doute qu'Abercrombie soit un assassin. Si c'était le cas, il aurait déjà essayé de s'en prendre à moi. L'homme à la capuche aurait pu me poignarder.

Cette idée me glaçait le sang.

— Peut-être, dit-il d'un air sombre. Mais vous devez tout de même rester prudente.

— Et qu'en est-il de Mirth ? demandai-je. Abercrombie a-t-il dit pourquoi il l'avait fait déménager, et pourquoi il l'espionnait à la banque ?

— Pour l'installer dans un meilleur logement, apparemment, dit Matt. Et pour ce qui est de la banque, il prétend qu'il était simplement venu y gérer ses propres affaires, et que c'est la raison pour laquelle il se trouvait là.

— C'est ridicule. Il est resté bien trop longtemps à rôder devant l'entrée.

— Il a tout nié en bloc, dit Cyclope en s'asseyant à côté de Willie. Il est sournois. Nous n'avons aucune preuve irréfutable contre lui.

— Rien de concret, confirma Matt. Ce qui veut dire que la police ne fera rien.

— Nous, on peut toujours faire quelque chose, marmonna Willie en grattant la saleté sous ses ongles. On sait que c'est une vipère nuisible.

— Nous ne ferons rien sans preuves non plus, lui dis-je. Je refuse d'avoir ça sur ma conscience.

— Elle est ennuyeuse, ta conscience. Il lui faut un peu d'aventure.

— J'ai eu bien assez d'aventure, merci. Maintenant, je préférerais rester assise ici avec un bon livre. Si tu trouves ça ennuyeux, ça en dit plus long sur toi que sur moi.

Willie se contenta de renifler et de s'essuyer le nez sur le dos de sa main. Elle me décocha son plus beau sourire en essuyant ostensiblement sa morve sur la jambe de son pantalon.

Je lui tendis mon mouchoir.

— Tu en as encore un peu.

Elle me l'arracha des mains et se tamponna le nez.

— Il faut qu'on retrouve DuPont, dit Duc en lançant un regard oblique à Matt. De toute urgence.

— Comment ? demanda Cyclope. Il s'est volatilisé, et on ne sait rien de lui, ni d'où il peut être.

— Il y a une chose que nous savons sur lui, dit Matt. Nous savons ce qu'il veut, ce qu'il désire par-dessus tout. Nous pouvons nous en servir pour le trouver.

Nous attendions tous qu'il précise sa pensée, mais il n'ajouta rien de plus. Au lieu de cela, il changea de sujet.

— Je me suis découvert une nouvelle passion, annonça-t-il.

Devant nos expressions médusées, il ajouta :

— L'archéologie. Je vais investir dans le chantier de fouilles de Mr Young.

— Vous voulez préserver la mosaïque ? demandai-je. Comme c'est noble de votre part.

— Noble ? répéta Willie en secouant la tête. Ça y est, tu as perdu la boule, Matt.

— Ma boule va très bien, et je ne suis pas si noble que ça, dit Matt. Je veux juste faire fermer toutes ces satanées fosses de Bucklersbury Street.

Je ris de bon cœur.

— Je suis tout à fait d'accord. Le plus tôt sera le mieux.

— Et le trésor ? demanda Cyclope. Est-ce que tu comptes dire à Young qu'il est enterré quelque part près de l'endroit où on a retrouvé le corps de Daniel ?

— Je pense qu'on le laissera où il est, dit Matt. Une future génération d'archéologues le trouvera peut-être.

— Cette chose a déjà causé bien assez de problèmes, dis-je. Je suis d'accord : mieux vaut le laisser enterré. Bon débarras.

C'est alors que Bristow entra.

— Le déjeuner est servi dans la salle à manger, Monsieur.

— Merci, Bristow.

Matt me tendit la main.

— Acceptez-vous de m'accompagner, chère associée ?

— Seulement si vous promettez de ne plus charger droit devant vous sans moi. Pas même pour aller voir Abercrombie.

— Ça, je ne peux pas vous le promettre.

Il resta là, la main tendue, avec un sourire hésitant.

— India ? Êtes-vous fâchée contre moi ?

Je pris sa main.

— Matt, vous êtes la personne la plus attachante que j'aie jamais rencontrée. Essayer de rester fâchée contre vous, ce serait comme essayer de faire tourner les aiguilles d'une horloge à contre-sens.

— Impossible ?

— Oh non, c'est tout à fait possible, mais ça ne sert à rien. Quel intérêt y aurait-il à faire une chose pareille ?

Il posa son autre main sur la mienne, provoquant un frisson qui fit vibrer mon corps tout entier. Mais il gâcha ce moment de tendresse en éclatant de rire.

— Merci, India.

Je penchai un peu la tête pour mieux le voir. Nos nez faillirent s'entrechoquer. Je sentais son souffle chaud sur mes lèvres.

— Merci de quoi ? murmurai-je.

— De mettre un peu de lumière dans mon humeur qui, sans vous, serait parfois bien sombre.

La lueur amusée qui dansait au fond de ses yeux me laissait penser que c'était l'un de ces moments.

— Et de ne pas rester fâchée contre moi. Je n'aimerais pas que vous le soyez. Je n'aimerais pas cela du tout.

L'histoire de Matt et India se poursuit dans:
LE POISON DE L'APOTHICAIRE
Le troisième tome de la série *Glass and Steele* par C.J. Archer

Abonnez-vous à la lettre d'information de C.J. pour être informé des nouveaux livres traduits en français. Les abonnés bénéficient également d'un accès exclusif à une nouvelle GRATUITE de GLASS AND STEELE. S'abonner : WWW.CJARCHER.COM

OBTENEZ UNE HISTOIRE COURTE GRATUITE.

J'ai écrit une histoire courte pour la série Glass & Steele, qui précède LA FILLE DE L'HORLOGER. Elle s'intitule LE JEU DU TRAÎTRE et suit Matt et ses amis dans la ville de Broken Creek, au Far West. Elle contient des spoilers pour LA FILLE DE L'HORLOGER, il faut donc l'avoir lue avant. Mais le plus beau, c'est que l'histoire est GRATUITE, exclusivement pour les abonnés à ma newsletter. Inscrivez-vous dès maintenant sur mon site, si ce n'est pas déjà fait :

WWW.CJARCHER.COM

Si vous êtes déjà abonné, vous trouverez les instructions dans ma newsletter.

MESSAGE DE L'AUTEURE

J'espère que vous avez pris autant de plaisir à lire **L'Apprenti du cartographe** que j'en ai pris à l'écrire. En tant qu'écrivaine indépendante, j'ai absolument besoin de faire connaître mes livres pour assurer leur succès. Aussi, si ce livre vous a plu, n'hésitez pas à en parler à vos amis et à laisser un avis sur le site de la boutique où vous l'avez acheté.

L'APPRENTI DU CARTOGRAPHE

GLASS AND STEELE SÉRIE 2

C.J. ARCHER

Traduction par
VALENTIN TRANSLATION

WWW.CJARCHER.COM

À PROPOS DE L'AUTEUR

C.J. Archer aime l'histoire et les livres depuis aussi longtemps qu'elle se souvienne et se sent chanceuse d'avoir trouvé
un moyen de combiner les deux. Elle a passé sa petite enfance
dans la beauté spectaculaire de l'arrière-pays du Queensland, en
Australie, mais vit désormais dans la banlieue de Melbourne
avec son mari, ses deux enfants et un chat noir et blanc espiègle
nommé Coco.

Abonnez-vous à la newsletter de C.J. via son site Web pour
être averti lorsqu'elle publie un nouveau livre : http://cjar
cher.com Suivez-la sur les réseaux sociaux pour obtenir les
dernières mises à jour :

facebook.com/CJArcherAuthorPage

instagram.com/authorcjarcher